KB159215

큰 산 너머 별

큰 산 너머 별

이재백 외 13명

도화

큰 산 너머 별

초판 1쇄인쇄 2017년 9월 15일
초판 1쇄발행 2017년 9월 17일

저   자 이재백 외 13명
발행인 박지연
발행처 도서출판 도화
등   록 2013년 11월 19일 제2013－000124호

주   소 서울시 송파구 중대로34길 9－3
전   화 02) 3012－1030
팩   스 02) 3012－1031
전자우편 dohwa1030@daum.net
인   쇄 (주)현문

ISBN ｜ 979－11－86644－39－3 *03810
정가 15,000원

도화道化, fool는

고정적인 질서에 대한 익살맞은 비판자,
고정화된 사고의 틀을 해체한다는 뜻입니다.

차례

금수강산錦繡江山 1 _ 이재백 · 9

속도에 관하여 _ 김용만 · 31

탈과 뿔 _ 정수남 · 65

文鄕, 내 문학의 故鄕 _ 박충훈 · 103

세상에 없는 항목 _ 윤정모 · 131

빛을 훔친 그림자 _ 최성배 · 151

지구 재활용 _ 김웅기 · 173

압구정동 그녀는 _ 최민초 · 197

황보댁 _ 이홍복 · 219

고원 수필 _ 박경호 · 243

베네치아 가면 _ 이성준 · 263

구보전仇甫傳 _ 정태언 · 287

전 _ 황혜련 · 313

부산 _ 김성달 · 333

큰 산을 품은 큰 산

선생은 우리의 현대문학사와 그 열전에서 장이 다른 '큰 산'이다. 큰 산은 비탈지고 가파르고 위험한 산(험산)이 아니다. 어디서 우러러도 정면으로 보이는 높은 산(고산)이며, 다가갈수록 아득해 보이는 먼 산(운산)이며, 텃새와 철새가 함께 깃드는 깊은 산(심산)이며, 수목과 수원과 밀원이 넉넉한 청빛의 산(청산)이다.

선생의 노장적 관인대도와 남풍북풍의 바람꽃을 한 몸으로 아울러 온 금도야말로 곧 큰 산을 품는 큰 산의 웅자였던 것이다. 나라의 모양새 없는 모양새와 서민들의 서글픔을 슬퍼하여 '과거를 조상하고 현실을 질타하는' 청금의 서슬조차 우려한 청빛으로 눅어 보이는 인자요산의 상징을 사람들은 알고 있었는가. 비록 천 리 되는 강이 없고 백 리 되는 들이 없는 나라라고 하지만 산은 이렇게 만 리 되는 큰 산이 있었음이니, 사람들은 모름지기 이 큰 산을 바라보되 '청산은 백운 밖에서 푸르고 푸르르며 백운은 청산 속에서 희고 희어' 아름다운 이치를 저마다 느끼면서 바라보아 마땅할 것이다.

『이문구의 문인기행』 중에서

금수강산錦繡江山 1 _ 이재백

곡성 출생. 서라벌예대 문창과 졸업.『월간
문학』신인상 등단. 소설집『돌각담』『목사
동 느티나무』가 있다. 박영준 문학상 수상.

"여보야, 좋은 생각이 안 나나? 이럴 땔수록 퍼뜩 떠오르는 영감靈感이란 로또나 다름없을 텐데, 당신 신경은 왜 그렇게 무디나?"

뜬금없는 일이었다. 그녀만의 전유물이나 다름없는 섹스 직전의 비음까지 알맞게 배여 든 목소리여서 젊은 시절의 새벽 잠자리로 착각한 나머지 핑크색의 무드까지 은연중 연상하고 있었지만 영감이란 말이 튀어나와 감수는 어리둥절하지 않을 수 없었다. 겨드랑 근처에 손을 집어넣자 부드러운 살결의 감촉이 전해지고 그 파문은 가운데까지 도달했지만 감수는 '스톱'이란 소리를 안으로 숨긴 채 얼른 동작을 멈췄다.

영감이라니? 순간적으로 변덕을 떠는 도순이 무엇을 생각하고 있는지 진지하게 헤아려 보는 게 현명했고 꼭 그래야만 될 것 같았다. 가슴께로 파고드는 자그만 체구를 조심스럽게 껴안았다. 완강한 힘을 실었지만 상대방이 움직임을 전혀 깨닫지 못할 만큼 아주 느린 속도로. 잠깐 전보다 더 가깝게 밀착된 형태였고 바라보는 위치조차 같은 각도로 조정되니 다정스런 연인인 것처럼 나란히 누워 있는 형태가 되었다. 얼굴은 반대쪽으로 돌리고 있어서 좁은 방안의 분위기가 가져야 될 핑크빛의 의미를 느낄 수 없었던 것이지만 위치를 바꾸자 서로의 얼굴들이 마주 보였다. 그리고 어설픈 미소 대신 감정이 안 실린, 뜻 모른 미소들을 서로에게 전해주고 또 웃어보였다. 오랜만에 느껴보는 다정함이, 남자와 여자가 합해지는 형상을 한 꼴이 되어 분위기조차 더 알뜰하고 아담스러워 철부지들처럼 핑크 빛의 한 모서리를 연상하고 싶었다. 아래쪽을 더 가깝게 밀어 대며 소곤거렸다.

뭐라고 종알거렸지만 목소리가 너무나 작았다. 때문에 흐린 달빛처럼 한 곳으로 집중하지 못하고 사방으로 흩어져서 감수의 청각에 제대로 신호를 못 보낸 것 같았다. 이럴 때의 속삭임은 둘 사이의 사랑놀이에서 절대로 필요한 조건이기 때문에 발음의 하나라도 허두로 간주해서는 안 될 일이었다. 감수는 상체를 적당히 기울이며 여자의 움직임에 한 치의 방해도 안될 만큼 조심스럽게 대했다.

"우리들도 한 번 더 사랑해볼까?"

색감에 젖은 여자는 무드를 살리기에 알맞은 언어를 불쑥 던져놓고 킥킥거렸다. 가슴께로 다가 간 감수의 손길을 알맞게 거부하는 여자의 심술은 기분을 잡치게 하는 게 아니라 새롭고 신기한 무대의 주연으로서 돋보이게 하는 매력을 십분 발휘한다. 알다가도 모를 노릇이다. 분위기의 감을 잡은 터라서 감수는 도순이의 눈치를 볼 필요가 없을 것 같았다. 뭣 모르고 무조건 따라 가며 동화해가는 과정을 답습하는 버릇에 잘 길 들여진 대열처럼 뒤 따라가면 되는 것이니까.

우리도 사랑 한 번 해 볼까? 세 살 먹은 어린애도 아닌데 철부지 소녀처럼 구는 여자가 문득 귀엽다는 생각도 앞섰다. 그러나 도수는 함부로 휘말려 들지 않았다. 솟구치던 핑크빛깔의 여운이 갑자기 시들어지는 것이다. 기분 난다고 앞장서서 촐랑대다간 엉뚱한 책망이 돌아올 수도 있으니.

헌데 영감靈感이라니? 그 물음 때문이었다.

오랜만에 즐거움을 나눌 수 있는 핑크빛 무대에서 사용할 달콤한 언어들은 사방 천지에 널려 퍼져 한 밤을 주서 챙기고도 모자랄 터인데…… 국민의 지탄을 받았던 최순실이 "영혼이 맑은 사람"이라는 언어를 구사해 그렇지 않아도 구겨진 자존심의 상처에 흙도배를 한 것과 무언이 다른가.

이럴 땐 은근히 부화조차 치밀기 마련이었지만 도순이 다루는 법을 외면해선 절대 안 될 일이었다. 얼마나 못났으면 여편네 눈치만 살피냐 주위의 질책도 두려웠지만 괜히 입씨름이라도 해서 평화로운 가정이 풍파에 휩쓸리는 것보다 무조건 지는 일이 현명한 일이었다. 아무리 가까운 사이라 하지만 이럴 땐 분명한 태도를 보여야 할 일이었다. 기회를 살피던 중 그는 그녀의 은밀한 의도를 알아차리고 기꺼이 받아들일 자세를 취하면서 분위기를 한층 끌어올리기 위해서 잠시 멈칫거려야 한다고 생각했다. 이렇게 달콤한 목소리를 들은 지 얼마나 된 줄 몰랐던 것이다. 게다가 전신을 부려버린 듯, 나른한 오후에만 밀려오는 느긋함조차 겹쳐지니.

근래에 없던 일이었다. 젊은 살결이란 망각해버린 지 얼만지 모르는 터가 아닌가? 쓸데없는 잡념은 죄다 버리고 싶었다. 아늑한 심연에 아주 깊숙이 침몰되어 호흡조차 중지시킨 채 망각의 심연 속으로 영원히 침잠되어 가는 과정도 또 다른 아름다움일 것이다.

"생각 안 나?"

뜬금없는 데다 분위기의 방향조차 딴 곳으로 향하게 만드는 목소리. 그러나 짙은 애정이 잔뜩 실려 있어서 다행이었다.

"애고야, 당신 딴 데에 정신 팔린 것 아냐? 그땐 콧물도 없다. 이런 기회가 다시 올 수는 없다고 생각해."

"건, 뭔 소리여?"

"참, 딱한 양반도 다 보겠네……"

창 밖에선 딱따구리 몇 마리가 뭔 소린지 모르게 짖어대고 있었다. 햇살도 돋기 전이었다. 새벽잠을 깬 참새 떼라면 모르지만 엉뚱하게 딱따구리가 설쳐대다니 알다가도 모를 일이었다. 깊은 산속, 인가조차 드문 곳에서 은신을 위한 굴 파기 작업을 이곳에서 하다니 엉뚱한 일이었다.

한 가지 일을 죽이면 두 가지 일이 더 생겨 눈 코 뜰 새 없이 바쁜 시절도 엊그제 같았다. 어린애라도 많은 시절이면 악매기 울음소리마저 외면해야만 할 지긋지긋한 계절이 후딱 지나가더니 열매가 작은 탱자만큼 커졌다는 소문이, 많이 열려 솎아내는 데 인건비가 배나 더 들 거라고 울상들이었다. 바로 이런 걸 두고 한 말이 아닐까.

마트의 긴들 의자에 앉아 가끔 들리는 손님들과 입놀림만 하는 게, 푸른 이파리를 뒤집어 쓴 과수원에 비하면 풍치는 보잘 것 없어도 한 수 위라는 셈법이었다. 섯발몰에서는 난리가 몰아친 듯 복잡할 텐데, 이렇게 한가하니 들어 누워 여자와 노닥거리는 감수는 별천지에 사는 별난 사람처럼 느껴졌다.

"아무라도 농사짓는 법이 아녀."

도순이는 말을 빼기가 바쁘게 립스틱으로 손길을 보냈다. 그리고 심심한 듯 종알거렸다.

"나 예쁘지. 그리고 돈 덩이라는 배 밭에 조금도 미련을 두지 마. 몸서리 칠 일이니. 작은 밥 먹고 가는 똥이나 싸자, 우리……

진등 너머 묶어빠진 논 뙈지기는 넌 전에 돌아가신 아버지가 지었던 것이다. 들녘의 논이라면 두 손 합장할 법하지만 마을에서 몇 고비 산 고개를 지나기 때문에 버려진 것이나 다름없는 싸구려 땅이라 부르는 게 알맞았다. 다행이라면 논뙈기와 겹친 밭 한 쪽에 배나무가 조성되었기 때문에 없는 것보다 나았지만 만족할만한 유산은 아니었다. 그녀는 눈살부터 찌푸렸다.

"그래도 없는 것보단 좋은 일 아녀? 배 밭만 해도 천 평은 남아 되니 잘만하면……"

감수가 구시렁거리자 도순이 되바라진 목소리로 토를 달았다.

"그래 배 농사를 질라요? 당신, 자신 있어요?"

"그럼, 다 만들어 논 것 열심히만 하면 될 거 아니여. 새로 과수원을 만든 사람만 해도 한 둘이 아닌데, 그거라도 어디여?"

자신 있는 말투였고 이런 터전이라도 만들어 논 아버지에 대한 덕담임이 틀림없지만 도순이의 성깔에 불을 지른 셈이었다.

"말도 마시오. 배 농사? 누굴 죽이려고 결심했소? 배 농사는 아무나 진 줄 알아요? 농약 투성이에 하루도 쉴 수없이 버둥대는 꼴 못 봤소, 누굴 죽이려고?"

섯발몰 근처에 배나무가 들어서고 미국 수출단지로 지정이 되면서 새로운 경제작물로 주위의 부럼을 사고 있었다. 열 댓 마지기 농사만 지어도 부자라고 일컬어지는 가난한 마을이었지만 그런 것과는 비교조차 할 수 없이 소득을 올린 터이니 파격적인 변신이나 다름없었다. 열심히 노력하고 시절만 좋으면 쏠쏠한 수입이 보장되는 터이니 너도 나도, 였다. 버려진 야산에 배나무가 그들먹하니 들어선가 하면 싸구려 밭 뙤기나 버려진 야산의 일부가 몇 년 사이에 황금 같은 열매가 주렁주렁 달리는 금 밭으로 변했다고 혀를 내두르기 일쑤였다. 뿐만이 아니었다. 젊은이들이 떠나간 농촌에 때 아닌 탈향의 반대바람조차 거세었다. 젊은이들 씨조차 마르겠다고 은근이들 걱정하던 것은 쓸데없는 망상이 되고 말았다. 가방 끈 짧은 젊은이들이 너도 나도 밤 보따리를 싸 짊어지고 도시의 공장 떼기가 되기 위해 별리했던 것과는 반대 현상이 일어난 것이다. 정부에서 그럴 듯한 사탕발림으로 유인해도 곧이들을 일이 없는 농사꾼들이 아닌가.

똑바로 부릅뜬 눈썰미들의 판단과 살아남기 위한 지혜의 축적이 필요한 터였지만 또 다시 좌우 고민을 한 나머지 최종 결정하는 법이다. 많은 시도들이 없었던 것은 아니다. 몇 십 년 전에는 어떤 도지사가 포효한 것처럼 곡수 촌 바람이 불어 허파에 바람구멍이 송송 일었지만 모두 바람으로만 끝난 게 아니었던가. 한 동안 왼 천지가 매화 밭으로 변했다가 돈 나무가 아니란 게 판명되자 베어내기로 많은 시간과 인건비들만 축내고 감을 심었다. 그리고, 대통령의 형님인가 뭔가가 앞장선 바람에 미련한 소를 닮기로 약속한 것처럼 지랄발광을 떨더니 빚쟁이가 되어 낑낑대다간 목울대까지 어긋난 농민들이 얼마나 많았던가. 콩으로 메주를 쑨다는 상식적인 말조차 귓가에 머물기만 한 터였지 인정해줄 수 없는 농민들이었다. 믿을 곳이 없다는 것 거짓말이 판치는 세상, 요지경이라는 판국이었다.

그것도 거짓말 아니여? 되묻기만 몇 번이었다. 뭣이 좋다고 그럴 듯한 소문만 나면 앞뒤를 못 가리고 허둥댄 것을 상기한다면 이것이야 말로 땅 짚고 헤엄치기라는 속담과 너무나 근사한 경우였다. 꿈같은 이야기라고 쑥덕거리며 먼산바라기처럼 긴가민가하며 고개를 젓던 신중파들도 아무 소리 없이 배 밭 만들기 대열에 합세하여 나주로 천안으로 정보탐지는 물론 영농기술을 배우기 위해 부지런히 드나들었다. 그뿐인가 수출단지 배 조합이 제대로 육성되어 자리를 잡자 기관에서도 교육의 필요성을 이해한 나머지 최대한의 배려로 단지 조성 육성자금조차 무상 지원해 오던 터이니 삼박자가 그럴듯하게 어울려 신명조차 날 일이었다.

이상은 쓸데없는 넋두리나 다름없었다. 현실을 증명해주는 결과가 중요한 일이었다. 감수도 마찬가지였다. 햇살조차 못 받아 알맹이마저 제대로 영글지 못할 벼를 심을 게 아니라 한쪽에 조성된 배 밭을 더 확장하여 몇 해만 지나면 시골 형편에는 무시 못 할 경제적인 토대가 될 건 분명한 터였다. 그러나 감수의 생각은 처음부터 노를 잘 못 쥔 셈이 되고 말았다.

"배 농사?"

역시 도순이는 똑순이를 뛰어넘어도 몇 단계 위였다. 한마디로 감수의 입술을 꿰맨 셈이었다. 그럼? 엉거주춤하는 감수를 꼼짝 못하게 하는 비수를 들이댔다. 상상도 할 수 없는 일이었다. 도순이의 의사를 타진할 필요조차 없었다. 마주 바라보며 우물쩍거렸지만 의사소통조차 불가능 했다.

"아니, 당신이 배 농사를 짓는다고? 듣던 중 참 반가운 소리요. 허지만, 생각이 있다고 말부터 앞세우지 맙시다. 잘 못하면 우세만 사고 말 일이니……"

체대가 멀쑥한 것은 물론 뚝심께나 쓸 것 같이 우락부락 하게 생겨먹은 친구조차 농사꾼이 되기 힘든 법인데, 가녀린 체구가 말이라도 야무지게 선전포고를 한 마당에 마을 사람들은 감동까지 먹은 듯 박수조차 보내며 듣기 좋은 말들을 보태느라 정신이 없었다. 농사짓는 일이 아무리 힘들 다 해도 마구잡이 공사판의 일과는 비교가 안 될 일이었다. 게다가 자신의 사업과 같으니 몸뚱이의 컨디션이 안 좋을 때는 쉬엄쉬엄 할 수도 있고 비오는 날은 공치는 날이라는 속어조차 중얼거릴 수 있으니 얼마나 좋은 일인가. 직장인들이 하루라도 쉴 때엔 결근계네 뭘 제출하고 상사의 눈치까지 살펴야 될 걸 상상하면 아무 것도 아닌 셈이다.

한 때 역마살이 끼어 공사장에 날품팔이를 한 경험을 되살리면 식은 죽 먹기나 다름없을 것 같았던 감수였다. 이런 저런 기억을 되살리면 그런 일쯤이야 충분이 해낼 자신이 있었던 것이다. 감수보다 몇십살 더 많은, 돌아가신 아버지 보다 몇 살 아래인 중中 노인들도 거뜬히 해 내고 가을철엔 몇 천 만원씩 건졌다는 소문은 허무맹랑한 게 아니었다. 농약 치는 기술, 전지하는 방법이 서툴러 아버지는 실농만 계속하여 재미 한 번 못 봤지만 이런 점만 개선하면 남들만 못 할 것이 없을 것 같았다. 이런 걸 자그만 희망이라 할지 모르지만 배 밭과 함께 적당한 꿈을 꾸어도 무방하리라 생각했다. 슈퍼에서 시간이 나면 배 재배에 관한 책들도 틈틈이 읽으며 때로는 어머니 혼자만 계시는 섯밭몰로 올라와 마을 사람들에게 배농사 짓는 과정을 듣는 데도 열심이었다.

산중다래기 논에 식재만 한다면 조성된 배 밭과 합쳐 이 천 평은 실이 되고도 남을 것 같았다. 생각대로만 된다면 이 골짝에서 그만한 수입을 올린다는 게 신기한 일인 것 같았다. 게다가 그 옆의 배 밭은 죽마고우인 경호 것이 아닌가. 아버지의 장례식장에서도 속없는 소리를 하여 감수로부터 빈축까지 산 일이 있었지만. 이웃으로 우리 가깝게 지내자는 의미의 희떠운 농담 같았지만 그것은 진심이 담긴 소리였다. 뿐만이 아니라 아버지가 살아 계실 때도 슈퍼 일은 그렇게 안 복잡하니 가끔 틈을 내어도 충분이 해 낼 수 있을 거라 귀띔조차 했던 터이니 아버지가 돌아가신 마당에서야 두 말 할 필요조차 없는 터였다.

"농사라고 무시 말아라 와. 사오천 평만 제대로 관리해도 틀에 묶인 공무원보다 신간도 편할 거고 실속기도 더 있을 거다. 진짜 뻥이 아니니 너도 잘 생각해봐라."

인적조차 드문 가게를 차려 놓고 세월이나 좀 먹어 그럭저럭 지내야만 마땅한 감수의 생김새였다. 아주 작은 체구는 아니지만 힘줄께나 쓴다는 건 상상도 못 할 노릇이었으니 농사꾼으론 저리가라는 팔자를 타고난 거나 다름없었다. 게다가 머리라도 영민하여 몇 년 동안 책상머리 싸움이라도 한 나머지 말단 공무원이라도 노려볼 가능성이라도 있다면 다행일 수 있으나 애초부터 공부와는 담을 싼 상태였으니 쳐다보기에도 아득한 절벽이나 다름없었다. 그렇다 해서 줄 좋은 배경도 없었다. 농사는 질 수 없다고 무작정 뛰어나와 도시의 공장 띄기 막노동판으로 굴러먹기로 산전수전 겪었지만 실속기는 고사하고 그게 그것으로 마음잡을 곳조차 마련할 수 없었던 것이다.

이따금 자식을 위하여 해준 것이라곤 하나도 없다고 불만투성이의 대상자인 아버지가 아니었다면 어떻게 그 위기를 넘겼을지 생각만 해도 끔찍한 일이었다. 이곳 저 곳으로 굴러다니다 만난 인연이었지만 아버지의 배려가 없었다면 감수 내외의 어울림도 진즉 파토 나고 말았을 터였다. 깊은 정과 따뜻한 마음씨의 아버지임에 틀림없었다. 어느 부모라도 그럴 것이지만. 만삭이 되어 언제 양수가 터질지도 모르는 위험한 순간에 응급실로 실어갔지만 감수 내외는 빈 털털이나 다름없는 형편이어서 위기를 모면할 길조차 막연한 상태였다. 오직 천운에만 의지한다는 막연한 순간이었지만 어렵사리 경호와 연락이 된 바람에 구세주처럼 아버지가 나타났던 것이다.

아버지의 배려에 의해 집에서 십 리 정도 되는 면面 소재지에 조그만 가게를 인수한 지 몇 년이 지나면서 감수는 제대로 터를 잡은 셈이 되었다. 우연은 우연한 행운을 가져오는 모양인지 시간이 지나면서 목사동 슈퍼마켓이란 간판까지 떠억 붙이고 나름대로 그 지역에서 걸맞은 부의 축까지 이룬 셈에 아버지마저 돌아가시니 섯발몰의 집까지 돌보지 않을 수 없었다.

이화에 월백이란 옛 소리의 영감조차 솟구치게 하려는 듯 하얀 색깔의 꽃송이들은 미풍에 살랑거려 허공을 맴돌다 머리칼은 물론 이

마며 콧등에도 슬며시 가라앉아 아늑한 분위기를 만든 바람에 내려오는 속도조차 예측할 수 없었다. 동적이지만 정적인 모양새는 절대적인 침묵을 닮은꼴이었다. 과수원 고랑을 부지런히 움직이는 발작마저 떨어지는 꽃잎의 침묵과 어울린 때문인지 숨소리마저 죽였다. 어디선가 한가롭게 우짖는 산새들의 조잘거림이 깊은 침묵에 한 겹의 너울을 덧씌우며.

"참, 장관이네. 저 꽃잎들을 좀 보소."

"이럴 땐 말이 필요 없지. 한 눈에 싹 보이는데 잔 소리는 천물 아닌겨? 그러고 보니 상동 댁 머리에도 흰 꽃이 험상스럽게 묻어버렸네. 이럴 줄 알았으면 화장이라도 진하게 하고 나올 걸 잘 못 했는개벼."

"그려. 참말로 장관이네. 워메, 혼자 보기 아깝네. 강촌 댁. 요럴 땐 우리가 농사꾼이 아니라 신선 같네 그려. 멋진 남정네가 선이라도 보려 왔음 얼마나 좋겠는가?"

"이 속없는 여편네야, 언제 철이 들려고 이러남……"

"아따 여수 댁이 틀린 소리를 한 건 아니니 책잡지 말드라고 잉. 선녀가 따로 있는가? 요럴 때 우리도 선녀 소리를 들어야지. 안 그려?"

한마디씩 툭, 툭, 던지며 웃음보따리를 맘껏 풀었지만 속마음은 국도 쪽으로 향하고 있었다. 주말이었다. 이름 모를 꽃들이 산야에 가득해 상춘 절을 구사하기 안성맞춤이었다. 마을을 에워싼 배꽃이 만발하였으며 맑은 날씨조차 더하여 멋진 하모니를 이뤘다. 18번 국도에 승용차가 쉴 새 없이 굴러가고 있었다.

차를 세운 채 카메라 셔터를 눌러대느라 정신없이 움직이는 젊은

이들도 보였다. 몇 년 만에 많이 피는 배꽃이어서 수정授精조차 제대로 되어 풍년을 예감해주는 것으로 약간 부푼 마음들이었지만 쓸데없는 풍류객들의 출현으로 오장이 뒤집혀 잠시 전의 화기애애한 분위기가 침통스럽게 가라앉았다.

"저 오살할 것들. 밥 묵고 헐 일 없으면 집구석에서 낮잠이나 퍼 잘일 아녀?"

"그것도 타고 난 팔자 아닌가? 남의 일에 감 놔라 배 놔라 헐 필요 없응께, 괜히 배 아파하지 말고 우리 헐 일이나 하더라고……"

여수 댁이 심드렁한 투로 받아 넘기자,

"허긴 그려. 서울 사는 여수 댁 아들도 오늘 같은 날 방구석에 처박힐 일은 없을 것 아녀? 어디론가 싸다니면서 저 사람들처럼 사진기를 안 돌린다고 장담할 수는 없으니……"

"그 말도 맞는 겨. 뒤주 쥐는 뒤주에서, 측간 쥐는 측간에서 사는 법이니까. 팔자 탓 헌다고 팔자 고쳐 진 것 아니니 아예 모른 척 해버리는 게 속 편할 일 아녀?"

허나마나 한 소리가 부풀려진 데다 새끼를 쳐 엉뚱한 방향으로 변해 말싸움으로 번지는 게 시골만의 풍습이며 재미있는 일화일 것이다. 새참 때가 되어서야 무거운 입들은 풀풀 날리는 꽃 이파리의 훈향 때문인지 금방 풀어져 시시콜콜한 이야기를 꺼내기 시작했다. 스토리조차 없는 말이었지만 무료한 시간을 축내기엔 그보다 좋은 방법은 없었다. 뉘 집의 새댁이 불쑥 나왔다간 광주 산다는 뉘 댁의 아들은……. 살림 형편이 어쨌다는 등 종잡을 수 없는 방향으로 멋대로 굴러 가다간 끝에는 감수가 나오는 법이었다. 감수의 굳은 약속이 도순이의 예언처럼 한 해를 넘기고 도로아미타불이 되어버렸으니 당연한 일이었다.

"그래야 그렇지. 믿을 놈이 따로 있지, 감수 말을 믿다니. 틀림없이 여편네가 까탈을 부렸을 거야."

내외간의 밀담을 목격하진 않았지만 이 말은 정설이 되고도 남았다. 감수를 욕하며 심지어 배반자나 다름없다고 짓씹기 시작할 사람은 경호가 첫째일 거라던 사람들은 영문을 몰라 어리둥절할 뿐이었다. 시작은 그럴 듯 했다. 농약 치는 법, 작업 시기까지 일일이 알은체 했으며 수시로 자문조차 구해 찰떡궁합이란 소리가 걸맞은 사이가, 이정도 되면 티격태격한 사이로 변하고 말텐데 경호는 쓰고 달다는 판가름을 내리기 전 함구조차 하는 터라서 그들의 꿍꿍 속을 헤아려 볼 수도 없는 일이었다.

의욕적으로 시작했지만 첫 해 농사가 생각처럼 안 되자 마누라가 태클을 걸었다는 소문이 은연중 나오고 그 말이 정설이 되었다. 그 이유를 물으면 경호는 시치밀 떼고 먼산바라기처럼 허허 웃고 말았으니 알다가도 모르고, 모르다가도 알 일이라는 우스갯소리가 생겼다. 해동이 되어도 낯짝조차 안 내밀었다. 감수 내외는 면 소재지 마트에서 꼼짝달싹 안 한다는 소문만 무성했다. 감수 어머니인 쌍암 댁이 다리품을 팔아 어렵게 나들이 하는 것조차 말렸다는.

허지만 감수 내외가 금싸라기 같은 배 밭을 왜 묵혀버린 지, 그 음흉한 음모가 얼마나 무서운 비수인 줄은 아무도 예측하지 않았던 것이다. 다만 감수의 성격이 그렇게 생겨먹었으니 어쩔 수 없는 일이라고 단정했을 뿐이었다. 그리고 가끔 속닥거리는 비웃음은 짙게 우거진 그늘을 따라 배 밭 사이로 전설처럼 번져 나갔나. 그렇지만 그것이 되돌아오리라곤 상상조차 할 수 없었다.

저수지 왼쪽에 자리한 할아버지 명의로 된 밭 한 필지가 감수 앞으로 이전된 건, 이태 전 감수 아버지의 장례식이 끝난 직후였다.

18번 국도에서 비교적 가까운 거리여서 눈썰미가 맵지 않더라도 은근히 욕심을 부릴만한 요지의 땅으로 보여 군침을 삼키기에 알맞았다. 부근의 야산들이 비싼 값에 몇 군데 매매되면서 명당자리가 이 골짝에 숨어있다는 낭설이 사실인 것처럼 알려졌다. 부동산 투기꾼들이 심심찮게 들락거리던 시절이었다. 천천히 달리든 승용차가 멎더니 중년의 신사가 내려 마을 사람 누군가를 붙잡고 비밀스럽게 통사정했다는 소문도 떠돌았다. 물론 긴 가민가 실체조차 없는 터였지만 사실인 것처럼 된 것은 근거 없는 소문이 부풀려지면 무조건 믿고 보는 시절이었으니 당연했다. 누가 봐도 한 눈에 욕심을 내고도 남을 땅이었다. 전원 주택지나 못자리 사냥꾼이 아니더라도 홀륭한 먹잇감이 되고도 남을 만 했다. 은박 테가 입힌 명함은 웬만한 사람은 알 만한 유명 기업체의 회장이라는 소문이었고 땅값조차 터무니없이 높게 제시해서 심심할 때마다 흥미 있는 소재거리로 입방아에 오르내렸다.

감수 할아버지의 명의로 되어 두 삼촌의 동의가 필요했지만 결론은 이미 난 셈이나 다름없었다. 삼촌들의 조건부가 있었다는 건 추측에 불과했다. 고향을 등지고 객지로 나간 사람치곤 나이가 들어 주검에 다다르면 연고지의 땅에 묻힐 걸 기대하기 마련이어서 주위 사람들도 이런저런 시비조차 걸 일이 없었다. 가족 공동묘지가 된 것은 누가 뭐래도 당연한 순서였고 관습에 의한 의례나 다름없는 터였다. 감수 아버지 쌍암 양반이 살아 계실 때만 해도 자주 들락거려 우의가 좋은 데다 감수가 대를 이을 큰 집의 장조카이니 두말 할 필요도 없는 것이었다.

그렇지만 두어 해가 지내면서 끔직한 사탄이 벌어지고 말았다. 숟가락 머릿수는 물론 재산 상태까지 훤하게 꿰뚫어보며 말 만들기에 익숙한 마을 사람들이 부지런히 들까불 수 있는 분위기조차 만들었다. 골육상쟁이란 말이 따로 없었고 믿는 도끼에 발등 찍힌다는 속담이 너무나 그럴 듯하다는 걸 증명해주는 게기가 되고도 남았다.

남수 씨의 예언이 딱 들어맞았다고 혀조차 내둘렀다.

쌍암 양반과는 나이도 비슷했고 무던한 성품들로 끈끈한 인연을 맺어온 사이인 것을 아는 터라서 근거 없는 말을 만들어내는 남수 씨를 비난한 것은 물론 상대할 사람이 아니라고 머리조차 내돌렸다. 쌍암 양반 일주기가 막 끝나자마자 감수 집에서 큰 소란이 일어 날 거라고 예언자나 된 것처럼 쓸데없는 말을 입에 담은 남수 씨의 가벼운 입놀림은 지탄조차 받아야 마땅한 일이었고 생뚱맞기 그지없었다. 나이 값도 제대로 못하는 영감, 치매기가 온 게 틀림없다고 손가락질조차 해 대기에 알맞은 것이었다. 그것도 가까운 당내간이라면 모르지만 남의 집일, 게다가 그렇게 중요한 일을 아무렇게나 예상한다는 것은 상상조차 할 수 없는 일이었다.

틀림없이 노망기가 온 거란 말이여. 안 그러면 그런 말을 어떻게 하냔 말이여. 사이좋은 쌍암 양반이 가고 나서 심심하니 어서 오라고 손짓하는 게 틀림없단 말 아닌 겨? 아낙네들은 밤 쥐라도 엿들을 것 같아 비밀스럽게 키들거렸지만, 우스갯소리는 나름대로 또 한 번의 이야깃감을 창조하여 조용하던 섯발몰 사람들에게 한 편의 영화를 제공하는 계기가 되었다.

"자낸 나잇값을 언제 헐 테여. 살았을 때의 정리를 생각해서라도 그런 일이 실지로 있었다 해도 입막음이라도 해야지. 땅을 판 일도 없고 판다는 소문도 없는 데 뜬금없는 소리로 숙질간에 싸움이라도 부쳐서 무엇이 좋냐 말이여? 심보란 올곧게 써야 된 단 말이시, 나이값을 하더라고……"

감수나 영춘이 말꼬투리를 잡고 늘어진다면 빠질 구멍은 물론 망신살에 쥐구멍이라도 들어가야 할 일이었기 때문에 남수 씨를 생각해서 한 말이었다. 끝내는 나이 어린 것들에게 만신창이가 되게 얻어터져도 어디 가서 하소연조차 할 수 없는 경우가 아닌가. 병오 씨가 담뱃재를 함부로 털며 남의 일에 참견하여 삿대질을 해봤자 좋을 건더기란 하나도 없을 것 같아 그 정도로 그치면서 은연중 자중하기를 바란 나머지 목소리조차 죽였다. 더불어 남수 씨가 평소처럼 가벼운 입놀림이 그랬노라고 실언임을 인정한다면 엉겁결에 뱉은 일이라고 입막음이라도 할 생각이었지만 남수 씨는 한 발짝도 물러 설 기세가 아니었다.

"내가 틀린 말을 헌 거여?"

오히려 큰 소리였다. 목 줄기에 핏대까지 솟구치며.

"어따 대고 삿대질이여?"

병오 씨도 물러서지 않았다. 갑장이로 진한 농담을 던질 때는 너냐

나냐 해도 무방한 사이가 아닌가. 딴 사람 대신 충고라도 한 걸 고맙게 여긴 나머지 덕담이라도 던지리라 생각했지만 엉뚱하게 삿대질조차 해대니 복창조차 터질 일이었다. 지금이라도 안 늦으니 가볍게 주둥아리를 놀리다간 쪽박 차기 일쑤라고 퍼부어 오장육부라도 한 번 뒤집어 놓고 싶은 것을 간신이 참는 쪽은 오히려 병오 씨였다. 그렇지만 상대방에서 자신의 잘못을 끝까지 인정하지 않은 채 큰 소리로 맞 대꾸 하는 바람에 세치 혀를 잘 못 돌린 것은 오히려 병오 씨라는 판정이 난 셈이었으니 참으로 어이없는 일이었다.

평소 때의 남수 씨와는 너무나 달랐다. 입이 가벼운 것이 흠결을 되어도 무던한 심성에 상대방의 이야기를 적당히 이해해 주는 성품으로 호인의 대접을 받았던 남수 씨의 모습을 찾는 다는 것은 불가능한 일이었다. 고샅길의 감나무위에서 까치가 재잘거리며 두 노인의 입 싸움에 장단이라도 맞추려는 듯 고개를 까닥거린 것조차 두 노인들의 시비를 비꼬는 형태로 변한 것 같아 속없는 두 영감의 심통에 불을 지른 꼴이 되었다. 혈기왕성한 젊은이들이었다면 주먹다짐조차 벌어질 듯 험악한 분위기로 변하고 말았다.

"저 느자구 없는 것들이 시끄럽긴……"

노인들의 고성이야 나 몰라 라는 듯 자신들의 홍취에 도취된 줄 모르겠지만 까치의 빼쪽한 주둥이의 까닥거림이 두 노인이 벌리는 언쟁의 원인이나 된 듯 성깔을 부리는 병오 씨와는 전혀 무관하듯 남수 씨의 엉뚱한 수작은 끝이 없어서 구경하던 사람조차 치매증상으로 단정한 나머지 병오 씨가 참을 것을 사정할 지경이었다. 바로 동문서답東問西쏨이었다.

"가들이 뭘 안 단가? 두고 보더라고. 삼촌들이 조카한테 당헌 것이나 다름없지. 오늘이나 내일 죽는다면 모르지만. 가족묘지 택도 없는 소리 그만해라지. 눈 빼기 하더라도 내가 장담헐 것인 께."

감수의 삼촌들도 나이가 환갑을 넘었으니 어디를 가나 어른 대접을 받을 터이지만 한마을에 살았고 친구의 동생이란 이미지가 굳어 있어 우연히 만나게 되더라도 반말은커녕 어릴 적의 습관대로 하대말을 쓴대도 무방한 사이였기 때문에 이런 말이 제대로 나오게 된 모양이었다. 도수 내외가 삼촌들과의 가족묘지로 약속은 했지만 그걸 지키지 않을 것으로 단정해버린 것이다. 이웃의 눈은 물론 체면 때문에 이삼 년 안에 죽는다면 모르지만 안 듯 모른 듯 팔아넘겨 실속을 차릴 거라는 투였다. 남수 씨의 말투에 병오 씨가 태클을 건 것이다. 어르신이란 주제에 듣기 좋은 말을 못 할망정 젊은이를 못 쓸 놈으로 미리 간주하려는 심술에 꼬투리를 잡아채는 병오 씨가 더 어른다운 모양새였다.

둘 다 년 전에 세상을 뜬 감수 아버지 또래고 이 골짝을 한 시도 뜬 적이 없었으니 불알친구들이나 다름없는 사이였지만 엉뚱한 일로 숙적으로 변했다.

"남수, 흰 소리를 해도 너무나 하네. 어째 감수를 못 된 놈으로 치부 하냔 말이여?"

두 노인의 삿대질은 아무런 결과도 없이 동네 우셋거리로 변한 것 같았지만 예언자의 지혜가 빛나는 결과를 가져온 셈이었다.

"그 놈의 집구석도 우애하기는 이미 싹수가 노랗다고."

"저수지 왼쪽 감수 밭이 진즉 팔렸다며, 쥐도 새도 모르게."

가족 공동묘지는 도로아미타불이었다. 쌍암 양반이 가신 걸 신호로 죽음의 길로 따라가지 못해 불발된 사건이나 다름없었다. 삼촌들이 곧장 죽었으면 이런 사단이 안 벌어 질 텐데. 진심이 아니라 비꼬는 방법이었다.

"원 그럴 수가 있단가? 세상 말세지. 지가 장만 헌 땅이라도 그럴 수가 없는 데. 통 코빼기도 안 보인 게 까닭이 있었구나."

마을 회관 앞에 커다랗게 서있는 당산나무 밑둥치는 짙은 그늘을 드리우고 있어서 햇볕조차 스며들기 어려웠다. 유월달의 싱싱한 잎사귀들이 짙은 녹음으로 윤기를 드러내면서 사방으로 널려 퍼진 그늘조차 한 폭의 수채화처럼 아름답게 보였다. 적당히 들랑거리는 미풍조차 윷놀이에 열중하는 마을 사람들의 심성들과 적당한 교감을 이룬 것처럼 보였다. 그늘 속에 잠긴 유성각에선 장기짝에 눈독을 들이고 장군이야 멍군이냐를 반복하고 있었다. 초복을 핑계로 마을 잔치가 벌어진 틈을 이용하여 심심풀이를 하는 윷놀이 판에선 파란 배추 잎사귀가 나뭇잎이 가져다주는 녹음과 적당이 어울려 화폐가 아니라 어떤 상징처럼 이상한 몰골로 판을 어울리고 있었다.

원래부터 시골 인심이라는 게 무료한 나머지 대화의 단절을 위하여 스토리 없이 중간에서 말만 던지고 나면 여러 갈래 새끼를 치는 법 아닌가. 뼈와 살이 한 움큼씩 엉거 붙어 번지수가 틀린 곳으로 엉뚱하게 튀어나가 얽히고설킨 허접스런 말들이 주류를 이루면서 본질조차 흐려지고 끝내는 엉뚱한 결과를 만들고 잦은 말다툼으로, 그 말다툼은 막걸리를 한 잔씩 들이키게 만들 분위기를 만들었다간 화해의 장으로 돌진하는 기관차로…….

"도대체 자네는 도깨빈가 귀신인가? 이 썩을 놈의 작자야. 이리 와서 한 잔 허게. 갑쟁이에 불알친구라지만 자네가 생일이 두어 달 빠른 거 아녀?"

병오 씨의 얼굴이 활짝 펴졌다.

"건 새삼스럽게 왜 따져?"

남수 씨가 심드렁하게 대구했지만 실은 어울릴 필요가 없다는 투였다.

"도깨비 같은 사람……."

"심성이 좋은 사람일수록 눈치가 없는 법이여. 이젠 날 형님이라 불러라."

남수 씨의 일침은 바늘 끝처럼 날카로웠지만 피부를 직접 관통한 것이 아니어서 말로만 던진 공갈이나 다름없었다. 느티나무 가지 색깔과 비슷하여 실체조차 찾기 어려운 매미들은 그들의 세계가 따로 존재한다는 걸 알리기 위함인지 인간들의 아귀다툼과는 질이 다른 청아한 목소리로 아름다운 멜로디를 연주하고 있었다. 풋 조지, 풋 조지, 허공을 향하여 오랫동안.

"그나저나 배 밭을 생각해서 비가 좀 와야 할 텐데, 너무나 가물어 배 밭이 다 탄단 말이여."

갈증이 심한지 목사동 주조장 막걸리 한 잔을 단숨에 들이켜고 입을 연 병오 씨의 입담이 걸작이었다.

"성님, 아니 좆같은 도깨비 형님? 비는 언제 올 겨?"

병오 씨가 주억거리자 조용하던 윷놀이 판에서 웃음보따리가 터졌다. 누가 관우고 누가 장비여? 그럼 현덕이는?

그런지 며칠 뒤였다. 마른 햇살에 몸서리를 치며 소낙비라도 한 줄금 내리기를 갈망하던 터에 빗줄기가 쏟아졌다. 그러나 메마른 대지를 적셔주던 빗줄기가 엉뚱하게 심술을 부린다는 것은 상상도 못했다. 스레트 지붕위에서는 느닷없이 콩 볶는 소리가 들렸다. 그 소리는 몇 초도 안 되어 엄청난 음향으로 전쟁터의 총알을 연상시켰다. 웬만한 탱자 크기로. 배 봉지 씌우기에 정신없는 때였다.

바로 그 순간이었다. 한숨은 고사하고 미친 하늘에 분노를 짓씹는 섯발몰 사람들과는 판이한 풍경이 펼쳐지고 있었다.

"올 배 농사도 망쪼 들것다. 우박이 이렇게 쏟아졌으니……"

감수의 대꾸가 없자, 파르르 성깔을 부렸다

"보라고, 내가 말이야, 내가, 도깨비 아니면 귀신이랑께."

자신감에 넘치는 도순이는 뭐가 즐거운지 씨―익 웃더니 립스틱을 꺼내 들었다.

속도에 관하여 _ 김용만

충남부여 출생.『현대문학』신인상 등단. 잔아
박물관 관장. 소설집『닌 내 각시더』『아내가
칼을 들었다』장편소설『칼날과 햇살』『인간
의 시간』외 다수. 경희문학상, 국제펜문학상,
만우문학상 등 수상.

내가 돈 뭉치를 집중적으로 뿌리고 다닌 곳은 종로3가에서 광화문 로터리를 거쳐 남대문에 이르는 시내 중심도로였다. 돈 뭉치가 뿌려진 도로는 교통이 마비될 정도였다. 몇 십 억? 그건 정확히 알 수 없다.

"지루한 여행인데 같이 마실까요?"

영감이 내게 술잔을 내민다. 나는 간이 나쁘다는 핑계로 정중히 거절한다. 간 질환 핑계는 술자리를 피할 수 있는 가장 적절한 설득력을 갖게 한다.

"어지간히 간을 아끼시는군."

"글쎄요. 내가 왜 몸을 아끼는지 모르겠어요. 오래 살 필요가 없는데도요."

선로가 두 가닥으로 갈라지는가 싶더니 작은 시골 역사가 나타난다. 열차가 플랫폼에 정지하자 대기하던 승객들이 승강구로 모여들고 이내 객실 출입문 쪽이 부산해진다. 맨 나중에 객실로 들어온 사십대 후반의 중년 사내가 좌석표를 살피며 다가오다가 내 옆자리에 앉는다. 양복 차림에 안경을 낀 그는 술 취한 영감을 의식한 듯 일부러 의연한 자세를 꾸미다가 시선을 돌린다. 창가에 앉아 캔맥주를 마시고 있던 영감은 자기를 외면하는 사내의 옆모습을 꼬나보다가 종이컵에 맥주를 채워 불쑥 내민다.

"한잔 드실래요? 기차여행에는 술이 최고죠."

안경 낀 사내는 떠름한 표정을 지으면서도 자기보다 열댓 살쯤 더 들어보이는 영감에게 고맙습니다만, 하고 공손히 예의를 차린다.

"왜 사양하는 거요? 선생도 간이 나빠서?"

"그게 아니라, 내키지 않습니다."

"내켜야만 마시는 거요? 마시다보면 내키는 거지. 이분은 간 땜에 술을 끊었는데도 내 잔을 받았소."

영감은 마주 앉아 있는 나를 훔쳐보고 나서 안경 낀 사내에게 다시 술잔을 내민다. 마지못해 술잔을 받아 든 사내가 인사치레로 영감에게 행선지를 묻자 영감은 얼굴에 시큰둥한 미소를 띠며 안경 낀 사내에게 되묻는다.

"꼭 목적지가 있어야만 기차를 타는 거요?"

"그럼 무작정 타셨단 말인가요?"

안경 낀 사내는 얼굴에 불쾌한 내색을 비치다가 나한테로 시선을 돌린다. 자기의 난처한 입장을 옹호해달라는 눈치였지만 나 역시 쾌답을 줄 수 없어 부드러운 목소리로 이렇게 대꾸한다.

"열차가 교통수단만은 아닐테죠."

그리고 사내가 내 애매한 말에 토를 달까봐 얼른 고개를 돌려 복도 건너편 승객들을 바라본다. 등산객 차림인 승객들은 며칠 전 발생한 살인 사건에 대하여 서로 의견을 나누는 중이었다. 세상을 떠들썩하게 만든 사건이었다. 동해안의 한 어촌에서 가난하고 병든 노파가 살해되었는데 범인이 자기가 죽인 시신에 고운 비단옷을 갈아입히고 금노리개까지 달아준 해괴한 사건이다. 그래서 수사 당국도 범행 동기를 캐기에 애를 먹고 있거니와 여론 역시 단순살인單純殺人 따위의 안일한 유추에서 벗어난 상태다. 고도의 수법, 그게 여론의 핵심이라면 범죄심리를 다루는 몇몇 인사들은 정신이상자의 소행임을 조심스레 내비치기도 했다. 나는 어젯밤 TV에서 그런 내용의 대담을 들었다. 관심이 쏠리는 프로였다. 출연자들의 말이 흥미마저 유발시켰다.

정신병자의 소행일 겁니다.

자기가 죽인 시신에 고운 비단옷을 갈아입히고 금노리개까지 달아줬는데 정신병자의 소행이라뇨? 아마 정신병자로 가장해서 수사의 초점을 흐리게 하려는 일종의 연막전술일 겁니다.

그럼 원한관계로 보신다는 말씀인가요?

재물을 노린 건 아니잖습니까.

재물을 노리진 않았지만 비단옷과 금노리개로 치장한 걸로 보아 원한관계는 아닐 겁니다 원수를 죽이는데 그런 무모한 투자를 할 리 있을까요? 그러니 정신병자의 소행으로 보는 것이 타당하겠죠.

그때 사회자가 토론의 초점을 심리적 분석에 맞춰달라고 주문하자 패널리스트들은 금방 고상한 어휘들을 동원했다. 편집증, 억압, 승화

따위의 전문적인 심리학 용어들이 쏟아져나왔다. 소파에 앉아 TV프로를 보던 나는 주방에서 소주병과 술잔과 두부조림을 챙겨와 다탁 위에 놓았다. 그리고 소파에 앉아 술을 따라 마시며 일부러 콧노래를 부르다가 TV를 아주 꺼버렸다.

TV를 끄자 금방 집안이 조용해졌다. 그런데 그 적막이 나로 하여금 새삼 외톨이 신세임을 깨닫게 해주었고, 그 깨달음이 외로움을 느끼게 했고, 그 외로움이 형언할 수 없는 자부심을 느끼게 했다.

"열차가 교통수단만은 아니라고 했는데, 그럼 또 뭐에 소용된다는 거요?"

난데없이 영감이 나를 노려보며 소리친다. 나는 그가 시비 거는 이유를 잘 알고 있다. 진작부터 내가 자기의 말에 대응해주기를 바라고 있었던 것이다. 나와의 침묵을 두려워하는, 그래서 내가 어울려줬으면 하는, 내가 끝내 대화를 거부하면 폭삭 삭아질 것만 같은, 그처럼 위태로운 거푸집으로 보였다. 그는 자신의 몸에서 풍겨나는 술 냄새나 목소리를 통하여 자신이 살아 있음을 확인시켜주려고 안달하는 사람 같았다.

"아무 생각 없이 그냥 한 말입니다."

나는 건성으로 대꾸해준다.

"거짓말 마쇼. 당신은 나한테 호감을 사려고 그런 말을 한 거요. 틀림없다구. 당신은 지금 나한테서 뭔가를 느끼고 있다 그 말요. 친밀감이랄까."

영감은 너스레를 떤다. 그리고 저만치 지나쳐버린 홍익회 판매원을 불러세우고 빈 맥주캔을 집어들어 흔든다. 판매원이 맥주가 떨어져 새로 가져와야 한다고 하자 두 손으로 네모꼴을 그려보이며 큰 소리로 주문한다.

"박스째 갖다줘요."

나는 지그시 눈을 감는다. 맥주 한 박스를 누가 마실거냐고 간섭하려다 대화의 빌미가 될까봐 참는다. 그와 함께 술을 마시며 노닥거릴 계제가 아니다. 나는 아까부터 따닥거리는 열차 바퀴 소리에 귀를 기울이고 있는 중이다. 따닥따닥 따닥따닥 따닥따닥 따닥따닥, 선로의 이음 부위를 치는 그 마찰음은 차츰 리듬을 이루면서 경쾌한 속도감을 유발하고 그 속도감은 내 기분을 몽롱하게 홀렸는데, 지금 타고 가는 중앙선 열차가 마치 만화영화 〈은하철도〉의 999열차 같기만 했다.

"내리막 길이죠?."

또 영감이 말을 걸어온다.

"바퀴 소리가 듣기 좋습니까?"

나는 일부러 삐딱하게 받는다. 하지만 영감은 입을 다문 채 창 밖을 내다본다. 그의 시선이 머무는 들 건너 능선 위에는 붉은 노을이 지고 있다. 뭘 생각하고 있을까? 노을을 바라보는 그의 멍한 시선이 낯설지 않다. 깎지 않은 수염, 헝클어진 머리털, 지친 듯한 표정, 모두가 내 모습을 빼다박았다. 육십대 중반? 나보다 여남은 살쯤 더 들어보이는데, 저 나이에 청바지를 입은 걸로 보아 옷 취향도 나와 비슷한 모양이다.

"빠른 바퀴 소리는 쾌감을 유발하죠."

안경 낀 사내가 영감 대신 끼어든다. 내가 아니꼽다는 눈치를 주자 그는 뚱한 눈을 두리번거리다가 말을 잇는다.

"리듬의 음악성 때문만은 아닙니다. 안정감 때문이죠. 열차는 달리는 게 속성이니까요."

"빨리 달릴수록 안정감이 든다, 그거군요."

"무조건 빠른 것만은 아닙니다. 이 열차의 성능과 부합되는 가장 알맞은 속도감이죠."

"알맞은 속도감이라, 선생은 과속을 싫어하나보죠? 만약 이 열차가 음속을 돌파하고 광속으로 질주한다면 그런 과속도 싫어하겠네요?"

"무슨 말씀인지……"

"내 말이 너무 황당한가요?"

"물론이죠."

"그럼 살인범이 자기가 죽인 시신에 고운 비단옷을 갈아입히고 금노리개를 달아줬다면 그것도 황당하겠네요?"

"송장을 치장해준 게 뭐가 이상해서?"

이번에는 영감이 벌컥 화를 내며 끼어든다.

"이상한 게 아니라 그 치장을 색다르게 해석하고 싶었을 뿐이죠."

"색다르게? 개뿔도 당신이 뭘 안다고 까불어?"

나는 영감의 거친 말투가 조금도 불쾌하지 않다. 그가 술도 취했거니와 어쩐지 그에게만은 대들고 싶지 않다. 어색한 침묵이 흐르자 안경 낀 사내가 분위기를 눙칠 양으로 내게 말을 건다.

"기차여행은 자주 하시나요?"

"이십 년만에 기차를 타봅니다."

"그동안 자가용만 탔다는 말이군. 그럼 이번 여행은 특별한 여행이요? 자가용을 타잖고 기차를 타게?"

영감이 또 시비를 걸어온다.

"차를 버렸습니다."

"차를 버리다니?"

"재산을 모두 버렸습니다."

내 목소리는 사뭇 떨리기까지 한다. 아무나 붙들고 하고 싶던 말이었다. 내 달뜬 감정이 물 속의 공기 방울처럼 몸속을 부유한다. 아내와 헤어질 때도 이런 감정이었다. 그때 아내는 정원 연못가에 서 있는 오리나무에 시선을 준 채 이런 말을 했다.

"오리나무는 다른 나무들보다 물이 많아야 살아요. 나도 오리나무처럼 축축한 세계를 좋아하죠. 저 오리나무는 바로 내 모습이에요. 자갈색 단성화는 당신에 대한 애정의 표시고요. 그 꽃이 아름답지 못한 건 당신이 어둡기 때문이죠."

아내가 떠난 날은 유독 바람이 세찼다. 내 체질에 맞는 날씨였다. 나는 태풍을 좋아한다. 태풍에 몸을 맡기면 팽팽한 욕망이 재가 되고, 그때 나는 가장 조용한 세계에 빠져들 수 있다. 태풍을 좋아하는 나한테 잘먹고 잘살자고, 어림없는 소리다. 자식도 싫다. 자식은 나를 타락시키는 애물이다.

"애들을 데리고 떠날 수밖에 없군요."

까만 승용차가 두어 발짝 미끄러져 갈 때 아내는 차창 밖으로 손을 내밀어 흔들었고, 나는 아내의 손가락만큼이나 섬세한 미소로 답례를 주었다. 모처럼 석양이 아름다웠다.

석양이 아름다운 건 아내가 즐거운 마음으로 떠나줬기 때문이다. 아내가 즐겁게 떠나줘야 미련없이 헤어질 수 있고, 헤어져야 한가로울 수 있고, 한가로워야 외로울 수 있었다. 아내가 즐겁게 떠나려면 먼저 나를 혐오하도록 유도해야 했다.

성공이었다.

아무 이유없이, 한창 번창할 무렵에 사업체를 팽개친 내 무모한 작전이 아내의 마음을 흔들기 시작했고, 매일 술을 퍼마시고, 수염을 깍지 않은 채, 뒷방 구석에 쪼그리고 앉아, 어머니의 춤추는 모습을 상상하며, 검은 구름이 걷히는구나, 나는 어머니를 죽인 놈야! 하고 가끔 소리를 내지르자 드디어 아내는 나를 기피하기 시작했고 결국 혐오하기에 이르렀다. 그 고마움의 대가로 모든 재산을 넘겨주었다. 돈은 싫다. 돈이라면 구역질이난다. 나는 단말마 같은 소리를 내질렀다. 아내는 내 핏대선 얼굴을 보며 빙그레 웃었다.

"적선할 돈은 남겼어요. 소원대로 뿌려보세요."

아내는 자기가 사준 팔십 평 짜리 아파트를 마지막 선물이라고 했다. 회사, 빌딩, 유가증권 따위를 모두 챙긴 뒤였다. 실컷 뿌릴 수 없는 액수지만 그나마 남겨준 게 고마웠다. 언젠가 아내는 이렇게 외친 적이 있다.

"회사를 당신이 키웠어요? 공장도 우리 아버지가 물려준 거잖아요? 당신 같은 인간한테 당한 내가 바보지."

모두 옳은 말이었다. 빼어난 미모, 탁월한 사교술, 높은 학력, 부유한 가정, 그녀는 남한테 당하지 않고 살아갈 여자였다.

"착한 것 하나 땜에, 그걸 미덕으로 여긴 게 잘못이지. 당신이 이처럼 묘한 남잔 줄도 모르고……"

아내는 그런 말을 하며 눈물을 펑펑 쏟았다. 나는 처음 보는 아내의 눈물에서 두려움이 느껴졌고, 내가 이 세상에서 가장 이기적인 인간임을 깨달았다. 나는 아내 앞에 무릎을 꿇었다. 내가 할 수 있는 건 그 짓뿐이었다.

"여보 행복해지는 게 두려웠어."

나도 눈물을 흘리며 아내에게 진심을 내비쳤다. 아내가 나를 포기한 건 그때부터였고 그녀는 마음을 수습하며 떠날 준비를 서둘렀다.

"재산을 버렸다?"

영감이 턱을 치켜들며 비아냥거린다.

"네."

"아주 재밌는 대답인데…… 도대체 누구한테 재산을 줬다는 거요?"

"낯도코도 모르는 사람들에게요."

"자선도 좋고 기부도 좋지만 타고 다닐 차는 놔둬야지. 요즘 세상 자가용은 재산이 아니니까."

"어디에 자선한 게 아닙니다. 기부한 것도 아니고요. 그냥 길바닥에 버렸죠."

"농담할 사람이 아닌 것 같은데, 그럼 이것으로 날렸소?"

영감은 손으로 화투장 쥐는 시늉을 한다.

"아뇨."

"그럼 계집질에?"

"아뇨."

"그럼 어디에?"

"왜 그렇게만 생각하시죠? 길바닥에 뿌렸다니까요."

"정말 그렇다면, 얼마를 뿌렸는데?"

"웬만한 아파트 한 채 값은……"

"큰 사업을 하는 모양이군. 바친 액수가 큰 걸 보니."

"권력 앞에 바친 촌지가 아니고요……"

"이봐, 진짜 버렸단 말야? 어느 미친놈이 서울 거리에 돈 뿌렸단 소문은 들었지만."

"그 사람이 바로 납니다."

"뭐야? 당신이라구? 그렇다면 지금 내가 정신병자와 얘기하고 있는 셈이군."

"내가 정신병자로 보입니까? 물론 성한 사람으로 여기진 않겠죠. 지폐 뭉치를 포대에 넣고 다니며 광화문과 종로 거리에 뿌렸으니까요. 그날 밤 길바닥이 꽁꽁 얼었지만 추운 것도 몰랐어요. 정말 황홀했죠."

"말짱 헛소리야."

"못 믿으면 할 수 없죠 머."

"그럼 그렇다 치고……"

영감은 죄인을 심문하듯 내 시선을 후빈다.

"버린 돈이 전 재산은 아니겠지?"

"남겨둘 바엔 뭣 땜에 버렸겠어요."

"아직 살아 있잖아."

"그런 짓 한 사람은 꼭 죽어야 되나요?"

"살려고 맘먹은 사람이 그런 짓을 해? 툴툴 털었는데 당장 어떻게 살아?"

"전셋집 하나 구할 건 남겼죠."

"가족도 있을 텐데?"

"가족이 없습니다."

"처자식도 없다구?"

"그래요."

"여태 장가도 안 갔단 말야?"

"아내와 헤어졌거든요."

"자식은?"

"아내가 챙겨서 함께 미국으로 떠났죠."

"재산도 알뜰히 챙겨보냈겠지. 그러니 양옥집 놔두고 노숙하는 기분이겠구면?"

"다시 만날 처자식이 아닙니다. 훗날에도 나를 찾지 못할 거구요."

"마누라야 등돌리면 남이라지만 혈육하고 어떻게 영영 헤어져? 암 때구 당신이 찾아가면 될 텐데?"

"자식을 다시 만날 생각이라면 돈을 안 버렸겠죠."

"그 말은 이해가 가누먼. 인생살이 끝낼 마당이라 그랬을 테니. 암튼 독한 짓요."

"내겐 독한 짓도 아닙니다. 평소 소망했으니까요."

"소망? 참 별난 소망이군. 암튼 그 사연이나 들어봅시다. 왜 돈을 버렸는지."

"그건 얘기할 수 없습니다."

"홧김에 서방질한 격인가? 아내와 헤어질 때 얼마나 폭폭했어야 그런 짓을 했을꼬."

"아내하고는 즐겁게 헤어졌습니다."

"그래도 지금 생각하면 돈 버린 게 후회스러울걸?"

"후회하려면 왜 버렸겠어요. 조금도 아깝진 않습니다. 다만 마음 장난에 불과하다는 생각이 들 때가 있긴 하죠. 내가 달라진 게 없으니까요. 돈을 버리면 달라질 줄 알았는데……"

"달라지다니?"

"옳고 그름이 뭔지를 아는 게 싫었거든요. 돈을 버리면 그런 판단력이 마비될 줄 알았는데, 정말이지 그런 내가 싫어요."

"세상이 썩으니까 별난 사람이 다 생기는군. 확 돌아버리고 싶다 그 말이오? 자기자신이 싫다는 말은 이해가 가오만……"

"영감님도 자신이 싫을 때가 있나요?"

"자꾸 캐봤자 뭐하겠소. 애초 태어난 게 잘못이지. 암튼 당신은 돈도 벌어봤고 처자식도 거느려봤으니 여한이 없을 거요."

"혼자신가요?"

"그렇다오. 여기저기 떠돌아다니며 논다니를 건드려본 것 말고는."

"젊었을 때 고생이 심했나보죠?"

"그 더러운 고생짐 턴 지가 딱히 사 년하고도 두 달째요. 얼마나 부모 죽는 게 반가웠어야 날짜를 외고 있을라구. 머슴네 외아들로 태어

낳을 때부터 이미 고생짐을 짊어진 셈요. 끼니감 구하러 다니기 이십 년, 치매 걸린 노모 똥 수발하기 이십 년이었소. 불행 중 다행으로 자리보전하던 아버지가 먼저 돌아가시는 바람에 짐 하나는 던 셈이지만 어머니는 끈질기게 살아서 내 발목을 잡았다오. 이십 년 간 내 몸에서 구린내 가실 날이 없었으니까. 그러니 어느 여자가 내게 시집오겠소. 내 인생은 늙은이 똥 치는 일로 끝난 셈요. 그런데도 어머니는 더 살고 싶어 버둥댔지. 이놈아 이 에미 어서 죽는 게 소원이쟈? 그래서 나는 늙은이에 대한 콤플렉스가 대단하다오. 어쩌다 거울에 비친 내 얼굴을 볼라치면 갈기갈기 찢고 싶거든.”

말을 끝낸 영감은 얼른 캔을 따서 벌컥벌컥 마신다. 나는 등받이에 몸을 기대고 눈을 감는다. 바퀴 소리는 여전히 빠르게 들려온다. 리듬이 점점 경쾌해진다.

따닥따닥 따닥따닥 따닥따닥 따닥따닥 따닥따닥 따닥따닥…….

열차가 더 빨라진다. 내리막길을 달리고, 가속이 붙고, 음속을 돌파하여, 광속으로 날면…… 드디어 까만 어둠을 밝히며 어머니의 고운 자태가 나타난다. 하얀 옷깃을 날리며 허공을 유영하는 어머니의 모습이 춤추는 무희 같다. 옷깃에서 야울거리는 음색이 휘파람새의 슬픔처럼 적요하다.

자장자장 우리애기
노망태기 둘러메고
깊은산중 들어가서
밤한톨을 주워다가
실경밑에 묻었더니

생강쥐가 다파먹고

빈젖빠는 우리애기

내 몸이 어머니에게로 흘러간다. 하지만 어머니 곁으로 다가갈 수가 없다. 내가 눈물을 흘리며 어머니를 불러보지만 어머니는 먼 곳에서 음성만 울려보낸다.

"얘야, 치매 삼 년 부모에 효자 없다고 했다. 그런데 너는 자그마치 이십 년 동안 시달려왔다. 에미 수발에 청춘을 허비한 네가 너무 가엾구나. 내가 일찍 죽었던들 네가 그토록 고생하진 않았을 텐데……"

"무슨 가슴 아픈 일이 있나본데."

영감의 목소리에 눈이 떠진다. 영감은 안경 낀 사내와 술을 마시는 중이다. 나는 눈물이 창피스러워 얼른 손수건을 꺼내 닦는다.

"나도 꿈속에서 종종 운 적이 있다오. 진짜 눈물이 난 걸 보면 꿈이나 생시나 모두 같은 게요. 암튼 우는 꿈을 자주 꿨으면 좋겠소. 꿈속에서 어머니를 뵈면 행복해지거든. 껴안고 실컷 울 수 있으니 말요."

"꿈속에서 어머니를 껴안고 울다뇨? 우리 어머니는 껴안지 못하게 늘 멀리 계셨는데요."

"어머니가 멀리 계신 게 아니라 당신이 멀리 느껴지는 거겠지. 생시에 정이 없었나보구려?"

"아뇨."

"하기야 에미한테 정 없는 인간도 있을라구. 그나저나 그 살인사건을 어떻게 생각하오? 아까 저쪽 자리에서 떠들던데?"

영감이 동해안 사건에 대하여 내 의견을 묻는다. 나는 살인 동기를 규명하기 어렵다는 말로 얼버무린다. 일반 살인사건과는 다르다느니 정신이상자의 소행이 아니라느니 따위의 단정적인 의사를 내비침으로써 그의 견해를 미리 한정하고 싶지 않아서다. 영감이 그 사건을 이야깃거리로 삼으려는 의도부터가 자기 나름의 견해를 말하고 싶어서일 터다.

"궁금한 게 많아요."

나는 매스컴에 보도되지 않은 자세한 내막을 알고 싶었다. 하지만 영감은 대답을 삼킨 채 차창 밖으로 고개를 돌린다. 멀리 보이는 산 계곡 아래에 야트막한 분지가 누워 있고 분지 기슭에 슬레이트 집 두어 채가 숨어 있다. 주변에는 아무 인적도 보이지 않는다. 폐옥이 아닐는지. 잠깐 그런 생각이 들 때 영감의 눈자위에 물기가 젖어든다. 귀밑으로 흘러내린 그의 흰 머리칼이 쓸쓸해보인다.

"그 시어머니와 며느리의 얘기는 전설로 남을 거구먼……"

영감의 목소리가 몹시 떨린다. 그는 술 한 컵을 더 마시고 나서 내게 조용히 묻는다.

"당신도 사건 내용을 알고 있겠구려?"

"매스컴에서 떠든 것 만큼요."

나는 그 살인사건에 유독 관심이 많았다. 그래서 여러 신문을 모아 사건 내용을 꼼꼼히 읽고 기사를 오려두기도 했다. 기사 내용을 요약하면 대충 이러했다.

강릉 근처에 있는 진리 포구에 가난한 어부가 홀어머니를 모시고 살았다. 혼기를 놓칠 만큼 궁핍하게 살아온 그에게 혼처가 생긴 것은 서른 두 살 때였는데 신부감 역시 이웃 어촌에서 가난하게 살아온 어부의 딸이었다. 그들은 금슬 좋은 부부가 되어 알뜰하게 살림을 꾸려 갔는데 남편은 바다에 나가 잡어를 낚고 화포철이면 미역을 거둬들여 한 푼 두 푼 재산을 모았다. 아낙은 아낙대로 고기 행상으로 용돈을 벌어들여 살림에 보탰다. 결혼 이듬해부터는 연년생으로 두 아들을 낳아 집안에는 더 환한 웃음꽃이 피었다. 그런데 결혼생활 사 년이 지날 무렵 시어머니가 중풍이 들어 사족을 못 쓰게 된 데다 남편마저 조난을 당해 하반신을 못 쓰게 되었다. 아낙 혼자 살림을 꾸려갈 수밖에 없었다. 날마다 행상으로 지치는 데다 시어머니와 남편을 시중하랴 어린 두 자식을 거두랴 아낙의 몸은 점점 쇠약해져갔다. 며느리의 고생을 보다 못한 시어머니는 스스로 목숨을 끊으려 했지만 죽을 방도가 없었다. 목을 매자니 일어날 수가 없고 독약을 먹자니 사다 줄 사람이 없었다. 시어머니는 날마다 며느리에게 죽여달라고 애원했다. 얘야, 네가 쓰러지면 우리 식구 모두 죽는다. 늙은 산송장 땜에 남편과 어린 자식을 죽이는 게 도리겠느냐. 그건 효도도 아니거니와 하늘의 법도도 아니다. 하늘은 사람이 감당할 수 있는 일을 시키는 법이다.

하지만 며느리는 막무가냈다. 시어머니는 며느리가 끝내 말을 듣지 않자 이웃에서 홀아비로 지내온 한 뜨내기 영감을 불러 눈물로 사정했다. 제발 우리 며느리를 설득시켜 내 고액苦厄을 풀어주도록 하세요. 아저씨도 치매 걸린 노모한테 시달렸잖아요? 그래, 나 같은 시에미를 거두는 게 효도겠어요 고이 재워주는 게 효도겠어요. 더구나 우리 며느리 입장을 생각해 보세요. 종국에는 며느리도 쓰러집니다. 그애가 쓰러지면 우리 아들 손자 모두 죽습니다.

어부는 여러 날 고심 끝에 아낙을 불러 타일렀다. 안락사는 살인이 아니고 적선일세. 그러니 불효라 생각 말고 살인이라 생각 말게. 불효가 아니니 험잡을 사람 없고 살인이 아니니 두려울 것 없잖은가. 나도 안락사에 협조할 테니 어서 일을 치르도록 하세. 평소 음덕이 태산 같으신 자네 시엄씬데 그분 정토왕생하시는 길에 나도 마음 한 점 공양하고 싶네 그려.

결국 아낙은 마음을 돌리기로 했다. 자기가 지옥에 떨어지는 대가로 남편과 자식이 살 수 있다면 그 죄업을 두려워하는 것 자체가 이기요 허욕이라는 생각이 들었다. 드디어 어느 길한 날을 택해 아낙은 목욕재계하고 시어머니에게 바칠 약사발을 준비했다. 달 밝은 밤이었다. 아낙은 하얀 치마 저고리를 다듬어 입고 무릎을 꿇고 앉아 약사발을 올렸다. 시어머니는 미소를 머금은 채 약사발을 받아 입으로 가져갔다. 그때였다. 시어머니가 막 약을 마실 참인데 아낙이 도로 약사발을 빼앗았다. 뺏을라 안 뺏길라, 그 바람에 약이 방바닥에 쏟아졌다. 시어머니는 손바닥으로 약물을 훔쳐 입술로 핥으려고 버둥댔다. 하지만 며느리가 울부짖으며 시어머니의 몸을 뒤로 밀치고 저고리를 벗어 약물을 닦았다. 그날 밤 두 여인은 껴안고 밤새 울었다.

"당신은 왜 술잔이 비었소? 여태 두 깡도 못 마셨잖아?"

영감이 내 발 밑에 놓인 빈 종이컵을 보며 투덜댄다. 내가 얼른 컵을 집어들자 그는 맥주를 따라주며 엉뚱한 데로 화를 돌린다.

"경찰녀석들은 죄 병신야. 범인을 여태 못 잡다니."

"누가 범인인지는 몰라도 며느리의 딱한 처지를 동정해서 저지른

범행일 테죠."

나는 영감의 말에 모처럼 진지한 반응을 보인다. 그는 피씩 웃음을 날리고 나서 추억을 더듬듯 말한다.

"비상을 드시는 노인의 모습이 참 우아했어. 날개를 고이 접은 학의 자태랄까."

"아무리 취했기로 그런 말을 해선 안 되죠."

"나는 정신 멀쩡해. 그 노인한테 독약을 바칠 때도 정신이 멀쩡했다구."

"독약을 바친 게 아니고 바치고 싶었겠죠. 술 취하면 발음이 서툴잖아요? 나도 여러번 그런 실수를 저질렀거든요. 어머니를 죽이고 싶었다는 표현을 죽였다고요."

애써 말머리를 돌려주자 영감은 그 고마운 변명이 역겹다는 듯 나를 노려본다.

"당신은 술이 안 취해서 발음이 정확한 거야?"

영감은 벌떡 일어난다. 나는 어디에 갈 거냐고 묻는다.

"어디를 가든말든 그건 왜 물어? 당신이 돈을 버렸다구? 당신처럼 몸을 아끼는 인간이 돈을 버려?"

영감은 비틀비틀 출입구 쪽으로 걸어간다.

"저 사람 많이 취했군요."

나는 그런 식으로 안경 낀 사내에게 체면을 세우려한다. 그는 사람이 술 취하면 그럴 수 있다는 말로 중립적인 위치를 지킨다. 기분이 언짢아진 나는 캔맥주를 통째로 마시고 나서 안경 낀 사내에게도 캔 한 통을 내민다. 사내가 술을 사양하자 그런 몸조심이 티꺼워보여 캔을 억지로 손에 쥐어준다.

"나는 지금 지오티가 이백을 넘어도 술을 마시잖소."

"지오티 수치가 그 정도면 참으셔야죠."

"증세가 발견되고 삼 년이 지났죠. 그러니까 삼 년 만에 술을 마시는 셈요."

"그토록 참았는데 왜 마십니까?"

"내가 돈을 버렸다는 증거를 보이려고……."

"선생은 자신이 버린 걸로 착각하시는군요."

"당신도 내 말을 안 믿소?"

"아까 영감도 말했지만 진짜 돈을 길거리에 버린 사람이 있었죠. 워낙 시끄럽던 사건이라 선생도 기억하실 겁니다만."

"그게 나라고 했잖소."

"선생도 그들 중 하나군요."

"그들 중이라뇨?"

"그 돈을 자기가 뿌렸다고 떠든 사람이 몇 명인지 아세요? 아마 수백 수천 명은 될 겁니다. 그런데 선생은 아직도 그런 농담을 하니 참 순진하시네요. 암튼 오늘 재밋는 분들과 여행하게 되어 무척 즐겁습니다."

"비웃지 말아요. 나는 농담하는 게 아니라 사실을 사실대로 말한 것뿐요. 돈 뿌린 짓이 자랑거리는 아니지만."

"비웃는 말로 오해하셨다면 죄송합니다. 하기야 돈을 버렸든 안 버렸든 그게 문제가 아니죠. 누구나 한 번쯤은 일탈을 꿈꾸거든요. 하지만 인간은 결국 상식의 울타리 안에서 맴돌 뿐입니다. 상식으로 둘러싸인 울안은 평화롭기 때문이죠. 열차의 속도는 백 킬로 정도가 젤 쾌적한 속도잖아요? 그 이상의 속도는 불안하고 그 이하의 속도는 우울해집니다.”

“선생은 삶의 지혜를 말하는 모양인데 그보다 체질이 문제라고 봅니다.”

나는 무슨 말인가를 보태려다 참는다. 하지만 안경 속에서 반짝이는 그의 도도한 눈빛이 거슬려 참았던 말을 토해내고 만다.

“선생은 자기를 낳아준 어머니를 죽이고 싶은 적이 있습니까? 그리고 미쳐서까지도 자식의 부귀영화를 빌어주는 어머니의 지극한 정성을 혐오한 적이 있습니까?”

나는 안경 낀 사내의 얼굴을 빤히 쳐다본다. 그의 눈이 맥없이 끔벅거린다. 내가 이물질로 보인 모양이다. 쉬 감각할 수 없는 물질. 그의 눈에 비친 내 모습이 궁금하다. 어떻게 보일까?

히히힛 히히힛 히히힛…… 나는 아직도 그 어둠 속에 갇혀 있다. 귀에 이명처럼 울려대는 그 주술은 퀴퀴한 오물내나 진배없다. 어머니는 이슥한 밤에만 주술을 읊곤 했는데 어느 때는 음산하게, 어느 때는 처연하게, 어느 때는 간곡하게, 사람의 목소리랄 수 없는 그 낯선 소리는 집 안을 긴장시키곤 했다. 귀신 소리랄까. 그 주술은 어머니 방과 거실과 주방과 화장실과 때로는 현관에까지 울렸다. 처음에는 소가 여물을 씹는 소리를 내다가 차츰 신기가 오르면서 ‘히히힛 신령님! 히히힛 신령님!’ 하고 집 안에 소름을 뿌렸다.

“신령님께 빌고 비나이다. 부디부디 우리 아들에게 천복을 내려주소서. 천복을 내리시어 우리 아들 명화와 연을 맺게 해주소서. 명화와 연을 맺어 우리 아들 제왕 복을 누리게 하소서."

눈멀고 귀먹은 어머니는 밤과 낮을 구분 못하고 밤새 시부렁거렸다. 어머니의 주술은 밤이 깊어질수록 점점 커지다가 새벽녘이 되면 식구들의 잠을 설칠 정도로 시끄러웠다. 어머니의 입을 압박하기 시작한 것은 그때부터였다. 처음에는 손가락으로 입술을 건드리며 조용하라는 신호를 보냈다. 그러면 어느 잡귀신이 치성을 방해하냐며 팔을 휘저었다.

"휘이 휘이 썩 물러가라."

할 수 없이 나는 알밤을 쥐어 어머니의 입술을 살짝 찧어봤다. 그러면 귀신이 사람 잡는다며 고함을 쳤다. 다음에는 알밤으로 더 세게 쥐어박고 얼른 이불을 덮어씌웠다. 그제야 비로소 집안은 조용해졌다. 한참 있다가 이불을 들춰보면 어머니는 잠들어 있고 입술은 부어 있었다. 그런데 그 모습을 말끄러미 바라보는 눈동자가 있었다. 잠을 설친 열두 살짜리 아들과 아홉 살짜리 딸이 문틈으로 엿보았던 것이다. 아버지가 할머니 구타하는 모습을 구경한 셈이었다.

"제왕 복은 못 받았지만 유명 업체 사장님은 됐잖아."

어느 날 새벽녘이었다. 아내가 난데없이 혼자 지껄이고 깔깔깔 헛웃음을 날렸다. 얼굴에 술기운이 붉은 걸로 보아 어머니의 소음을 감당하다 못해 과음한 모양이었다. 처음 보는 아내의 무너진 모습이었다. 주술 소리가 유독 심한 밤이면 잠을 청하려고 한 모금씩 마시던 술이 이제 양주 서너 잔쯤은 일상이 되었는데 그날 밤에는 반병이나 마셨던 것이다. 나는 아내의 변한 모습이 당혹스러우면서도 치매 노인 뒷수발에 지친 그녀가 한편 가엾기도 했다. 아내는 고운 얼굴만큼이나 성품이 맑고 인내심이 강한 여자였다.

"어쩌면 좋죠?"

아내의 그 말은 양로원을 두고 한 말이었다. 하지만 아내 역시 나와 마찬가지로 그 대책이 어렵다는 걸 잘 알고 있었다. 중견 사업체의 오너가 홀어머니를 모시지 못하고 버렸다는 소문을 어떻게 감당할 것인가.

"비러먹을!"

이제 어머니는 귀찮은 애물이 아니라 가정을 파괴하는 폭력인 셈이었다. 나는 덜컥 겁이 났다. 새삼 위기감이 느껴졌다. 벌써 세 번째다. 마치 무당이 굿판에서 춤을 추듯 두 발을 번차례로 깡충깡충 뛰면서 주술을 읊어대는 그 천형과도 같은 추태가 소름을 끼치게 했다.

될까 안될까, 될까 안될까, 될까 안될까⋯⋯

어디서 솟아나는 기력인지 몸이 펄펄 날았다. 어머니의 그런 기력은 캄캄한 무의식 속에 갇힌 욕망의 몸부림인 셈이었다. 어머니는 아직도 이미 며느리가 된 명화를 며느리감으로 욕심내고 있는 중이었다.

될까 안될까, 될까 안될까, 될까 안될까⋯⋯

어머니는 '될까'에 오른발을 디디고 '안될까'에는 왼발을 디뎠다. 그러니까 오른발의 마지막 디딤은 성공 쪽이고 왼발의 마지막 디딤은 실패 쪽이었다. 그런데 어이없는 건 어머니 마음대로 '될까' 순번에 오른발을 디딘다는 사실이다. '안될까'에 왼발이 맞을 것 같아도 무조건 오른발을 마지막으로 디디며 '될까' 소리를 뱉어버린다. 보나마나한 점괘였다.

"히히힛! 될까 쪽이구먼. 히히힛! 됐어 됐어. 명화가 우리 며느리가 됐어."

"어머니의 애정이 혐오스럽다? 좀 심한 표현이 아닐까요?"

안경 낀 사내가 체머리를 흔든다.

"운이 트이기 시작한 것은 어머니가 돌아가신 뒤였죠. 사업은 날로 팽창했습니다. 하지만 뭘 이뤘다 싶었는데 마음은 더 불안했거든요. 그래서 결단을 내리기로 작정했죠. 불안감의 근원지를 찾아 그것의 실체와 맞닥뜨리기로."

"가난해지자 그거군요."

"아닙니다. 가난해지고 싶어서 돈을 버린 게 아니죠."

"그럴 겁니다. 선생은 버린 게 아니라 새로운 성취욕에 도전해본 겁니다. 지금까지의 성취가 외형적이라면 그것만으로는 진정한 성취욕을 채울 수 없었던 거죠. 그래서 자기 내면의 세계를 승화시킬 수 있는 자선사업에 덤벼든 겁니다. 남을 위하는 희생이야 말로 가장 큰 욕망이죠."

"선생, 다시 말하지만 자선하거나 기부한 게 아닙니다. 그러니 내 행위를 달리 봐선 안됩니다. 한갓 무모한 방종으로 해석하는 게 옳죠."

나는 창 밖을 내다본다. 누런 들판을 에두른 갈매빛 계곡에 어스름이 깔리고 있다. 해질 녘의 시골 들판, 나는 어릴 때부터 들판에 어둠이 깔리는 걸 좋아했다. 어둠이 깔려야 들판이 보이지 않았다. 들판은 온통 남의 땅뿐이었다. 아무리 가을걷이가 풍성해도 내 눈에는 고

향의 들판이 늘 썰렁해보였다. 나는 숫제 풀벌레가 되고 싶었다. 풀
벌레가 되어 남들이 곡식을 먹듯 풀잎을 배불리 먹고 싶었다.

"오르막 길이군……"

안경 낀 사내가 혼자 중얼거린다. 바퀴 소리가 점점 둔해진다. 따
아닥 따아닥 따아닥 따아닥, 나는 금방 기분이 우울해진다. 창밖의
들판이 노파의 주름살처럼 추하게만 느껴진다. 불안하다. 어서 빨라
져야 할텐데, 기차의 느린 속도가 답답하다. 광속에서 다시 일상의
속도로 환원되는 그 환멸이 두렵다. 어떻게든 열차가 광속을 유지해
야 한다. 그래야 의식이 어긋나고 행동이 어긋난다. 우아한 어머니를
의식하지 못할 때 추한 어머니의 실재實在가 비집고 들어온다. 하지
만 바퀴 소리는 점점 더 둔해진다.

따아아닥 따아아닥 따아아닥 따아아닥……

따아아아닥 따아아아닥 따아아아닥 따아아아닥……

열차가 제자리에 멈출 것만 같다. 소름이 끼친다. 아니나다를까,
들판 저쪽에서 누더기를 걸친 노파가 히히거리며 달려온다. 어머니
다. 어머니는 순식간에 들판을 가로질러 이쪽으로 달려온다. 나는 도
망쳐보지만 발이 떨어지지 않는다. 곁에 다가온 어머니는 냅다 내 발
목부터 잡는다. 섬뜩하다. 뱀이 발목을 휘감는 기분이다. 나는 어머
니의 팔을 친다. 팔에 퍼런 멍이 들어도 어머니는 내 발목을 놓아주
지 않는다. 이번에는 어머니의 목을 조른다. 그래도 어머니는 발목을
놓아주지 않는다.

"히히힛! 늬는 나를 못 죽일 거구먼. 늬는 에미를 죽일 만큼 모질
지 못혀."

어머니는 내 발목을 잡은 채 자꾸 히히거린다. 나는 어머니의 목을 더 세게 조른다.

"이제 죽어야 될 것 아뇨? 만날 미친 에미 치다꺼리하다 늙으란 말요?"

"늬가 에미를 못 죽이는 것도 모다 늬 팔자소관여."

어머니는 목을 졸리면서도 내 가슴살을 쥐어뜯는다. 어머니의 메마른 손에 내 찢긴 가슴살이 한줌 쥐어진다. 그 살점을 내밀며 히히거린다.

"이걸 봐라. 이게 네 업보다."

나는 계속 어머니의 목을 조르지만 어머니는 단호히 죽음을 거부한다. 그 거부가 슬프다. 병들고 미치고 눈까지 멀었으면서 무슨 낙을 바라고 버둥댈까. 나는 눈물을 쏟으며 더 단단히 목을 조르지만 어머니는 죽지 않고 히히거리기만 한다. 질긴 목숨이다. 실망스럽다. 허전하다. 나른해진다. 세상이 온통 까매진다.

"영감은 왜 안 돌아오죠?"

나는 얼른 고개를 들어 안경 낀 사내를 바라본다. 그는 빈 옆자리를 보며 걱정스런 표정을 짓는다. 영감이 자리를 비운지 한 시간 가량 지났으니 당연히 궁금하겠지만 그런 관심부터가 유치하다는 생각이 든다. 돌아오든 말든 무슨 상관이냐 말이다. 나는 안경 낀 사내의 면전에 대고 침을 뱉듯 큰 소리로 말한다.

"절대 안 돌아올 거요."

"네?"

안경 낀 사내의 눈이 퉁방울처럼 열린다.

"그 사람은 노파를 죽인 범인이거든요."

"네?"

"그 집 며느리를 대신해서 노파를 죽였을 거요."

안경 낀 사내는 괴기영화를 보는 시선으로 내 얼굴을 살핀다.

"믿기지 않네요. 그럼 아까 영감이 한 말이 헛소리가 아니군요."

"노파가 죽여달라고 애원했다는 이웃 홀애비가 바로 그 영감일 겁니다."

"어떻게 그처럼 단정하시죠?"

"나는 영감의 심정을 잘 이해합니다. 그는 노파 살해를 범죄가 아닌 경건한 제의로 여겼을 겁니다. 나도 어머니를 죽이고 싶을 때마다 경건한 흥분을 느끼곤 했거든요."

나는 이야기를 중단하고 술을 한 컵 따라 마신다.

"나도 한 잔 마시고 싶네요."

안경 낀 사내가 창 밑에 놓아둔 종이컵을 집어든다. 나는 반가운 마음에 얼른 맥주를 가득 부어준다. 그가 내 말에 취했다는 것이 대견스럽다. 막힌 사람은 아닌 것 같다.

"경건한 흥분이라고 말씀하셨는데, 혹 자살유혹을 느낀 게 아닐까요?"

술잔을 비운 사내가 조심스레 입을 연다.

"그걸 어찌 아셨죠?"

"어머니를 죽이고 싶을 때 느낀 흥분이라면 그것말고 뭐겠습니까."

"맞습니다. 하지만 내가 죽지 않은 건 아내와 자식들 때문이었죠."

거짓말이다. 나는 처자식 때문에 자살 유혹을 뿌리친 게 아니라 그냥 유혹을 느꼈을 뿐이었다. 편안히 침대에 누워 죽음을 생각하는 꼴이었다. 죽고 싶어 독약을 구하는 행위와는 약을 먹고 안 먹고를 떠나 차원이 다르다. 나는 스스로 목숨을 끊을 위인이 못된다. 애초부터 죽을 각오는 눈꼽만치도 없는 사람이다. 죽겠다는 건 순전히 말장난에 불과하다. 그 말장난을 대학에 다니던 아들이 꼬집었다.

"제가 느낀 할머니는 손주와 뺨을 부비는 자상한 노인이 아녔어요. 극성스런 노파로만 여겨졌어요. 퉁퉁 부은 할머니의 입술은 늘 까맸거든요. 강펀치에 얻어맞은 권투선수의 얼굴처럼요. 그게 제 기억에 새겨진 할머니의 모습입니다. 물론 아버지의 입장을 이해합니다. 오레스테스에게는 자기 어머니를 죽일 타살 논리가 가능하지만 아버지에게는 그런 당위성이 주어지지 않았죠. 할머니의 자살을 기대할 수밖에 없었죠. 더구나 아버지는 늙고 병든 자를 보호해야한다는 인간적인 짐까지 져야 했거든요. 하지만…… 도저히 차선책은 없었나요?"

아들은 비아냥거리기까지 했다. 나는 도덕적 장치로는 그 애가 치유받을 수 없다는 사실을 깨달았다. 그래서 내 몸을 깨끗이 씻고 싶었다. 피부는 물론 몸 속 내장까지 씻고 씻어 내 몸이 햇살처럼 투명해지기를 바랐다. 그 햇살은 따스함이나 밝기와는 다른 낯선 허상이었다. 불꽃에 앉아도 타지 않고 시궁창에 앉아도 때가 묻지 않는 허상, 그 허상은 내가 가장 깨끗해질 수 있는 새 모습이었다. 바로 미친 나였다.

나는 온전히 미쳐야 아들을 껴안을 수 있고, 어머니의 우아한 세계로 들어갈 수 있다. 내가 미치지 못하면 나는 자식들과 영원히 만나지 말아야 한다. 인격적인 아버지가 무너진 이상 혈육으로나마 남아야 했다. 아주 헤어지면 혈육의 그리움은 남게 마련이지만 다시 만나게 되면 추한 애비로 되살아난다.

"영감은 왜 노파의 시신을 치장해줬을까요?"

나는 고개를 뒤로 젖혀 선풍기가 쭉 매달린 천정을 바라보다가 간단히 대답해준다.

"이렇게 생각할 수 있습니다. 영감은 그 시어머니를 자기가 바라는 어머니 상으로 여겼던 거죠. 그래서 살인이 아닌 제의로 여겼고 비단옷과 금노리개로 치장까지 해준 겁니다. 또 그렇게 치장해준 심리 속에는 어떤 도덕적 무게가 깔렸다고도 볼 수 있죠."

"도덕적 무게라뇨?"

"가령 증거 같은 거랄 까요. 살인이 아니고 제의를 치렀다는 증거 말입니다."

"그랬으면서 왜 자수하지 않는 거죠?"

"화제거릴 더 만들고 싶어서겠죠. 시어머니의 행실을 널리 알리기 위해서. 며느리는 바로 자기의 도덕적 상관물이니까요. 그러니 자기의 살모의식殺母意識을 변명하기 위해 시간을 끈다고 볼 수 있겠죠."

"어떻게 그처럼 장담하시나요?"

"그 시어머니는 내가 바라는 어머니일 수도 있으니까요."

"선생, 선생의 실제 어머니도 우아하셨습니다. 그 어머니에게서 이상적인 어머니 상을 발견해야죠."

당당한 목소리다. 마치 담임선생이 제자를 훈육하는 말투다. 나는 그의 말이 건방지게 들렸지만 일부러 고맙다는 표시로 손을 잡아 준다. 그때다. 누가 내 앞으로 얼굴을 내민다 싶더니 난데없는 웃음소리가 터진다.

"하하하, 돈을 뿌린 사람이 당신 맞아. 틀림없다구. 똥을 누는데 당신 얼굴이 기억났어. 테레비와 신문에서 여러번 봤거들랑. 그때도 지금처럼 수염이 길었지. 신문 머릿기사가 참 재밌었어. 정신 멀쩡한 자의 소행. 그 기사를 읽고 하도 웃어서 오줌을 지릴 뻔했다구. 암튼 당신은 진짜 멋있는 사람야. 하하하……"

영감은 널찍한 손바닥으로 내 어깨를 툭툭 친다. 나는 그가 왜 내 얼굴을 기억한다고 거짓말을 하는지 이상한 생각이 든다. 내 얼굴은 텔레비전이나 신문에 날 수가 없었다. 보도기관에서 나를 찾으려고 애를 썼지만 아무도 모르게 산 속 깊이 숨어버렸던 것이다. 길거리에 돈뭉치를 버리고 다닌 사람인데 매스컴이 그냥 놔둘 리 없었다.

"이봐, 돈만 버릴 게 아니라 몸도 버리라구."

영감은 또 한 번 내 어깨를 툭툭 치고 나서 출입문 쪽으로 걸어간다. 성큼성큼 떼어놓는 발걸음으로 보아 기분이 달떠 있는 상태다. 마치 어린애가 집 밖으로 놀러 나갈 때 즐거워하는 그런 모습이랄까. 나는 그의 천진스런 뒷모습을 바라보다가 히죽이 웃는다. 그런 내 넉넉한 웃음 속에는 영감에 대한 고마움이 묻어 있다. 나를 종로와 광화문 거리에 돈을 뿌렸던 당사자로 믿어버리려는 고마움. 영감은 그처럼 내게서 깊은 정을 느꼈던 것이다. 그 역시 돈이 있었다면 나처럼 버렸을 게 틀림없다. 살모에 대한 죄의식을 미치는 것말고 무엇으로 탕감 받겠는가.

나는 술탐이 생겨 거듭 술잔을 비운다. 지오티 수치가 삼백을 넘고, 간염이 되고, 경화증으로 굳어, 간암으로 발전한다면…… 아주 캔째 들고 마신다. 내 폭음하는 모습을 바라보던 안경 낀 사내가 갑자기 눈을 두리번거린다.

"왜 열차가 급정거하죠?"

안경 낀 사내의 목소리가 팽팽하다. 여객들이 웅성거리며 어둠이 깔린 창 밖을 내다본다. 나는 점잖은 자세로 그냥 앉아 있기만 한다. 급정거한 열차가 백여 미터쯤 후진하다 멈춘다. 사방을 두리번거리던 안경 낀 사내가 퉁방울 눈을 뜨고 내 얼굴을 바라본다. 나는 성겁게 말한다.

"누가 죽었을 거요."

"네?"

"영감이 뛰어내렸을 거요."

"그럴 리가……"

"틀림없어요. 나도 지금 그러고 싶으니까요."

피씩, 그가 코웃음을 날린다.

"말 같은 소릴 해얄 것 아뇨?"

안경 낀 사내가 얼굴을 구기며 자리에서 일어난다. 내 곁에 앉아 있으면 뭐에 오염될 것 같다는 그런 경계의 눈빛이 역력하다. 정신병자들이 우글대는 곳에 갇혀버린 그런 두려운 눈빛을 띤 채 주위를 두리번거린다. 그는 손바닥으로 자기 엉덩이를 툭툭 털기까지 한다. 그가 낯설게 느껴진다. 그가 귀족처럼 보인다.

"내가 자리를 뜰 테니 편히 앉아 가시죠."

나는 정중하게 인사를 치르고 밖으로 나간다. 객실 창으로 흘러나온 불빛이 어둠을 녹이고 있다. 그 얼룩진 불빛 속에서 기관사와 차장들의 서성대는 모습이 보인다. 나는 철길과 나란히 이어진 밭둑으로 건너가 담배를 피우다가 그들을 피해 열차 후미 쪽으로 걸어간다. 객실과 멀어질수록 점점 어둠이 짙어진다. 마지막 화물칸을 지나 무작정 밭둑을 걷다가 뒤를 돌아본다. 열차는 아직 제자리에 서 있다. 열차를 에두르고 있는 어둠이 무덤 속처럼 보인다. 열차는 긴 관棺이다. 나는 열차가 영원히 제자리에 서 있기를 바란다. 내 몸 역시 지금의 제로 속도에 머물고 싶다. 사실 더 갈 곳이 없는 나다.

호주머니를 뒤진다. 기차표를 살 때 거슬러 받은 잔돈이 손에 쥐어진다. 마지막 남은 비상금이다. 그것을 꺼내 공중에 뿌린다. 눈송이랄까, 가랑잎이랄까, 지폐가 검은 허공에서 하늘거린다. 멀리멀리 떠다니다가 별이 되기도 한다. 그 별들은 어머니의 모습으로 뭉치더니 너울너울 춤을 추며 내게 다가온다. 곱디고운 자태다. 하얀 사紗 옥양목 매무새에 곡복穀腹을 초월한 저 우아한 어머니의 춤사위……

나는 어머니의 모습을 바라보며 마냥 히히거린다. 히히힛 히히힛 히히힛, 어느새 내 웃음소리는 어머니의 주술소리를 닮아간다.

"당신도 구경나왔구먼."

어둠 속에서 낯익은 목소리가 들려온다. 나는 어웅한 눈으로 어둠 속을 휘 둘러보다가 소리나는 쪽으로 걸어간다. 밭 고랑에서 짐승 같은 물체가 어른거린다. 영감이다. 다리에서 피가 흐른다. 몸을 잘 가

누지 못하는 걸로 보아 어디가 심하게 다친 모양이다. 나는 그가 살아 있다는 것이 불쾌하다. 화가 치민다. 비겁하다는 생각이 들기도 한다. 그가 여느 사람들과 다를 게 없다는 생각이 들자 그의 피 묻은 다리를 발로 걷어차고 싶다.

"하필 오르막에서 뛰어내리다니……"

영감은 자기의 실수를 탓한다.

"내리막이면 편히 죽을 수 있었을 텐데……"

내리막길에서 뛰어내렸으면 빠른 속도에 내꽂혔을 텐데, 그러지 못한 자신의 실수를 징벌하려는 듯 그는 양팔을 들더니 내 손목을 덥석 잡아 자기 목에 댄다.

"어서 졸라요."

"우선 치료부터 합시다."

나는 영감의 어깨를 껴안아 일으키며 열차 쪽으로 고개를 돌린다. 구조요청을 눈치챈 그가 얼른 내 팔을 뿌리치며 화를 낸다.

"나보고 병신셀 지라는 거요? 당신이 그처럼 잔인한 사람요? 나는 어머니를 죽이려던 놈요. 그 패악에 맛이 들려 이번에는 노파를 죽였소. 그런 나를 살려두겠다는 거요?"

영감은 다시 내 손목을 잡아 자기 목에 댄다. 그때 내 몸 깊숙한 곳에서 바람과도 같은 시원한 기운이 치오른다. 여태까지 짓눌려 있던 그 시원한 기운은 점점 내 기분을 달뜨게 한다. 죽음이 정답게 느껴진다. 나는 두 손으로 영감의 목을 누르기 시작한다. 그의 얼굴에 미소가 떠오르자 나는 큰 적선을 하고 있다는 생각이 든다. 영감은 조용히 죽음을 맞아들인다. 목을 조르는 짓에 신이 난 나는 숫제 콧노래라도 부르고 싶다. 영감의 몸이 일순 꿈틀거린다. 단말마겠지. 나는 영감의 마지막 고통을 덜어주기 위해 손아귀에 힘을 보탠다. 이내 그의 몸이 풀어진다.

"뭐 하는 짓야!"

죽은 줄 알았던 영감이 버럭 소리를 내지른다.

"목을 조르라니까 쓰다듬어? 빌어먹을, 돈을 버린 놈이라 제대로 미친 줄 알았더니."

영감은 내 손을 확 뿌리친다. 그제야 정신이 든 나는 열차 쪽을 바라본다. 기관사와 차장들은 아직도 열차 주위를 살피고 다닌다. 그들은 플래시 불을 여기저기 비춰보며 뭔가를 찾는 중이다. 밖으로 나온 승객들이 떼를 지어 그들의 뒤를 따라다닌다. 그 승객들 중에서 젊은 여자 하나가 목소리를 높인다.

"분명 뛰어내리는 걸 봤걸랑요."

나는 사람 살려, 하고 소리치고 싶지만 먼저 영감에게 할 말이 있어 참는다.

"나 같아도 노파의 시신에 금노리개를 달아줬을 거요."

내 목소리가 몹시 떨린다. 진작 하고 싶었던 말이지만 막상 꺼내려니 목이 메인다.

탈과 뿔 _ 정수남

서울신문 신춘문에 등단. 고양작가회의 회장.
소설집『분실시대』『길에서 길을 보다』연작
장편소설『행복아파트 사람들』외 다수. 자유
문학상, 장애인 문학상 수상.

1

왜, 웃지?

왜, 계속 웃는 거지?

한 시간 가까이 손해사정사 양 과장의 얼굴에서는 웃음이 떠나지 않고 있었다. 서류를 들여다보면서도 웃음만큼은 거두지 않았다. 나는 문득 그의 웃는 얼굴이 그 회사 보험 상품을 광고하는 남자 배우의 웃음과 흡사하다고 생각했다. 안심하고, 믿고 맡기세요. 사고가 나면 즉시 책임지고 보상해드립니다……. 그렇게 생각하자 이번엔 양 과장의 얼굴이 바로 그 배우의 얼굴처럼 느껴지기 시작했다. 웃을 때마다 작아지는 눈매와 벌름거리는 코, 그리고 왼쪽으로 약간 치켜올라가는 입모양까지 꼭 빼닮은 것 같았다.

걱정하지 마세요. 아마 잘 될 겁니다.

그는 앞으로 진행될 일을 설명하면서도 연신 웃음을 달고 있었다. 그런데 그 웃음은 비단 우리에게만 보이는 것이 아니었다. 그 사이, 번질나게 걸려오는 휴대폰을 받으면서도 그는 똑같은 웃음을 흘리고 있었다.

나는 담방담방 하는 그의 본새가 좀 가벼워 보이기는 했지만, 그래도 난 체 하거나 부정적이지 않아 조금은 마음이 놓였다. 적어도 이 중차대한 일을 맡으면서 도섭을 부리거나 꿍꿍이수작을 부리지는 않을 것 같았다. 그 부분에 대해서는 동석한 정 작가도 같은 생각인 모양이었다. 정의 사회 구현이라는 차원에서도 이번 일은 그냥 넘어갈 수 없다고, 핏대를 세우며 '나쁜 놈들'을 연거푸 뱉어내던 그도 어느새 믿음이 가는 듯 입가에 웃음을 베어 물고 있었다.

나는 D커피숍 왼쪽 벽면을 장식하고 있는 뭉크의 '절규'를 쳐다보았다. 눈과 입을 크게 열고, 두 손으로 귀를 막고 있는 저 여인을 절규하게 하는 것은 과연 무엇일까. 특히 여인의 머리를 누르고 있는, 핏빛 구름이 내 눈길을 끌어당기고 있었다.

중환자실에서 사십일 동안 사경을 헤맸어요, 팔십 넘은 노인네분이…….

저도 잘 알고 있습니다. 확인도 이미 했고요.

그러니까 시간 끌지 말고 좀 빨리빨리 처리해 주세요. 지금까지 너무 지체된 건 사실 아닙니까. 무슨 절차가 그렇게 복잡하고 까다로운지…….

정 작가는 배상금액을 다시 테이블 위에 올려놓았다. 4천만 원. 나는 그의 말을 한 귀로 흘리며 숨을 크게 뱉어냈다. 다시 아랫배가 켕기는 듯 당겼다. 바늘로 가슴을 콕콕, 찌르는 것 같은 증상이 이따금 엄습하는 건 아직 내 몸이 완전하지 않다는 것을 나타내고 있었다. 원인은 알 수 없었다. 병원에 갈 적마다 물어보곤 하지만, 의사도 규명할 수 없다고 머리를 흔들었다.

어디나 절차는 있게 마련 아니겠습니까.

양 과장은 정 작가를 외면한 채 나를 건너다보았다.

죽음과 삶의 경계란 결코 흑과 백처럼 뚜렷이 구분되는 게 아니었다. 모호하기 짝이 없는 게 그것이었다. 실제로 그 경계선을 넘나들었던 나는 지금도 이따금 갈피를 잡을 수 없을 때가 있었다. 그럴 때는 이렇듯 살아서 배상금 액수를 따지며 숨을 쉬고 있다는 것조차 실감이 나지 않았다. 내색은 할 수 없었지만, 그게 그렇듯 중요하다는 생각도 들지 않았다. 그만 포기하고 싶은 마음이 들 때도 많았다. 사실, 여든 하나라면 이제는 그만 삶의 무게를 내려놓아도 억울하지 않을 나이가 아닌가.

나는 또 밭은기침을 몇 차례 토해냈다. 그러나 목구멍에 걸린 것 같은 가래는 끝내 뱉어낼 수가 없었다. 아메리카노를 한 모금 마셔보았으나 가슴의 통증은 가라앉지 않았다. 오히려 통증은 그 부위를 점점 더 넓혀가는 것 같았다. 출입문이 열리고 닫힐 때마다 얼굴에 와 닿는 찬바람 때문에 나는 나도 모르게 얼굴을 찡그렸다.

아내가 양 과장에게 처리기간을 물었다. 아내는 아무래도 그게 궁금한 모양이었다. 그러자 그는 본사인 S화재보험 배상팀에서 결정할 사항이므로 자신이 말할 수 있는 게 아니라고 대답했다. 하지만 아내가 재차 또 묻자, 정상적으로 처리가 된다면 대략 열흘이면 어느 정도 윤곽이 잡히지 않겠느냐며 웃었다.

정말 걱정하지 않아도 되겠어요?

아내는 그래도 못미더운 모양이었다. 휴대폰을 귀에 댄 채 일어서려는 양 과장을 붙들고 다시 다짐을 놓듯 물었다.

최선을 다해 보겠습니다. 지금 저로서는 그 말밖에…….

나는 악수를 청하는 그의 손을 잡았다. 그의 손은 웃음만큼이나 따뜻하고 힘이 있었다. 문제는 가입기관이 얼마만큼 호응을 해주느냐, 하는 건데…… 그는 자리를 떠나면서도 웃음을 잃지 않았다. 그러나 나는 그가 마지막으로 흘린 그 말의 의미를 되새기지 않았다. 그건 그렇게 중요한 게 아니었다. 어쨌든 사고는 일어났고, 그 사고에서 내가 살아난 것은 사실이고, 그들도 그것은 알고 있지 않은가. 그렇다면 액수는 고하간에 배상을 해주는 것은 당연지사라고 여겼다. 열흘……. 그러니까 내 귀를 번쩍 틔게 한 것은 그 열흘이라는 시간이었다. 그것은 정 작가도, 아내도 마찬가지인 모양이었다. 따지고 보면, 지금까지 그 시간의 몇 십 배를 기다려온 우리에게 그 말은 단비와 같은 소식이 아닐 수 없었다.

아무튼 잘 좀 처리해 주세요.

정 작가가 손을 내밀며 말했다.

양 과장은 우리가 처음 선임한 손해사정사가 아니었다. 보험가입기관인 G시와, G시의 산하기관인 시설공단에서 위탁한 손해사정사로, 말하자면 우리와는 정반대 입장에 서 있는 사람이었다. 그러니까 그가 중환자실을 몇 번 다녀간 것도 보험가입기관 측 입장에서 업무상 사실 확인이 필요했기 때문이라고 봐야 했다. 그러나 선임했던 황 손해사정사가 막판에 손을 뗀 뒤 어찌할 바를 몰라 우왕좌왕하던 우리는 결국 사건의 진위를 처음부터 소상히 알고 있는 그를 찾을 수밖에 없었으며, 다행히 그는 우리의 간청을 뿌리치지 않았다. 그는 시원시원했다. 계약은 나중에 해도 상관없다면서 휴대폰으로 먼저 본사에 제출할 서류부터 준비시켰다. 진료기록증명서 사본, 진료비 납입 확인서와 영수증, 후유장해진단서, 소견서 등, 그것은 일 년 전 황 손해사정사에게 건넸던 것과 동일한 것이었다. 하지만 나는 군말 없이 시키는 대로 다시 병원을 찾아 그것을 준비했다. 병원을 들어설 적마다 그때 그 끔찍했던 일이 다시금 생생하게 떠올라 온몸이 굳어지곤 하였으나 아내와 정 작가의 독촉을 피할 수는 없는 일이었다. 마른하늘에 날벼락도 유분수지, 이런 사고를 당하고도 입을 다물고 있으면 세상이 교수님을 어떻게 보겠습니까?

특히 정 작가는 그것이 마치 자신의 일이나 되는 것처럼 주춤거리는 나를 다그치곤 하였다. 나는 그를 볼 적마다 아홉 살 차이가 얼마만큼 젊은 것인지 실감할 수 있었다. 하긴, 여름날 사흘이면 장이 익는다는 말도 있지 않은가. 양 과장이 떠난 테이블엔 잠시 정적이 감돌았다. 누구도 쉽게 입을 열지 않았다. 정 작가는 식어버린 에스프레소를 단숨에 털어 넣고 얼굴을 찡그렸다. 오후가 되어도 D커피숍은 한산했다. 결국 먼저 입을 연 사람은 아내였다. 지금까지 일 년도 넘게 기다렸는데 그까짓 열흘이야 못 기다리겠어요? 정말 해결이 된다면야……. 그녀의 목소리는 그러나 힘이 없었다. 여전히 못 믿겠다는 얼굴이었다.

나는 뭉크의 '절규'를 다시 올려다보며, 얼굴 가득 흘리던 양 과장의 웃음을 다시 떠올렸다.

왜, 웃고 있었을까.

그 웃음의 의미가 무엇일까.

2

받을 거라고 생각해?

갈 때까지는 가봐야지요.

받지 않으면 어때?

억울하잖아요. 사람이 죽다가 살았는데…….

아침 식탁에서 아내는 또 배상에 대한 이야기를 끄집어냈다. 아내는 정 작가를 봐서라도 뒤로 물러서서는 안 된다고 주장하고 있었다. 그러나 나는 그게 곧 아내의 주장이라는 것을 알고 있었다.

수저를 내려놓자 아내가 물었다.

근데 왜 당신은 주저하는 거예요? 다른 상처, 받는 게 싫어서 그래요?

나는 대꾸를 미룬 채 고개를 돌렸다. 아파트 창밖으로는 잎을 잃은 앙상한 나뭇가지들이 하늘을 향해 팔을 벌린 채 바람에 떨고 있었다. 그날도 하늘은 잿빛이었다.

그렇담 당신은 잠자코 정 작가님이 하자는 대로 따라가기만 하세요. 어쨌든 당신이 당사자라는 건 맞잖아요?

이때였다. 어디로 들어왔을까. 바람소리가 내 귓속을 이명처럼 파고들었다. 결국 바람소리에 견디지 못한 나는 일어나 베란다부터 안 방과 서재, 부엌에서 화장실까지 바깥과 통하는 창이라는 창은 모두 점검하기 시작했다. 그러나 이상은 발견되지 않았다. 모두 꼭꼭 잠겨 있었다. 그렇다면 뭘까, 나는 머리를 갸웃했다.

아내의 말은 하나도 틀린 데가 없었다. 웬만한 상처는 대개 시간이 지나면 회복되었다. 그러나 덧난 상처는 아무리 기다려도 새살이 돋 지 않을 때가 있었다. 잊을만하면 갑자기 되살아나 뇌리를 아프게 때 리곤 하였다. 돌아보면 내 어릴 적 가난 때문에 허리를 꺾고 안개 속 을 헤매던 날에 입었던 상처들이 그랬으며, 일찍 부모를 잃고 고아처 럼 살아오면서도 뜻을 꺾지 않고 만학으로 어렵게 박사학위를 취득 하기까지의 과정에서 입은 상처 또한 그랬다. 그것은 시간이 지날수 록 더욱 생생하게 다가왔다. 그때 가슴에 깊게 패인 생채기는 나이가 들어도 낫기커녕 더욱 그 깊이와 넓이를 더해갔다. 아내는 그게 그래 도 오늘날 팔십의 풍상을 견디게 해준 내 힘이 되었다고 위로하곤 했 으나 나는 그렇게 생각하지 않았다. 그것은 항상 나의 육신을 지배하 는 두려운 존재였다. 혹시라도 넘어져서는 아니 된다……. 그런데 여기에 또, 누군가로부터 상처를 덧입는다면 어떻게 회복할 것인가. 나는 자신이 없었다. 그건 자칫 치명적일 수도 있다고 생각되었다.

열흘의 약속은 지켜지지 않았다. 양 과장은 차일피일 시간을 끌었 다. 이유는 하나였다. 배상팀에서 결제가 나지 않았다는 것이었다. 글쎄 시간이 좀 걸리네요. 가입기관측이 협조를 하지 않는 것 같아 요. 그러나 그 대답은 한 달이 넘어도 똑같았다. 종전처럼 아무 것도 결정되지 않은 상태로 시간은 또 그렇게 흘러가고 있었다. 아내는 그 거 보라며 한숨만 내쉬었고, 정 작가는 어금니까지 짓씹어가며 연신 '나쁜 놈들'을 외쳐대고 있었다.

그 사람, 말만 번지르르한 거 아니에요?

그러나 나는 두 사람처럼 양 과장을 원망하지 않았다. 양 과장뿐만 아니라 보험사도, 보험가입기관인 G시도, 시설공단도, G시의 공원 운동기구 관리책임자도 마찬가지였다. 사실 죽었던 목숨을 다시 건 진 것만큼 큰 보상은 없지 않는가.

대한민국에서 제일 크다는 보험회사가 아닙니까?

누가 아니래요.

우리가 거저 달라는 것도 아니고, 의당 줘야 할 것 찾아가겠다는 건데, 근데 왜 시간을 질질 끄느냐 하는 겁니다.

그러니까 말이에요.

한참동안 떠들며 성토하던 두 사람이 내린 결론은 그러나 간단했 다. 어쨌든 본사에 서류가 접수된 것은 확인이 되었으니까 지금으로 서는 심사 결과를 기다릴 수밖에 뾰족한 방법이 없다는 것이었다.

양 과장 말대로 정말 시청에 문제가 있는 건 아닐까요?

글쎄요. 설마하니 지들도 양심이 있는데 그렇게야 하겠어요?

정 작가는 시청이 지방자치단체기관이라는 것을 내세우며 머리를 가로저었다. 그런 일이 벌어지면 가장 먼저 앞장서서 시민의 권익을 위해 뛰어야 하는 공공기관이 그곳 아니냐고 했다.

그렇지요?

아내는 뒷말을 흘렸다.

나는 부정도 긍정도 하지 않은 채 아메리카노가 담긴 머그잔의 그림을 살펴보고 있었다. 잔의 중간 부분을 빙 둘러 검은 선 하나로 연결한 그 그림이 무엇을 나타내는지는 알 수 없었으나 단순 처리한 그 속에도 어떤 의미가 담겨 있다는 것만큼은 확실히 느낄 수 있었다.

교통사고는 금방 해결해 주던데…….

이건 그런 사고하고는 경우가 좀 다르지요.

뭐가 다르지요?

교통사고는 보험사가 중간에 뛰어들어 쌍방의 합의를 끌어내지 않습니까?

그러니까 우리도 그렇게 해달라는 것 아닌가요?

아내의 한숨소리를 들으며 나는 다시 얼굴을 찡그렸다. 가슴의 통증이 또 느닷없이 엄습했기 때문이었다. 통증은 아직도 자신이 존재하고 있다는 것을 과시하듯 나를 마구 찔러대고 있었다.

사람이 아무리 똑똑하다 해도 바로 코앞에서 벌어질 불행 하나 예측하지 못한다는 말은 조금도 틀린 게 아니었다. 작년 11월8일 새벽에 일어난 나의 경우가 딱 그 짝이었다. 20여 년 동안 국립대학교 교수로 재직한 나는 정년퇴직한 이후 노년의 건강을 위해서 새벽마다 집 가까이 있는 산을 오르는 것으로 하루를 시작하고 있었다. 한바탕 땀을 흘린 뒤 시작하는 하루는 언제나 활기찼다. 그러나 그날은 달랐다. 불행이 나를 기다리고 있을 줄 누가 알았겠는가. 문제는 아파트 단지 안에 설치된 운동기구에서 비롯되었다.

11월의 새벽공기는 싸늘했다. 어깨가 움츠려들 만큼 찬 기운이 감돌았다. 그러나 잠자리를 털고 일어난 나는 그날도 준비운동을 하기 위해 운동기구가 설치된 곳으로 걸어갔다. 그리고는 평소와 다름없이 운동기구에 매달렸다. 하지만 그날 나는 준비운동을 마칠 수가 없었다. 양 쪽에 늘어진 손잡이를 잡고 온몸을 의지한 채 줄을 두어 차례 올리고 내리던 순간이었다. 투득, 소리와 함께 갑자기 줄이 끊어지면서 손잡이가 허공으로 빠져나갔다. 그 바람에 중심을 잃고 뒤로 팅겨진 나는 쓰러지면서 바로 옆에 설치된 또 다른 운동기구에 몸통을 세게 부딪치고 말았다. 불시에 당한 사고였다. 순간, 강철의 차가움도 미명의 시간도 분간이 되지 않았다. 숨을 쉴 수가 없었다. 정신도 가물가물했다. 이러다가 죽을 수도 있겠다는 두려움이 온몸을 덮어 눌렀다. 그렇게 얼마나 지났을까. 20여분 가까이 그렇게 찬 바닥에 쓰러져 죽은 듯 꼼짝 못하던 나는 가까스로 일어났다. 그리고는 살아야겠다는 일념으로 엉금엉금 집으로 돌아왔다.

그러나 불행은 그게 끝이 아니었다. 쇳덩어리로 된 운동기구에 부딪쳤던 가슴 부위가 자꾸만 욱신거리고 쑤셨다. 얼음찜질을 했으나 소용이 없었다. 무거운 바윗돌이 가슴을 눌러대는 것처럼 답답하고 켕겨서 도저히 바로 누워 있을 수가 없었다. 모잡이로 누워 끙끙 앓던 나는 결국 아내의 부축을 받아 인근의 B병원에 가게 되었고, 그곳에서 정밀검사를 받기에 이르렀다. 엑스레이 결과는 뜻밖이었다. 갈비뼈가 3대 부러졌으며, 부러진 뼛조각이 폐를 찔러 출혈까지 있다는 것이었다. 담당의사는 수술이 시급하다고 했다. 그 말을 들은 아내는 허겁지겁 입원을 서둘렀다. 일반병동에 입원한 다음 날 결국 나는 수술을 하게 되었고, 그동안 폐 속에 쌓여 있던 혈액을 약 1,900CC 뽑아내게 되었다. 그러나 그것으로도 몸은 완전히 회복되지 않았다. 미세한 튜브를 가슴 부위에 꽂고 조금씩 흘러나오는 혈액을 계속 뽑아내야 했다. 담당의사는 그나마도 다행으로 알라고 했다.

이게 대체 무슨 일입니까?

소식을 듣고 달려온 정 작가는 놀라는 얼굴이었다. 자초지종을 듣고 난 그는 누구에게랄 것도 없이 연신 '나쁜 놈들'을 외치며 손해 배상을 받아내야 한다고 서둘렀다. 그러나 보험 관계에는 그 역시 문외한이나 다름없었다. 하긴, 이런 사고를 당한 사람이 세상에 그렇게 흔한 것은 아니지 않는가. 우리는 결국 전문가가 필요하다는데 의견을 모으게 되었고, 지인이 소개한 황 손해사정사를 만나 배상금 청구에 관한 업무 일체를 맡기게 되었다.

잘 부탁드려요.

저야 늘 하는 업무가 이런 것인데요, 뭐.

황 손해사정사는 웃는 얼굴이 아니었다. 사고가 일어나게 된 발단부터 입원하게 된 경위를 듣는 동안 그는 내내 실뚱머룩한 얼굴을 하고 있었다. 말씨도 나직하고 무거웠다. 그러나 정 작가는 그런 점이 오히려 믿음직스럽다고 했다. 나도 그가 진중해 보였다. 그래서 그가 배상액의 10%를 요구했을 때에도 아무 말 없이 머리를 끄덕거렸다.

그러나 보름동안 입원해 있는 기간에도 내 몸은 호전되는 기미를 전혀 보이지 않았다. 체온은 미열인 채 떨어지지 않았으며, 곧 그칠 것이라던 피도 계속 튜브를 타고 흘러내렸다.

양 과장을 만나지 못한 지 한 달이 넘어가자 정 작가의 걱정은 커지기 시작했다. 물리치료를 받고 온 날 오후, 그는 아내에게 이렇게 가만히 앉아 있을 게 아니라 다른 대책을 강구해야 한다면서 불안한 얼굴을 하고 있었다. 그 점에 대해서는 아내도 동감하는 눈빛이었다.

그 큰 회사가 아직까지 결정을 내리지 못하는 이유가 뭘까요?

아내가 미간을 찌푸렸다. 양 과장뿐만 아니라 이제는 보험회사 자체도 믿을 수가 없다는 얼굴이었다. 배상할 생각이 있었다면 벌써 끝내고 종결했을 시간이라는 거였다.

그렇지 않아요?

맞아요.

정 작가는 자그마한 에스프레소 잔을 내려놓으며 '나쁜 놈들'을 혼잣말처럼 다시 되뇌었다. '나쁜 놈들'이란 그가 입버릇처럼 늘 달고 다니는 말 가운데 하나였다. 그 말을 나는 그와 처음 만난 날부터 들었던 터여서 조금도 이상하게 들리지 않았다. 그러나 아내는 아닌 모양이었다. 그 말이 그의 입에서 나올 적마다 놀라는 눈치였다. 물론 나도 4년 전 그 말을 처음 들었을 때는 아내처럼 놀란 게 사실이었다. 하지만 교회 문화센터에서 '자서전 쓰기' 강의를 들으면서 차츰 가까워진 나는 그가 작가로서 창작뿐만 아니라 시민운동가로도 활동을 하고 있으며 지역에 문화예술을 뿌리내리기 위해 부단히 노력하고 있다는 것을 알게 되었고, 그 후로는 그 놀람이 나도 모르게 사라졌다. 그것이 그의 올곧은 성품과 예술가적 기질에서 비롯되었다는 것을 알았기 때문이다. 그런 까닭에 이제는 그의 입에서 그 말이 나올 적마다 오히려 알 수 없는, 가슴 속이 시원하게 뚫리는 것 같은 청량감까지 느끼게 되었다. 그러나 그 직설적인 행동과 화법 때문에 그가 많은 사람들로부터 종종 오해를 불러오는 경우가 있는 건 사실이었다.

우리가 그동안 헛손질을 한 것 같습니다.

정 작가가 말하자 아내가 머리를 끄덕거렸다.

그런 것 같죠? 아무래도 그 쪽이 원인인 것 같죠?

잠시 침묵이 흘렀다. 커피숍에 앉아 유리창 너머로 바라보는 바깥 풍경은 음산했다. 초겨울 저녁 바람이 가로수 가지들을 마구 흔들고 있었고, 이미 떨어진 많은 이파리들이 거리를 어지럽게 굴러다니고 있었다. 어느새 거리 건너편 상가의 불빛이 또렷해졌다. 종로약국, 엄마반찬가게, 전주콩나물집, 파리바케이트의 간판이 눈에 들어왔다. 그 사이로 두터운 외투 속에 몸을 감춘 행인들이 종종걸음을 치고 있었다.

그래서 말인데요, 하고 정 작가는 나를 건너다보며 입을 열었다. 아무래도, 설마 했던 게 사실인 것 같습니다. 그러니까 기왕 기다린 거 며칠 더 기다려보다가 안 되겠다 싶으면 그땐 직접 그 쪽으로 쳐들어갑시다.

그의 주장은 보험가입기관의 당사자들과 담판을 짓자는 것이었다.

도대체 이게 말이나 됩니까? 자신들이 관리를 잘못해서 일어난 사고 아닙니까.

그는 말끝에 자존심 운운하며, 또 '나쁜 놈들, 나쁜 놈들'을 몇 차례 뱉어냈다. 그의 목청이 조금 컸던 탓일까. 다른 테이블에 앉아 있던 손님들의 시선이 일제히 그에게 쏠렸다. 그러나 그는 개의치 않는 얼굴이었다. 안경 속 눈동자가 반짝, 빛을 뿜어내고 있었다.

글쎄 말이에요. 무슨 꿍꿍이속인지…….

아내가 한숨을 길게 토해내며 나를 돌아보았다. 당신도 말 좀 해봐요, 하는 눈빛이었다.

그것 말고 다른 방법은 없을까요?

나는 정 작가를 마주보며 어눌하게 물었다.

한때는 나도 자존심을 지키는 일이라면 꼿꼿이 서서 세수를 할 정도였다. 그 때문에 가까운 사람들로부터 융통성이 없고 답답하다는 충고를 밥 먹듯 들어온 것도 사실이었다. 하지만 학생들을 가르치는 사람이라면 자존심이야말로 모름지기 마지막까지 지켜야 할 보루라고 생각했다. 그러나 나이를 먹으면서부터는 그것도 차츰 희미해져 갔다. 더구나 정년퇴직하고 한 차례 죽음의 문턱까지 다녀온 뒤에는 더욱 그러했다.

그 방법밖에는 없어요, 이젠.

머리를 곧추 세운 정 작가의 어조는 그러나 단호했다. 내가 다른 말을 섞을 곁조차 주지 않았다. 그 말에는 아내도 잠자코 있었다.

그러나 나는 그 방법엔 반대였다. 그들이 하는 짓거리가 생게망게 한 것은 사실이지만 물리적인 방법이 최선은 아니라고 생각했다.

아무튼 조금 더 기다려보고…….

나는 출입문 쪽으로 시선을 돌렸다. 출입문이 열리고 닫힐 때마다 울리는 종소리가 귀에 거슬렸다. 밀려들어오는 찬바람이 싫었다. 설마……. 그렇다면 보험회사가 먼저 나서서 중재할 수는 없었을까. 나는 다시 머리가 어지러웠다. 아메리카노를 한 모금 마셨으나 쌉쓸한 입안은 변함이 없었다. 붉은 구름을 머리에 이고 있는 '절규'의 여인이 나를 내려다보고 있었다.

D커피숍은 오후가 되어도 한산했다. 아홉 테이블 가운데 손님이 앉아 있는 곳은 세 개밖에 되지 않았다. 하긴, 내가 종종 이용하는 이유도 그것 때문이었다. 오래 앉아 있어도 누구의 눈치를 볼 필요가 없다는 것과 집에서 멀지 않은 곳에 있다는 것은 이따금 찾아오는 지인이나 제자들을 만나기에는 안성맞춤이었다.

3

세밑 무렵 우리들 앞에 모습을 드러낸 양 과장은 여전히 웃는 얼굴이었다. 그의 웃음은 그때까지 목이 빠지도록 기다리며 미움과 원망으로 켜켜이 껴입었던 우리들의 무장을 단숨에 해제시켰다. 왜, 약속을 지키지 않았느냐고 퉁명을 떨면서도 우리는 모두 그를 반겼다.

그러나 그가 가지고 온 심사결과란 우리들을 곧 실망시켰고 흥분시켰다. 한 푼도 배상해 줄 수 없다는, 기대 이하의 것을 그는 아무렇지도 않게 웃으면서 말했다.

이것 보세요. 진료비만 천이백만 원이 들어갔어요! 그건 양 과장님도 서류로 확인했잖아요? 보험회사에서도 이미 육백만 원 이상을 중간 계산해 주었고요. 근데 이제 와서 한 푼도 못주겠다니, 그게 도대체 말이 돼요?

나쁜 놈들, 나쁜놈들, 나쁜놈 들……. 정 작가가 꽤액, 소리를 질렀다. 아내도 가만히 있지 않았다. 양 과장을 매섭게 노려보았다.

그렇게 해서 그 회사, 빌딩 올리고 대한민국 제일의 보험회사가 되었대요?

나는 가만히 듣고 있었다. 알 수 없는 그 무언가가 가슴 한 구석을 갑자기 벌겋게 치고 오르는 것을 느꼈으나 내색을 하지는 않았다. 웃음 뒤에 감추어진 그의 다음 말이 기다려졌다.

역시 변수는 교수님의 담낭제거수술이었던 것 같습니다. 본사에서는 그것이 패혈증 발생의 원인이 되지 않는다고 보는 것 같습니다.

그는 참고라는 것을 전제로, 회사는 자신들이 자문을 구한 의료전문가들의 견해를 절대적으로 신뢰한다고 했다.

그래요? 제출한 소견서에는 분명히 연관이 있다고 기록되어 있을 텐데요.

그 말엔 나도 가만히 있을 수가 없었다. 소견서에 적힌 내용을 조목조목 일러주었다.

그랬다. 소견서에는 분명히 그렇게 기록되어 있었다. '……담낭염/담관염이 외상에 의해 생겼다할 직접적인 근거는 없으나 담낭염의 경우에 이와 같이 외상으로 인해 체력이 떨어진 경우에 빈발한다는 보고도 있고, 처음에 치료받던 외부 병원에서 외상으로 인한 혈흉으로 인한 통증으로 진단 상의 어려움이 가중되었을 것으로 생각되며, 이로 인해 진단이 지연되어 병이 위중해진 측면이 있으므로 처음에 생긴 흉부에의 외상이 환자의 임상적인 위중함을 가중 시키는데 상당한 역할을 하였다고 사료됩니다.'

그러나 양 과장은 그것에 대한 해석을 달리 하고 있었다.

연관된다고 단정한 게 아니라 연관이 될 수도 있다는 것 아닙니까.

그는 곧이어 보험가입기관 담당자들의 미온적 태도가 가장 큰 걸림돌이라고 힘주어 말했다. 그들은 담낭제거수술과 운동기구 사용 주의사항을 숙지하지 못한 것을 배상금 지급 중단 이유로 들고 있다고 했다.

그런 것은 보험사가 당연히 책임지고 해결해 주는 것 아닙니까?

아니지요. 보험사도 가입자 측에서 배상지급을 거부하면 어쩔 수가 없습니다.

나는 다시 밭은기침을 토해냈다. 갑자기 온몸이 땅속으로 가라앉는 느낌이었다. 비로소 왜 그동안 양 과장이 문치적거렸는지 진상을 알 것 같았다. 첫눈이 오려는가, 통유리에는 잿빛하늘이 걸려 있었다. '절규'의 여인이 서 있는 다리난간이 위태롭게 보였다.

눈을 무섭게 치켜뜬 정 작가가 그게 다 누이 좋고 매부 좋은 꼴 아니냐고 비아냥거렸으나, 그는 그 말엔 입을 다물었다.

그렇다면 중간계산은 왜 했지요?

이번엔 아내가 나섰다. 그러자 그는 아내를 똑바로 건너다보며 분명한 어조로 잘라 말했다.

그건 아마 나중에 도로 정산을 해달라고 할지도 모르겠습니다.

그의 거침없는 대꾸에 아내는 그만 기가 차다는 얼굴이었다.

뭐요? 그걸 말이라고 합니까?

갑자기 정 작가가 커피숍이 떠나가도록 꽥액, 소리를 질렀다.

잠시 침묵이 흘렀다. 일, 이 분밖에 되지 않는 짧은 침묵이었다. 그런데도 나에겐 그 침묵이 한 시간도 넘는 것처럼 길게 느껴졌다.

설마가 사실로 확인되는 순간이었다. 나는 다시 통증을 느꼈다.

이번엔 가슴 부위만이 아니었다. 온몸이 쑤시고 아팠다. 마른침을 삼키고 밭은기침을 몇 번 토해내도 소용이 없었다.

그렇다면 앞으로 이 문제를 어떻게 처리했으면 좋을까요?

이번엔 내가 통증 부위에 손을 얹으며 물었다.

글쎄요, 한 사백만 원 정도라면 제가 어떻게…….

그게 회사의 공식입장은 아니라면서요?

맞습니다. 제 사견이긴 합니다만…….

그는 나를 건너다보며 조심스럽게 말했다. 그리고는 덧붙여서 보험회사가 산출하는 가동연한기준을 설명했다. 그의 말에 의하면, 통례적인 것이기는 하지만 연령상 나는 이미 노동능력을 상실한 것으로 치부된다는 것이었다. 그 말을 듣자 나는 갑자기 머리가 하얘지는 것을 느꼈다. 그렇다면 지금 숨을 쉬고 있는 나는 이미 죽은 거나 진배없는 존재란 말인가.

그때였다. 정 작가가 소리 내어 웃었다.

그렇다면 하나 물어봅시다. 도대체 보험의 목적이 무엇입니까.

정 작가의 웃음은 양 과장의 웃음을 덮어 눌렀다. 양 과장도 정 작가의 그 질문에는 선뜻 대꾸를 못한 채 고개를 숙였다.

아내는 어느새 울상을 짓고 있었다.

회사에서는 한 푼도 줄 수 없다는 것으로 이미 결정 났다면서요?

예에, 그건 그렇습니다만…….

그럼, 끝난 거 아닌가요?

아내가 길게 한숨을 토해냈다.

B병원에 입원한지 대략 이십 일쯤 되던 날 새벽이었다. 갑자기 숨이 차오르고 정신이 가물가물해지기 시작했다. 앞이 보이지 않았다. 캄캄했다. 뭐가 뭔지 구분이 되지 않았다. 곁을 지키고 있던 아내가 놀라 외치는 소리가 귓가에 희미하게 들렸다. 여보, 여보! 그러나 나는 대답을 할 수가 없었다. 귀는 열려 있었으나 입이 열리지 않았다. 곧이어 간호사가 뛰어오는 소리가 들렸다. 담당의사의 발걸음소리도 들렸다. 누군가 다급하게 외치는 소리가 들렸다. 앰블런스! 앰블런스! 내가 기억하는 것은 그게 전부였다. 기억의 끈을 놓지 않기 위해 안간힘을 써봤으나 소용이 없었다. 내 의식은 곧 어두운 수렁으로 무겁게 가라앉았다.

아내의 말에 의하면, 사태의 심각성을 인지한 주치의는 곧장 나를 큰 병원으로 이송시키면서 그 모든 게 자신의 책임이 아니란 것을 몇 번씩 강조했다고 하였다. 내 책임이 아닙니다, 내 책임……. 그렇다면 그는 이미 내가 패혈증이라는 것과 곧 사망에 이를지도 모른다는 것까지 예감하고 있었다는 것 아니겠는가.

B병원에서 M병원 응급실로 그렇게 급작스럽게 실려 온 나는 그의 예감대로 30분이 지나지 않아 패혈증이라는 진단과 함께 먼저 그 원인이 될 수 있는 담낭 제거 수술부터 서둘러 받게 되었다. 새벽 2시 30분. 그러나 불행 중 다행인 것은 그곳 외과 전문의 C박사의 집도로 수술이 잘 되었다는 것이다. 하지만 패혈증이란 게 그렇듯 쉽게 회복되는 질병은 아니지 않는가. 김 대중 전 대통령도, 황 수관 박사도, 결국은 그 질병으로 세상을 떠나지 않았는가. 그들뿐만이 아니었다. 그 외로도 숱한 사람들의 목숨을 앗아간 무서운 질병이었다. 한번 걸

리면 살아나기 힘든 치사율 90퍼센트가 넘는 질병. 그런데 왜 하필이면 내가 그 질병에 걸린 것일까. 나는 의식불명인 채 스테레처커에 실려 중환자실로 옮겨졌다.

40여 일 동안 그곳에서 나는 의식을 잃은 채 죽음과의 길고 어두운 싸움을 해야 했다. 의료진은 혹시라도 내가 몸부림을 칠까봐 온몸을 묶고 산소호흡기로 연명시켰다. 음식물도 호스를 통해 주입되었다. 이틀에 한 번꼴로 문병을 왔다는 정 작가도 코와 입, 팔에 여러 개의 호스를 꽂고, 물에 빠진 사람처럼 몸통이 팅팅 부은 채 죽은 듯 누워 있는 나를 보면서 간절히 기도했다고 하였다. 그래도 끝까지 가망이 있다고 생각한 정 작가와는 달리, 아내는 그런 내 모습을 보며 절망을 느낀 모양이었다. 오죽하면 화장하여 유골을 안치할 납골당까지 예약했겠는가. 그뿐만이 아니었다. 아내는 미국에 있는 아들과 며느리, 큰 손자까지 불러들였다. 마지막 모습이라도 보라고……. 그렇지만 그건 아내의 잘못이 아니었다. 당시 주변에서는 이미 모두 목숨의 절반이 저승길에 들어섰다고 머리를 절레절레 흔들었다고 했다.

그 사이 정 작가는 울분을 참지 못하고 문제의 운동기구를 관리하는 구청의 녹지과를 찾아가 담당계장에게 한바탕 으름장을 놓은 모양이었다. 나중에 들은 이야기이지만, 주민을 위한 체육시설을 하였을 때에는 당연히 그에 따르는 관리도 철저히 하여야 하는 게 책무인데 이를 방치하여 그런 피해가 발생한 게 아니냐고, 고장이나 시설물이 노후 되었다면 수리를 하든지 철거를 하든지, 아니면 사용이 불가하다는 경고장이라도 붙여 고지하는 게 원칙 아니냐고 따졌다는 것이다. 보험에 가입했다는 것만으로 모든 책임에서 면피되었다고 생각한다면 큰 오산이라는 엄포에 담당계장도 적극 협조하기로 약조했으며, 그 뒤 한두 번 중환자실까지 방문했다고 했다. 그게 결국은 '설마'를 가져온 계기가 되고 말았지만······.

그러나 기적은 일어나야 할 때가 되면 반드시 일어나는 법이었다. 살 사람은 어떤 위험에 빠져도 다시 살아나고, 죽을 사람은 온갖 방책을 다 강구해도 결국은 죽는다는 것, 그것이 세상의 이치였다. 내가 그랬다. 아내는 물론 담당의사까지 포기하다시피 했던 내가 이윽고 어느 날 그 긴 잠에서 깨어나는 기적을 이룬 것이었다.

그날 아침 의사는 입에 물려 있던 호스를 그만 제거한다고 통고했다. 이유는 그게 거기에 더 이상 물려 있으면 그것으로 인해 또 다른 염증을 유발할 수도 있기 때문이라고 했지만, 그 말의 본말인즉슨 그만 환자를 포기한다는 것과 다를 바가 없었다. 그 호스를 통해 지금까지 몸을 지탱할 수 있는 음식물이 들어갔고, 약물이 들어갔고, 호흡을 할 수 있었는데 그것을 제거하겠다니······. 아내는 그게 내 생명선이라는 것을 잘 알고 있었다. 그걸 빼어버리면 곧 죽는다는 것도 알고 있었다. 하지만 의사를 제지할 힘이 아내에게는 없었다. 일단 중환자실에 들어오면 모든 환자의 생사여탈권은 의사가 쥐고 있다고 해도 과언이 아니었다. 더구나 의사도 40여 일을 주야로 최선을 다하지 않았는가. 호스를 제거하는 병상 곁에 서 있으면서도 아내는 흐르는 눈물 때문에 막상 그 현장을 보지 못했다고 했다.

그런데 정말 생각지도 않았던 일이 벌어진 것은 그 순간이었다. 호스를 빼자 그때까지 죽은 듯 미동도 못하던 내가 스스로 호흡을 하기 시작했으며, 곧이어 미약하나마 의식을 되찾은 것이었다. 내 말이

들리면 손가락을 움직여보라는 아내의 말에 내가 스스로 움직였다는 것은 정말 기적이 아닐 수 없었다. 의사도 깜짝 놀랐다고 했다. 패혈증에서 살아나다니, 더구나 그 긴 시간 동안 사체마냥 꼼짝 못하고 누워 있던 팔십대 노인이……. 아직 상태가 정상이라고 판단할 수는 없었지만 생명을 건진 것만큼은 확실했다. 아내는 의사의 지시에 따라 일반병동으로 나를 옮기면서 수없이 감사하다는 말을 되뇌고, 또 되뇌었다고 하였다. 감사합니다, 감사합니다, 감사합니다…….

그렇다면 그것도 확실한 건 아니네요?

그렇지요.

갈증을 느낀 나는 커피 잔을 들었다. 달달한 것을 좋아해 시럽을 넣었으나 맛이 썼다. 그런데 그는 왜, 아직도 나를 보며 웃을까. 허릅숭이가 아닌 이상 분명 지금이 웃을 때가 아니란 건 알고 있을 텐데……. 혹시 그걸 모르는 것은 아닐까. 그것도 아니라면, 그 회사에서는 입사 때부터 그렇게 교육을 시키는 게 아닐까. 나는 도무지 그의 웃음을 이해할 수가 없었다. 난해한 만큼 입안이 더 쓰게 느껴졌다.

그때였다. 정 작가가 작심한 듯 나섰다.

그렇게는 내가 용납을 못하겠습니다. 아니, 우리 교수님 자존심을 건드려도 유분수지, 사백만 원이라니요? 과자나 사먹어라 그겁니까?

그는 또 허공을 향해 '나쁜 놈들'을 외쳤다. 그의 선전포고 같은 선언을 들으며 나는 머리를 끄덕거렸다. 나이 팔십이 넘으면 노동일당도 계산할 수 없다는 현실이 자꾸만 가슴을 아프게 찔러댔다.

우리가 동냥아치로 보이는 모양이지요?

정 작가가 힐책하듯 나무랐으나 양 과장은 반응을 보이지 않았다. 다만 그는 자신들의 처지도 좀 이해해 달라고 했다. 이런 상황인데도 불구하고 그는 자신이 회사를 떠나 적은 금액이라도 배상받게 하려는 이유는 나를 볼 적마다 왠지 돌아가신 아버지가 자꾸만 생각나기 때문이라고 했다. 그러나 그의 말을 귀담아 듣는 사람은 나 외엔 아무도 없는 것 같았다. 이미 아내도 다른 테이블에 눈길을 주고 있었으며, 연신 혼잣말을 내뱉으면서 어금니를 짓씹고 있는 정 작가도 벌써 다른 생각에 몰두하고 있는 게 분명했다.

사실 따지고 보면 우리가 청구한 사천만 원이라는 금액은 과다한 게 아니었다. 그 동안 두 병원을 오가며 들어간 비용만 해도 적지 않았다. 두 번의 수술비와 입원비, 약값에 들어간 것만 해도 약 이천만 원 가까웠으며, 또 후유장해로 진단 받은 뇌실내출혈과 대뇌 피질 위축 및 수두증 등의 회복을 위해 앞으로 예상되는 재활 비용도 만만치 않을 게 분명했다. 더구나 후유장해가 언제 원상으로 돌아올지도 모르는 처지이며, 또 의사의 진단대로라면 영원히 회복되지 못한 채 살아갈 수도 있다지 않은가. 그렇다면 아내의 말대로 그들이 주장하는 노동력에 관한 경제적 손실과 정신적 피해는 열외로 치더라도 사고로 입은 실제 피해액만큼은 배상해주는 게 마땅하지 않겠는가.

양 과장의 휴대폰이 울렸다. 누구한테서 온 것인지는 몰라도 '곧 끝나' 하는 그의 소리가 이상스럽게도 나에게는 이 사건에서 이제 그만 손을 떼겠다는 선언처럼 들렸다. 그것은 비단 나 혼자 그렇게 느낀 게 아닌 모양이었다. 아까부터 젊은 커플이 다투고 있던 옆 테이블에 눈길을 주고 있던 아내도 놀라는 눈빛이었다.

나는 눈살을 찌푸리며 정 작가를 돌아보았다. 그러나 그는 여전히 녹색 테이블을 내려다보며 혼자 생각에 몰두해 있었다.

그렇다면 기왕 수고하신 김에 본사에 재고해달라고, 한 번 더 부탁해 주시면 안 될까요?

아내가 사정하듯 말했다. 사정한다고 될 일은 아니었다. 이미 깨진 그릇이었다. 그러나 나도 아내처럼 간절한 눈빛으로 양 과장을 쳐다보았다.

결국 그날 우리가 얻은 소득은 아무 것도 없었다. 얻었다는 것은 기껏해야 본사 배상팀의 생각이 무엇인지, 그리고 지금까지 지급이 되지 않은 원인이 무엇이며, 아내의 간청으로 다시 한 번 접촉을 시도해보겠다는 양 과장의 약속을 받아냈다는 것 그게 전부였다. 물론 그것에 대한 확률을 기대할 수는 없었지만…….

우리는 D커피숍에서 다시 만나기로 약속하고 식당으로 자리를 옮겼다. 벌써 저녁 식사시간이 되었다는 게 생각났기 때문이었다.

자, 봤지요? 이게 현실이에요. 그 누구도 믿을 수 없는…….

설렁탕을 시켜놓고 정 작가는 그날의 결과에 대해 자신이 골똘히 유추했던 것들을 털어놓기 시작했다. 그는 이런 결과를 가져오게 된 원인을 담당자들이 자신에게 떨어질 책임이 두려워 지금 명분을 찾고 있는 것으로 추리하고 있었다. 우리에게는 배상금이지만 그들에게는 목이 달려 있는 일이라고 했다. 그는 이어서 그들을 너무 믿고 방심한 우리의 잘못도 크다고 지적했다. 우리가 보험에 대해 너무 몰랐던 것도 원인이에요. 더구나 수동적으로 대처해왔다는 것도…….

그의 말은 맞았다. 하나도 그른 데가 없었다. 설마는, 설마가 아니었다. 나는 지금까지 헛심만 뺐다는 것을 절감했다.

그래서 이야기인데요. 이젠 더더욱 주저앉아서는 안돼요.

그의 괄괄한 목소리가 갑자기 커졌다. 식당 안을 쩡쩡 울렸다. 테이블을 정리하던 여종업원이 놀란 듯 토끼 눈으로 우리를 돌아보았다. 그래도 아내와 내가 고개를 갸웃거리자 그의 목소리는 더 커졌다.

우리가 이번에 해결 못하면 앞으로 저들은 이런 일이 생길 적마다 이걸 샘플로 삼아 또 똑같은 방법을 반복하려고 들 겁니다, 틀림없이.

안경을 치켜 올리며 그가 머리를 곧추 세웠다. 그러나 나는 물리적으로 처리하자는 그의 주장에는 여전히 반대했다. 특히 구청 앞으로 몰려가 피켓을 들고 시위를 하자는 것과, 중앙정부 기관에 탄원서를 제출하고 구청 담당 부서에 들어가 한바탕 소란을 떨자는 방법 등에는 머리를 가로저었다. 물론 살았다는 것만으로 감사하자는 처음 생각은 버렸지만 자존심이란 모름지기 힘보다 논리, 인내로 지켜야 한다는 생각에는 변함이 없었다. 아내도 내 생각에는 특별히 이의를 제기하지 않았다.

그래요. 그 방법 말고 다른 방법을 찾아봐요, 우리.

아내는 배가 몹시 고팠던 모양이었다. 땀까지 흘려가며 허겁지겁 숟가락을 놀리고 있었다. 나는 비로소 아내가 하루 종일 굶었다는 것이 생각났다.

일단 진정서를 보내는 건 어떨까요?

다행스럽게도 내 제안에 정 작가도 호응하는 눈치였다. 그게 순서일 것 같다고 하자 머리를 크게 주억거렸다.

동짓달에 갑자기 밀려든 한파 때문일까. 식당에 들어서는 손님들마다 어깨가 잔뜩 움츠려 있었다. 네온이 화려하게 돌고 있는 거리의 쇼윈도에는 아직까지 팔리지 않은 크리스마스 선물들이 걸려 있는 게 보였다.

4

시청으로부터 답변서가 송달되어 온 것은 우리가 진정서를 발송한 지 일주일이 경과되었을 무렵이었다. 등기우편으로 보내온 거기에는 진정서에 대한 반론이 조목조목 제기되어 있었다. 내용은 역시 우리가 짐작했던 그대로였다. 운동기구에 적혀 있는 사용방법과 주의사항을 숙지하지 못한 부주의로 인해 발생된 사고임으로 자신들에게는 책임이 없다는 것이 요지였다. 그 가운데에서도 답변서는 '……노약자와 어린이는 보호자 동반 하에 이용해 주십시오' 라는 문구를 특별히 주지시키고 있었다. 그러나 이를 본 정 작가는 오히려 반기는 기색이었다. 근심하는 나를 외면한 채 혼자 '나쁜 놈들'을 외치던 그는 어느새 답변서에 대한 반론을 다시 초안하기 시작했다. 그의 곁에 서서 그것을 들여다보던 나는 비로소 명분 찾기가 무엇인지 조금쯤 알 것 같았다.

스프링으로 마무리 된 다이어리를 꺼내놓으며 양 과장은 결론부터 말했다. 결론은 아주 간단하고 명확했다. 일주일 동안 정말 온 힘을 다해 매달려 보았지만 진전이 없었다는 게 전부였다.

요지부동이에요.

그래, 한 푼도 못 주겠대요?

아내가 되물었지만 그의 대답은 똑같았다. 그보다 그는 자신의 노력을 알아주길 바라는 눈치였다.

나는 그의 한계점이 거기까지라고 절감하며 그를 유심히 살펴보았다. 웃지 않는 그의 얼굴을 보기는 그때가 처음인 것 같았다. 그런데 이상스러운 것은 웃지 않으니까 그 회사 광고에 나오는 배우의 얼굴과 닮은 데가 한 군데도 없다는 것이었다.

결론이 확정된 만남은 긴 대화가 필요치 않았다. 그래도 그는 미안한 듯 끝까지 배려를 아끼지 않았다. 마지막으로 그가 내민 친절은 조정신청이라는 카드였다. 그는 우리가 그것을 법원에 접수시키겠다고 한다면 적극적으로 도와주겠다면서 소상히 알려주었다.

조정신청은 판사가 서로 억울하다고 주장하는 쌍방을 한 자리에 불러 조정해 주는 것을 말합니다. 이것이 합의의 마지막 단계예요. 만약 여기에서도 합의가 이루어지지 않으면 그땐 정말 정식재판으로 가는 수밖에 없습니다. 어떻게 하시겠습니까?

나지막했으나 그의 어조는 무겁고 진지했다. 웃지 않으니까 더 진솔해 보였다. 그러나 나는 결정을 미룬 채 망설일 수밖에 없었다. 팔십 넘은 남자와 팔십에 가까운 여자, 그리고 칠십이 넘은 또 한 명의 남자가 힘을 다해 용을 쓴다고 과연 그들을 이길 수 있을까. 회의감이 온몸을 휘감고 눌러댔다. 높고 가파른 산맥이 갑자기 앞을 가로막고 서있는 것 같았다. 그 고산준령을 어떻게 넘을 것인가. 그것은 도저히 넘을 수 없을 것 같은 두려움이며, 무서움이며, 떨림이었다.

하지만 정 작가는 답변서를 받아들었을 때와 같은 얼굴로, 어느새 필요한 서류와 절차 등을 양 과장이 불러주는 대로 빠르게 메모하고 있었다. 임전무퇴. 그는 무르춤해하는 나를 돌아보며 여전히 끝까지 가야 한다고 주장했다.

미안합니다.

그가 머리를 숙였다.

아니요. 그나저나 지금까지 노력하셨는데 빈손으로 보내드려서…….

나는 일어나 손을 내밀었다. 그가 돌아서 나가자 종소리가 들려왔다. 찬바람을 맞자 갑자기 눈앞이 흐릿했다. 바늘로 콕콕 찌르는 것 같은 가슴의 통증이 다시 나를 일깨우기 시작했다.

일반병동으로 올라왔다고 해서 의식이 완전히 돌아온 것은 아니었다. 중환자실을 벗어났다는 것만으로도 아내는 안도하는 얼굴이었지만, 내 정신은 그 뒤에도 한동안 태엽 풀린 시계처럼 가물가물 꺼져들곤 하였다. 그러나 무엇보다 내가 살았다는 것을 실감할 수 있었던 것은 이빨로 음식물을 씹고 삼킬 수 있다는 것이었다. 물론 아내나 간병인의 손을 거쳐야 했지만 나는 그것으로도 만족했다. 한 달이 넘도록 4인실에 입원해 있는 동안 내가 수없이 뱉어낸 말은 아내와 똑같이 '감사하다'는 것, 하나였다.

누구나 알고 있는 것처럼 중환자실에서 벗어나는 길은 딱 두 갈래

밖에 없었다. 하나는 나처럼 의식을 되찾아 일반병동으로 올라오는 것이고, 또 하나는 바로 지하에 있는 시체실로 내려가는 것이었다. 그렇게 보면 나는 정말 행운아가 틀림없었다. 천만 번 감사하다고 해도 부족할 게 없을 것 같았다.

아내는 문병 오는 사람들에게 나를 패혈증에서 살아난, 기적의 사람이라고 자랑하곤 했다. 그 병이 얼마나 무서운지는 잘들 아시지요? 아내는 활짝 웃었다. 그러나 그때까지 병원비에 관해서는 일언반구도 꺼내지 않았다. 다만 신바람을 내며 노인들의 기력 회복에 탁월하다는 장어와 산마 같은 식품으로 음식물을 만들어 아침마다 한보따리씩 실어날았다. 그리고는 물렸다고 도리질을 쳐도 끈질기게 입에 넣어주곤 하였다. 거동이 불편한 나를 위해 아내는 또한 보통 간병비의 두 배가 넘는 간병인을 24시간 붙이는 것도 마다하지 않았다.

정작 아내가 진료비 이야기를 꺼낸 것은 내가 입원한 지 한 달이 되어갈 무렵이었다. 정신이 조금 돌아온 내가 궁금해 하는 기색을 보이자 먼저 입을 열었다. 그동안 모아두었던 쌈지 돈까지 모두 꺼냈다고 했다.

그럼, 어떡해요? 당장 사람이 위급한 판국인데!

나는 아무 말도 하지 않았다. 정년퇴직한 뒤 공무원연금 이백여만 원으로 생활하는 가정에서 천여만 원의 목돈은 큰 액수가 아닐 수 없었다. 더욱이 여축한 게 없는 이상 한꺼번에 만들기에도 수월하지 않았을 게 분명했다. 그런데도 돈보다는 사람 생명이 더 중하지 않느냐는 아내가 고맙게 느껴졌다.

살아났으니 이젠 됐어요.

물수건으로 내 얼굴을 닦아주며 아내는 같은 말을 반복했다. 그건 정 작가도 마찬가지였다. 그도 올 적마다 기적이라며 내 손목을 잡았다. 아내의 입을 통해서 나는 그때에야 그가 구청 담당자를 찾아가 으름장을 놓았다는 것과 황 손해사정사를 불러내 몇 차례 배상 문제 등을 숙의했다는 사실도 알게 되었다.

법원 종합민원실은 장터마냥 북적거렸다. 서류를 작성하는 사람, 접수시키는 사람, 순서를 기다리는 사람, 말싸움을 하는 사람, 휴대폰으로 뭔가 열심히 대화하면서 메모를 하는 사람 등, 만원이었다. 팔십 평생에 그런 광경을 처음 목격한 나는 다시 또 왈칵 두려움이 밀려왔다.

모두 다 억울한 사람들뿐이구먼.

법원 출입을 몇 번 해보았다는 정 작가도 어리둥절해하기는 나와 다를 바가 없었다. 대기번호를 뽑고, 인지를 사고, 비치된 서식에 기재하고, 준비한 서류를 첨부하여 민사창구에 접수시키는 일련의 과정이 내 눈에도 숙달되어 보이지는 않았다.

조정신청하신 본인 맞죠?

예에…….

주민등록증과 내가 동일하다는 것을 확인한 뒤에도 창구직원은 재우쳐 물었다. 송달료를 받고 접수번호를 내주면서도 그의 표정엔 변화가 없었다.

얼마나 걸릴까요?

그건 저희도 모릅니다. 판사들 소관이니까요.

접수가 끝나자 창구직원은 볼일 다 보았다는 듯 나를 밀어냈다. 그래도 내가 잠시 멈칫거리자 뒤에서 기다리던 사람이 어느새 내 자리를 꿰차고 들어앉았다.

싱겁죠?

그러네요.

법원 출입문을 나서며 정 작가와 나는 서로 얼굴을 쳐다보며 멋쩍게 웃었다. 어쩌다 여기까지 오게 되었는지는 몰라도 입안이 씁쓸했다.

그러나 그보다 더 싱거운 일은 조정신청기일을 통보받고 시간에 맞춰 부랴부랴 나간 자리에서 일어났다. 조정실은 법원 3층에 별도로 마련되어 있었는데, 보험가입기관인 시청을 대표해서 나온 사람은 뜻밖에도 깡마른 젊은이였다. 그는 정장을 한 채 답변서에 대한 답변까지 세세히 챙긴 우리와는 달리 빈 몸이었다. 마치 놀러온 사람처럼 가벼운 차림으로 그는 판사가 인적 상황을 확인할 때에도 건성건성 대꾸했다. 그러나 정말 싱거운 상황이 벌어진 것은 그 다음이었다. 판사가 신청인이 접수시킨 조정신청을 받아들이겠느냐고 묻자 그 말이 끝나기 무섭게 거절한 것이었다.

우리는 받아들일 용의가 없습니다.

그는 판사의 입을 한 마디로 막았다. 그리고는 우리의 말 따위는 들을 필요도 없다는 듯 뒤도 돌아보지 않은 채 조정실을 빠져나갔다. 그러니까 5분이 채 안 되는 짧은 시간에 모든 상황이 종료된 셈이었다. 나는 어안이 벙벙했다. 당혹스러웠다. 이걸 위해 그동안 서류까지 다시 준비하며 몇 날을 노심초사했단 말인가. 슬그머니 분기가 치솟았다. 더 이상은 그대로 묵과할 수 없다는, 어떤 분노가 새 사명처럼 나를 휩싸기 시작했다. 비로소 어리뜩하던 정신이 맑아지는 느낌이었다.

나는 다른 때와 달리 빠른 걸음으로 법원출입문을 나섰다. 소리를 지르며 거리를 몰려다니던 바람이 얼굴을 할퀴었으나 나는 상관하지 않은 채 교차로를 건너갔다. 백화점을 지나자 멀리 하늘을 향해 곧추 서있는 십자가 탑이 보였다.

5

결심을 굳힌 이상 어디에서부터 말을 꺼낼까, 망설일 필요는 없었다. 나는 곧장 본론으로 들어갔다. 소송, 합시다. 두 번 반복해서 말했으나 아내는 이해가 되지 않는 모양이었다. 뜬금없이 아침부터 무슨 소리인가, 하는 얼굴로 한동안 나를 물끄러미 쳐다보았다. 하긴 아내가 그렇게 생각하는 것은 당연한 일이기도 하였다. 며칠 전까지만 해도 마치 남의 일처럼 비껴 서있던 내가 아닌가.

소송, 하겠다고요.

아내를 외면한 채 나는 베란다로 나갔다. 유리문을 열고 아래를 내려다보았다. 주차장 너머로 아이들이 삼삼오오 짝을 이뤄 등교하고 있었다. 재잘거리는 소리가 아파트까지 올라왔다. 하늘은 아침부터 잿빛 구름으로 덮여 있었다. 나는 하늘을 올려다보며 심호흡을 했다. 지금까지 그들의 위용에 눌려 움츠러들기만 했던 자신이 왠지 자꾸만 부끄럽게 느껴졌다.

가망이 있겠어요?

잠시 뒤 비로소 알아들었다는 듯 아내가 베란다까지 따라 나왔다.

해봐야지.

찬바람이 뺨을 때렸다. 주차장은 어느새 출근하는 차량들로 북새통을 이루고 있었다. 청소차가 그 사이로 천천히 들어오고 있었다.

상대가 누구인 줄은 알고 하시는 말씀이시죠?

그럼!

나는 자신 있게 말했다.

싸우려면 먼저 상대의 맷집부터 가늠해봐야 한다는 것은 상식이었다. 그래서 승산이 없는 싸움이라고 판단되면 애당초 시작을 하지 않는 게 현명하다고 생각했던 것도 사실이었다. 까딱 잘못하면 더 깊은 상처만 받을 게 빤하므로. 그러나 이젠 아니었다. 얼마 전까지의 나를 버리기로 했다. 정 작가의 말대로 나를 지키기 위해서 이제부터는 채찍질과 담금질도 마다하지 않을 작정이었다. 그것이 내가 나를 사랑하는 최선의 방법이라는 것을 깨닫기까지는 며칠이 걸리지 않았다. 그러나 조정신청의 싱거운 결말이 계기가 된 것만큼은 분명했다.

변호사 수임료도 만만치 않을 텐데……

그래도 끝까지 해볼 거야. 끝까지!

시간도 꽤 걸릴 텐데……

아내는 그래도 마뜩찮은 말투였다. 노령과 아직 회복되지 못한 체력까지 들먹이며 말꼬리를 흐렸다. 잘못하면 혹 떼려다 혹 붙이는 꼴이 될 텐데, 그래도 할 생각이냐고 떠보았다. 그러나 나는 아내의 만류를 뿌리쳤다. 내가 눈을 크게 뜨고 덤빈다고 그들이 요동치고, 그들의 세계가 당장 변동될 리는 없겠지만 그래도 굽히지 않을 생각이었다. 정식재판. 물론 법에도 허점은 있었다. 그래서 나는 평소 법을 신봉하지 않는 편이었다. 그러나 부득불 그것을 통해 내 자존에 대한 가치가 판가름되어야 한다면 이제는 마다하지 않을 생각이었다.

D커피숍에서 만난 정 작가는 내일 해가 서쪽에서 뜨겠다면서 소리 내어 웃었다.

정말 마음을 정하신 거예요?

나는 말없이 머리를 끄덕거렸다.

진작 그렇게 하셨어야죠.

변호사 사무실은 멀지 않은 곳에 있었다. 집에서 겨우 2블럭 거리였다. K교수가 알려준 약도를 들고 그곳을 찾아가며 나는 어금니를 깨물었다.

변호사도 아내와 같은 말을 했다.

시간이 꽤 걸릴 겁니다. 특히 상대가 상대인 만큼…….

변호사는 2심, 3심으로 갈 수도 있으니까 한 번 더 재고해보는 게 어떠냐고 물었다. 그리고 그는 의료사고 사건인 만큼 재판이 예상보다 길어질 수도 있다고 덧붙였다. 이런 경우 판사들은 으레 형평성을 위해 의료기관에 자문을 구하는 게 상례인데 협조 얻기가 매우 어렵다는 것이 이유였다.

그래도 소송을 하시겠습니까?

변호사가 다시 물었다.

나는 망설이지 않았다. '예에'라고 크게 대답했다. 그때였다. 나는 문득 나에게 뿔이 있다는 것을 깨달았다. 언제부터 솟고 있었는지는 알 수 없었으나 분명한 것은 그 뿔이 정수리에 솟기 시작했다는 것과, 지금은 비록 작고 연약하지만 아직까지 누구의 손때도 묻지 않은 숫티를 고스란히 간직하고 있다는 것이었다.

내가 자르지 않는 이상 그것은 곧 크고 곧게, 강하게 자랄 것이 확실했다. 저들의 얼굴을 가리고 있는 견고하고 두꺼운 탈을 깰 수 있을지는 미지수이지만, 비뚜로 가지 않고 곧바로 달려가 부딪치고 또 부딪칠 게 분명했다. 설령 부딪치다가 부러져 피가 나고 상처를 입더라도 끝까지 돌진할 게 틀림없었다. 뿔, 뿔, 뿔……. 나는 갑자기 나도 모르게 자신감이 솟구쳤다. 그게 소중하게 느껴졌다.

서류를 건네받은 변호사는 최선을 다하겠다고 했다. 그러나 승소할 확률을 그는 반반으로 보고 있었다. 그래도 나는 괜찮았다. 그것으로도 충분하다고 생각한 나는 주저하지 않고 그가 내민 수임계약서에 사인했다.

당당하게 맞서고 싶습니다. 바위를 계란으로 깰 수는 없지만 물방울은 뚫지 않습니까.

거리를 걸으며 정 작가는 계속 웃음꽃을 피우고 있었다. 나는 그가 무엇을 생각하며 웃는지 대충 짐작할 수 있었다. 그러나 나는 웃지 않았다. 웃을 수가 없었다. 그럴만한 마음의 여유가 없었다. 그보다는 오히려 이제 겨우 출발선에 섰다는 설렘이 나를 긴장하게 했다. 바늘로 콕콕, 지르는 것 같은 통증이 다시 밀려왔으나 나는 개의치 않고 걸음을 빨리했다.

교차로를 지나자 시청 홍보간판이 눈에 들어왔다. '꽃보다 아름다운 사람들의 도시.' 화려하게 쓰인 그 글씨 옆으로 부부가 두 아이와 함께 손을 잡고 가장 화목하게, 가장 행복하게, 웃으며 걷고 있었다. 그렇지만 빌딩 꼭대기에 너무 높이 매달려 있는 까닭에 사람들의 손이 닿을 수는 없을 것 같았다.

거리를 걸으면서 나는 비로소 그동안 나를 괴롭혔던 밭은기침이 어느 사이엔가 사라진 것을 알았다. 가슴의 통증이 엄습할 때마다 나도 모르게 터져 나오던 기침. 그것이 스스로 사라졌다는 것은 내 몸이 그만큼 회복되고 있다는 것을 알리는 놀라운 조짐이 아닐 수 없었다. 그래서 그럴까. 내딛는 발걸음이 다른 때보다 더 가볍게 느껴졌다.

文鄕, 내 문학의 故鄕 _ 박충훈

『월간문학』 신인상 등단. 소설집 『그들의
축제』 『동강』 『거울의 이면』 장편소설 『강
물은 모두 바다로 흐르지 않는다』(전2권)
대하역사소설 『대왕세종』(전3권)외 다수.
조선일보 논픽션 대상, 서울시문학상, 한국
소설문학상 수상.

정확하고 솔직하게 말해서 1985년 8월 20일 오전까지만 해도 나는 소설가가 되겠다는 생각은 꿈에도 해보지 않았다. 나는 당시 살던 단층집이 주저앉을 것 같이 낡아서 헐고 새 집을 짓고 있었는데, 3층까지 외부공사는 마무리되어 그 날은 내부공사에 들어가 2층 난방공사 중이었다.

　점심을 먹고 공사장에 나와 보니 배관공사를 하고 있었는데, 공사감독이 보고 있던 신문을 주었다. 나는 중앙일보를 보고 있었는데 당시는 석간이었다. 감독과 잠시 대화를 나누고 계단에 앉아 신문을 펼쳤다. 무심코 신문을 보면서 어느 면을 펼쳤는데, 중일일보 문화센터에서 소설창작 강의를 하는 한다는 광고가 있었다.

　나는 눈이 번쩍 띄어 광고에 코를 박았다. 광고는 시, 수필, 아동문학을 비롯하여 단소, 분재 등등 많은 강좌 중에 소설창작 강의 강사가 소설가 '이호철'이었다. 나는 그때까지 신문에서 소설가 이호철이 반체제 인사로 문인 간첩단 사건에 연류되고, 민주화운동 주도자로 활동하며 경찰에 잡혔다는 기사는 보았지만, 이호철의 소설은 어느 문예지에서 단편 「닳아지는 살들」 단 한 편을 읽으며 참 좋은 소설이라고 생각했을 뿐 관심이 없었다.

신문 중앙일보를 몇 년을 보면서도 나는 그런 광고가 나오는 줄은 몰랐었으니 주로 경제면과 정치, 사회면만 보고 던졌기 때문이었을 것이다. 당시 2, 3년간은 내 사업이 창업 15년 만에 정상괘도에 오르며 정신없이 바쁘던 시기여서 신문 볼 시간도 없을뿐더러 석간신문이라 밤에 퇴근해서나 아침에 잠깐 보고 말았으니 광고는 아예 눈이 가지 않았다. 그 날도 그 시간에 내가 공사장에 나가지 않았으면 신문을 보지 못했을 것이다.

광고를 보며 참 별 희한한 것들을 가르치는 학원도 있구나 싶었다. 우리 아이들이 다니는 피아노학원, 태권도학원, 보습학원, 영어학원 등만 알았던 나는 소설을 가르치는 학원이라는 광고에 부쩍 호기심이 일었다. 한글을 알고부터부터 책이란 책은 눈에 띄는 대로 읽으며 많은 책을 사기도 했지만 주로 역사소설이나 세계문학전집, 이광수, 이효석, 김동인 등의 소설을 주로 읽었을 뿐 국내 현대작가들의 책은 거의 읽지 않았다. 어려서는 많은 책을 읽으며 소설을 써보겠다는 생각을 하기는 했지만, 군대에서 제대 후에는 목구멍이 포도청이라고 먹고 살기에 바빠 정신이 없었다.

소설창작강의 광고를 한참 들여다보던 나는 호기심으로 전화를 걸었다. 당시는 휴대전화가 없었으니, 오직 집 전화 아니면 공장이나 직매장 전화가 내 연락처였다. 하여 집은 헐었지만 공사 감독과 수시로 통화를 하기 때문에 집 전화를 살려 두었다. 소설창작강의 수강료는 3개월에 3만원이라고 했다. 3개월만 배우면 소설을 쓸 수 있느냐고 물었더니, 아마 그럴 수는 없고 몇 기의 강의를 들어야 할 것이라고 했다. 거두절미하고 문화센터 위치만 묻고는 신문을 던지고 달려갔다.

중앙문화센터에 가서 수강신청을 했더니, 3분기 강의가 8월에 끝나고 9월 첫주 수요일부터 4분기 강의가 시작 된다며 지금 접수중이라고 했다. 수강료는 3만원이고 내일 수요일부터 강의를 들을 수 있다고 했다.

이튿날 8월 21일 오후 3시 50분, 나이 마흔이 넘어 뚱딴지같이 소설을 배워보겠다고 나선 것이 좀 겸연쩍기도 하고 괜스레 면구스럽기도 하여 쭈뼛거리며 강의실에 들어서자, 대여섯 사람이 앉아 있다가 돌아보는데 아니나 다르랴 모두 젊은 사람들이었다. 강사는 나오지 않았는데 두리번거리다가 맨 뒤에 엉거주춤 엉덩이를 깔고 앉았다. 나는 하릴없이 멀거니 앉아있는데 수군거리는 소리가 들렸다.

"아저씨야, 아저씨."

순간, 나는 얼굴이 화끈했다. 못 올 데를 온 것이 분명했다. 여자가 둘에 남자가 넷이었는데 한 남자가 내게로 다가왔다. 키가 나만이나 하고 얼굴이 갸름한데 생글생글 웃으며 내 옆자리에 앉아 물었다.

"수강신청을 하셨습니까?"

첫인상이 왠지 썩 마음에 들지 않아 뜨악하게 대답했다.

"했습니다. 9월 첫 수요일부터 시작하는 가을 강의인데 오늘 오면 안 됩니까?"

"아니, 상관없습니다. 잘 오셨습니다. 전 이수덕이라고 합니다. 반 갑습니다."

내미는 손을 잡고 둘러보니 그새 네 사람이 더 와있었다.

"아 예, 반갑습니다. 박충훈입니다."

들어온 사람들이 내 주변에 둘러서서 인사를 청했다. 이름을 대며 손을 내밀었지만 나는 그저 손만 잡고 내 이름 대기에만 바빴는데, 신문에서 사진으로 보았던 강사가 들어왔다. 사람들은 모두 내 주변 에 앉았고, 두 사람이 더 들어와 나까지 13명이 되었다. 강사가 강단 에 서서 나를 보며 물었다.

"처음 보는데 수강신청을 하셨습니까?"

나는 얼른 일어서서 대답했다.

"네, 가을 강의를 신청했는데 궁금해서 오늘 와봤습니다. 안 되면 나가겠습니다."

강사는 손을 내저으며 말했다.

"아니, 잘 오셨습니다. 한데, 다른데서 이런 강의 들어보신 적이 있 나요?"

"아니 없습니다. 난생 처음입니다."

"그래요? 이리 나오셔서 자기소개를 하세요."

나는 좀 멋쩍어 뒤통수를 긁적거리며 앞에 나가 굽신 인사를 하고 말했다.

"전 박충훈이라고 합니다. 나이는 마흔한 살이고 작은 공장을 운 영하고 있습니다. 소설은 읽기만 했을 뿐 써 본적은 없습니다. 앞으 로 잘 부탁드립니다."

모두 박수를 치고 수군대며 나를 주시했고, 나는 얼굴이 벌겋게 달아올라 맨 뒷자리에 가서 앉았다. 강사가 다가오더니 메모지 한 장을 주며 말했다.

"여기다 적어 주세요."

받아보니 손바닥만한 종이였다.

내가 어리둥절하자, 맨 처음 내게 인사를 청한 이수덕이란 사람이 옆에 붙어 앉으며 일러주었다.

"이름, 생년월일, 학력, 감명 깊게 읽은 외국작가와 작품, 국내 작가와 작품을 쓰세요."

나는 볼펜도 없이 맨주먹으로 왔던 터라 그 사람 볼펜을 빌려 쓰는데, 난생 처음 이런 걸 써보는 터라 손이 떨리고 긴장이 되었다. 이름, 생년월일을 쓰고 학력은 고졸로 쓰고, 외국작가는 펄벅의 대지, 국내작가는 박종화의 대춘부라고 써서 제출했다. 받아서 들여다보던 강사가 말했다.

"국내작가 작품은 역사소설 말고 현대 소설을 쓰세요."

나는 그때까지 주로 역사소설을 읽었기에 현대소설은 금방 생각이 나지 않아 멍하다가 이광수의 무정을 썼다. 받아본 강사가 웃으며 말했다.

"됐습니다. 들어가 앉으세요."

이어서 강의가 시작되었는데 나는 도통 알아들을 수 없었고, 맨손으로 왔으니 메모도 할 수 없어 그저 절에 간 색시처럼 앉아있을 뿐이었다. 한 시간 강의가 끝나고 강사가 나가자 모두 내 주변에 모여들었다. 둘러보니 모두 20대 후반이거나 30대로 보였는데 여자 하나가 나이 들어보였다. 이름이 서혜림이라는 그 여자는 대구에서 온다고 하였다. 두 시간 강의를 들으려고 기차를 열 시간이나 탄다는 여자를 나는 어이없이 바라보았다.

다시 강의가 시작되었지만 나는 그저 좌불안석으로 바장대기만 했는데, 가만 둘러보니 뭐 특별한 강의 자료가 있는 것도 아니고 그저 강사의 말을 들으며 필기를 하고 있었다. 소설깨나 읽은 나는 차츰 말귀를 알아들을 수 있었고 더러는 이해가 되기도 했지만 기대했던 만큼 감동적이지는 않았다.

이윽고 강의가 끝나고 나는 강사에게 물었다.

"선생님, 무슨 강의 자료 같은 거 있어야 합니까?"

나를 잠시 물끄러미 바라보다가 대답했다.

"뭐 특별한 교재는 없어요. 제 소설을 몇 편이나 읽으셨나요?"

나는 잠시 멍했다. 이호철이라는 이름은 많이 들었지만 사실 소설을 읽은 기억은 「닳아지는 살들」이 전부여서 얼버무려 대답했다.

"죄송합니다. 특히 기억에 남는 소설은 닳아지는 살들입니다."

강사는 빙긋이 웃다가 말했다.

"다음주까지 내 소설 『문』을 강의 할테니 장편소설 문을 사서 읽어보세요."

강사는 가버렸고 내가 머뭇거리자 이수덕이 말했다.

"이호철 선생님 소설 정말 얼마나 읽으셨어요?"

"왜요? 강사님 소설 안 읽었으면 강의 못 듣나요? 난 사실 한 편 외에는 기억나는 게 없어요."

"그렇죠? 우리 모두 다 그래요. 사실 선생님 소설 별로 재미없거든요. 명성보고 오기도 하지만 강의는 잘 하십니다. 제가 책방 안내해 드리죠"

둘이 책방 서너 군데를 뒤져서 제목이 『문』이라는 이호철 장편소설 한 권을 사고 이수덕에게 저녁을 사주었다.

다음주 8월 28일, 책 『문』과 노트. 볼펜을 넣은 작은 가방을 들고 강의실에 들어섰다. 5분 전 4시였는데 강의실에 사람이 웅성거렸다. 대충 보니 열일곱 명이었다. 지난주에 만났던 사람들과 인사를 하는데 이수덕이 나를 소개했다.

"이번 가을 강의를 신청하신 박충훈 씹니다."

대여섯이 다가와 인사를 하는데 여자가 셋 남자 셋이었다. 강사가 들어와 강의가 시작되었지만 나는 별로 흥미가 생기지 않았다. 일주일간 바쁜 틈틈이 장편소설 『문』을 읽었지만 강의 내용은 소설과 동떨어진 얘기들뿐이어서 어리둥절했다. 오늘이 여름강좌 마지막 시간이라서 그러려니 하며 듣는 둥 마는 둥 했는데 강의가 끝났다.

오늘이 쫑강이라는 것은 알았는데 쫑파티가 있다면서 가자고 했다. 나는 그제서 쫑강과 쫑파티의 뜻을 알고 뒤따라갔다. 어느 골목으로 가서 식당에 들어갔는데 곱창전골집이었다. 난 사실 곱창전골을 좋아하지 않는다. 걸쭉한 국물에 어쩌다 건져지는 씁쓰레한 곱창 맛이 별로여서 그렇다. 모두 즐거운 듯이 웃고 떠들지만 나는 목상처럼 조용히 앉아 소주잔만 부지런히 꺾었는데, 별로 마음에 들지도 않는 이수덕이 옆에 앉아 계속 소주를 따라주어서 고마웠다. 그러나 그는 술을 별로 좋아하지 않는다고 했다. 그에게 물었다.

"다음 주부터 본격적인 강의가 시작됩니까?"

"본격적이라니요?"

"아니, 먼저와 오늘도 소설창작 강의가 아니잖아요."

"아니라니요? 강의가 다 그래요. 본인이 알아서 들어야죠."

나는 기가 막혔다. 강의를 알아서 들으라니! 자리가 소란스럽기도 하지만 문득 이상한 세상에 들어온 것 같은 엉뚱한 생각이 들어 별로 즐겁지 않은 쫑파티에서 깡소주만 마시고 취해버렸다. 나는 택시를 타고 집에 오면서 강의를 들어야 할지 말아야 할지를 두고 생각해 보았다. 소설창작 강의가 1+1=2. 2+2=4처럼 공식은 아니더라도 체계적인 무슨 창작방식이 있는 줄 알았다. 그게 아니라면 구태여 이런 강의를 들을 필요가 없겠다는 생각이 들었다.

다음주 9월 첫 강의가 있는 날, 신설동 직매장에서 오전 내내 많은 생각을 했다. 그 이상한 소설창작 강의를 들어야 하나 말아야 하나 아무리 생각해도 결단이 서지 않았다. 오후 시간을 비워 두었던 터라 3시가 되자 더욱 갈등이 생겼다. 마침내 '에라, 첫 강의니까 한번 들어보고 결정하자!' 작정하고 택시를 탔다. 신설동에서 중앙문화센터까지 가깝기는 하지만 차편을 모르니 택시를 타야했다.

강의실에 들어가자 지난주 쫑파티에서 만났던 사람들이 대부분이었는데 처음 보는 얼굴이 서넛뿐이었다. 잠시 어리둥절하다가 이수덕에게 물었다.

"아니, 다들 재신청을 한겁니까?"

"뭐 신청한 사람도 있구요. 안하기도 해요. 재신청을 하면 만원 깎

아주니까 거의 한다구 봐야죠."

"그럼 수덕 씨는 몇 번이나 들었어요?"

"난 2년 가까이 돼요."

수강생은 모두 14명이었는데 신입생은 셋이었다. 이윽고 강의가 시작되었다. 나는 잔뜩 긴장을 하고 있었지만 강의는 먼저와 다름없는 그저 그런 맥 빠지는 내용이었다. 그러나 가끔은 기록한만한 대목도 있어 시간을 채웠다. 강의가 끝날 무렵 대구에서 온다는 서혜림이 습작품을 한 부씩 돌렸는데, 다음 시간은 그 작품을 읽고 총평한다고 했다.

나는 그날 이수덕, 박미숙, 김영웅을 소주 한잔 하자고 불렀는데 열 명이 넘게 따라붙었다. 정신이 멍하고 난감해졌다. 이 인원이 가서 먹으면 내 주머니 사정으로는 감당이 안 된다. 천상 내 입맛에 맞지 않지만 비교적 싼 곱창전골집 뿐이었다. 자리를 잡고 앉아보니 11명이었다. 신입생과 대구 서혜림만 가고 모두 따라온 것이었다.

곱창전골 세 냄비를 시키고 다시 인사를 나누었지만 지금 내 기억에 남는 사람은 이수덕, 박미숙, 김영웅, 윤희뿐이다. 참 모두 잘들 먹었다. 금방 냄비가 비자 육수를 더 붓고 국수사리를 시켜 넣고, 두부를 냄비마다 한 모씩 넣고 끓인다. 곱창이 안 들어가니 값이 싸진다. 그래도 배가 덜 차면 육수를 붓고 국수사리를 더 넣는다. 그렇게 먹고 계산서를 보니 내 지갑에서 2만 원이 모자란다. 그날 저녁 값이 얼마였던지는 기억이 없지만 외상 2만 원은 기억에 남았다.

다음주, 서혜림의 습작품 〈하늘을 나는 노란배〉를 두 번 읽고 강의실에 들어갔다. 3만원 본전 생각이 나지만 때려치울 생각이었는데 서혜림의 작품을 읽으며 생각이 달라졌다. 나는 그때까지 일기 외에는 어떤 글도 써본 적이 없었기에 모두 작품 평을 어떻게 하는지 들어보고 싶은 생각이 들었다.

수강생은 한 명이 늘어 15명이었는데 신입생이 아니었다. 결국 신입생은 나를 포함하여 네 명이었다. 이윽고 작품 평이 시작되었다. 나는 두 번 읽으며 그런대로 괜찮은 소설이라고 생각했는데 몇몇은 신랄하게 까발렸고, 몇은 그런대로 구성이 잡힌 작품이라고 평했다. 내 차례가 되었다. 소설평이 뭔지도 모르던 나는 쉽게 읽히는 재미있는 작품이라고 간단하게 평했다.

마침내 강사의 총평이 있었다.

"서혜림의 〈하늘은 나는 노란 배〉는 기성작가의 소설에 못지않는 잘 짜여진 소설입니다. 소설에 구심점이 있고, 위에서부터 아래까지 직선으로 뚫리는 주제가 있습니다."

그 이후의 총평은 기억에 없지만 나는 비로소 소설을 어떻게 써야 되는지 어렴풋이 감이 잡혔다. 그러면서 생각했다. 기왕 신청을 했으니 돈이 아까워서라도 3개월만 다녀보자. 그날 서혜림의 작품평이 아니었으면 나는 다음 주부터 나가지 않았을지도 모른다. 그래서 이미 오래 전에 고인이 된 서혜림을 나는 지금도 가끔 떠올린다.

9월부터 11월까지 열두 번의 강의를 들었다. 네 편의 습작품 품평이 있었고, 11월 둘째 주에 외부 강사 강의로 이문구 선생이 초청되어 강의가 있었다. 그러나 특별한 강의 내용은 없었다. 석 달 간의 강의에서 내 기억에 남은 내용은 이호철 강사의 '빙산일각'이었다. '소설은 특히 단편소설은 주제와 내용이 빙산을 이루어야 한다. 빙산은 1/3만 물위에 있고 2는 물속에 있다. 소설의 주제는 물위에 있고, 내용은 물속에 감추어져야 한다.' 즉 작가가 소설의 내용은 홀라당 까발리지 말아야 한다는 말이었는데, 내가 석 달간 배운 것은 그것이 전부였다.

나는 쫑파티가 있는 날까지 수강 재신청을 하지 않았다. 식사를 하며 박미숙이 물었다. 박미숙은 나와 같은 규정공파의 종파 충정공파로서 나를 아제라고 부르던 터였다.

"아제, 재신청 아직 안했어요?"

"안했어요. 할까 말까 생각중이여."

"왜요? 아제 작품평 실력 대단하잖아요. 그 정도면 소설 쓸 수 있어요. 저두 2년째 듣구 있잖아요."

옆에 있던 이수덕과 김영웅도 재신청을 하라고 부추겼다. 나는 엄벙덤벙 술김에 그만 2만원을 이수덕에게 주며 내일이라도 수강신청을 해달라고 부탁했다. 그 자리를 넘기면 내 발로 와서 신청하기는 싫을 것 같아서였다. 그리하여 1986년 겨울 강의를 듣는 계기가 되었다.

12월 첫 강의가 끝나고 강사가 물었다.

"박충훈 씨, 습작품 없어요? 있으면 다음 주에 복사해 와서 품평 한 번 해보지요."

나는 얼굴이 화끈해져서 얼버무려 대답했다.

"아직 없습니다. 일기 외엔 글을 써 본적이 없거든요. 죄송합니다."

강사는 놀란 얼굴로 물었다.

"그래요? 아니, 어째서……!"

박미숙을 비롯한 몇몇 사람은 내가 습작을 해본 적이 없다는 것을 알지만 거의 모르고 있었는데 그만 뽀록이 나고 말았다. 수강생은 13명이었는데 신입생은 3명이었고 모두 재신청을 했거나 이수덕 등 네다섯은 도둑강의를 듣던 터였다.

"지금까지 너무 바빠서 엄두를 못 냈는데 한 번 써보겠습니다."

그날도 강의가 끝나고 여남은 명이 곱창전골집에 몰려가 저녁 겸 술을 마셨다. 물론 번번이 술값은 내 몫이었다.

12월 마지막 강의날, 나는 꽁트 식의 짧은 소설을 대학노트에 써서 이수덕에게 주며 좀 보아 달라고 부탁했다. 내가 보고 생각해도 손으로 쓴 글씨에다 맞춤법도 띄어쓰기도 엉망이어서 남에게 절대 보이지 말라는 당부도 했다.

이튿날 오후 4시경 이수덕이 직매장에 있는 내게 전화를 했다.

"형님, 이 상태로는 복사해서 돌릴 수 없어요."

난 이미 그럴 줄 알았지만 얼굴이 화끈해졌다. 그 이유를 전화로는 물을 수 없어 잠시 생각하다가 말했다.

"지금 바빠요? 그것 갖고 신설동으로 좀 나올 수 있어요?"

그는 기꺼이 나오겠다고 해서 한우등심 전문인 황소집에서 만났다. 그의 작품을 읽었고, 수강 대선배에게 조언을 들으면서 대폿집은 수준이 아닐 것이었다. 그는 대학노트를 돌려주며 말했다.

"작품 내용은 그런대로 괜찮은데 맞춤법과 띄어쓰기는 엉망입니다. 이대로는 작품평을 할 수 없겠어요."

나는 얼굴이 화끈거리지만 대꾸를 하지 않을 수는 없게 되었다.

"그건 내가 쓰면서도 알았는데 난생처음 써보는 거라서 어쩔 수 없었어요. 그런데 내용은 괜찮아요?"

"처음 쓰신 걸로 봐서는 평을 받을 만하겠어요. 작품을 타이핑하세요. 큰 문방구점이나 복사하는 집에 전동타이프가 있어요. 그런데 부탁하면 맞춤법 띄어쓰기를 수정하며 쳐주거든요."

나는 비로소 눈이 뜨이는 듯싶었다.

"알았어요. 우리 단골 문방구점에 타이프가 있는 걸 보았어요. 거기다 부탁하면 되겠네요."

등심 4인분 값이 약차했지만 이수덕이 고맙기만 했다.

86년 1월 첫 강의 날, 제목이 〈어떤 횡재〉인 원고지 25매 분량의 습작품을 15부 복사해서 들고 강의실에 들어갔다. 5분 전 4시였는데 수강생 열대여섯 명이 웅성거리다가 나를 보고는 조용해졌다. 나는 들어가며 이수덕이 하는 말을 얼핏 들었다.

"이건 작품두 아니여. 맞춤법이니 뭐니 엉망이더라니까."

얼굴이 화끈해졌다. 그의 성격으로 보아 그럴 줄은 알았지만, 많은 수강생들 앞에서 그토록 노골적으로 빈정댈 줄은 몰랐기에 은근히 부아가 치밀었다. 그러면서도 뱃속에서 오기가 치밀었다. 그러나 대놓고 한 말이 아니기에 꾹 참았다. 강의를 듣는 내내 고민을 했다. 작품을 내야 하나 말아야 하나. 이수덕 말마따나 엉망이라면 나이 값도 못하고 개망신만 당한다. 마침내 내지 않기로 작정했는데 강의가 끝나자 이수덕이 반지빠르게 나섰다.

"박충훈 형님, 작품 안 돌리세요?"

나는 그만 불끈 열이 치받혔다. 그를 잠시 노려보다가 일어서서 말했다.

"난생 처음 써본 작품이라 아직 엉망입니다. 더 다듬어서 나중에 내겠습니다."

강사가 빙그레 웃으며 말했다.

"복사 했으면 돌리세요. 다듬더라도 한 번 평을 거치면 훨씬 좋아질 수 있어요."

강사 이호철의 특징이 있다. 수강생들 누구에게도 말을 함부로 하지 않는다. 특히 나이가 열세 살 차이인 내게는 너무 깍듯이 존대를 써서 내가 미안할 지경이었다. 그래도 내가 복사물이 담긴 가방을 들고 무르춤하니 서 있자, 이수덕이 달려들어 빼앗다시피 해서 돌렸다. 그리하여 내 생에 첫 작품이 남들에 의해 읽히게 되었다.

다음 강의날, 주일 내내 마음 졸이다가 강의실에 들어가자 의자가 거의 다 차도록 사람이 많았다. 대충 둘러보아도 20명이 넘을 듯싶었는데 강사는 벌써 와 있었다. 인사를 꾸벅 하고는 자리를 찾는데 이수덕이 손짓으로 불렀다. 자기 옆 자리를 잡아두었던 것이다.

강사가 말했다.

"오늘은 박충훈 사장님의 생애 첫 작품 〈어떤 횡재〉를 품평하겠습니다. 맨 앞줄 왼쪽부터 시작하세요."

나는 가슴이 두근거리고 얼굴이 홧홧 달아올랐다. 종업원 30여 명을 거느린 사장에다 산전수전 다 겪은 내로라던 꼴이 내가 생각해도 가관도 아니었다. 그러나 사실 평할 것도 없는 짧은 글이라 그저 몇 마디씩 하고 마는데 몇몇은 신랄하게 비판도 하고, 작품으로서의 구성은 잡혔다고 칭찬도 했다. 마침내 강사의 총평이 있었다.

"모두 잘 보고 평을 했어요. 처음 썼다는 작품이고 짧기는 하지만 주제와 구상은 탄탄하다고 봤어요. 나는 믿지 않았는데 작품을 보니 처음 썼다는 걸 알겠어요. 단편소설은 스토리가 뚜렷해야 하는데 이 작품은 짧지만 그런 게 있어요."

강사의 총평에 나는 잔뜩 굳었던 마음이 풀렸다. 내 나이를 보아서였던지 수강생들 평도 그리 심하지 않아 다행이라고 생각했다. 그러나 나는 생애 첫 작품인 〈어떤 횡재〉를 개작하지 않고 지금까지 처박아두고 있는데 어디다 두었는지 기억에 없다. 내게 있어서 무녀리 첫 자식은 그렇게 잊혀졌다.

짧은 글에 짧은 평이었음으로 나머지 한 시간은 강사의 강의였는데, 자기의 작품 중에 50여 매의 짧은 소설 「오돌할매」에 대하여 강의를 했다. 그 소설을 나는 물론 읽은 적이 없었지만 많은 사람들이 보았던지 작품 조목조목을 질문하기도 하는데, 그때까지의 강의 중에 가장 들을만하다고 생각했었다.

강의가 끝나고 강사를 비롯하여 모두에게 내가 저녁을 사겠다고 했다. 두 사람이 가고 식당에 가보니 나까지 19명이었다. 어쭙잖은 내 작품을 평한 댓가라도 받겠다는 듯 전과 달리 곱창전골을 마구 시켜 먹어서 그날 호되게 바가지를 썼던 기억이 난다.

겨울 강의가 끝나고 87년 3월 강의에 나는 재신청을 했다. 내리 7기의 강의를 듣게 되었는데, 나는 솔직히 소설 강의보다 몇몇 수강생들과 어울리는 것이 더 좋아 신청을 했지만 속생각은 따로 있었다. 이번 기에 쓰고 싶었던 소설을 하나 써서 평을 받아보고 아니다 싶으면 사업에만 전념할 생각이었다. 지난 한 햇 동안 이호철, 이문구 등 현대 작가들의 소설을 꼼꼼히 많이 읽었고, 한글맞춤법과 띄어쓰기 교본을 두세 권 사서 나름대로 공부를 하던 참이기도 했다.

3월 어느 날 이수덕에게 전동타자기를 어디서 살 수 있는지를 물었다. 소설을 쓰자면 어차피 타자기는 있어야 한다. 그는 세운상가에 가면 살 수 있으니 자기가 같이 가겠다고 했다. 세운상가 종로쪽 2층에 사무기기 상점이 많은데 타자기도 많았다. 타자기를 20여 년 만에 내 손가락으로 쳐보니 옛 친구를 만난 듯이 반가웠다.

나는 1964년에 학원에서 공병우식 한글타자를 배웠다. 타이피스트 자격증이 있으면 군대에 가서 행정병이 될 수 있다는 타이프학원의 광고도 그렇지만, 실제 일곱 살 더 먹은 친형님이 군대에서 서무행정병으로 타자를 쳤다며 권하기도 해서였다. 충북 제천에 있는 타이프학원에서 6개월을 배우고 시험에서 1분당 110자를 쳐서 무난히 자격증을 땄다. 그리고 66년 군에 입대하여 대전 병참학교에서 8주 교육을 받고 병참행정병으로 중대 보급계를 보았다. 그래서 26개월 간 타자를 치다가 제대했는데, 18년 만에 타자기를 보았으니 반가울 수밖에 밖에 없었다.

　그날 거금 40만 원을 주고 전동타자기를 샀다. 그날이 토요일이었는데 이튿날부터 본격적으로 습작에 들어갔다. 내 어린 시절의 상황이 주제였으니 쉽게 써지기는 했지만 낮에는 본업인 사업을 해야 하고, 밤에는 술을 마셔야 하니 소설 습작은 일요일뿐이었다. 그나마 서른 살부터 일요일마다 산행을 해서 산악회 회원들이 가만 놔두지 않았다.

　습작을 하다 보니 글쓰기의 재미를 알게 되고, 평일에도 타자기 앞에 앉게 되며 사업에 등한하게 되었다. 생각다 못해 직함이 영업부장이던 생질조카를 부사장으로 승격시켜 사장의 외부업무를 대행하게 했다. 그렇게 해서 일주일에 사흘은 소설습작에 매달리게 되었다. 그러나 처음으로 소설다운 작품을 쓰자니 힘들고 어려워 3개월 만에 원고지 100여매 정도의 소설을 완성했다. 그리고 또 한 달간 맞춤법과 띄어쓰기 교정을 보고 여름 강의가 시작되는 8월 첫 강의에 제목이 〈작고도 큰 동굴〉을 복사해서 돌렸다.

　다음 주, 잔뜩 긴장하여 강의실에 들어갔다. 여름 강의도 매양 그 얼굴들이었는데, 그날은 도둑강의를 들으러 온 사람도 더러 있어 23명이 강의실을 메웠다. 이윽고 작품평이 시작되었다. 신랄하게 까는 사람도 있었고, 주제는 좋은데 구성이 엉성하다는 사람, 몇 군데 자연묘사는 좋지만 주제와 동떨어진다는 평, 군더더기가 많아 장황하다는 등 우쭐했던 내 기대와는 한참 모자라는 합평이었다. 작품을 쓰면서 이 정도면 신춘문예도 너끈하겠다는 자신감을 가졌던 터라 허망하면서도, 네까짓 것들의 수준으로 보면 그럴 것이라는 위안을 가지며 강사의 총평에 기대를 걸었다.

그러나 강사의 총평도 수강생들의 평에서 크게 다르지 않았다.

"이 소설의 주제는 좋다. 다만 구성이 느슨하고 군더더기가 많다. 그러나 몇 군데 자연묘사는 탁월하다. 특히 율모기가 개구리 잡아먹는 장면은 절묘하다. 두 번째 작품이라고 했는데 수준급이다."

그날도 강사를 비롯하여 20명이 넘는 수강생들에게 저녁을 샀다. 그리고 열대여섯 명은 2차까지 가서 새벽까지 마시고, 대여섯은 청진동 해장국집에서 해장국을 먹고 헤어졌다.

나는 자신도 모르게 서서히 깊이를 알 수 없는 수렁으로 빠져들며 가을 강의를 거치고 12월 겨울강의도 신청했다. 두 번째 작품 〈작고 큰 동굴〉을 여남은 번 수정하고 강사에게 독대를 청했다. 강의가 끝나고 둘이 저녁을 먹으며 작품을 내놓고 물었다.

"선생님, 제가 열 번도 넘게 고친 작품입니다. 신춘문예에 응모해도 되겠는지 좀 봐주시겠습니까?"

강사는 떨떠름한 얼굴로 대답했다.

"글쎄요. 보기는 하겠지만 작품의 주제와 플롯이 너무 약해서 어려울 겁니다."

나도 떨떠름하게 받았다.

"그럼, 그만두겠습니다."

"암튼 내가 한 번 보지요. 날짜가 없으니 낼 오후에 전화를 하지요."

"선생님 고맙습니다. 오후에 신설동 직매장에 있을 테니 전화를 주세요."

이튿날 오후 4시, 이호철 강사가 전화를 했다.

"나 지금 광화문에 있는데 이쪽으로 좀 올 수 있나요?"

어느 령이라고 거절을 하랴! 택시를 타고 가서 세종회관 뒤쪽 일식집에서 만났다. 강사는 앉자마자 내 작품을 내놓고 말했다.

"내가 대충 보며 오탈자를 잡았는데, 기대는 하지 말고 서울신문에 넣어 보세요. 신춘문예에 열 번도 넘게 투고하는 사람도 많아요. 경험삼아 해보세요."

"선생님, 고맙습니다. 저도 기대는 하지 않습니다. 첫 습작품으로 당선이 되면 그건 기적이겠지요. 서울신문에 넣어보겠습니다."

나는 강사의 심중을 안다. 나이 먹은 내가 아니고 다른 수강생이었다면 대번에 퉁바릴 먹였을 것이다. 지난 가을 어느 수강생의 작품을 읽고 호통 치는 것을 보았다.

"이걸 소설이라고 이호철 더러 읽으라는 것이야? 남들이 쓴 소설 읽어본 적도 없어요?"

나도 그 소설을 읽었지만 정말 소설이 아니었다. 강의도 들쭉날쭉 나오던 30대의 여자였는데 지금은 이름도 얼굴도 기억에 없다. 강사 말마따나 경험삼아 서울신문에 던지고는 그래도 혹시나 하고 기다렸지만 당연히 역시나였다.

1987년 가을강의였다. 나는 만 이태동안 내리다지 강의를 듣고 있었다. 도대체 그 말이 그 말인 이호철 강사의 강의에 나뿐만 아니라

20여 명이 왜 그리 목메는지 알 수 없는 현상이 벌어지고 있었다. 스물 대여섯 명의 고정 수강생 중에 매기 수강료를 내는 사람은 여남은 명 남짓이고 나머지는 들쭉날쭉 도둑강의를 듣지만 모두 당당했다. 수강료도 올라 4만 원이 되었다.

어느 날 강의가 끝나고 강사와 단둘이 마주앉았다. 나는 단도직입적으로 물었다.

"선생님, 솔직하게 말씀해 주십시오. 저 지금 마흔 세 살입니다. 선생님 보시기에 소설가가 될 싹수가 보입니까? 아니면 저는 이제부터 사업에 전념해야 합니다."

강사는 정말 묘한 표정으로 나를 잠시 보다가 대답했다.

"참 어려운 물음이군요. 소설가는 그 뭔가 끼가 있어야 합니다. 박충훈 씨는 사업을 하는 바쁜 중에서도 내리 2년간 내 강의를 듣는 걸 보면 그게 바로 끼가 아닐까 생각합니다."

참 애매모호한 말이었다. 나는 그해 10월 경기도 양주에 땅을 사서 공장을 신축하고 서울 상계동에 있던 공장을 이전하여 사업을 확장하던 참이었다. 땅을 사고 공장을 짓고, 시설을 늘리는데 5억이 투자되고, 종업원이 60여 명에 이르도록 사업을 확장하던 시기였다. 나는 다음 주 강의부터 나가지 않을 각오로 강사와 이별주를 마신다는 생각으로 독대를 했던 터였다.

"저는 솔직히 비참했던 제 가정사를 소설로 쓰고 싶어 작가가 되겠다는 생각을 했습니다. 그런데 소설을 알면 알수록 두렵습니다. 자신이 없습니다. 이문구, 이문열, 김원일 선생님들이 저와 비슷한 경우라고 생각합니다. 제가 어떻게 그 분들을 따라 잡겠습니까?"

"사업이라면 경쟁을 할 수 있겠지만 문학은 경쟁을 할 수 없어요. 오직 자기와의 싸움만 있을 뿐입니다. 사업을 확장하고 있다니 나로서는 뭐라고 말할 수 없네요. 그러나 내가 2년간 보아온 문학도로서의 박충훈 씨가 안타깝군요."

나는 그날 꼭지가 돌도록 취했다. 소설가 이호철도 인간 이호철이 되어 똑같이 취했을 것이다.

중앙문화센터 소설창작반은 참 묘한 수렁이었다. 수요일 오후만 되면 내 발길은 저절로 그리로 향한다. 가을 어느 날 강사의 초청으로 나와 최성배 셋이 만났다. 그때 만나서 차를 마셨는지 술을 마셨는지 나는 기억에 없다. 강사는 문화센터 수강생을 중심으로 동인회를 만들어보라고 했다. 몇 년 전 수강생 중에 KBS 앵커 출신의 박찬숙이 있었는데, 지금도 가끔 통화를 한다면서 연결을 시켜 줄테니 함께 의논해보라고 했다.

그리고 며칠 뒤에 종로 옛날 신세계백화점 지하 찻집에서 박찬숙과 우리 셋이 만났다. 박찬숙은 전두환 군부장권 때 해직당한 KBS의 간판아나운서였다. 해직되어 오갈데 없어 이호철 강의를 들었다면서 자기는 더 이상 강의를 들을 생각도 없음으로 그만 두겠다고 했다.

그것을 계기로 중앙문화센터 동인회 추진은 급물살을 타고 한 달여 만에 〈文鄕〉이라는 동인으로 결성되었다. 초대 회장에 수강생이던 유아원원장 김정희 씨가 추대되고 동인 회원은 30여 명이 되었다. 동인회 이름 文鄕은 내가 지었다. 여러 이름이 나왔지만 내가 내놓은 '문향'이 채택되었고, 몇몇은 '향'은 향기 '香'을 쓰자고 했지만 나는 시골 '鄕'을 쓰자고 주장했다. 결국 다수결로 '文鄕'이 되었다. 나는 이로서 시쳇말로 빼도 박도 못할 처지가 되고 말았다.

게다가 한 술 더 떠서 '작품반'이라는 것을 만들었는데, 이호철 강의를 3기 이상 수강한 수강생에 자격을 주어 매주 작품을 내고 품평을 주로 하는 고급반이었다. 이 역시 중앙문화센터의 인가를 얻어 개설한 강의였다. 나는 이도 저도 아니게 엉거주춤한 상태로 강의실을 드나들며 자신을 속이기 시작했다. 기왕 시작한 거 단편 한 편만 더 써보고 그만두자. 나는 마음먹으면 즉시 실행하는 성격이다. 1년간 접었던 습작을 다시 시작했다. 세 번째 습작이었다. 군대생활에서 겪은 울진삼척지구에 침투한 대간첩작전에서 내가 겪은 실화를 소설로 형상화하고 싶었던 것이었다.

내가 보고 겪었던 일들이라 소설은 쉽게 써졌다. 한 달 만에 탈고하여 한 달간 교정을 거치고 87년 12월 첫 강의에 제목이 〈그 계곡의 소리〉인 내 소설 작품평이 있었다. 내가 육군참모총장 무공표창을 받은 실화였으니 예상대로 좋은 평이 나왔다.

강사는 금년 신춘문예에 응모해보라고 손을 봐주었다. 그리하여 나는 두 번째 신춘문예 응모로 역시 서울신문을 택했다. 그러나 가뭇없이 사그라지고 내 의욕도 그렇게 사그라지며 사업에만 전념하겠다는 각오를 새로이 했다.

그런데 문제는 또 엉뚱하게 터졌다. 강사가 동인지를 내보라고 부추겼다. 동인지의 개념을 모르던 나는 뜨악했지만, 최성배, 김용만, 김영웅, 박미숙 등이 쌍지팡이를 짚고 나섰다. 최성배는 당시 보안대

현역 준위였는데 나보다 중앙문화센터 선배였다. 마침내 88년 1월부터 동인지 작품 모집에 들어갔고, 따라서 작품반에 올라오는 작품은 많아지고 작품평은 치열해졌다.

나는 점점 수렁에 빠져드는 것을 번연히 알면서도 헤어 나올 수 없으면서 자포자기적으로 되고 말았다. 사장이 그 모양이니 벌려놓은 사업은 진전 없이 답보상태였다. 외부 업무는 부사장인 조카였고, 공장은 큰처남이 총부부장으로 공장장과 관리하고, 직매장은 작은처남이 맡아 운영하지만 발전이 있을 수 없는 상황이었다.

사업상 많은 손해가 난다는 것을 알면서도 나는 문향회에서 발을 뺄 수 없이 1988년 5월 마침내 첫 동인지 『서울소나무』가 미래사에서 출간되었다. 수록작가는, 김영웅, 김용만, 김이안, 박미숙, 박충훈, 서혜림, 유명종, 윤 희, 이상현, 이수덕, 이홍복, 최성배, 최연희, 신건영 등 14명이었다. 강사 이호철의 동인지 발문 중 이런 대목이 있다.

> 책이 나오기까지 저간의 경위를 덧붙인다면, 지난 6년간 중앙문화센터를 거쳐 간 사람이 그렁저렁 6백여 명이 되는데, 나이, 성별, 학력에서 문학 취향까지 그야말로 천태만상이었다. 주부, 학생, 은행원, 회사원, 기업체 사장, 은퇴한 교장, 퇴역 장교, 퇴역 경찰, 술집멤버, 한의사, 리어카 과일장수, 나이 어린 파출소 사환까지 다양한 사회적 사람들이 모여들었다. 그리하여 소설창작이기 이전에 그 자체가 기묘한 삶의 현장이었고, 그 과정이 바로 소설이었다.

나는 동인지를 내고 이제는 정말 발을 빼겠다고 스스로에게 다짐했다. 수강신청도 하지 않고 그해 여름을 보냈는데 수요일만 되면 나오라는 전화가 빗발치곤 하였다. 마음이 약한 나는 또 그렇게 엉거주춤 했는데, 그해 연말에 문향회 회장 감투를 내 머리에 덜컥 씌웠다. 참 난감했지만 내 스스로 그 감투를 벗어던질 용기가 없었던 것이 솔직한 마음이었다.

1989년 내가 회장을 맡으며 문향회는 점점 활성화되어 작품활동도 활발해지며 마침내 문예지와 지방신문 신춘문예로 등단하는 회원이 늘어나기 시작했다. 유명종, 김용만이 현대문학으로, 이홍복 경인일보, 김이안 여성중앙, 박미숙이 문예중앙, 박실 스포츠 서울, 김명조는 국방부공모에 단편소설이 당선되고, 나는 『월간중앙』복간기념 논픽션 공모에 당선되었다. 문향회가 활성화 되자 kbs앵커로 복직된 박찬숙 씨도 가끔 강의실에 나오기 시작하여 89년 8월 25일에 동인지 『89, 서울소나무』제2집이 출간 되었다.

수록작가 서혜림, 박미숙, 박찬숙, 이근재, 오귀태, 김성숙, 신건영, 정태언, 서해연, 박충훈, 이홍복, 김용만, 김성달, 한은희, 최성배, 김영웅, 이수덕, 이상현, 윤 희 등 19명의 작품이 실렸다.

그해 『주부생활』 10월호에 문향회 기사가 나고, 이호철을 비롯하여 김용만, 박찬숙, 박충훈, 오귀태의 사진과 동인지 제2집 출판기념회 사진이 실리면서 문향회는 활력이 넘치기 시작했다. 나는 이제 죽으나 사나 소설가로 등단하겠다는 결심이 섰고, 소설 쓰기도 차츰 이력이 붙고 자신감도 생겼다.

이듬 해 90년 여름, 나는 마침내 『월간문학』 제61회 신인문학상에 단편소설 「해후」가 당선되며 문단말석에 앉게 되었다. 내 작품을 최종심사한 작가는 홍성유, 안장환 선생이었다. 이로서 내게는 제2의 인생이 시작되었다. 그러나 나는 전적으로 소설을 쓰겠다는 생각은 추호도 없었다. 등단이라는 관문을 거쳤으니, 한 20년 사업을 하다가 환갑이 넘으면 그때부터 취미삼아 소설을 쓰겠다고 생각했다.

그러나 문향회는 또 나를 가만 놔두지 않았다. 벗어 던지려는 회장 감투를 다시 덮어씌우고는 동인지 제3집을 만들어야 한다며 물고 늘어졌다. 그때 문향회 총무가 이홍복이었다.

1990년 12월, 문향회 제3동인지 『흐르는 돌』이 '도서출판 눈'에서 출간되었다. 출판사 사장이 소설가 정수남이었다. 동인지 제3집을 내고 나는 정말 사업에만 전념할 작정이었다. 89년부터 대기업을 물론 중소기업까지 근로자들의 노동운동이 들불처럼 번지며 파업을 하는 등 어수선하던 시기였다. 당시 나는 이미 등단을 했음으로 강의에는 나가지 않고 가끔 작품반의 작품평이 있는 날만 나가곤 하며 문향회장 직을 내놓았다. 그러나 이호철 강사와 동인들이 그냥 명색만 회장으로 매년 동인지만 내는데 전념해 달라고 부탁했다.

나는 또 거절하지 못하고 작품평이 있는 날은 아예 내 차로 이호철 강사의 집필실인 고양시 선유리까지 동인들을 실어 날랐다. 90년부터 우리는 중앙문화센터 강의실이 아닌 강사의 집필실에서 작품평을 하고 있었다. 수강료가 5만 원으로 인상된 데다 공부할 공간이 생겼기 때문이었다.

이듬해 5월, 내 운명이 뒤바뀌는 문제가 발생했다. 1991년 월간문학 4월호에 등단 이후 처음으로 단편소설 「몫의 밥」을 발표했는데, 5월호에 소설월평이 실렸다. 김영민(문학평론가, 연세대 교수)교수가 쓴 「몫의 밥」 평론을 읽고 나는 엄청난 갈등에 얽혀들었다.

박충훈의 〈몫의 밥〉「월간문학」은 두 세대에 걸친 기다림의 아픔을 그리고 있는 소설이다. 이 작품은 근래 읽었던 소설 가운데 보기 드물게 감동적인 소설이었다. 중략 서간체인 이 소설이 주는 감동은 그 내용에 의해서만이 아니라, 소설적 장치에 의해서 크게 증폭될 수 있는 것임을 실감나게 하는 소설이다.

등단작품 외에 문예지에 처음 발표한 소설에서 이런 평을 받은 나는 그만 시쳇말로 '헤까닥' 가버렸다. 그때부터 나는 갈등하기 시작했다. 내 나이 마흔여섯이다. 중견작가 소리를 들어야 할 나이에 나는 신인이다.

반년 간 갈등하다가 마침내 사업을 정리하기로 결심했다. 그러나 22년간 경영하던 사업을 정리하기는 간단한 문제가 아니었다. 우선 폐업한다는 소문이 나면 미수금이 문제다. 20여 거래처에 깔린 미수금은 줄잡아 10억인데 폐업을 하면 절반도 못 거둬들인다. 고민 끝에 아내도 몰래 공장을 내놓고 사업 규모를 줄이며 수금에만 몰두했다. 다행인지 불행인지 공장을 내놓은 지 두 달 만에 팔렸다. 사실을 알게 된 60여 명의 종업원들은 나를 때려죽이겠다고 달려들었다. 맞아 죽기 직전에 봉급 100%의 4개월분 해고수당을 주기로 하고 합의를 보았다.

1992년 5월, 나는 마침내 전업작가를 선언했다. 단편소설 두 편을 발표하고는 22년간 경영하던 사업을 미련없이 때려치운 나를 주위

사람은 미친놈이라고 했다. 중앙문화센터 소설창작반 강사 이호철 선생 주축으로 만들어진 소설동인 〈文鄕〉은 나를 미친놈으로 만들었고, 文鄕은 지금까지 미친놈인 내 문학의 故鄕이 되었다.

세상에 없는 항목 _ 윤정모

서라벌예대 문창과 졸업. 장편『무늬져 부
는 바람』으로 작품 활동시작. 소설집『밤
길』『님』장편소설『그리고 함성이 들렸
다』『고삐』외 다수. 신동엽창작기금 수
혜. 단재문학상, 서라벌문학상 수상.

수사 실에서 두 시간 째 기다리는 중이다. 여자 수사관은 외근을 나가 언제 들어올지 모른다. 자기에게 자수하라고 계장이 말했지만 나는 거부했다. 정신과 의사가 남자였고, 그의 몰이해가 생각난 때문이었다. 피곤인지 잠인지 머리가 혼몽해져서 탁자에 이마를 묻을 때 문이 열리고 50대 초반의 여성이 들어왔다. 나이가 들었다는 것에서 일단은 안심이 되었다.

"자수한다는 사람이 취조상대까지 주문을 하다니, 법 공부 했어요?"

담당자의 첫 질문이 그것이었다. 대답할 필요가 없어서 침묵했다. 그녀는 내가 써둔 주소와 이름과 주민번호를 훑어보았다.

"이름은 한은수, 85년생, 살인을 했다…… 누굴 살인했어요?"

"제 아빠예요."

"그 사건, 노출이 되었습니까? 아는 사람이 있느냐는 말입니다."

"아직은 아닐 것입니다."

"살인현장은 집입니까?"

"아니오, 야산, 약수터에요."

"어느 동의 어떤 약수터죠?"

"얘기 모두 끝나면 장소를 알려드리겠습니다."

"은수씨, 시간과 인력을 동원해 자수를 받았는데 그것이 사실이 아닐 경우 어떻게 되는 거죠? 그래서 범행장소부터 확인하는 거예요."

"제가 사는 동네 산이에요. 약수터에서 동북쪽으로 백 걸음을 올라가면 큰 바위가 있어요. 시신은 바위 아래에 있을 거예요."

담당이 전화를 걸어 장소와 위치를 알린 후 노트북을 당겼다.

"존속살인이 많아진 것은 IMF 이후예요. 은수씨도 경제적 문제였습니까?"

"정신적인 문제였어요."

"그런 문제라면 정신과 의사한테서 도움을 청할 수도 있었을 텐데요?"

"그 의사는 저에게 참으라고 했어요."

첫날 나는 단독으로 정신신경과에 진료를 신청했다. 아빠 면전에서 증세를 말할 수가 없었기 때문이었다. 의사는 내가 본인이 아니라는 이유로 진료를 거절했다. 다음 날 아빠를 대동했고 의사가 아빠에게 이름과 나이를 확인할 때 내가 편지를 건네주었다.

"증상에 대해서 썼습니다."

의사의 눈길이 편지를 훑어갔다.

1, 아빠는 뇌병변 B급환자입니다. 술 먹고 계단에 넘어져서 뇌가 터졌고, 수술한 지는 7년째입니다. 식물인간 6개월, 전신마비 6개월, 1년간 재활 치료를 했습니다.

2, 재활치료 뒤부터 신체 활동은 거의 정상입니다. 전철타기, 침 맞기, 식사 제공을 받을 수 있는 곳, 예를 들어 교회나 나눔의 집에 대한 정보는 매우 빠르게 입수합니다. 자기 자신을 보호하는 본능은 극도로 발달해 실수가 없습니다.

3, 식탐이 매우 강합니다. 식당에 가서 밥을 먹으면 반찬은 김치 국물도 남기지 않고 싹싹 쓸어먹습니다.

4, 약수터나 공원에 가서 운동하는 사람들이 먹다둔 물병이나 음료수를 슬쩍 집어옵니다. 거리에 버려져 있는 술병, 빈 패드 병, 썩어서 버린 과일, 과자 다 집어옵니다. 용돈을 주면 과일과 막걸리를 사와서 숨겨놓고 먹습니다.

5, 누군가가 말을 걸면 자기 이야기를 장황하게 늘어놓습니다. 처음 만나거나 잘 모르는 사람들은 아빠가 비정상적인 걸 거의 알아채지 못합니다.

6, 보약을 매우 좋아합니다. 가끔 내 지갑에서 몰래 돈을 꺼내 비타민을 사오기도 했습니다.

7, 제가 잔소리를 한 날은 밤이나 새벽에 창문을 열고 고함을 질러대 이웃에 안면방해를 합니다.

8, 그리고 밤에…… 밤에 아빠는……

의사가 편지를 놓고 아빠에게 물었다.

"밤에 고함을 지른다는 건 본인이 알고 있습니까?"

아빠가 그런 것 같다고 대답했다.

"따님이 잔소리를 해서 그랬습니까?"

대답하지 않았다. 불리하다 싶으면 입을 다무는 것이 아빠의 버릇이었다.

"식사 때 밥은 얼마나 먹습니까?"

"한 그릇씩 먹습니다."

"두 그릇씩 먹고 싶습니까?"

"아니오, 그러면 탈이 나지요."

의사가 진료내용을 컴퓨터에 입력하면서 나에게 말했다."

"식욕 억제제를 처방했습니다. 그리고 8번에 해당하는 약은 취침 30분 전에 복용케 하세요."

"그 약은 효과가 없었어요."

"무슨 약이었어요?"

"수면제요."

"밤에 고함을 질러서 수면제가 필요했습니까?"

나는 그 질문을 건너뛰고 내 대답을 했다.

"이튿날 다시 의사를 찾아갔어요. 약이 효과가 없다, 좀 더 강도 센 것으로 처방해 달라…… 의사가 말하더군요. 강도 센 약은 규정상 줄 수가 없다. 너의 아버지는 정신이 아픈 사람이 아니야, 네가 참아라…… 의사는 자상한 얼굴로 그렇게 말했고…… 저는 그 얼굴을 후려치고 싶었습니다.

"의사를 후려쳐요?"

"사람을 때리고 싶은 충동은 그때가 처음이었어요."

담당이 검지와 중지로 탁자를 톡톡 쳤다. 머릿속 생각을 그렇게 치고 있는 모양인데 추측으론 '정신병은 너에게 있다는 걸 암시하는 것 아냐? 살인도 정신적인 문제로 돌리겠다는……' 내 추측이 사실이라면 그녀의 추리는 엉뚱한 방향으로 나가고 있다. 더 멀리 가기 전에 바로 잡아야 주어야 한다.

"병원을 나온 저는 호신용 가게로 갔습니다. 전기 충격기와 후추 스프레이를 보여주더군요. 값은 좀 비쌌지만 전기 충격기를 선택했어요."

"전기 충격기라니요?"

"하지만 사용할 수가 없었어요. 만약 전기충격을 받으면 아빠 넘어질 수도 있고 그러면 뒤치다꺼리는 또 제가……"

담당의 눈에 혼란이 서렸다. 아직도 가닥을 잡을 수 없는 모양이다.

"아빠 키가 매우 커요. 살도 많이 쪘구요, 병원으로 옮기자면 애를 먹어요. 119요원들도 쩔쩔매고……"

"왜 은수씨 혼자서 아버지를 책임져야 했지요?"

"자식이 저뿐이었으니까요?"

"어머니는 도와주지 않았어요?"

"우리 엄마, 아빠한테 일생을 다 빨아 먹히고 껍질만 남았어요. 그런 사람한테 어떻게 또 그 멍에를 지라고 해요?"

"함께 살긴 합니까?"

"이혼했어요. 아빠가 뇌수술을 받은 건 이혼 이후였고요."

"이혼사유는 경제적인 문제?"

"그런 셈이죠."

엄마는 결혼 후 경양식집을 운영했다. 외삼촌으로부터 인계받은 것이었다. 엄마는 매우 성실한 사람이었다. 최상의 식재료를 구매하기 위해 직접 새벽 장을 보러 나갔다. 날이 밝아올 때 눈을 뜨면 나는 언제나 아빠의 품에 있었다. 나를 업어주거나 유치원에 데려다주는 사람도 아빠였다. 나는 엄마보다 아빠를 더 좋아했다. 가족끼리 어린 이공원이나 에버랜드에 갈 때도 나는 아빠의 손만 잡았다. 그처럼 멋지고 든든하던 아빠가 머리에 바람이 들어 물류사업을 시작했다. 20년이 넘도록 운영해온 엄마의 레스토랑과 엄마가 마련했던 우리의 보금자리는 아빠의 새 사업을 위해 담보로 잡혔고 결국은 모두 날아갔다. 내가 유학 가서 3년이 되었을 때였다. 등록금을 기다리고 있을 때 엄마가 몸소 왔다.

"내가 들어두었던 보험, 네 몫으로 사두었던 오피스텔까지 빚쟁이가 다 챙겨갔다. 그래도 빚이 많이 남았고, 그 빚을 나에게 갚으라고 해서 이혼을 했다."

엄마는 작은 빌라 하나는 얻어두었으니 귀국해서 살 방도를 찾아보자면서 내 짐을 쌌다. 1년만 채우면 졸업할 수 있었음에도 나는 엄마를 따라 귀국했고 한국에 돌아온 즉시 학원에 영어교사로 취직을 했다. 비록 졸업장은 없었지만 좋은 학교에 다닌 덕에 스타 강사가 되었고, 2년 만에 주거환경이 괜찮은 지역으로 집도 옮길 수 있었다. 이사를 한 얼마 후 엄마가 말했다.

"고등학교 때 성가대를 같이 하던 남학생을 만났다. LA에서 식당업을 한다는데 운영을 맡아 달라는구나. 월급은 할당제로 해주겠다니 잘하면 재기할 수도 있을 것이다."

나는 기꺼이 허락했고 엄마는 수속을 밟기 시작했다. 엄마가 떠나기 보름쯤 전이었다. 청계천 패션가로 가서 엄마와 함께 쇼핑을 하고 돌아온 날 아빠 친구로부터 연락을 받았다. 아빠와 함께 술을 마시고 헤어졌는데 다음 날 전화를 받지 않아 집에 와보니 계단에 쓰러져 있더라는 것이었다. 앰뷸런스를 불러 병원으로 옮겼다. 넘어지면서 머리가 깨져 뇌수가 나왔다. 오래 방치된 상태라 수술해도 장담할 수 없다고 했고, 나는 그래도 수술을 해달라, 살려달라고 애원을 했다. 첫 번째 수술은 실패였다. 봉합 안쪽에 괴사가 생겨 두 번째 수술을 한 후 엄마가 병실에 와서 산소 호흡기를 빼버렸다. 살려봐야 사람구실 못할 테니 죽게 두는 것이 본인을 위해서도 좋다는 것이었다. 그때 내가 말했다.

"엄마, 남도 아닌 내 아빠잖아? 장애인이 될 수도 있다고 죽게 해? 자식이 되어 어떻게 그럴 수 있어?"

엄마는 결국 미국으로 떠나버렸고 나는 집을 사글세로 옮겼다. 병원비 4천, 2년간의 간병 비 5천, 퇴원하던 날 사귀던 남자가 심청이 코스프레이를 계속할 거냐고 물었다. 심청이 코스프레이라니, 새벽에 파묻혀 자던 따뜻하던 품, 곧잘 업어주던 크고 넓은 등, 평생 보호해줄 든든한 울타리 같았던 아빠, 그랬던 아빠를 잃고 싶지 않은 건 코스프레이가 아닌 당연한 의무, 마음이 지시한 일이란 말이다! 그는 나와 더 지속할 자신이 없다면서 등을 돌렸다. 나는 학원 옥상으로 올라가 담배를 피우면서 내 결심에 대한 진의를 진단해보았다. 어떤 문장이 떠올랐다. '사람은 누구나 자기 삶을 치장하고 싶어 한다. 그 치장은 물질과 정신으로 나누어지며, 자기 정신을 가장 아름답게 가꾼 여성들은……' 지목된 여성들은 헬렌 켈러와 시몬느 베이유였다. 헬렌이 자신의 장애를 극복하고 그 능력을 사회 병리적 현상에 백신으로 기여 했다면 시몬느는 나치에 혼자 살아남은 것을 늘 죄스러워

했고, 전쟁으로 굶주리는 사람들이 안타까워 자신도 굶었으며, 절대 부족한 설탕은 아예 입에 대지도 않았다. 그랬다. 남자친구의 말대로 내가 만약 아바타가 되고 싶었다면 심청이가 아닌 그녀들이었을 것이다. 아빠의 병구완과 장애를 평생 안고 갈 결심을 한 것도 결국은 내존재 가치를 높이기 위해서였다.

"효도를 심청이 코스프레이라고 해요?"

수사관이 물었다.

"요즘은 3, 5, 7포시대가 아닌가요? 청년의 삶도 불안한데 거의 다 살은 부모한테 젊음을 투자한다는 건 시대착오적이라는 거지요."

"퇴원 후 아버지는 정상적인 생활을 하셨어요?"

"아니요, 처음은 대변을 보고 타월로 뒤를 닦아서 그 수건을 걸어 놓거나 샤워기로 항문을 씻어서 대변 찌꺼기가 바닥에 흩어져 있거나, 수도를 잠그지 않아 거실까지 물바다가 되고, 라면을 끓여 먹는다면서 불을 낼 뻔한 적도 있고……"

"그런 행위가 나타난다고 의사가 미리 알려주던가요?"

"아뇨, 제가 의사한테 물어봤죠. 생활감각을 찾지 못해서 그렇다 더군요. 오래 누워 지낸 뇌병변 환자가 생활로 돌아오면 원시시대에서 온 것과 같다고, 주의를 주면 고쳐진다고 했어요. 몇 달 지나자 조금씩 나아지긴 했지만 문제는……"

문제는, 그래 문제는…… 그 문제가 무엇이었더라? 갑자기 머릿속 모든 생각이 지워져버린 것 같았다. 이야기를 중단했더니 담당이 빤히 쳐다보았다. 탐색기가 꽂혀 있는 눈길이었다. 추궁해오던 어떤 눈길이 떠올랐다. 뉴스 진행자, 앵커!

"모의고사를 앞둔 어느 날, 원장이 자기 방으로 호출을 했어요. 거기에 9시 뉴스 팀 앵커와 카메라맨이 와 있더군요."

"뉴스 팀은 왜?"

"누가 내 학력을 제보한 겁니다. 광고전단지에 저는 미국 일류대학 졸업자로 되어 있었거든요. 학력 위조였던 거지요. 졸지에, 예고도 없이 카메라에 찍힌 그날 밤 뉴스에 제가 나왔고, 며칠 뒤 경찰에 출두했어요."

"그래서 직업도 잃었겠네요."

"학원강사, 불법이 아니라는 것은 경찰이 밝혀주더군요. 내가 다닌 학교에 조회를 했다나요. 3년 공부를 했으니 영어를 가르칠 자격은 있다…… 하지만 졸업장이 없잖아요. 학원을 그만두고는 인터넷 광고로 개인강사를 시작했어요. 영어 인터뷰, 수시, 수능, 영어경시대회…… 집에서 가르쳐야 하는데 아빠가 문제였어요. 동회에 알아보았죠. 성당에서 운영하는 나눔의 집을 알려주더군요. 독거노인들에게 점심식사를 제공하는……"

"그런 곳이 여러 군데 있지요."

"거기서 할머님들과 친해 떡이며 빵, 영양제까지 얻어오는 것으로 시작해서 나중엔 반쯤 먹고 버린 과일, 농해서 버린 자두까지 주워오더군요. 처음엔 그런 사실을 몰랐어요. 아빠 방에서 구더기가 기어나오기 전까지는요. 방에 들어가보니 음식물 쓰레기장 같았어요."

"……"

"큰 쓰레기 봉투를 사다가 싹 치웠어요. 그래도 주워다 나르더군요. 공중화장실을 다니며 휴지를 다 걷어오고, 폐지, 빈병, 우산, 어디서 가져오는지 날짜가 지난 막걸리도 끊임없이 가져오고, 그걸 죄다 버리면 시위를 해요.

문을 힘껏 닫거나 창을 열어두고 악을 쓰고……"

"무서웠겠어요."

"심장이 벌렁거렸어요. 계속하면 정말로 얻어맞을 것 같아 방관하기로 했죠. 구더기가 나오면 킬라를 뿌리고……"

"요양원에 보낼 생각은 안 해봤어요?"

"해봤죠. 돈 내는 요양원은 턱없이 비싸고, 국가보조를 받는 곳은 아빠가 너무 젊고 멀쩡해서 자격이 되지 않았어요."

담당이 한숨을 쉬었다.

"쉬었다 할까요?"

"아뇨, 계속하세요."

"나눔의 집에서 하청 업을 했어요. 노인들에게 사탕 값이라도 벌게 한다는 취지로 인형 눈을 붙이는 것이었는데 아빠도 열심이었죠. 돈을 받으면 혼자서 자장면이나 갈비탕도 사먹곤 했어요. 그런 어느 날 나눔의 집 총무한테서 전화가 왔어요. 장애인이 완성해둔 인형을 아빠가 훔쳐 자기 것으로 한다는 거예요. 한두 번이 아니다, 제발 나오지 않게 해달라고 신신당부를 하더군요. 아빠에게 나눔의 집에서 무슨 일이 있었냐고 물어봤어요. 아무 일도 없었다고 했어요. 웃는 얼굴로요. 그 웃음이 내 온몸의 기관을 꽉꽉 틀어막는 것 같았어요. 숨이 막히더군요. 뚫어주지 않으면 죽을 것 같아 면도칼로 내 손목을 그었어요. 피가 솟구칠 때 아빠가 다가와서 아무렇지도 않은 얼굴로

'피 흐르잖아, 닦아.' 그러고는 자기 방으로 들어갔어요. 정신이 들더군요. 급히 혈관을 막고 앰뷸런스를 불렀죠."

"잠깐, 차 한 잔 가져오겠소."

담당이 나간 후 나는 혼자서 진술했다. 내가 시시콜콜 과정을 밝히는 이유는 당신의 이해를 구하기 위해서가 아니다. 동정을 사기 위해서도 아니다. 나는 나에게 닥쳐온 상황마다 최선을 대해 대처했다는 것, 내 살인도 그 결과라는 것을 밝히고 싶을 뿐이다.

담당이 종이컵을 들고 들어와 내 앞에 놓아주었다. 커피였다.

"제가 얘기했던가요? 아빠는 무료급식소나 노약자를 봉사하는 곳은 귀신 같이 찾아낸다고…… 이번엔 개신교에서 운영하는 나눔의 집에 나가기 시작했어요. 거기서는 노인들에게 약수 물 장사를 했대요. 거리에서 나뒹구는 패드 빈병을 주워서 말이죠. 처음은 약수터에서 물을 받아왔는데 나중에는 수돗물을 받아다 주더라나요. 그런 물 먹지 않는다고 하니까 일껏 떠왔는데 왜 안 먹느냐고 무섭게 화를 냈다는 거예요. 한 할아버지가 아빠 뒤를 미행해 와서 저에게 귀띔해주어서 알게 되었는데 아빠는 엉뚱한 대답을 하더군요. 할머니들이 자기를 좋아한다고. 이번에도 웃는 얼굴로요. 나는 아빠의 그 얼굴을 갈기고 싶었는데 주먹이 창문으로 간 거예요. 유리창이 박살났죠. 내 주먹과 팔 곳곳이 찢기고 피가 나고…… 다시 응급실로 갔어요. 하필이면 동맥을 그었을 때의 그 의사가 당직이더군요. 그가 유리조각을 빼내고 꿰매준 후 정신과로 데리고 갔어요. 저에게 분노 조절장애가 있는 것 같으니 진료를 받아보라고요."

담당이 눈을 빛내며 물었다. .

"그래서요?"

"의사가 저에게 피해의식 과잉반응이라고 하더군요."

"피해의식 과잉반응이라면?"

"그것도 일종의 트라우마래요. 피해라는 느낌이 감각에 전해지면 자동반응을 한다, 어떤 사람은 옥상에서 뛰어내리거나 찻길로 뛰어들기도 하는데 나는 자해를 한다는 거예요. 피해라는 고통의식에서 벗어나려는 강박충동이다, 약을 복용하면 나아진다고 하면서요. 나는 단지 화가 났던 것이고 아빠를 때릴 수 없어서 유리창을 쳤을 뿐인데 그것이 트라우마가 되었다면 그건 내가 나의 처지에 판정패를 당하고 말았다는 뜻이 아닌가요? 진료실을 나서면서 처방전을 봤어요. 바리움, 도파민 등 흥분 억제제와 안정제 같았는데 나는 처방전을 찢어 쓰레기통에 버리고 집으로 돌아왔어요. 그리고 아빠한테 말했어요. 이제 물장사 하지마라, 대신 용돈을 주겠다, 그 돈으로 먹고 싶은 것 사먹어라…… 아빠는 내 제안에 협조했고 저녁에도 막걸리 값만 주면 몇 시간이고 공원에서 놀다가 오곤 했어요."

"……"

"몇 달간은 말썽 없이 잘 지냈어요. 내 강박충동도 무난히 극복되어 갔고요. 앞으로 어떤 고난이 온다 해도 헤쳐 나갈 자신감이 생겼을 때 엄마한테 전화를 했어요. 아빠도 많이 좋아졌다. 우리는 걱정할 일이 하나도 없으니 엄마는 한국에 돌아올 생각하지 말고 좋은 사람 만나 거기서 눌러 살라……"

"그런데 왜 살인을?"

"아빠의 이상한 행위는 다발성 종기 같았어요. 다 나았다고 잊고 있으면 어느 순간 또 터져 나오는 거예요.”

“이번에는 폭력이었습니까?”

“네, 맞아요. 시작은 수박 때문이었죠. 어떤 돼먹지 못한 인간이 수박을 반 갈라서 속을 다 파먹고 다시 새것인양 붙여서 집 앞에 내놓은 겁니다. 망에 넣기까지 해서요. 그걸 아빠가 주어온 거죠. 웬 수박이냐고 물었더니 아는 사람한테 얻었다는 거예요. 확인해보니 속이 빈 것이었어요. 화가 나서 참을 수 있어야죠. 수박 통을 거실 바닥에 패대기를 쳤어요. 아빠가 펄펄 뛰더군요. 일껏 가져온 수박을 왜 던지냐고, 저도 소리 지르며 대들었죠. 빈 수박 껍질은 왜 들고 들어왔냐, 집이 쓰레기장이냐고 있는 데로 악을 썼어요. 아빠가 부엌칼을 들더군요. 자기를 죽이라고요. 자기를 죽이라는데도 칼날 끝은 저를 향해 있는 거예요.”

“공포를 느꼈겠군요.”

“네, 무서웠어요. 아빠의 눈에 살기도 가득했고요. 저는 재빨리 정신을 차렸어요. 그리고 차분히 말했어요. 아빠, 날 죽일래? 그러면 누가 아빠에게 밥을 주고 재워주지? 그랬더니 칼을 놓더군요.”

“그래서요?”

“TV 프로그램 있죠? 정신과 의사가 시청자들에게 전화 상담해주는 코너 말예요. 거기 의사의 조언이 일거리를 주면 나아진다고 해서 일손센터에 문의를 했어요. 농촌에 할일이 있다더군요. 고추나 가지를 따는 일, 고구마를 캐는 일, 김치공장에 배추를 나르는 일, 숙식도 제공된다고 해서 아빠를 데리고 갔어요.”

“순순히 따라가던가요?”

"설득을 했죠. 일당이 3만원이다, 벌 수 있을 때 벌어서 아빠 간식비를 해라…… 좋다고 하더군요. 그런데 사흘 만에 되돌아왔어요. 일은 하지 않고 놀기만 해서 쫓겨난 거예요."

담당이 타자를 멈추고 물었다.

"돌아와서도 폭력을 행사했고, 그래서 전기충격기를 샀던 겁니까?"

"전기충격기를 산 동기는 이사를 간 후……"

보증금을 줄여서 이사를 갔다. 지하층 빌라, 방 하나에 거실, 화장실과 부엌은 물론 거실에 붙어 있다. 방은 아빠에게 주고 나는 거실에 보금자리를 틀었다. 책상과 책들은 창 쪽에 놓고 내 침대용 삼단 소파는 계단 밑에 놓았다. 참, 거실 귀퉁이에는 위층으로 올라가는 계단 벽이 있다. 첫날 그 밑에 삼단 소파를 펴고 누웠을 때 계단 벽에 명화가 걸린 상상을 하며 침실 구조가 참 예술적이라는 생각을 했다. 얼마 후였다. 그날은 인텐시브intensive로 가르치던 입시생의 마지막 수업이었다. 일주일에 두 번 하루에 세 시간이었지만 마무리를 하는 날이라 4시간이 넘도록 씨름했고, 아이가 돌아간 후엔 거의 녹초가 되어 씻지도 않고 자리에 누웠다. 잠이 몰려왔다. 모든 인간에게 가장 공평하다는 잠, 그 잠을 껴안으려는 순간 어떤 이질적인 기류가 느껴졌다. 눈을 떠보니 저만치 아빠가 팬티만 입고 서서 나를 지켜보고 있었다. 내가 잊고 거실 커튼을 치지 않은 것이다.

"응, 그것 좀 쳐줘."

아빠는 커튼을 쳐주었고 나는 곧 골아 떨어졌는데 그것이 전조였다는 것은 나중에 깨달았다.

수시와 수능 기간이 끝났다. 일거리가 거의 없어 방세도 낼 처지가
아니었고 아빠의 용돈도 건너뛰었다. 갈 데가 없는 아빠는 화장실만
들락거렸다. 책을 읽을 수도 잠을 잘 수도, 인터넷조차도 집중할 수
가 없었다. 부아가 부풀어 올라 내 몸이 터질 것만 같았다. 편의점에
가서 소주 한 병을 샀고 그 술을 다 마신 후 책상에 엎드려 잠이 들었
다. 목이 말라 눈을 떴더니 아빠가 내 어깨를 잡고 있었다. 꿈인지 생
시인지 분간해보려고 눈을 껌뻑이는데 아빠가 말했다.

"한번 안아 보자."

아랫도리를 벗고 있었다. 한껏 발기한 성기가 어둠을 뚫고 빳빳이
서 있었다.

"무슨 그런 개 같은 상황이!"

담당의 얼굴이 분노로 일그러졌다. 많은 범죄자를 다루어 봤을 것
이고 사회의 어두운 그림도 모두 파악하고 있을 텐데도 이런 경우는
처음 듣는 모양이었다. 나는 그녀에게 다른 사례도 알려주었다.

"인터넷에서 정신과 의사들 카페에 들어가 보면 말이죠, 그런 사례
가 많아요. 뇌에는 문제가 있지만 육신이 건장한 그들은 딸이고 여동
생이고 가리지 않고 성욕을 발산한다는 거예요. 어떤 딸은 자다가 실
제로 당한 경우도 있었대요."

"그럼 은수씨도?"

"아니에요. 저는……"

그때 수사실 문이 열리고 남자 형사가 내 담당을 불러냈다. 시신을

찾은 것 같았다. 나는 혼자서 진술을 이어갔다.

"그때 나는 온 힘을 다해 외쳤어요. 불이야! 도둑이야! 아빠가 얼른 자기 방으로 달아나더군요. 수사관님, 제가 왜 그렇게 대처했는지 아세요? 요즘은 관계가 해체되는 시대라잖아요? 부모자식간의 관계도 거의 반은 허물어졌다면서요? 그건 인간의 룰이 아니잖아요. 우리가 공장이나 유리병 속에서 만들어진 것도 아니잖아요? 피와 살을 나눈 관계인데 그것만은 반드시 지켜져야 하잖아요."

담당이 돌아와 시신을 찾았다고 알려준 후 고개를 바짝 디밀었다.

"이제 나머지 진술을 끝냅시다. 아빠가 벌거벗고까지…… 했군요. 그 다음은 어떻게 되었죠?"

"제가 얘기했죠? 아빠와 정신과에 갔을 때 종이에 증세를 적어주었다고. 마지막 조항 8항, 밤에 아빠는 어쩌고 썼던 내용이 바로 아빠의 그 미친 성욕이었어요."

"기억나네요. 그날 전기 충격기를 샀다고…… 살인 동기는 결국 그것이었던 거죠?"

수사관 눈이 '그 정도면 정상참작이 되겠어' 라고 하는 듯했다. 나는 고개를 저었다.

"아니에요, 그 문제는 인터넷에서 강도 센 수면제를 구입하면서 해결할 수 있었어요."

"은수씨, 진술한 내용만으로도 충분한데 그만 마무리하죠."

"저는 진짜 살인 이유를 밝히고 싶어요."

담당이 정 그렇다면 간략하게 말하라고 했다.

"방을 빼달라는 최후통첩을 받은 날 저는 아르바이트를 구했어요.

이태원에 있는 외국인 클럽인데 영어를 사용하는 바텐더로 말예요. 새벽 4시까지 일해서 번 돈이 7만 원이었어요. 편의점에 들려 라면과 계란을 샀죠. 아빠와 함께 아침을 먹을 생각으로요. 현관을 열고 들어가니까 아빠가 거실에서 대자로 누워 잠들어 있었어요. 주위에는 막걸리 빈 병과 참외 껍질이 널려 있었고요. 한데 그건 아빠가 아니었어요. 아빠 모습을 한 쓰레기, 독소를 뿜어대며 썩어가는 인간쓰레기였어요. 제가 한사코 지키려 했던 부녀관계의 의지는 실상 쓰레기 속 부패균을 살려주는 링거였던 거예요! 그래서 살인을 했어요. 내가 쌓은 쓰레기는 내가 치워야 한다……"

담당이 내 말을 중단시키고 대뜸 물었다.

"살해 도구는 뭐였죠?"

"제초제를 사용했어요."

"그 약은 어디서 구입했죠?"

"고등학교 동창 집에서요. 그 애 남편이 귀농해서 농사를 짓거든요."

"그걸 어떻게 먹였어요?"

"약은 설탕과 함께 우유에 탔어요. 아빤 지나칠 만큼 우유를 좋아했거든요. 밥을 말아먹을 정도로요."

"그리고요?"

"마트에서 반쪽짜리 수박을 사서 아빠한테 약수터에 가서 수박을 먹자고 했어요. 해가 기울어갈 때였어요. 아빠가 주워다 둔 패드 병을 챙기더군요. 오는 길에 약수도 떠오자고요. 약수터엔 사람이 많았어요. 수박부터 먹자면서 아빠가 먼저 약수터 위쪽으로 올라갔어요."

"주위에 빈 벤치는 없었어요?"

"없었어요. 그날은 모든 것이 수월했어요. 마치 아빠 스스로 죽음의 길로 인도한다는 느낌까지 들었어요. 바위를 찾은 것도 아빠였으니까요."

"시체가 있던 바위……"

"바위에 올라가서 제가 말했어요. 수박을 자를 칼이 없다. 약수터에 가서 칼을 빌려서 잘라올 테니 그 사이 우유를 마시고 있어라……"

"그리고 자리를 비켜주었단 말이군요."

"네, 그랬어요. 제가 바위에서 내려오자마자 아빠가 우유병을 열더군요. 나는 돌아보지도 않고 곧장 약수터로 갔어요. 약수터엔 남자들이 많았지만 주머니칼을 가진 사람은 없었어요. 한참 있었더니 여성 둘이서 참외를 씻으러 오더군요. 그들에게 칼을 빌려 수박을 잘랐어요. 아빠가 이 수박을 먹을 수 있을까, 없을까, 그런 생각을 하며 바위로 돌아갔어요. 아빤 거품을 물고 쓰러져 있더군요. 이미 죽은 것 같았어요. 저는 그 옆에 앉아서 날이 어두워질 때까지 수박만 으깼어요. 주위가 조용하고 인기척이 아주 사라졌을 때 아빠의 다리를 잡고 바위 아래로 끌어내렸어요."

"풀이 덮여 있더라고 하던데, 은수씨가 그런 거예요?"

"네, 사람들 눈에 띄지 말라고……"

담당이 노트북을 덮고 물었다.

"아빠의 시신을 수거해갈 친척은 있어요?"

"없어요. 아빠의 형제들은 전부 이민가고 없거든요."

"이제 일어나죠."

담당이 유치장 문을 열어주었다. 시신은 국가에서 처리해주느냐고 물으려다가 그만두었다.

빛을 훔친 그림자 _ 최성배

1986년 소설 「도시의 불빛」 발표.
소설집 『물살』, 『발기에 관한 마지막 질문』, 『개밥』,
『무인시대에 생긴 일』, 『은밀한 대화』, 『흔들리는 불
빛들』, 『나비의 뼈』
장편소설 『침묵의 노래』, 『바다 건너서』, 『내가 너다』,
『별보다 무거운 바람』
산문집 『그 시간을 묻는 말』, 시집 『뜨거운 바다』 외
문학저널 창작문학상, 한국문학백년상, 한국소설문학
상 수상.

소설도 안 되고 지리멸렬한 그때, 방 안에는 나 혼자였다. 희미한 스탠드불빛이 그림자를 만들었다. 벽에 비친 짝퉁은 넙데데한 나의 얼굴과 똑같이 움직였다. 그림자는 손사래 치고 고개를 젓거나 주먹을 불끈 쥐며 따라했다. 거울의 안과 밖처럼 움직임도 그러려니와 실체와 마주보았다. 몰입하다보니, 환상인지 실제인지 모를 일이 펼쳐졌다. 심지어 그림자는 반대쪽에서 손을 들어 올리며 무슨 말을 하려는 것 같았다. 실체와 그림자는 붙어있으므로 소통한다는 것. 그림자는 빛의 위치와 각도에 또는, 교차에 의해 작아지거나 변형되었다. 빛을 등지면 길어졌다가 가까이 다가서면 형편없이 작아지는 그림자. 실체 없는 그림자가 어디에 있으리. 그러나 때로는 그림자가 주체의 가면을 훔쳐 행세하는 일도 있다. 주체도 실은 별 거 아니다. 살면서 얻어지는 느낌과 기억의 장치에 의존할 뿐. 저장, 용량, 응용, 상실의 과정으로!

나는 바보처럼 그림자에게 슬쩍 말을 걸어보았다.

─마음으로 통한다는 불립문자가 있기나 할까?

실로 야릇하고 웃기는 노릇이었다. 말을 던져놓았지만 뭔지 모를 불안과 두려움이 머릿속을 휘저었다. 순간, 느닷없이 귀에 익은 목소리가 달팽이관을 꼬집었다.

─당신이 마음먹기에 달렸지.

어럽쇼! 환청인가? 비웃기라도 하듯 음폭을 줄인 목소리가 들렸다. 실루엣이 된 저쪽의 대꾸가 분명했다. 혼돈이 가라앉을 무렵, 대화는 짐짓 겉도는 농담처럼 흘러갔다. 수면의 밑이 얼마나 깊은지, 물살이 요동을 치는지는 물속을 들어 가봐야 아는 법. 말과 말은 얽혔다가 풀어졌다. 나는 실없는 섹스가 끝날 때처럼 한숨을 푹 내쉬었다.

─둘은 하나이며 둘이다. 내가 죽으면 너도 없고, 빛이 없으면 너역시 어둠 속을 떠도는 무기력일 뿐이야. 그러하니 우리는 누구라도 온전한 주체라고 할 수도 없어. 서로가 서로에게 의존하는 사슬의 한 토막일 거라.

─왜? 배배 꼬인 일들이 자꾸만 생기는지 알기나 해?

─끊임없이 저질러 움켜쥐려는 탐욕 때문이지.

─인간의 숙명이야.

문답은 앞서거니 뒤따라가며 이어졌다. 내가 그림자이거나 그림자가 나일 수도 있겠지. 어쩌면 머릿속에서 엉켜 붙은 둘은 전혀 다른 대립자일 수도 있겠다. 인간이 만든 스마트폰이라는 요물역시 그렇지. 물건도 오래 지니다보면 짝퉁이나 그림자가 될까. 그렇다면 그림자는 빛이 만들거나 어떤 사물에 따라붙는 인과因果일 수밖에.

오싹한 추위가 시작될 무렵, 모르는 발신번호의 메시지가 두 번이
나 떴다.

　ー메리!

　ー할!

세상의 고통을 몸으로 덮어내고 부활하셨다는 그분이 나온 날. 오
래전 나와 어떤 친구가 군대에서 만났을 적부터 암구호처럼 소통하
던 첫 문자였다. 긴가민가하면서도 답신을 안 보냈다. 또 메시지가
왔다. 그 전화번호였다. 하루가 지났다. 이번 메시지는 문장으로 이
어졌다.

　ー북두칠성은 머리 꼭대기에 걸렸고, 풍경소리마저 잠이 들었네.
누가 밤이 길다고 하는가. 대숲은 그저 고요할 뿐이다.

높은 능선아래 골 깊은 어느 절이라니. 보냈을 발신자를 곰곰 생각
해보았다. 나의 뒤를 밟는 그림자가 누굴까. 불현듯 마른대추를 닮은
얼굴이 뇌리에 멈추었다. 아! 그가 분명하다. 함께 졸병이었고, 개척
교회의 전도사였으며 절에서도 뛰쳐나왔던 친구. 오래 전에 서울을
등진다며 연락이 끊겼던 터다. 꾸물거리던 이미지들이 솟구쳐 그의
모습이 아련하게 피어올랐다. 여태껏 떠돌고 있을까. 마음이 통하면
장소와 거리는 상관없으리. 그렇다면야…… 긴가민가하던 나도 암호
를 안 보낼 수 없다.

　ー헐!

땅거미가 덮여도 답신은 오지 않았다. 이제는 내가 안달이 났다.
으스스한 날씨를 떨치며 또 다른 메시지를 보냈다.

―수미산자락에서 날밤을 지새우며 여태껏 붓다의 발가락을 빨고 있구먼.

　감감 무소식이었다. 그새 날과 달이 지나 언 땅이 풀렸다. 그도 나처럼 달력의 덫에 걸려있을까. 숫자의 배열과 기억의 함수관계가 있으렷다. 나는 그의 존재를 조심스럽게 기억으로 어루만졌다. 누군가 그에게 틈입하여 또 다른 타의로 존재한다면? 아무리 인간이 위대한들 자기 자신이 봐왔던 세계만큼 자신을 지배하는 것이니만치. 그 범위의 확장과 영역조차 생각의 테두리 안에 모든 것을 적용한다. 내가 넓어지고 그가 깊어지는 만큼 세계의 크기도 그럴 거다. 잊을 만 했을 때, 메시지가 떴다.

　―덕유산자락이 흘러내리는 오래된 절에 비가 그쳤네.

　―마음까지 후줄근하게 젖었나보구먼. 산신령이 되시려고?

　―안개 피어오르는데, 숲속의 딱따구리는 늙은 느티나무가지를 쪼누나. 누가 세상을 복잡하다 했는가?

　―하늘을 이고 있는 향적봉은 홀로 우뚝한가?

　―하루해는 산 능선으로 이미 기울었네. 하산하여 순댓국에 막걸리 한 사발로 목을 축였으니 낯바닥은 복사꽃 피었을 걸세.

　―바다였더라면 생선을 베어 소주를 마셨겠군.

　―바다라? 진달래는 왜 저리 붉은가. 육신도 피다지고 말면 그뿐, 새가 되어 날아갈 텐데. ∞

　느닷없이 왜, 바다가 떠올랐는지 모르겠다. 사람보다 기기의 진화가 더 빨랐다. 이제 기기는 스스로 진화하고 있다. 사람과 기계의 합일체가 된 스마트폰. 손바닥에 쥐어진 매개체는 사람들의 소통과 일상을 지배하고 있다. 중독이 따로 없다. 스마트폰에 저장된 정보가 인간의 의지마저 빼앗는 마술이 따로 없다고, 누군가가 그랬다. 귀찮게 들고 다니지 말고 아예 뇌 속에 박아버리던지, 팔뚝에 붙여버리는 게 편할 거라고. 유심USIM 카드를 또 다른 스마트폰에 심어 복제한다니! 악마가 인간을 복제될 날이 멀지 않았군. 편리하고자 만든 기기가 제 맘대로 인간을 삭제하거나 증폭시켰다. 본질을 잊어버리는 것도 시간문제라고? 그렇지만 스마트폰은 이제 인간의 그림자처럼 존재한다. 잘못하다간 사람이 스마트폰에게 개망신을 당할 지도 모른다. 그래서 동물의 몸을 가진 인간인지라 늘 불안하다. 그러나 불안을 다독거리는 주술과 기복신앙은 또한 여전하다. 주술사들은 탐욕스럽고 심약한 인간들이 존재하는 한 밥벌이에 문제없다.

땅거죽에 기생하는 인간이 별 것인가. 생물인지라 번식을 하면서 종족을 유지하고 죽었다. 종족마저 변형되고 멸종된다면 원래대로 우주의 티끌로 사라질 뿐. 그와 그림자에 대한 나의 생각은 거기까지 미쳤다. 나의 뇌리에서 삐져나온 잡동사니 이미지들이 도깨비처럼 길길이 날뛰었다. 눈을 감았다. 숨을 길게 들이마시며 내쉬었다. 마음을 가다듬었더니 머릿속을 휘저었던 혼란이 차츰 정리되었다.

나는 메시지를 씹어버렸다. 그가 더 머나먼 남쪽으로 붕새처럼 날개를 펴던지, 참새가 되어 썰렁한 들판에서 벼 알갱이를 쪼아 먹던지 내가 알바 아니다. 그런데 사흘 후 못 보던 번호의 메시지가 떴다. 문장의 느낌은 그의 연속 같아서 별 의심 없이 답신을 보냈다.

─그대는 두 개의 번호로 마술을 부리는 빠삐요의 딸들. 붓다를 유혹하였던 어설픈 짓일랑 말게. 혹여 대포폰이면 빨리 범죄 신고하고

잉여물건이면 어서 버리게.

―범죄는 무슨! 말뼈다귀 같은 인간들이 질서의 핑계로 만들어놓은 덫을.

―뭣 때문에 여태껏 그곳에 있는고?

―아직은 때가 아니라서.

―이생을 연구할 게 많은가 보구먼.

―그건 연구하는 게 아닐세. 견성과 성불이 다르듯 각각 세계의 차원도 다르다네.

―견성한 다음에 불의 세계에 이르니까, 쓸모없는 시신들을 태워버리는구먼?

―그렇겠군. 이제 한숨 자두세.

메시지가 끊겼음에도, 나는 그의 안위가 무척 궁금했다. 신호음은 가는데 저쪽의 응답은 없었다. 나는 그냥 응답이 있거나 말거나 말을 뱉었다. 도대체 너는 뭘 해먹고 사는 거냐고? 그런데 하울링으로 되돌아오는 목소리가 이상하게 들렸다. 환청인가? 기기가 빨아서 되 뱉는 소리는 아니었다. 외계에서 느닷없이 나사우주본부로 보내왔다던 그 괴이한 음향이 떠올랐다. 아무튼, 가끔 끊기거나 알아들을 수 없는 말이 조곤조곤 혹은, 명령처럼 들렸다. 수식어를 생략하고 추려서 그의 삶을 대략 미루어 생각해보았다. 그가 오토바이배달꾼이나 택시기사, 막노동판에 기웃거리면서도 소설을 썼다는 사실이 놀라울 따름이다. 이제 허드렛일로 전국을 떠돌며 목숨을 부지하는 것 같다.

봄비 그치고 황사 가득한 도시의 하늘은 찌푸렸다. 먼 바다에서 몰려오는 더운 바람으로 나무들은 차츰 푸른 기운을 머금었다. 목련나

무의 수액은 뿌리에서 곁가지로 뻗어 탱탱한 꽃눈을 떴다. 검푸른 잣나무가 짙푸른 빛으로 변하고 파릇한 풀싹들이 땅에 돋았다. 날짐승들은 두 마리씩 서로 엉키려고 여간 시끄럽다. 날개를 휘저으며 나뭇가지를 드나들거나 빙빙 돌며 앉기를 되풀이했다. 겨우내 축적된 마지막 에너지를 한 번의 짝짓기에 쓰려함이다. 욕망을 넘어서는 사람의 짝짓기도 있다.

메시지 뜨는 소리가 났다. 손가락으로 확인했더니 그였다. 마치그는 나의 일거수일투족을 빤히 헤아리고 있었다는 듯 정확하게 짚었다.

―산 벚꽃은 마냥 흐드러졌는데, 소쩍새는 왜 저리 우짖는고?

―어디쯤인고?

―어미를 닮은 모악산 기슭이라네.

―산신령 흉내를 내더니 이제 미륵까지 넘보나? 언제까지 머무는고?

―아직 승천할 시기가 멀었는지라, 비가 멎으면 지리산의 동북쪽으로 옮기려네.

―함양이라? 불운한 천재가 방탕한 여왕에게 내팽개쳐져 태수노릇을 했던 곳?

―천여 년 전의 그 신선을 따라 가보려고 길을 나섰네. ‥

그의 메시지는 깊은 잠에 빠져들었던 때 남겨졌다. 내가 모르는 사이에도 그는 벌써 금수강산을 떠돌아다닌 모양이다.

*

그날 아침 8시 49분, 사람들이 죽기 시작했다.

여객선은 갸우뚱거리며 서서히 바닷물 속으로 잠겨들었다. 마치 커다란 고래 한 마리가 울부짖으며 죽어가는 모습이었다. 뱃속에 있는 아이들이 불길한 조짐을 알았을 리 없다. 살려주세요! 살려주세요, 살려주세요. 얼마나 두려움에 떨었을까, 아이들은! 시퍼런 바다는 무지한고래의 울음을 삼키고도 음흉함을 감추었다. 바다 밑 고래의 뱃속에서 밖으로 나가지 못한 생명들은 죽어갔다. 정신은 가물가물 멀어졌으리라. 선장은 팬티바람으로 조타실이 아닌 엉뚱한 곳에서 구조되었다. 객실들의 문을 잠근 채 배를 버린 승무원들은 살았지만 함께 한 여승무원도 있었다. 야수처럼 달려드는 거친 물결은 게거품을 물고 혓바닥을 날실거리며 모르쇠로 숨어버렸다. 물살은 더욱 거세어지고 시간은 빗줄기 속으로 사라졌다. 아이들은 바다 깊숙이 갈앉은 철골조 안에서 헤어날 길이 없었을 터. 숨진 고래의 뱃속에 있을 법한 영혼들은 지느러미와 비늘조차 없는데 어찌 되었단 말인가! 고래가 고꾸라진 뱃길에서 좌표는 무의미했다. 솟아있는 섬들만 여전히 바다에 떠있을 뿐.

현장은 중계 방송되었다. 하수상한 세월 탓이었을까. 그랬다. 인천항에서 제주도로 가던 여객선은 남쪽 맹골군도孟骨群島를 돌아나가다가 뒤집혔다. 배와 함께 476명에서 295명의 탑승객이 수장된 것이다. 수학여행을 떠난 나이어린 고교생들이 많았다. 해양경찰의 구조작업은 시늉처럼 물에 불은 시신만 건져 올릴 뿐이었다. 인솔책임자인 학교 교감은 임시수용소 근처의 소나무에 목을 매어 자살을 했다. 시간이 지날수록 아이들은 주검으로 건져 올려졌다. 바다에서 뭍으로 나온 주검들은 참혹했다. 애를 태운 유족들은 군청강당에서 잠을 못 이루며 갈망조차 잃어갔다. 난민이 따로 없었다.

종잡을 수 없는 4월은 실종되었다. 억울하게 죽은 생명들은 어디에 가있을까. 살아있는 어른들은 죄인이다. 사람의 슬픔은 속절없다. 이틀간 비가 오더니 하얀 꽃잎들은 우수수 휘날리며 초목의 새잎이 돋아났다. 연둣빛 신록은 바람결에 휘몰아치는 송화 가루에 덮여 안개처럼 뿌옇고 짝짓기의 계절은 돌아왔다.

그때, 떵 소리가 나고 메시지가 떴다.

―꽃바람에 휘날리는 숲에서 날짐승들 흘레붙는 소리를 들었다네.§

―주검들이 물 위에 떠오르거나 물고기의 먹잇감이 되어 가는데도?

―물고기라는 말만 들어도 구역질이 앞서네.↓

―멍할 뿐!

송곳 같은 바위들이 촘촘하게 붙어있는 까마득한 산기슭일까. 메시지의 짧은 문장으로 추론하자면, 하산할 작정인가 보았다. 그의 역마살은 누구라도 말릴 수 없으렷다.

보배로운 섬의 작은 항구는 금세 세상에 알려졌다. 종합상황실은 문예회관에 설치되었다. 혹여 아이들이 살아있을까 하여 가족들은 담요를 몸에 두르며 자리를 지켰다. 백성의 소문은 따로따로 비등했다. 분노의 불길은 쉬이 꺼지지 않았다. 가슴이 답답해져 잠은 안 오고 신체리듬이 망가져 시들시들한 사람들도 늘어났다. 밤잠을 못자는 시청자들은 점점 구조가 불가능하다는 소식을 접했다. 애잔한 마음은 차츰 허무로 빠져들었다. 약삭빠른 방송사들도 슬금슬금 자연

다큐멘터리나 세계여행기 따위의 화면을 끼워 넣었다.

이해할 수 없다는 게 문제다. 시간이 충분했음에도 아이들을 구조하지 못했는가? 번갯불보다 빠른 통신은 잠이 들었었나? 백성을 태운 배가 고꾸라진 상황이 발생했음에도, 대통은 도대체 어디서 무엇을 했단 말인가? 왜?

7시간이니 11분이니, 시간을 맘대로 해석하는 소문까지 떠돌았다. 노회하고 음흉한 비서장은 완고했다. 뻔뻔한 표정의 비서장은 유구무언이었다. 그의 얼굴은 애써 입을 앙다물며 텔레비전 화면을 스쳤을 뿐이다. 대통들의 손발 끝에 빌붙어 살아온 간신들은 언제나 진드기처럼 생겨났다. 궁궐 안의 일들은 미루어 짐작할 수조차 없었다.

*

메시지의 내용이 길었다. 선문답처럼 까불던 여느 때와는 사뭇 달랐다.

―그런데 말이야, 며칠 전에 이해가 안 되는 일이 있었지. 무거운 배낭을 등에 졌던 어깨가 뻐근하여 고갯마루에 앉았었어. 햇볕을 막은 굵은 나무의 그늘이 나를 맞아주었지. 도시로 가서 열차를 탈까, 버스를 탈까 생각하다가 베잠방이 주머니에 든 돈을 헤아리려고 꺼냈지. 손가락으로 꾸깃꾸깃한 지폐의 촉감을 느끼는 순간! 거기 누구요? 나는 움칫 놀라서 머리가 곤두서며 아스스했어. 아주 갈앉은 목소리가 달팽이관을 뚫고 들어왔던 거야. 은근히 헤아리던 대여섯 장의 지폐를 얼른 주머니에 감추고 귀를 쫑긋했어. 풀벌레는 아닐 거고 분명 쉰 목소리를 낸 남성의 인기척이었지. 누구라니? 그쪽은 누구요? 큼큼거리며 되치기를 했더니, 숲속에 바스락거리며 웬 늙은이

가 슬며시 모습을 드러냈지. 누런 벙거지를 쓴 작달막한 사내가 지팡이를 짚고 서 있었어. 그는 안경을 쓴 눈으로 주위를 두리번거리더니 경계를 하며 다가왔지. 내가 큼큼거리며 흘깃 쏘아보자, 그는 손으로 벙거지를 끌어내리며 작은 체구를 더욱 움츠렸지. 긴팔검정셔츠와 누런바지를 입은 그의 초라한 몰골을 지팡이와 갈색구두가 지탱하고 있었어. 누군가에게 쫓기는 사람처럼 두려움이 감돌았지. 저어…… 혹시 먹을 거 좀 있으시면? 그가 아주 조심스레 말을 걸어왔지. 햇빛에 그의 어금니가 빛났어. 나도 모르게 배낭 안에서 꿍쳐두었던 초코파이 두 개를 내밀었지. 그는 마다 않고 허연 손으로 낚아 챈 봉지를 입으로 가져갔어. 며칠을 굶었는지 게걸들린 사람처럼 단숨에 꿀꺽 삼키더군. 어허, 천천히 먹지 체하겠어요. 그의 눈빛은 창피했는지 약간 겸연쩍은 표정으로 고개를 수그렸네. 그렇지만, 늙은이는 내 시선을 피하며 연신 나를 힐긋힐긋 훔쳐보는 느낌이 들었지. 그가 허기를 돌린 것 같아서 내가 말했었지. 어디서 오셨소? 그는 고개를 돌리려다 말고 앞을 보며 대꾸했어. 이곳저곳 떠도는 사람이외다. 구질구질하게 말을 건네는 건 쓸데없는 짓이라고 다짐했어. 나그네끼리는 피차 서로의 사연을 묻지 않은 게 나으니까. 잠깐만 기다리시오. 생수가 다 떨어져 물 좀 떠올 테니까. 그의 모습을 보지 않고 배낭에 붙어있는 주머니에서 빈병을 꺼내들고 허적허적 내려갔지. 어디선가 본 듯한 늙은이였는데 기억이 안 났어. 머릿속에서 혼란스런 이미지만 바릇바릇 떠돌았던 것 같아. 그런데 말이야, 내 뒤통수에서 느닷없이 큰 목소리가 들렸어. ―신의 섭리가 어디에 있느냐고! 아, 헛되고 헛되구나! 씨팔! 너희들은 내게 속았고 나도 내게 속았어! 무슨 잠꼬대마냥 내지른 목소리가 또렷하게 귓속으로 박혔어. 슬쩍 뒤를 돌아보았지. 분명 그 늙은이가 두 팔을 번쩍 쳐들고 하늘을 향해 저주를 퍼붓듯 미친 사람처럼 서있었네. 물을 떠오는 게 급해서 숲길을 따라 옹달샘으로 갔었지. 샘물에 비친 내 얼굴을 보니 딱 생각이 나더군. 얼마 전, 분식집에서 라면을 먹다가 TV에서 본 목사가 분명했어. 부리나케 달려왔지. 그런데, 웬걸! 돌아와 보니 늙은이는 종적도 없이 사라졌더라는 말이야. 그가 앉았던 풀잎은 구겨진 채였고 웬 종이나부랭이만 떨어져있었지. 성경의 한쪽을 찢어서 접어 만든 종이배였던 거야. 초코파이를 얻어먹은 대가치곤 참으로 싱거운 노릇이 아닌가? 배고플 적에 먹이를 얻어먹었으면 고맙다는 말 정도는 하고 갔어야 하는 건데. 이것 참 별 일이지? ··

─세월은 진공청소기처럼 모두를 빨아들이지. 먼지 같은 사람들은 위태로운 순간에도 낚시 밥에 물고기가 꾀어들 듯 자꾸 모여들어. 죽음은 결국 인간을 패배시키면서 완성되는 거 아닌가. 그런데도 늘 승리를 입에 달고 사는 자들은, 치명적인 복어 알을 삼키고도 무사할 거라고 위안을 하는가 봐.

그림자는 인간의 비루한 짓에 관하여 까발리는 듯싶었다.

─개미구멍 하나가 방죽을 무너뜨린다네.

─모든 것의 처음은 개미구멍이야. ♡

*

순식간에 배를 침몰하게 했던 원인은 어디서부터인가?

물에 겨우 뜨는 낡은 배에 사람들은 물론 수백 톤의 철근까지 넘치도록 실었다. 적재중량을 훨씬 초과하여 실었어도 관계자들은 모르쇠였다. 이웃섬나라에서 폐기처분된 고물을 싸게 구입한 배였다. 번지르르하게 리모델링하여 사람들의 눈을 속였던 터.

여객선의 소유자는 사이비종교의 교주였다. 작달막한 체구의 늙은 사내는, 유람선을 강물에 띄우며 사업을 했었다. 뿐이랴, 피라미드식으로 간장, 의류, 신발 따위의 생활필수품을 영업하도록 전국에 판매망을 조직을 확장했다. 탐욕스런 악마처럼 닥치는 대로 돈을 긁어모았다. 돈이 되는 거라면 수단과 방법을 가리지 않았다. 아들들과 딸들에게도 각자 기업을 맡겨서 돈에 매달렸다. 교인들을 점 조직형태로 운영하여 엄청난 부를 축적해왔다. 일가가 해외로 재산을 빼돌렸다는 신문기사도 떴다. 탐욕은 거기서 멈추지 않았다. 그는 외국의 미술평론가들과 유명전시장에 돈을 마구 뿌려 사진예술가로 행세를 했다. 사이비종교의 교주이자 사업가의 힘으로 예술을 지배하려했던 까닭이다.

한데, 교주의 배후에 권력자 혹은, 정보기관이 끼어들었다는 소문까지 파다하게 나돌았다. 종교조직과 돈의 힘으로 정치권력에 연줄을 댔으므로 그의 아지트에는 유력인사들이 몰래 들락거렸다. 가구, 시계, 도자기와 보석 같은 유럽의 골동품 따위의 미술품으로 호화스럽게 치장된 고급레스토랑이었다. 또 다른 곳에는 초콜릿카페도 있었다. 그곳을 비밀리에 드나든 그림자들은 권력의 먹이사슬이었다. 필요한 사람들을 꼬드기는 사업에는 뚱뚱한 큰아들을 내세웠다. 야무진 작은 아들은 해외의 조직을 맡아했다. 유람선박을 강물에 띄워 운영해왔던 그는, 정치계에 로비하여 돈을 긁어모았던 터.

희생양으로 지목된 교주에게 초점이 모아졌다. 교주의 과거 행적과 재산의 규모가 하나 둘 드러나기 시작했다. 경찰력은 수도권에 있는 그들의 드넓은 교회연수원을 포위한 시늉만 했다. 명령만 떨어지면 금방이라도 포위망을 옥죌 수 있었다. 열성신도들의 완강한 저항에 부딪쳐 공권력이 유명무실해진 데는 무슨 이유가 있을 거였다. 수배령이 내려졌음에도, 교주는 그 안에서 아무렇지 않은 듯 뒹굴었고 승합차로 유유히 빠져나갔다. 기자들이 앞 다투어 정문 앞에 카메라를 들이대면 각본처럼 신도 몇몇이 나와서 몇 마디씩 내뱉고 사라졌다. 가끔은 대변인이라는 사내가 눈을 번뜩이며 교주를 정의의 수호자인양 옹호하는 발언까지 쏟아냈다. 더구나 위협 아닌 공갈처럼 아리송한 현수막을 걸어놓았던 터. '우리가 남이가?' 비서장이 되기 오래전 밀실에서 패거리들과 작당했을 적에 했다는 말. 여성 대통의 그림자로 막강한 힘을 자랑했던 비서장이 도대체 그들에게 무슨 약점을 잡혔단 말인가!

초여름의 느닷없는 날씨도 미쳤지. 갑자기 한낮에 천둥과 번개가 치고 우박이 쏟아졌다. 두어 시간동안 어둠 컴컴한 세상이었다. 수억 년 후에나 있음직한 태양의 흑점설이나 지구의 종말론이 떠돈 것도 이때쯤이었지 아마. 텔레비전의 화면은 어깃장을 부리며 시답잖은 뉴스로 여전히 눈을 어지럽혔다. 청문회에 나온 총리후보의 오만한 억지로 여론이 갈렸다. 뭇 신도에게 신처럼 떠받들리던 사이비교회교주의 자취도 오리무중이었다.

잊혀질만하면 귀신 씨나락 까먹는 메시지가 또 시비를 걸었다.

─영의정 할 인물들이 마땅찮은 모양인데, 그대가 구중궁궐에 명함을 내밀어보면 어떠할까?

―홀몸의 그대가 궁궐의 여인과 짝이라도 된다면 모를까, 낸들 무슨 힘이 있겠나?

―밀짚모자를 벗고 거처에서 막걸리 한 사발로 목을 축이는 중일세.

―염라대왕께서는 아직 서류 검토 중인가 보군.

―검은 하늘의 별들을 보니 잠이 쏟아지네. ‥

저간의 소식이 궁금했으나 참아야 했다. 사건사고의 뉴스는 꼬리를 물었다. 최전방사단에서 무장탈영병사건이 생겼다. 대머리를 번들거리며 야무지게 의원들에게 대들었던 총리후보자는 낙마했다. 역사의 인식에 문제가 있다는 여론이 한몫을 거들었다.

*

교주 측의 세상에 대한 교란기술은 대단했다. 아니면, 저 높은 곳에서 수사기관을 무기력하게 했거나. 시일이 지나면서 교주가 벌써 바다 건너로 튀었을 거라는 둥, 페이퍼컴퍼니로 등록하여 빼돌린 재산을 다시 돈세탁하였을 거라는 등등 소문이 걷잡을 수 없이 퍼져나갔다. 사이비교주는 점점 막바지에 몰렸다. 정치권은 뒤늦게야 그를 잡아야만 모든 문제가 풀어진다고 여론에 합세를 했다. 사건의 그림자가 꼭 사이비교주만이었을까?

먹구름에 가려진 사건이 아리송할 즈음이어서 언론조차도 시들해질 무렵이었다. 갑자기 뉴스특보 화면이 시청자의 눈과 귀를 끌어당겼다. 교주는 남쪽지방의 외딴휴게소 뒤 별장에서 도피생활을 했던 것. 그러나 1.5킬로미터 떨어진 매실농장의 어귀에서 사체가 발견된 뒤에야 알려진 일이었다. 해골과 갈비뼈다귀로 드러난 사체는 사람의 형체일 뿐. 썩어문드러진 몸뚱이에는 진즉 똥파리 떼가 엉켰다. 상악골과 하악골 사이로 누런 구더기들이 굼실굼실 기어 다녔다. 고물거리며 살아있는 단백질이 죽은 단백질을 빨아대고 있었다. 누런 바지 밑으로 이태리제 갈색구두가 신겨져있는 교주는 이제 한낱 썩어문드러진 사체였다. 도피하면서 끝까지 지녔다는 가방과 함께 그의 저서 한 권도 발견되었다, 『꿈같은 사랑』. 유류품들이 그의 것인지, 아닌지에 대해서는 말들이 많았다.

며칠 간 텔레비전 화면에는 온통 해골바가지와 뼈다귀가 튀어나왔다. 살점을 발라놓은 생선뼈다귀와 하등 다를 바 없었다. 밥상머리에서 화면을 본 사람들은 구토하거나 며칠을 굶어야 했다. 그 동물과 물고기의 이미지들이 뒤죽박죽 머리를 흔들어버렸기 때문이다.

해골뼈다귀의 검시결과를 주목한 전국시청률은 50퍼센트에 가까웠다. 드디어 국립과학수사연구소의 검시책임자는 입을 열었다. 사이비교주의 DNA와 일치한다는 것이다. 그럼에도 불구하고 사람들에게 의문점은 떠나지 않았다. 아무리 초여름이라지만, 너무 빨리 변질된 그 주검을 숫제 못 믿겠다는 것. 다시 소문이 소문을 낳았다. 달포 전에 죽은 친형의 시신이라는 등, 이미 바다를 건너버린 교주와 바꿔치기한 노숙자의 시신이라고? 설마? 그런 증언들은 주로 현장주변에 거주하는 마을사람이거나 백성이었다. 그를 추적하였던 검찰이나 사체발견 신고를 접하여 현장에 출동한 경찰에게 비난이 쏟아졌다. 특히 검찰을 아예 못 믿겠다며 수근수근 비아냥거렸다. 교주가 도피한지 한 달여 동안 별별 제보가 있어도 금방 잡을 것처럼 호언장담했던 탓이다. 초동수사부터 방향을 놓쳐버린 경찰의 미숙성은 코

미디 같았다. 교주가 휴게소의 바로 뒤 비밀별장에서 한 달 동안 숨어 지냈음에도 추적 팀은 알아내지 못했다. 비밀의 문짝은 벽채와 비슷하게 만들어 눈속임을 했다. 면밀하게 관찰하여 두들겨만 보았어도 텅텅 소리가 날 법했다. 추적 팀이 들이닥쳤을 순간, 교주는 2층 다락방에 있었다는 것에 사람들은 더욱 헷갈렸다. 방 안에는 생수병들과 성경책들이 어질러져 있었다. 생수병은 교주의 기업에서 만든 상품이었다.

교주의 죽음이 기정사실화로 방향을 틀면서 소문은 갖가지 억측을 불러냈다. 여론이 부글부글 들끓자 검찰책임자가 바뀌었다. 타살일까? 자살일까? 각 방송사가 불러들인 뉴스의 토론자들은 갖가지 억측과 추리로 입방아를 찧었다. 사주 받은 폭력조직이 교주의 입을 막았거나 교회가 조직을 보호하려고 일을 꾸몄다는 둥 시끄럽고 어지러운 뉴스를 요상한 방향으로 비틀어놓았다.

죽은 자는 말이 없다! 죽은 자가 마지막으로 숨이 끊어질 때, 뭐라고 했을까? 아니, 안 죽고 제3국으로 튀어 가버렸을 수도 있다고? 노숙자의 해골은 가면과 다름없는 사기극이겠군. 뭇 신도에게 추앙을 받았던 영혼의 수호자가, 휴지조각보다 못한 더러운 전설로 떠돌겠지. 영혼의 빛을 내세운 동물의 몸뚱이로 몇 년을 더 살아있다고 한들, 평온한 삶이라고 할 수 있을까.

백성이 똑같은 일을 잊어버린 게 어디 한두 번인가. 어차피 위태로움조차 시간 속으로 사라진다. 진실은 영원히 드러나지 않을 수도 있다. 역사의 퇴보가 이어지고, 모두 제 정신이 멈추어버린 사람들. 빛이 있으면 그림자가 공존하는 건 당연하다고? 빛보다 그림자를 다독

여야지. 그림자의 유혹에 휘둘리면 자만에 빠질 수 있는 빛. 불안이 만든 허망한 그림자들.

*

가을빛에 쫓긴 그림자의 길이가 길어졌다. 아직도 바닷물에 잠긴 선박에서 9명의 시신은 발견되지 않았다. 밤에는 서늘한 기운이 몸으로 스며들었다. 잊어버릴만하면 불쑥 나타나는 메시지의 내용은 낯설고 생뚱맞았다.

─단풍이 이 산등성이 저 산등성이를 타고 스멀스멀 기어내려 오네.

─세월 참! 아직도 이승의 거리는 돌아볼만 한가?

─허망한 밤을 핑계로 슬픈 남쪽바다로 한 바퀴 돌까 생각하네.

어쩐지 조용하다했다. 산 아래 작은 도시의 어디 쯤 쏘다니는 그림자는 누군가를 그려보았을지도 모른다. 아침바다 위로 불끈 솟아오르는 불덩어리마저 땅거미에 쫓겨 산 너머로 떨어질 텐데, 무엇이 너덜거리는 육신을 주체하지 못한 그의 가슴을 요동치게 할까. 귀신들이 쓸쓸하고 적적했었을 그의 역맛살을 가만히 두었을 리 만무했다. 스마트폰이 '땡'하고 신호음을 냈다. 잠을 뒤척였던 터라 화면을 켰더니 메시지가 떴다. 빤하겠지만, 궁금하여 손가락을 움직였다.

─밤새 바다에서 불을 밝혔던 갈치 잡이 배들이 귀항을 서두르나 보네.

─그 시간에 아이들의 흔적들이 물살에 실려 섬의 밑바닥까지 밀려왔을까.

─세월이야말로 갈앉은 배와 모든 걸 집어먹지. ╪

그는 세찬바람이 부는 바닷가에서 서성거리며 내 생각을 훔쳐보는 것 같았다. 스마트폰 화면은 달력의 숫자를 머금었다가 꺼졌다. 바로 그날이다. 10·26! 벌써 총통이 죽었던 일조차 가물가물하다. 쿠데타로 정권을 탈취해서 십 수 년 동안 나라를 주물럭거렸던 자. 그림자 같은 부하의 권총에 맞아 죽은 그녀의 아비. 장기집권의 부작용이 양아들의 정권찬탈까지 이어져왔던 터. 검은 안경을 즐겨 썼던 총통의 그림자들이 남아있던 탓일까. 대통이 된 딸은 그랬다지? 우리 아빠가 세운 이 나라라고! 대통들의 넋을 훔친 그림자들은 거의 사리사욕을 채웠다. 그림자들이 먹다버린 대통의 몸이란 한낱 쓰레기와 다름없다. 악마가 깃들어 영혼이 빠져나가는 몸은 추레한 허수아비와 같아서.

*

─소문을 들었는가. 홀몸인 여왕의 그림자들이 세상을 주물럭거린다는 말? ☎

아하! 실체가 그림자일 수도 있단 말이렷다. 눈에 안 보이는 것을 볼 줄 아는 지혜라니. 나는 바로 손가락을 움직여 대꾸했다. 내 마음을 훔친 그에게 메시지를 보냈다.

─아다마다. 의붓어미가 된다한들 비루한 몸뚱이를 어찌할 수 없는 노릇. 인류의 반반이 수컷과 암컷이니, 토함산 아래의 마지막 여왕이 숙부하고 요분질했거나, 송악산의 태후가 정부와 흘레붙어 아이를 낳았고, 환각제를 먹고 죽은 마누라의 혼에 홀려 내시에게 척살당한 왕이며, 창덕궁의 대비마마가 스님과 밀통했던 일들이 무어 대단할까. 현실이 버거워 독침을 맞고 꿈속을 헤맨들 무슨 대수인가.

외로움을 못이기는 사람은 스스로를 외곬으로 변하게도 해. 허수아비가 수백 장의 비싼 옷으로 갈아입은들 뭐가 달라지겠어? 봄바람으로 흔드는 그림자들은 여전히 존재하겠지. 뾰족한 산자락의 외딴집은 왠지 마법이 걸렸을 법 해. 깊숙한 방의 커다란 거울에 죽은 주술사의 혼이 비쳐져 나타났을지도 몰라. 어쩌면 주술사의 딸이 묘약을 써서 아비처럼 마술을 부렸거나. 갈수록 전혀 결이 다른, 말 같지 않는 말을 끄집고나와 도무지 나도 헷갈려.

치기어린 일들이 뭇사람의 정의로 바뀔 때도 있지. 대롱을 잘못 찍어 손가락을 잘라버리고 싶은 백성이 많겠지만 어쩌겠나. 그림자들이 버티고 있는 한, 참새들의 입방아가 벙긋하기는 어려울 걸. 그러나 언젠가 모든 것의 끝은 있는 법! 이봐, 쥐도 새도 모르는 사이버대응수사팀들이 있다네. 빨리 지워버리게!

어쩌고저쩌고해도 죽은 사람만 억울하다고? 찢겨진 꽃잎들의 억울한 혼은 드넓고 깊은 바다 속에 떠돌고 있으리. 아이들은 밤하늘의 별이 되었을까. 시간은 흘러가도 이리저리 얽힌 것들이 궁금한 건 당연지사. 역맛살 깃든 그가 이참에 돌아다니며 듣고 본 일도, 내가 주워들은 사실조차도 얼추 비슷하다. 서울역 지하도에서 새우잠을 자는 노숙자는 한숨을 쉬는 것조차 지겹다고 말했다. 언젠가 뒤안길에서 다 밝혀지다가 말일이라고, 순댓국밥집 아줌마가 시래기를 주물럭거리며 시부렁거렸다. 손바닥으로 하늘을 가릴 수 없노라고, 섬마을회관에서 화투 패를 떼던 늙은이들도 뱉었단다. 세월이 다 해결해 줄 수 있을까만, 지문처럼 찍힌 이 슬픔을 어이 할꼬. 아무리 아니라고 우겨본들, 원한들의 궤적은 어딘가에 저장되는 것이려니.

메시지를 보내왔던 그의 종적이 감쪽같다. 어디서 떠돌며 나를 더 듣어보고 있을까. 애당초 하나의 마음으로 둘이 된 까닭에 그와 나는 함께 존재하리. 빛과 어둠이 서로 합쳐질 일은 반반이렷다. 굴절된 빛이라도 그림자는 생기기 마련이다. 빛이 없으면 그림자역시 존재하지 않을 테니까.

지구 재활용 _ 김웅기

경북 영주 출생
2006년 『월간문학』 「거미」로 등단

마을 회관에서 갑자기 모이라는 방송이 나왔다. 결정도 못 내리는 그놈의 회의를 또 할 모양이다. 강 선생은 투덜대면서도 얼굴 도장이나 찍으러 가 볼 요량이었다. 땔나무를 하던 참이라 목도 컬컬한데다가 염불보다 잿밥이라고 회의 끝나면 막걸리 한잔씩 걸치는 재미가 쏠쏠했기 때문이다. 강 선생은 나뭇짐을 마당 한쪽에 부려놓고 헌 작업복을 벗고 새 옷으로 갈아입었다. 대충 얼굴을 닦고 문 밖으로 막 나서는데 밖에서 고양이와 쥐가 딱 마주 친 채 서로 노려보고 있었다. 고양이는 쥐를 잡을 생각이 없는지 그냥 노려만 보고 있었다. 강 선생은 마을 회관에도 빨리 가봐야 하고, 쥐가 고양이에게 잡아먹히는 꼴도 봐야하고 마음이 급했다. 며칠 전에 술국 끓이려고 사다놓은 북어포를 쥐새끼가 날름 해가서 어떡하든 고양이가 쥐새끼를 잡아먹는 꼴을 보고 싶었다. 회관에서는 방송을 자꾸만 해댔다. 확성기에서 삐익 하고 귀청을 때리자 놀란 쥐가 그만 돌 틈 사이로 쏙 들어가버렸다. 이런 젠장. 닭 쫓던 개 지붕 쳐다본 격이 된 고양이 녀석은 쥐구멍만 빤히 들여다보고 있었다. 벌건 대낮에 쥐새끼가 돌아치는 꼴을 본 강 선생은 쥐덫이라도 놓아야겠다는 생각을 하며 미닫이문을 열고 마당으로 내려섰다.

마을회관까지는 걸어서 십분 거리였다. 강 선생은 개천을 따라 걸어가다가 저만치 앞서 가는 철학관 노인네를 보았다. 그도 회의에 가는 모양이었다. 노인네는 허리를 굽히고 뭔가를 유심히 살피고 있었다. 가까이 다가가서 보았더니 개미떼였다. 수십만 마리의 개미떼들이 길고 긴 띠를 이루고 있었다. 장관이었다. 개미떼에 시선을 두고 있던 철학관 노인네가 강 선생이 다가가자 허리를 펴고 묻지도 않은 말을 늘어놓았다.

"여태 가물다가 이제 비가 올 모양입니다. 개미집이 빗물에 잠길까봐 집을 새로 짓고 알을 옮기느라 이렇게 분주하게 움직이지 뭡니까. 이것들이 아무것도 모르는 미물 같아도 천기를 훤히 꿰고 있거든요."

철학관 노인네다운 말이었다. 강 선생은 아, 네, 하고는 노인네와 같이 회관을 향해 걸어갔다. 미물이니 천기니 하는 단어가 자꾸만 귓전에 맴돌았다.

마을 회관엔 할머니 할아버지들이 언제부터 나와 있었는지 하릴없이 티브이를 보고 있었다. 내가 너무 일찍 왔나. 강 선생은 객쩍어서 마른세수로 얼굴을 한번 훑으면서 휘 둘러보는데 소아마비 형철이가 다리를 쩔뚝거리며 들어섰다. 소 여물주고 오는 길인지 시큼한 냄새가 풍겼다.

"어 형철이, 어서 오게."

강 선생이 손을 번쩍 들어 그를 맞이했다.

"저수지공사는 다 끝나 가는디 오라가라 맨날 회의만 하면 뭘한데유?……."

형철이가 푸념을 늘어놓으며 자리를 잡고 앉았다. 방송을 막 끝내고 들어오던 이장이 새마을 지도자와 무슨 말을 속삭이듯 주고받았다. 이어서 오 삼구 선생도 얼굴을 내밀었다. 이장과 새마을 지도자를 보고는 본체만체 하던 형철이 오 삼구 선생이 들어서자 허리를 꾸뻑 굽혀 인사를 했다. 강 선생도 오 삼구를 보면서 깍듯이 인사를 했다. 오 삼구 선생은 이장과 새마을 지도자를 보더니 대번에 문제의 저수지 공사에 대하여 말했다.

"저수지 공사를 일방적으로 한 것부터가 잘못되었어요. 늦었지만 지금이라도 이장과 새마을 지도자가 나서서 원천적으로다가 항의를 해야 합니다. 그냥 가만있으면 정부 역성들어준 꼴밖에 안돼요. 저수지 밑에 사는 형철이네 송아지 죽은 거하고, 마을에 불편했던 것과 피해사항에 대한 진정서를 종목종목 첨부해서 정식으로 통보해야 합니다. 공사도 다 끝나가고 이번에는 아예 못을 박아버리자고요."

직설적인 오 삼구 선생이 이장과 새마을 지도자를 보자마자 대뜸 본론으로 들어갔다. 회의 참석할 인원은 이미 다 모였기 때문이다. 하기야 저수지 확장 공사로 쑥대밭이 된 이 마당에 일일이 인사나 챙기고 있을 처지가 아니었다. 댐 공사가 있기 전에는 그렇지 않았다. 어느 집이든 떡을 하면 온 동네가 나누어 먹었고, 고기 굽는 냄새만 풍겨도 제 집처럼 드나들었다. 한집 식구처럼 정이 넘쳐 지내던 마을이었는데 저수지 확장 공사가 진행되면서 반대파와 온건파가 생겨나면서 갈등이 빚어졌다. 마을 인심도 분위기도 점점 흉흉해져갔다. 마을을 되살리자는 사람들이 하나 둘 늘어나면서 회의는 거의 일상이 되었다. 그 중 수장 격이 오 삼구 선생이었다. 선생은 초등학교 교장으로 정년퇴직한 꼬장꼬장한 4·19세대였다. 사람들은 그가 눈앞에 없을 땐 그의 이름을 유머랍시고 아라비아 숫자로 539번이라고 불렀지만, 바른 말 잘하는 그에게 은근히 기대를 걸고 있었다. 지도자가 오 선생 말을 곧바로 받아쳤다.

"아니, 지는 머 그냥 가만 앉아있었깐유? 형철이네 송아지가 죽었다는 소리를 듣는 즉시루다가 공사장까지 쫓아갔었시유. 공사장 소음 땜시 송아지가 죽었으니 송아지 값은 사대 강 준설작업 측에서 물어줘야 한다고 대판 싸우고 왔다니께유."

지도자 말을 듣던 형철이가 퉁명스레 나섰다.

"암만 싸우기만 하면 뭘한대유? 머 해결해준 거 있시유?"

형철이가 씩씩거리며 대들었다. 저수지 댐 공사의 가장 큰 피해자는 누가 뭐래도 형철이네였다. 다시 오 선생이 나섰다.

"글쎄 송아지 값 물어주는 건 당연한 거고요, 얼마 전에 형철이 부인이 친정에 가서 셋째를 낳아가지고 왔잖습니까, 그런데 임신 중에 얼마나 스트레스를 받았는지 잠잠했던 우울증이 재발해서 자살을 시도했다고 합디다. 형철이가 워낙 착해서 그렇지 웬만한 사람 같았으면 가만히 보고만 있었겠어요. 어디 형철이네 뿐입니까? 마을 사람 누구 하나 소음과 탑새기(먼지)에 시달리지 않은 사람 있시유? 그러니까 소음과 분진에 대한 물적 정신적 피해보상을 지금이라도 받아내자 이겁니다."

회의가 진행되는 동안 어느새 모였던 사람들이 오 삼구의 발언에 옳소, 옳소 하고 외쳤다. 강 선생도 지켜보기만 하다가 오 삼구의 말이 끝나자 박수를 쳐댔다. 강 선생은 본토박이가 아니어서 매번 나서서 간섭은 하지 않았었다.

저수지 공사가 시작되면서부터 마을은 하루도 편할 날이 없었다. 저수지 둑을 높인다고 둑으로 연결된 모퉁이 산을 깎아내리는 과정에서 저수지 바로 밑에 살고 있던 형철이네 송아지가 소음으로 죽고 말았다. 그리고 그의 아내도 시끄러운 공사장 소음 때문에 집안에 가만히 붙어 있지 못하고 바람난 수캐마냥 온 동네방네를 돌아쳐 다녔다. 마을 사람들은 그걸 다 알고 있었다. 소음과 분진으로 마을 사람들의 불만도 이만저만 아니었다. 수차례 회의를 했지만 항상 미지근하게 끝났다. 마을 대표급인 지도자와 이장이 진정서를 넣든 싸움을 하든 구체를 내야 하는데도 공사가 다 끝나가도록 강 건너 불구경이니 소득도 없고 결론도 없는 회의만 거듭되었던 것이다. 주민들은 그들이 콩고물을 받아먹었기 때문이라며 이참에 지도자고 이장이고 다 갈아치우자고 했다. 그런 낌새를 눈치 챈 이장이 딴에는 마을 사람들 편에서 얘길 한다는 게 더 화근을 만들고 말았다.

"말이야 바른 말이지, 아닌 말로 내 돈 내는 것도 아니고 정부에서 공짜로 저수지 둑을 높여준다는데 무슨 용을 친다고 빈정대러 가남유? 우리는 그냥 주는 떡이나 먹고 뒷짐이나 지고 가만 앉아 있으면 꿀이 저절로 흘러들어오는디 왜 자꾸 벌집을 쑤시라는 건지 통 모르겄시유."

이장 말이 끝나기 무섭게 여기저기에서 웅성거렸다. 이장이 저러니 마을이 이 지경이라는 둥 그러니 갈아치워야 한다는 둥 이말저말을 해댔다. 보다 못한 철학관 노인네가 한 마디 하려고 일어섰다.

"자 자, 그만들 합시다. 우리끼리 이러는 거 다 제살 파먹기에요. 우리가 이런다고 정부가 눈이나 하나 깜짝 합니까? 내 이런 말까지는 안하려고 했는데 가만있자니 울화가 치밀어서 한 마디 해야겠습니다. 이명박 정부가 사대 강 공사를 백성들에게 허락 받았습니까? 아닙니다. 백성들 의견은 들어보지도 않고 일방적으로 공사를 했기 때문에 백성들의 불만은 아직도 끝나지 않은 겁니다. 사대 강이 이대통령 개인 땅입니까? 공사를 하려거든 어느 강이든 하나만 먼저 해보고 나서 좋다 싶으면 다른 강도 해야지 이건 온통 나라 구석구석 다 까발려 놓아서 백성의 세금이 수 십 조원이 들어갔다고 방송에 나옵니다. 사대 강인지 자기네 강인지 왜 우리가 원하지도 않는 저수지 둑은 높여준다고 이 난리를 쳐대는지 모르겠어요. 이게 다 백성들 등골 파먹는 세금 낭비라 그 말입니다. 정부에서도 백성 세금을 우습게 아는 판국이니 우리도 공사장과 맞싸워서 동네 피해보상을 당당하게 받아냅시다. 안 그래요, 여러분?"

철학관 노인네가 바른 말을 하자 와하고 동조의 함성이 터져나왔다. 정부에서 하는 저수지공사가 알고 보면 공공의 적이자 세금만 축내는 꼴이라는 걸 다시 한번 확인시켜준 셈이었다. 그런데 철학관 노인네의 다음 말에 분위기가 다시 싸늘해졌다.

"그러니 골탕 먹는 건 백성들입니다. 봉림 저수지 확장공사도 솔직히 돈 들여서 둑을 높이면 물론 저수량도 넉넉하고 좋겠지만 지금 당장 아쉬운 것도 아니잖습니까. 따지고 보면 이익 되는 게 아니라

국가 재정만 낭비하는 꼴입니다. 경상도 전라도 쪽으로는 큼직큼직한 강이 있어서 손을 댔지만, 충청도는 아무것도 해당 되는 것이 없으니까 이 산골짜기 저수지라도 신경 쓰고 있다는 걸 보여 주겠다는 거 아니겠습니까. 이런 게 눈감고 아웅 아니겠어요. 방송에서도 그럽디다. 사대 강 사업에 따른 준설공사도 엄청 많이 한다고 그러는디, 이게 다 누구 좋으라고 하는 공사인지 모르겠어요. 이장님 안 그렇습니까?"

화살이 다시 이장에게로 쏠리자 이장이 발끈하고 나섰다.

"그럼 그렇게 말씀 잘하시는 철학관 어른이 가서 한번 따져보시지 그류. 지한테 말해봤자 아무소용도 없시유."

"아니 마을 대표들을 이럴 때 나가서 일하라고 뽑아놓았지 소용도 없는 대표들을 마을에서 뭐하려고 뽑아 낫겠어요. 그리고 우리 같은 노인네가 가서 따지면 무슨 말발이나 서기나 합니까?"

지도자가 다시 나섰다.

"아따 참, 지가 가서 대거리를 하고 왔다이께네 그러시네. 형철이네 송아지가 공사장 소음때문에 죽었다고 하니께 그 사람들은 병들어 죽었는지 소음 때문에 죽었는지 어떻게 아냐며 되려 생떼를 쓰고 나옵디다. 그래서 지가 그랬시유. 이건 분명히 소음 때문에 송아지가 놀래서 죽었다. 공사장 돌 깨는 소리가 총소리보다 더 흉측하다. 당신네들도 공사 현장이 시끄러울 거 다 알고 사무실을 이렇게 멀리 떨어진 곳에 짓지 않았느냐? 그러니 묻지도 따지지도 말고 보상해줘야 한다고 지가 대판 싸우고 왔다니께유. 이제 더 따질테면 본인이 가서 따져야지 지들은 맨날 공사장만 쫓아다니남유? 뭐든지 목마른 놈이 우물 파데유.”

지도자가 자기 심정도 좀 알아달라는 듯 또박또박 대변을 했지만 주민들의 분노는 더욱 거세지고 말았다. 사방에서 웅성거리자 오삼구가 다시 나섰다.

“자자, 모두 정신 차립시다. 우리가 정부 사람들 사정이나 봐주자고 가뜩이나 일손 바쁜 농번기에 모인 건 아니잖습니까. 대한민국 국민이면 누구나 행복하게 살 권리가 있습니다. 법적으로 보장되어야 한다 그 말입니다. 서울에서는 지하철을 타도 임산부 노약자석이 따로 있습니다. 강남구에서는 애를 낳아도 천만 원이나 준다고 합디다. 이게 다 사람 중심으로 사람을 우선시하자는 데서 나온 게 아니겠어요? 그런데 이 공사는 주민들을 완전히 무시하고 자기네 멋대로 벌인 거라 이겁니다. 이 공사는 명백한 주거행복권 침햅니다. 그러니 절대 그냥 묵과해서는 안 됩니다. 강 선생, 안 그래유?”

“네? 아, 네. 맞습니다. 오 선생님 말씀이 백번 지당하십니다.”

갑자기 호명된 강 선생이 얼떨결에 오 삼구의 말에 동조하고 나섰다. 강 선생은 회의에 싫증을 느껴 곧 벌어질 막걸리 판만 생각하며 회의 끝나기만을 기다리고 있었다.

“강 선생도 인젠 우리 주민이니께 가만 계시지만 말고 한 말씀 하시유.”

“제가 뭘 알아야지요.”

강 선생은 이장 눈치를 슬쩍 보았다. 이장은 시선을 마주치지 않으려는 듯 손으로 턱을 괴고 생각에 빠진 척 했다.

“그래도 서울생활 하시던 분이 한 마디 해야지유. 매일 우리끼리

옥신각신 해봤자 그 식이 장식이라니께유."

오 삼구는 강 선생을 신뢰하고 있었다. 강 선생은 서울에서 서예학원을 하다가 컴퓨터 시대 떠밀려 학원도 그만둔 처지였다. 게다가 당뇨가 심해져서 건강을 잃고 휴양 차 시골로 내려와 살고 있었다. 바른 소리를 해대는 오 삼구가 유일하게 말이 통하는 사람이었고, 오 선생도 강 선생과 가깝게 지내곤 했다. 공사 초기에 사대 강 준설작업으로 저수지 댐 증축공사를 하느니 마느니 말이 많을 때였다. 공사 개요에 대해 알아보겠다고 공사장 갈 때에도 오 삼구는 마을 사람 다 놔두고 강 선생을 데리고 갔었다. 공사는 이미 시작되어 푸른 산 껍데기를 누에 뽕잎 갉아먹듯 야금야금 갉아먹고 있을 때였다. 강 선생은 오 선생을 뒤따라갔던 것이다.

저수지 공사는 마을 주민들에게 일언반구 상의도 없이 도청 직원인지 농어촌 공사 직원인지 들이닥쳐서 이장과 지도자와 반장들을 불러놓고 통보만 하고 공사는 진행된 상태였다. 사대 강 공사를 해야 하는 중요한 목적은 해마다 늘어나는 장마 피해에 대한 대비라고 방송을 보아서 누구나 다 알고 있었다. 그렇다면 사대 강만 하지 왜 이런 산골짜기 저수지에 손을 대느냐고, 오 삼구와 강 선생은 함께 따져 물으려고 공사장을 찾아갔던 것이다.

아름드리 나무가 굴삭기 바가지에 쩍쩍 갈라지고 푸르렀던 산천은 간곳없이 대머리가 되면서 산의 형체가 사라지고 있었다. 그런 모습을 보던 오 선생은 가슴을 치며 한탄했었다.

"강 선생 말이오, 사대 강의 물굽이가 굽이굽이 쉬어가며 흘러야 하는데, 물길을 직선으로 만들어 놓았다고 하데요. 그러니 물의 유속이 빨라지면서 자연 생태계가 파괴되고 있다는 방송 본적 있지요? 국토가 다 망가지게 생겼어요. 이 작은 마을 저수지까지 손을 댄다면 지구를 다 까발릴 수도 있을지 모르잖아요? 여기는 농업용수가 부족한 것도 아니고 이놈의 저수지도 손대지 말았어야 하는데 헛돈만 들이는 꼴이라니까요."

강 선생은 듣고만 있었다. 그러다가 종국엔 지구에 재앙이 올 수도 있다며 개탄까지 하던 오 선생을 존경하고 있었다. 그날 암반 위에 세 대의 굴삭기가 올라앉아 따따따따따 마찰음을 토해내는데 그 소리가 화약을 터트리는 장난감 권총으로 귓구멍에다 대고 연발 쏘아대는 총소리 같았다. 그 듣기 싫은 소리와 울림이 얼마나 시끄러운지 온 동네를 집어삼킬 것 같았다. 완전 흉기나 마찬가지였다. 토끼와 고라니 같은 짐승들은 이미 서식처를 다 빼앗겨버린 상태였고, 그 유명한 도롱뇽의 은신처이던 물까지 바싹 말라서 바닥을 드러내고 있었다. 사무실도 소음 때문에 공사 현장에서 멀찌감치 떨어진 곳에 지은 것만 봐도 소음 피해 때문임을 금방 알 수 있었다. 그러니 형철이네 송아지가 공사장 소음 때문에 죽었다는 걸 증명 하고도 남을 터였다.

오 삼구와 강 선생이 사무실로 들어서자 여직원과 배가 볼록한 오십대 남자 한 명이 소파에서 노닥거리고 있었다. 그들 눈이 동그래졌다. 여직원이 무슨 일이냐고 물어왔고 오 삼구가 의자에 앉으면서 저수지 공사 개요는 무엇이고, 누가 왜 무엇 때문에 원하지도 않았던 공사를 하게 되었느냐고 물었다. 남자는 사대 강 준설작업이라며 자랑스러운 투로 당당하게 말하면서 인상을 찌푸렸다. 공사장에 아무나 막 들어오면 안 됩니다. 저희 사무가 바쁘니까 얼른 나가주세요, 하고 완강하게 나왔다. 경제를 살리겠다는 대통령이 이런 작은 저수지까지 손을 댔다는 게 강 선생은 화가 났고, 무엇보다 쥐새끼 같이 생긴 젊은 사람이 무식하게 구는 행동에 어이가 없었다. 보다 못해서 강 선생이 나섰다.

"저기 말입니다. 주민들은 저수지물이 농업용수로 부족하지도 않았고 저수지 둑을 높이지 않아도 아무런 지장이 없다는데 뭣 때문에 둑을 높이려는 겁니까?"

강 선생이 예의를 갖춰 또박또박 물었다. 얼른 봐도 현장 소장일 법한 오십대 남자는 묻는 말에 대답은 않고 의자를 신경질적으로 끌어당겼다. 일부러 바닥 긁는 소리를 내가면서 담배를 꼬나문 다음에 한참 뜸을 들이다가 말문을 열었다.

"아자씨들, 그거 때문에 오셨슈?"

남자가 담배 연기를 푸 내뱉었다. 고개를 좌우로 꺾으며 딱딱 손가락마디 꺾는 소리를 내고 있었다. 보다 못한 강 선생이 그 고약한 버르장머리에 화가 치밀어 한 대 올려붙일 듯 주먹을 쥐고 손을 부르르 떨었다. 오 삼구가 강 선생의 허리춤을 꽉 잡아챘다. 젊은이가 능글맞게 말을 이었다.

"아자씨들, 혹시 지구 재활용이라고 들어보셨슈? 여기 저수지도 지구를 재활용한다 그렇게 생각하시면 됩니다. 저수지를 재활용해서 미리 홍수도 막고 백성들 편하게 잘 먹고 잘 살아보자는 뜻으로다가 공사를 하고 있으니까 불평불만 그만 하시고 얼른 나가시오. 지들도 겁나게 바쁘니께 공사 방해하지 말고 언능 가시라구요. 그라고 앞으로는 그딴 거 따지러 오지 마씨요.”

오 삼구와 강 선생을 귀찮은 떨거지쯤으로나 취급하면서 사무실을 나가려는 남자를 강 선생이 다시 가로 막았다.

“저기 말이요. 저수지 밑에 신형철이라고 아시죠? 송아지 죽은 집. 그 부인이 지금 임신 중입니다. 송아지도 스트레스에 나가자빠지는 마당에 아이를 가진 사람은 어떻게 되겠어요? 만일 무슨 일이라도 생기면 그땐 저희들도 정말 가만히 있지 않을 것이니 그리 아시오.”

“나 참, 정부 공사가 누구네 애 밴 것까지 책임지란 말이요? 말도 안 되는 헛소리 집어치우고 어서들 나가시오. 따지려거든 정부에나 가서 따지고…….”

남자가 냉장고 문을 열고 생수병을 꺼내 벌컥벌컥 마셨다. 그러는 사이 여직원이 오 삼구와 강 선생에게로 다가와서 죄송하지만 다음에 와달라며 사정조로 얘기했다. 더 이상 대화가 될 것 같지 않았다. 그러자 오 삼구가 강 선생을 달래서 사무실에서 나왔다.

“완전 미친놈일세.”

사무실을 나오며 오 삼구가 한 마디 했다. 정작 사무실로 찾아가자고 한 사람은 오 삼구였는데 오 삼구는 한 마디도 하지 못하고 강 선생만 열을 낸 꼴이 되었다. 오 삼구는 말이 통할 것 같지 않아서 아예 입을 닫아버렸다. 강 선생은 그 점도 조금 못마땅했다. 교장 출신이라는 체통을 지키려고 점잔을 빼는 게 영 마뜩찮았다.

들어갈 때는 몰랐는데 나올 때 보니 커다란 간판이 눈에 들어왔다. 딴엔 이 공사가 자랑이라도 되는지 큰 고딕체로 「봉림지구 농업용 저수지 둑 높이기 사업」이라고 씌어 있었다.

"대통령이란 자가 국토를 자기 마음대로 쥐락펴락 하니까 저런 싸가지 없는 쥐새끼 같은 놈이 책임자로 왔구먼."

오 삼구는 소장쯤으로 보이던 젊은 사람이 계속 못마땅한지 내내 화를 풀지 못했다. 현장 사무실을 힐끔거리며 나오는데 건물 귀퉁이에 쥐새끼 한 마리가 내장을 드러낸 채 죽어있었다. 더럽고 흉측하고 혐오스럽기까지 했다. 오 삼구가 얼굴을 찌푸리며 침을 탁 뱉었다. 강 선생도 오 선생 따라했다. 그 공사장 사무실에 젊은 사람이 인상을 찌푸리며 말 할 때 꼭 쥐새끼 같이 생겨서 강 선생도 사무실 쪽을 향해서 가래침을 탁 뱉었다. 여직원이 문을 빼꼼히 열고 내다보고 있었다. 죽은 쥐를 보자 강 선생은 옛날에 읽었던 소설책이 떠올랐다. 쥐 때문에 2천만 명의 사상자가 났던 까뮈의 소설 페스트가 생각났던 것이다.

"절대적인 약자가 되었을 때 우리는 어떻게 스스로를 성찰할 수 있을 것이며, 어떻게 그것을 이겨낼 수 있을까. 누군가는 죽고 누군가는 살며, 살아남은 사람들은 또 살아가야 한다."

쥐가 인간에게 얼마나 많은 해를 끼쳤던가. 역사적인 페스트균을 떠올리며 고민에 빠지기도 했었다. 오 삼구가 강 선생을 대동해 현장 사무실을 찾아갔던 일은 성과 없이 끝났지만 그 일을 계기로 두 사람은 더 가까워졌다. 그 후로도 두 사람은 종종 마을의 크고 작은 일에 함께 하며 두터운 친분을 쌓아갔다. 사실 강 선생이 그다지 관련도 없는 마을 회의에 빠지지 않고 참석했던 것도 어찌 보면 오 삼구를 의식해서였다. 그런 강 선생의 충정을 오 삼구도 모르지 않았기에 회의장에서 강 선생에게 발언권을 주었던 것이다. 다시 회의장은 점점 소란스러워지고 있었다. 갑자기 아기 울음소리가 났다. 얼마 전에 출산한 형철이네 막내아이였다. 아까부터 뭐가 불편한 모양이었다. 간간이 칭얼대는 소리가 들리더니 결국 아이가 그만 울음을 터트렸다.

"참나, 여기가 무슨 동네 아낙들 놀이턴 줄 아남? 왜 아는 데불고 와서 난리여 난리가?"

철물점 김 씨가 노골적으로 못마땅한 내색을 해댔다.

"아따 김 씨는 먼 말을 고따구로 싸가지없이 한다요? 형철이네 사정 모르는 것도 아님서."

읍내에서 미용실 하는 여자가 형철이 마누라 편을 들고 나섰다.

"아니 지 말은 여그가 회의 하는 곳이제 아새끼나 울리고 그라믄 쓴다요. 아그를 데불고 왔으믄 울리지나 말든가."

분위기가 험악해지자 형철이 마누라가 눈치를 보며 아기를 달래느라 끙끙댔다. 보다 못한 형철이 다리를 질질 끌고 일어서며 말했다.

"어이 그만 가자고, 빨리나와. 더 있어봤자 좋은 소리 안 나올거구먼."

형철이가 씩씩대며 마누라를 데리고 회관을 나섰다. 그 뒤를 강 선생이 쫓았다.

"이봐, 형철이. 이렇게 가면 어째?"

"어째긴 뭘 어째유?"

"아무리 그래도 한잔 마시고 가야지."

"시방 술맛이 나것시유, 지가 말이여, 배운 것도 없고 불구자니께 마을 사람들도 지를 깔보누만유."

"무슨 말을 그렇게 하나. 누가 자넬 깔본다고 그래? 자네 사정이

제일 딱한 거 누구나 다 알고, 이 마을 사람들 너나없이 피해자니까 다들 답답해서 그러는 게지."

"답답하믄 저만 하겠슈? 저 사람 공사장 돌 깨는 소리땜시 우울증에 걸렸슈. 삑하면 맨날 바깥으로 돌아치지 애새끼들은 삑삑거리지, 저도 기양 콱 죽고싶다니께유."

간난아이를 안고 끙끙대는 마누라를 바라보며 형철이가 푸념을 늘어놓았다. 그 대목에선 강 선생도 할 말을 잃었다.

"이젠 보상이구 지랄이구 다 필요없시유. 공사고 뭐고 비나 왕창 와서 뚝이나 그냥 확 터졌으면 좋겠시유. 굴삭기 시동소리만 들어도 마누라는 애새끼들 다 팽개치고 뻐스타고 걍 내빼지유. 저도 오죽하믄 그러겄시유. 내 몸이 불구라 도망치는 마누라 붙잡지도 못하지유. 큰놈은 시끄러워서 공부도 못하겠다고 그러쥬, 작은 놈은 엄마 찾으며 삑삑 울어대쥬, 날마다 전쟁이 따로 없었시유. 지도 공사장 작업이 시작되는 소리만 들으면 가슴부터 뛰고 귀가 먹먹하다니께유. 공사가 한참 진행 될 때는 토끼새끼들이 죄다 죽었다니께유. 지가 이 몸으루다가 공사장에 가서 아무리 사정 얘기를 해도 눈 하나 깜짝 안하데유. 이제 공사고 나발이고 뭔가 뻥 터졌으면 좋겠시유."

형철이 말마따나 그가 배운 게 없고 불구자라서 공사장사람들도 그를 쉽게 무시해버리는 경향이 없지 않아 있었다. 강 선생은 그게 더 화가 났다. 그러나 우리가 할 수 있는 건 아무 것도 없었다. 그놈의 소득 없는 대책회의는 충청도 말 그대로 개갈딱지 없었다.

그때 미용실 여자가 나와서 형철이 마누라에게 떡을 먹고 가라며 다시 마을 회관으로 불러들였다. 아기는 어느새 엄마 품에 안겨서 잠이 들었다. 형철이 마누라가 국수집 여자 손에 이끌려 못이기는 채 끌려 들어갔다.

"저, 저 속없는 여편네."

회관으로 들어가는 마누라 뒤통수에다 대고 형철은 한심하다는 듯 쏘아붙였다.

"그냥 두게. 집에 가봐야 뾰족한 수가 있나, 차라리 여기가 더 낫지."

강 선생의 그 말엔 형철이도 수긍했다.

"자 그만하고 들어가세. 이러고 가면 자네 속도 불편할 거 아닌가?"

강 선생이 잡아끌자 형철이도 마지못해 따라 들어섰다.

회관 안에선 그새 술판이 벌어지고 있었다. 술판이래야 묵은지와 과자 부스러기를 안주삼아 막걸리나 소주를 돌리는 게 고작이었지만 그렇게라도 한 잔씩들 걸쳐야 가슴에 뭉친 응어리들이 조금이나마 녹아내렸다.

형철이가 다시 들어가자 사람들이 어서 오라며 자리를 내주었다. 이장은 손수 술까지 한 잔 따라주며 맘에 없는 소리를 했다.

"이보게 형철이, 자네 힘든 거 다 알지만 어쩌겠나. 나도 몇 번 찾아가 항의를 해봤지만 콧방귀도 뀌지 않는 걸 낸들 어쩌겠는가? 이 공사는 이대통령 특별지시라면서 공사장 사람들도 얼마나 간간하게 구는지 공사가 끝날 때까지는 손톱도 안 들어가게 생겼어."

이장이 주민 편인 척 말은 그럴 듯하게 했지만 그게 본심이 아니라는 건 동네 개도 다 알고 있었다. 이장이 공사장을 찾아갔었는지 본

사람도 없을 뿐더러 찾아갔다고 해도 무슨 목적으로 갔는지는 알 도리가 없었다. 저수지 공사가 시작되고 얼마 되지 않아 이장이 새 차를 뽑으면서 의혹은 증폭되었다. 낌새채는데 귀신인 2반 반장이 이장 손자를 통해 심증은 확보했지만 물증이 없어 대놓고 따지지도 못했다.

유치원에 다녀오는 이장 손자를 2반 반장이 우연히 만난 척하고 말을 걸었다.

"하이고 이장님 손자 민규가 유치원 다녀오는구나. 아줌마가 맛있는 거 줄까?"

2반 반장이 장바구니에서 핫바를 꺼내어 주자 민규가 배가 고팠던지 얼른 받아먹었다.

"민규네는 참 좋겠다. 할아버지가 차도 선물 받고."

슬쩍 떠보려고 꺼낸 말인데 민규는 자랑이라도 하듯 공사장 소장이 자기네 집에 자주 놀러온다는 말까지 했다. 이쯤 되면 더 알아볼 것도 찔러볼 것도 없었다.

그날 이후 이장이 소장과 비밀거래가 있었다는 건 기정사실화 되어버렸다. 그렇다면 잠자코 있었으면 밉지나 않을 텐데 주민들 편인 척 하면서 뒤통수를 치는 이장이 미워서 2반 반장은 이장 뒤통수에 대고 주먹을 날리는 흉내를 냈다.

"근디 말여, 요즘 차는 공장에서 안 나오고 저수지공사장에서 나오나벼?"

2반 반장은 일부러 다들 들으라는 듯 빈정대며 큰 소리로 말했다.

"그기 먼 소리여? 요즘은 저수지공사장에서 차를 빼온다고……?"

내막을 대충 넘겨짚고 있었던 철학관 노인네가 모르는 척 능청을 떨어댔다.

"글씨 지도 잘 모르겠시유. 궁금하면 저기 이장한테 직접 물어보시던지유. 이장님 저그 서있자뉴."

사람들 시선이 일제히 이장과 이장에게로 쏠렸다. 이장도 못 들은 척 딴청을 부리며 사람들에게 술잔을 권하며 돌려댔다. 이장 부인은 얼굴이 벌게져서 안주가 떨어졌다며 애꿎은 냉장고 문만 여닫았다.

분위기가 이상한 쪽으로 흐르자 저수지로 매립되어 혜택을 가장 많이 본 육십 대 칠봉이 아저씨가 허리를 배배꼬며 일어섰다. 아직 노인 행세 할 나이는 아닌데 일부러 허리를 배배꼬는 것이 누가 봐도 자리에서 빠져나가려는 엄살이었다.

"아저씨, 왜 일어나요. 지금 술시간이지 회의는 아직 안 끝났시유. 아무도 가지 말유. 오늘은 끝장을 봐야하니께."

3반 반장이 벌떡 일어나 허수아비처럼 팔을 벌리고 칠봉이 아저씨 앞을 막아섰다.

"하이고 나는 허리가 울매나 아픈 동 메칠 전에 벵원에 갔띠마는 겔과보러 낼 오라케서 말이여. 내가 머 말도 올키 할 줄 모리고, 나는 고마 낼 벵원도 좀 댕기와야 하이께네 미리 가서 준비 좀 할께 있어서……."

경상도가 고향인 칠봉이 아저씨가 빠져나갈 요량을 하자 오 삼구가 버럭 화를 냈다.

"어이 칠봉이. 자녠 챙길 거 다 챙겼으니 회의 같은 건 안중에도 없는거 뭐여? 판 깨지 말고 언릉 앉기나 혀."

오 삼구가 으르렁대자 그의 먼 친척 동생이던 칠봉이 아저씨가 꼼짝도 못하고 슬그머니 도로 앉았다.

칠봉이 아저씨 말고도 공사장 매립으로 돈을 챙긴 사람들이 꽤 있었다. 그들은 대놓고 자랑은 하지 않았지만 누가 어느 정도 배당금을 챙겼는지 굳이 말을 하지 않아도 다 알았다. 그들은 돈만 챙기고 마을 일에는 나 몰라라 한다는 오해를 받지 않기 위해 회의에도 열심히 얼굴을 내밀었다. 보상 받은 돈으로 다방 아가씨들을 들판까지 커피를 시켜 놓고 아가씨들 엉덩이 두들겨가며 재미보고 있다는 것은 동네가 다 아는 사실이었다. 형철이네도 저수지 주변에 땅이 조금 있었지만 공사 현장으로는 한 뼘도 매립되지 않은 터라 한 푼의 배당금도 받지 못했다. 사람들은 자로 잰 듯 눈에 보이는 것만 계산했다. 공사가 시작 되면서 분배의 격차로 인하여 동네 인심이 흉흉해졌다. 따지고 보면 강 선생도 자연과 더불어 전원생활을 꿈꾸러 내려 왔는데 공사장 소음 때문에 피해자라면 피해자였다.

나가려던 칠봉이 아저씨가 도로 주저앉자 화살은 다시 이장에게로 넘어갔다. 이장이 그런 낌새를 채고 분위기를 바꾸어보려는 듯 강 선생에게로 슬며시 다가가 맘에 없는 술을 권했다.

"강 선생님도 제 잔 한잔 받으슈. 시골 좋지유? 츰에 올때 보담 얼굴이 마이 좋아졌시유."

이장은 강 선생에게 아부하는 척 하면서도 강 선생이 이 마을 본토박이 아니라는 걸 은근히 암묵적으로 압박했다. 강 선생이 이장의 그런 의도를 모르는 바 아니나 아무 대꾸도 하지 않고 묵묵히 술잔만 받았다. 공사장 소음과 분진에 시달린 사람에게 얼굴이 좋아졌다는 그 말에 강 선생은 대꾸할 가치조차 느끼지 못했다. 물론 그게 이장 탓은 아니었지만 휴양 차 내려온 시골에서도 병세가 썩 좋아지지 않아 요즘 강 선생은 이 마을을 뜰까 생각 중이었다. 병세가 호전되지 않는 것이 저수지 공사 때문이라고는 딱히 말 할 수 없지만 아니라고도 할 수 없었다. 재수 좋은 과부는 자빠져도 가지 밭에 자빠진다는데 강 선생은 재수에 옴이 붙어버린 격이다. 귀촌하고 얼마 되지 않아 저수지 댐 공사가 시작되어 하루도 맘 편할 날이 없었다. 시골집을 어렵게 구해서 내려온 터라 서울로 다시 올라가는 것도 쉽지 않았다. 아내와 자식들에게 면목이 없고 잘 알아보지도 않고 경솔하게 행동한 자신만 탓했다. 이래저래 답답하기만 했다. 그러자 강 선생도 한 마디 하고 싶어졌다. 따지고 보면 강 선생도 피해자였다.

"이장님이 보시기엔 제 얼굴이 좋아 보이나 보죠?"

"그류. 첨에 올 때 보다 얼굴이 한참 폈다니께유."

이장은 마을 사람들의 동의라도 얻으려는 듯 휘둘러보았다. 그러나 그 말에 선뜻 동의하고 나서는 사람은 하나도 없었다.

"그렇게 말씀하시면 이장님 마음이 편합니까? 제가 이 마을 사람이 아니니까 저수지 댐 공사에도 나 몰라라 한다, 그러니 속 끓일 일 없어 얼굴이 좋아졌다, 그 말씀이 하고 싶은 거 아닙니까?"

"그런 거 아니유?"

"저도 피해잡니다. 소음이 얼마나 심한지 귀가 다 먹먹할 지경이더라구요."

"그류? 그럼 낼이라도 당장 서울로 올라가시유."

"이장님이 뭔데 오라가라 하십니까? 저도 피해자니 적절한 보상을 받은 후에 가든지 말든지 할 겁니다."

"보상이 나올 것 같기나 하남유? 지가 보기엔 어림도 없시유."

"이장님도 모르시는 말씀 마세요. 요즘은 사진 잘못 박아도 초상권 침해에 들어가고요. 가슴팍 잘못 스치기만 해도 성희롱으로 잡혀가는 시대라구요. 하물며 이런 거대한 공사에 보상이 없다면 말이나 됩니까?"

싸움은 쉬 끝날 것 같지 않았다. 말싸움에선 언제나 강 선생이 이겼다. 이래서 이장이 강 선생을 싫어했다. 그때 누가 뉴스에서 사대강 관련 기사가 나온다며 좌중을 조용히 시켰다. 사람들이 일제히 티브이를 향해 시선을 돌렸다. 사대 강 공사 어느 보에서 시멘트 바닥에 균열이 생겨 구멍이 났다는 뉴스가 나왔다. 오 선생이 한마디 했다.

"앞으로 두고 보게나. 고약한 냄새가 곳곳에서 진동 할 테니까……."

오 삼구가 자리에서 일어서며 말했다. 흘리는 술이 서말이라더니 백성의 세금이 간데없이 줄줄 새나간다며 한숨 같은 소리를 내뱉으며 회관을 빠져나갔다. 오 삼구가 나가자 다른 사람들도 하나 둘 따라 일어섰다.

점심 때 시작한 회의는 저녁나절이 되어서야 흐지부지 끝났다. 결론도 조잡하게 끝났다. 이장이 공사장 측과 전화 통화로 형철이네 송아지 값만 물어준다는 걸로 종결을 지었다. 그래도 회의는 또 열릴 것이다. 저수지 둑 높이는 이미 다 올라갔는데 마을 사람들 인심 수위는 점점 낮아졌다. 강 선생도 마을 회관을 나왔다. 지구 재활용이라는 생소한 단어가 자꾸만 귀에 거슬렸다. 돌아오는 길에 개미떼가 있던 자리를 보았더니 저수지 공사장처럼 아직도 분주하게 움직이고 있었다. 미물인 개미 떼들의 공사도 만만치 않은 갈등이 있었는지도 몰랐다.

집 마당으로 들어섰더니 아까 쥐구멍을 지키고 있던 고양이는 사라지고 이번엔 검은 고양이가 쥐구멍 앞을 노려보고 있었다. 거실로 들어서자 쥐새끼들이 씨 하려고 박스에 담아놓은 감자를 다 갉아먹어버렸다. 이놈의 쥐새끼들 확 그냥. 강 선생은 쥐새끼들을 때려잡을 기세로 빗자루를 집어 들었지만 쥐새끼들은 없었다. 내일은 꼭 그 늙은 쥐를 잡기 위하여 쥐덫을 놓아야겠다고 생각했다. 강 선생은 투덜거리며 몇 개 남은 감자박스를 창고에 옮겨놓고 뒤란으로 돌아가 하늘을 쳐다보았다. 산기슭으로 저물어가는 노을이 오늘따라 한없이 늙어 보였다.

압구정동 그녀는 _ 최민초

신탄진 출생
2011년『한국소설』「자네 왜 엉거주춤 서 있
나」등단
단편 소설집『자네 왜 엉거주춤 서 있나』
중단편 소설집『꽃지에서 길을 잃다』
장편소설『바람꽃』

새벽 6시. 핸드폰에 입력해 놓은 알람은 끈질기게 울린다. 그녀는 하루 중 눈을 뜨는 아침이 가장 힘들다.

지하 현관문을 열고나서면 관리실로 쓰는 컨테이너박스가 코앞에 있다. 그녀가 드나들 때마다 쏘듯이 보는 40대 관리인의 눈빛은 먹잇감을 노리는 사나운 짐승 같다. 그녀는 이곳을 벗어나기 위해 여러 차례 시도를 해 보았다. 하지만 한번 주질러 앉고 보니 움직이기가 쉽지 않다. 70만 원의 월세, 날짜는 빛의 속도로 다가온다.

─집을 내놓으면 금방 나갈까요? 월세가 비싸서.

─비싸긴요, 그 집은 싸게 세든 겁니다. 다른 집들이 얼만지 알아보시면.

─지하잖아요.

─지하지만 넓고 깨끗하잖소? 압구정 강남의 요지이고. 근데, 지하여서 뭐? 불편한 거 있습니까?

친척의 건물을 관리해주고 있다는 그의 위협적인 말투에 그녀는 기어들어 가는 목소리로 변명하듯 말한다.

─운동할 곳도 마땅치 않고요.

─운동할 곳이 마땅치 않다구요? 몇 걸음만 걸어 나가면 스포츠센터가 코앞에 있는데? 한강둔치도 요 앞에 있고. 저녁에 나가봐요. 경치가 죽여준다니까.

그녀는 그에게 피자조각이나 과일, 떡 같은 것을 가끔 가져다주곤 했다. 그는 음식을 빼앗듯 성큼 받으면서도 물이 샌다든가, 부착되어 있는 에어컨 작동이 안 된다고 손 봐달라고 부탁하면 퉁명스레 대꾸한다.

─아, 사람 부르시오. 뭐가 걱정이오? 돈만 주면 척척 달려와서 해주는데.

─그런 것은 관리소의 소관이 아닌가 해서요.

주저주저 말하는 그녀를 그는 지릅뜬 눈으로 쳐다본다.

그에 비해 옆집 여자는 친절하고 인정이 있다. 그녀는 옆집 여자에게 정을 주려고 무던히 애를 쓰고 공을 들였다. 크리스마스나 명절 때도 작은 선물을 건넸고, 음식을 만들 때마다 나눠주었다. 무엇보다도 그녀에겐 아는 사람이 필요했다. 아니, 마음의 의지처가 필요했다. 그러나 옆집 여자는 늘 집에 없다. 한껏 멋을 부리고 어딘가로 분주하게 나갔다가 새벽녘에 돌아온다. 그녀는 이곳에 적응하려고 계획표를 세웠다. 첫째, 자신과 또또가 건강할 것. 둘째, 규칙적인 생활을 하고 운동을 할 것. 그녀는 계획을 지키려고 안간힘을 다하는 중이다.

그녀는 우유 한 잔을 마시고 야구 모자를 쓴다. 쌕에 우산과 강아지 오물을 치울 휴지와 집게를 챙겨 넣는다.

—또또야, 산책하러 가자.

그녀가 소리 내어 말할 때는 견종이 요크셔테리어인 강아지를 부를 때뿐이다. 일층 밖으로 나가는 통로인 계단을 바라본다. 어쩐지 밖으로 뻗은 길이 천리 같다. 힐끗 보는 관리인의 눈길이 그녀의 등을 얼른 떠민다.

날씨는 안개가 낀 것처럼 희끄무레하고, 새벽부터 이른 공사가 시작되고 있다.

그녀가 사는 주택가 맞은편에는 웨딩홀 건물이 있다. 그 멀쩡한 고층 건물이 헐리기 시작하더니 매일 쇳소리와 목재 옮기는 소리와 인부들의 고함소리로 시끄럽다. 주변엔 온통 건물을 헐거나 새로 짓는 소리로 요란하다. 마치 건물 짓기 대회가 열린 것처럼 그악스럽다.

그녀가 사는 주택은 옛날 중국성이 있던 자리의 뒤쪽이다. 중국성 맞은편이 안세병원 사거리이다. 그녀가 그쪽으로 가는 일은 드물다. 그 반대쪽인 현대백화점 쪽으로 지나다닌다. 집에서 현대백화점을 가려면 공영 주차장과 정육점을 지나 초등학교 앞을 스쳐 고등학교를 지나야 한다.

자동차들이 휙휙 스쳐 지나간다. 차바퀴가 또또를 아슬아슬하게 스친다. 그녀는 또또를 가슴에 안고 재빠르게 걷는다. 자동차는 쉬지 않고 오고간다. 그녀는 중얼거린다. 일요일 새벽 6시에 저 차들은 어디를 저렇듯 바삐 오고 가는 것일까.

초등학교 앞에는 물결무늬 건물이 우뚝 서 있다. 그 건물은 네모반 듯한 건물이 아니다. 색이 하얗거나 회색이거나 푸른색도 아니다. 격 자무늬 바둑돌을 꿰맞추듯이 물결을 이룬 7층 건물은 끝이 세모꼴이 다. 그녀의 언니는 어느 유명 건축가의 작품이라고 자신의 소유물인 양 목소리를 높였다. 신비롭고 웅장한 성처럼 보이는 그 건물의 2층 커피숍과 사무실은 둥근 반원처럼 볼록 튀어나와 있다. 그 회사에 대 해 그녀는 언니에게서 귀가 닳도록 들었다.

─우리 회사가 이 근처에서 가장 크고 반듯한 건물이라는 건 알 지? 시가 몇 백억 원은 간다더라. 빚은 한 푼도 없고. 사업자들의 평 균 월급이 매월 천만 원대라면 믿겠니? 하나밖에 없는 피붙이가 말을 안 들으니 답답해 죽을 지경이다. 내가 책임질 테니 무조건 이쪽으로 거주지를 옮기라니까, 글쎄.

처음에는 문신을 원하는 그곳 사업자들을 소개시켜 준다는 조건이 었다. 그곳 성공자들은 아름다움에 대해서 목숨을 건다고 했다. 까다 로운 아줌마들 사이에서도 꽤 실력을 인정받던 그녀는 눈썹, 입술라 인, 속눈썹 영구 문신에는 자신이 있었다. 언니가 서두르는 대로 그 녀는 구리에 있는 아파트를 처분해서 사업자금으로 밀어 넣고 압구 정동으로 세를 들었다. 다단계판매를 거부하는 그녀에게 그녀의 언 니는 그 구질구질한 문신 일은 그만두고 사업에 몰두하라고 성화를 댔다. 그러면서 엉뚱한 풍수지리를 풀어 놓았다.

─우리 회사 사옥에 대한 풍수가 있잖니, '유통을 하면 반드시 재 물을 득하리라' 하고 나와 있었다는구나.

언니가 코앞에 들이민 단원 김홍도의 풍속화 '장터길'에 대한 설명은 이렇게 적혀 있었다. '조선시대 15대 장터 중의 하나인 사평장이 현재 본사 옆 한남대교 남단 언저리다. 사평장은 현재의 본사 터를 둘러싸고 있는 조선시대 경제단지 중 물류와 유통의 중심지였다. 사평장은 전국의 시장에서 활동했던 디스트리뷰터 중에서 이른바 무점포 판매를 담당했던 보상과 부상들이었다. 이 상인들은 조선 말기엔 전국적인 조직망을 갖고 움직이는 거대 상단을 만들만큼 큰 단체를 이루었다. 옛날 사평장이 그랬듯이 현재 본사도 사방팔방 유통망을 구축했고, 세계적인 네트워크 기업으로 성장한 것은 사평장의 기가 살아난 때문이다'

언니는 '사평장의 기가 살아난 때문'이라는 글자에 노란 형광펜으로 덧씌우며 그녀에게 사업하기를 반 강제적으로 권했다.

─터가 좋아 회사는 3년 만에 천억 자산을 마련했고 나도 이곳에서 돈을 벌었잖아. 이곳은 노다지야, 이것아. 언니가 이렇게 성공했는데도 못 믿겠어?

언니는 그 회사가 네트워크 판매회사로서는 유일하게 성공한 케이스라고 신들린 눈빛이었다. 언니의 적극적인 권유와 성화 때문에 그녀는 그곳에 발을 디뎠지만 4개월쯤 지나면서 적성에 맞지 않는다는 걸 깨달았다. 그녀는 우울감에 빠져 울음이 차올라오면 숨을 쉴 수가 없었다. 그럴 때면 사람들이 붐비는 지하철역이나 동대문 시장을 종일 헤매었다. 식욕도 의욕도 잃었다. 가슴 언저리께가 아프고 저릿저릿했다. 본래의 자기를 잃어 간다는 자각. 하고 싶은 일에서 점점 멀어지고 있다는 상실감과 고립감. 아름답고 화려하게 보이지만 압구정이라는 도시가 허상이라는 그 실체적 상황이 자신의 내면과 닮았다는 것. 그녀는 그 속에서 홀로 떠 있는 섬 같았다. 그녀가 가장 견딜 수 없던 것은 목적의식을 갖고 사람을 대해야 한다는 사실이었다.

　그녀는 시인은 아니지만 시를 좋아했다. 시적 감상이 떠오르면 되는대로 노트에 끼적였다. 그럴 때 그녀는 유일하게 살아있다는 느낌이 들곤 했다. 특별히 시인이기를 꿈꾸어 본 적은 없지만 시에서 멀어질수록 느끼는 외로움이 그렇게 클 줄은 그녀 자신도 몰랐다. 허상과 실체. 욕망과 순수 사이의 갈등. 그곳에서 헤엄쳐 나오려던 그녀는 어느새 또 그 물결 속으로 헤엄쳐 들어가곤 했다. 내면의 탈출과 물결과의 결탁. 그 반복적인 정서적 갈등으로 그녀는 혼돈에 갇혔고 그로 하여금 오래도록 몸살을 앓았다. 그러나 이젠 그 회사에서 완전히 발을 빼고 그곳 사업자들이 원하는 눈썹 라인과 입술 라인, 속눈썹 라인을 문신해주고 점과 사마귀, 잡티를 빼주곤 한다. 최고의 자리에 있는 언니가 사업자금까지 지원해 주는데 왜 사업을 마다하냐고 문신을 하러 오는 사업자들이 다그쳤지만 그녀는 한마디도 대꾸하지 않았다. 끝까지 침묵을 지키는 것도 그녀에겐 쉬운 일은 아니었다.

　그녀는 물결무늬 건물을 외면하고 초등학교 운동장으로 들어간다. 운동장 옆에는 축구회원들이 타고 온 자동차들이 빽빽하게 세워져 있어서 걷기가 불편하다.

　운동장 옆에 운동하는 사람들도 두서넛 보인다. 다리를 저는 60대 노인은 다섯 개뿐인 계단을 반복적으로 오르내린다. 몸집이 비대한 남자는 나무숲 돌 위에 앉아 꾸벅꾸벅 졸고 있는데 그의 발밑에는 조

간신문이 흘러내려 있다. 운동장 안에는 조기 축구팀들이 소리를 지르며 공을 따라 우르르 몰려다닌다.

그녀는 또또가 축구공에 맞지 않도록 신경을 쓰며 뛰다시피 걷는다. 이사 와서 한동안 또또가 사료를 먹지 않고 웅크려 있기만 했다. 동물병원에 데리고 갔을 때 수의사가 말했다. 생식능력을 잃어가는 것 같은데요. 원인이 뭘까요? 스트레스 같습니다. 어떻게 해야 하지요? 하루에 두 번쯤 운동을 시키세요. 규칙적으로 산책을 시키면 더 좋구요. 그렇게 하면 생식능력을 되찾을 수 있나요? 그럴 수 있다고 봐야죠. 그녀는 매일 또또를 데리고 집을 나왔지만 산책할 만한 곳이 없었다. 어느 날 저녁, 그녀가 발견한 곳은 '은행나무 공원'이었다. 그네와 미끄럼틀이 있는 공원에서 그녀는 한쪽 날개가 부러지고 다리를 절룩이는 참새 한 마리를 보았다. 참새는 부러진 날개 죽지를 퍼덕이며 안간힘을 쓰고 있었다. 한 아이가 참새를 이리저리 쿡쿡 찌르며 뒤집었다. 유희에 지친 아이가 참새의 죽지를 움켜쥐고 놀이터를 휙 빠져나갔다.

그녀는 아이들이 모여 있는 놀이터 한 귀퉁이로 가 보았다. 뜻밖에도 아이들이 참새를 굽고 있었다. 한 마리가 아니었다. 그녀가 놀라 아이들에게 소리쳤다.

ㅡ너희들, 그런 짓 어디서 배웠니?

아이들은 뒤질세라 한 마디씩 했다.

ㅡ밤에 형들이 여기서 참새 구워 먹는 걸 봤거든요. 그런데요, 맛있더라구요. 내 친구 형은요, 어릴 때 개구리구이도 먹었다던데요. 메뚜기도 먹고요. 그걸 추억이라고 하고, 추억은 잊을 수 없는 거래

요.

도시 한복판에서 도시 아이들의 참새구이라니. 그녀는 믿어지지
않았다. 그녀는 주위를 둘러보았다. '은행나무 공원'에는 은행나무가
서너 그루 뿐, 주위는 온통 쓰레기더미였다. 전날 저녁에 다녀간 사
람들이 남긴 빈 술병, 컵라면 찌꺼기, 과자봉지, 검정 비닐봉지 따위
가 널려 있었다. 머리에 노란 터번을 두른 여자가 의자에 두 다리를
나른하게 뻗고 앉아 핸드폰에 대고 연신 지절대고 있었다.

─그으럼, 여기 너무 좋아. 글쎄 걱정 말라니까.

자세히 보니 그녀는 끅끅, 울음을 삼키고 있었다.

─또또야, 마음껏 달려볼까.

그녀는 또또를 앞서 뛰며 경쾌한 몸짓으로 달린다. 얼마 만에 밟
아보는 흙인가. 넓은 운동장을 차지한 기쁨에 겨워 날아갈 듯 상쾌하
다.

─호르륵 호르륵…….

이 시간에 호루라기 소리일리는 없는데…… 새소리인가. 오랜만
에 누리는 자유로움을 빼앗기고 싶지 않은 그녀는 더 빨리 달린다.

─호르르르륵, 호르르르륵…….

아까보다 긴 호흡의 호루라기 소리가 귀청을 찢을 듯이 들려온다.

─이봐요, 아가씨.

하얀 모자를 쓴 남자가 그녀를 향해 손짓한다.

─여기에 개를 데려오면 안 됩니다. 어서 나가요!

남자는 밖으로 나가라고 손을 휘휘 내젓는다.

그녀는 압구정동 사거리에서 횡단보도를 건너 고등학교 앞을 지
난다. 현대아파트 뒤쪽 작은 공원을 발견한 그녀의 표정이 환해진다.
규모가 그리 크진 않지만 나무가 우거져 있고 돌계단과 허리 돌리기
등, 몇 개의 운동기구도 있다. 개를 데리고 나온 주민들도 두 서넛 있
어서 그녀는 안도한다.

새댁과 중년부인이 또또를 만진다.

─앙증맞기도 해라. 조막만한 것이 영리하게도 생겼네요. 이름이
뭐지요?

─요렇게 예쁜 애는 처음이야. 몇 살이에요? 남자야, 여자야?

─한 살이고요. 암컷이에요.

그녀는 새삼 또또를 본다. 열심히 산책을 시키면 안정을 찾을까.

덩치 큰 두 마리 개가 또또를 향해 으르렁거린다. 또또가 놀라 그
녀의 무릎 위로 기어오른다. 예순쯤 돼 보이는 개주인은 한없이 아량
이 넓은 목소리다.

─괜찮아, 이뻐서 그러는 거야.

두 마리 개가 그녀에게 달려들 기세다. 그녀는 공포에 질려 소리
지른다.

─제발 데려가요, 우리 강아지가 무서워해요.

강아지가 무서워한다고 핑계를 댔지만 사실은 그녀가 더 무섭다.
그녀는 또또가 큰 개를 보지 못하도록 눈을 가려준다.

개 주인은 개 줄을 잡아당긴다. 그의 등이 활처럼 굽는다. 윈드서
핑을 즐기는 자세 같다. 끙끙, 신음을 뱉어낸 그는 가까스로 몸을 틀

어 방향을 바꾼다.

그녀는 갑자기 궁금해진다. 저렇게 큰, 그것도 두 마리씩이나 되는 개를 어디에서 기를까?

그녀는 괜히 다급해져 묻는다.

—저기, 있잖아요. 그 개들은 아파트에서 키우나요?

—그렇소.

—두 마리 다요?

개 주인이 별 희한한 여자 다 본다는 듯이 그녀를 힐끗 쳐다본다. 그녀는 멀어져가는 개 주인과 두 마리의 개를 보며 중얼거린다. 우린 집도 없는데.

그녀가 몸을 반쯤 돌렸을 때, 주둥이가 뭉툭하면서도 털이 긴 송아지만한 큰 개와 마주친다. 엄마야! 깜짝 놀란 그녀가 심장을 쓸어내린다.

지나가던 중년 여자가 개주인에게 묻는다.

—어마, 사람보다 더 크네요.

—아직 더 클 거요.

—얼마나요?

—지금 세 배만큼.

—지금 몇 개월인데요?

—6개월. 아직 애기요.

—품종이 뭐죠?

—마스티프요. 네오폴리탄 마스티프.

남자는 자랑스럽게 대답한다.

―아파트에서 기르나요?

―그럼요.

―변은 어떻게 하죠?

―집에서는 안 해요. 꼭 데리고 나오죠.

―왜 개를 기르죠?

남자가 여자를 후려 본다. 그걸 몰라서 묻느냐는 눈빛에 약간의 경멸과 적의가 잔뜩 담겨있다. 그 사이, 마스티프가 또또에게 달려든다. 그녀는 또또를 안고 공원을 빠져나오며 중얼거린다. 또또야, 이곳은 우리가 올 곳이 못돼.

그녀는 공원을 지나 한강 둔치 쪽으로 향한다. 88도로 밑의 작은 굴을 지나자 한강이 펼쳐진다. 해상 구조물이 온통 물을 차지하고 있어서 시야가 답답한데다 황사가 휩쓸고 간 자리처럼 뿌옇고 흐릿하다.

한강은 인라인 스케이트를 타는 청소년들과 아이들 천지다. 그들은 산책하는 사람들 곁을 쌩쌩 달려간다. 앞으로 거침없이 내달리던 그들은 어느 순간 휙, 몸을 돌려 곡예를 하기도 한다. 산책하는 사람들은 움찔움찔 놀란다. 유모차에서 곤한 잠에 빠져 있던 아기가 자지러지게 울음을 터트린다. 하지만 스피드와 스릴을 즐기는 그들은 아랑곳하지 않는다. 오히려 거치적거리는 장애물이 귀찮다는 표정이다.

그녀는 전에 살던 아차산 마을이 그리워진다. 아차산에 오르면 한

강이 훤히 내려다 보인다. 장자 못을 끼고 한 시간 동안 거닐다보면 열 편이 넘는 시를 읽을 수 있고 그 연못에 사는 야생초와 물풀, 물고기의 이름을 적어놓은 푯말을 볼 수 있다. 그곳에서 양평 쪽으로 차를 달려 둔치를 따라가면 산과 물을 만날 수 있다. 물오리 떼와 구름도 볼 수 있다. 그런 자연에 길들여진 그녀가 콘크리트 숲에 적응하려면 얼마나 많은 세월이 흘러야 할까.

현대 아파트 1*2동 5*5호 앞에 선 그녀는 벨을 누른다. 그녀가 언니를 본 지도 열흘이 넘었다. 안에서는 대답이 없다. 아침부터 어딜 갔을까.

그녀의 언니는 회사 일로 늘 바쁘다. 2년 동안 물결무늬 건물에서 일한 결과, 2억의 빚을 갚고 압구정동에 32평 현대아파트를 샀다고 자랑이 대단하다. 에쿠스 자동차도 있고 젊은 남자 비서도 있다. 매일 화려한 옷을 입고 미용실을 들렀다가 물결무늬 건물로 출근한다. 다이아몬드급 그녀의 언니는 그곳에서 왕녀처럼 오만하다. 권세도 하늘을 찌른다.

뜻밖에도 맞은편 5*4호 현관문이 비죽이 열린다.

—누굴 찾아왔수? 아, 언니를 찾아왔구먼! 얼굴이 닮았는데 뭘.

감청색 드레스를 입은 노부인은 기다리고 있던 사람처럼 몹시 반긴다.

—좀, 들어오우. 아침은 먹었수? 난 식전인데 같이 먹을까? 우유를 줄까? 계란 프라이를 해줄까?

쉴 새 없이 말을 쏟아내는 노부인은 피부가 늘어지고 탄력이 없다.

자세히 보니 눈빛이 우울해 보인다. 노부인이 환해 보이는 것은 감청색 드레스와 하얀 피부 때문이라는 것을 그녀는 알아차린다. 그녀는 벽에 걸린 2001년 달력에 눈을 준다. 붉은 동그라미 안에 5월 8일이 갇혀있다.

노부인은 또또를 받아 안을 듯이 손을 내민다.

—아유, 우리 아가야 귀엽게도 생겼네. 아가야는 좀 내려놓아요. 그래, 언닐 못 봐서 어쩌우? 언니는 늘 바쁜가 보우. 어디를 그렇게 쏘다닐 데가 많은지 이웃끼리 얼굴보기가 하늘에 별 따기라우. 아가씨는 오늘 바쁘우? 내가 점심에 손칼국수도 해 주고, 아가야 밥도 줄 테니 나하고 여기서 놀다 가우. 오늘 하루 어떻게 견디나 했는데 잘 됐네.

그녀가 움찔 뒤로 물러난다.

—아, 아니에요. 좀 바빠서.

—뭐가 바빠? 아가씨도 나처럼 외로움에 찌든 늙은이 같은 눈빛인데. 외로운 사람끼리 얘기도 좀 하고. 좀 좋아? 아~ 차라리 옛날에 미국에서 열심히 그릇 닦고 서빙하고 세탁일 하던 시절이 그리워. 그때는 펄펄 살아서…… 이곳은 사람을 너무 지치게 해. 다 어딜 갔나. 그 시절…… 친구들은 다 늙고 지쳐서 거동도 못하다가 하나 둘 가버리고…… 사는 게 무서워. 하루하루가…….

노부인의 중얼거림은 끝날 것 같지 않다. 그녀는 강아지를 끌어안고 주춤주춤 문께로 다가간다.

—어딜 가, 가지마. 가지 마. 제발…….

—오늘은 안돼요, 할머니. 다, 다음에 또 올게요.

노부인의 눈빛이 갑자기 표독스럽게 변한다.

　―다음에, 다음에. 다음에 온다던 사람들은 아무도 안 와. 그것들은 너무 바빠.

　노인의 손가락이 붉은 동그라미 안에 갇힌 5월 8일을 가르키고 있다. 그녀는 급히 현관을 빠져나온다. 계단을 뛰어내려오는 그녀의 뒤통수에 언니의 자신감 넘치던 목소리가 본드처럼 달라붙는다.

　―애, 넌 출세한 줄 알아라. 이 언니 아니면 어떻게 대한민국 요지인 강남에 입성할 수 있겠니? 너도 이젠 구질구질한 거, 다 벗어버리고 압구정동 숙녀답게 차리고 다녀라. 응?

　그렇게 말하는 언니에게서 아나운서를 꿈꾸던 예전 모습은 찾아볼 수조차 없다.

　집으로 돌아온 그녀는 또또를 내려놓고 아랫입술을 깨문다. 지갑을 챙겨든다. 그리고 급히 집을 나선다. 스포츠센터를 찾은 그녀는 안내대 앞에 당당히 선다.

　―운동을 하려고 왔어요. 수영도 좋고 헬스도 좋고. 시간은 새벽이면 좋겠어요.

　―네, 고객님. 멤버십 카드가 있으세요?

　20대 안내인은 깍듯이 정중하다.

　―멤버십 카드요? 그게 뭔데요? 오늘 처음 왔는데요.

　―네, 고객님. 저희 스포츠센터에서는 연간 회원만 모집을 하고 멤버십 카드를 만들어 드리고 있습니다.

　―멤버십 카드를 만들려면 어떻게 해야 하죠?

─네, 고객님. 우선 회원등록을 하시고 연회비를 지불하시면 됩니다. 연회비는 180만원입니다.

그녀의 입술이 하얗게 변한다.

─고객님, 어디 아프세요?

─아, 아니에요. 아, 알았…… 다시 올게요.

그녀는 황급히 뒤돌아선다. 뒤통수가 묵지근하다. 언니 제발 나 좀 압구정에서 구해줘. 사업자금으로 들이민 내 돈 1억을 빼줘. 그렇게 소리칠 양으로 언니에게 급히 전화를 하지만 통화가 되지 않는다.

그녀는 온 집안에 불을 밝힌다. 굴속 같은 지하방. 우울이 가라앉은 방. 낮에도 불을 켜야 하는 방. 그녀는 숨이 막힌다.

옆집 여자가 건너온다. 도시 특유의 상냥스런 말투는 물로 씻어낸 창백한 무 같다.

─어딜 갔다 왔니?

─여기저기.

─왜?

─갈 곳이 없어서요.

─갈 곳이 왜 없니? 이곳은 갈 곳이 천지야.

─어딘데요?

─백화점, 영화관, 비어홀, 미용실, 한강, 사우나탕 참, 우리 사우나 갈래?

그녀는 오늘 있었던 우울을 말끔히 씻어내고 싶어진다.

─사우나 도구는요?

―응, 그곳에 가면 다 있어. 늘 두고 다니거든.

사우나에 들어선 그녀는 목욕탕 안을 둘러본다.

목욕탕 바닥과 둘레를 자갈로 쌓은 탕 안은 어두컴컴한 밀실 같고, 노리끼리한 불빛은 단란주점 분위기다.

비누로 몸을 씻어낸 그녀는 모래찜질을 하기 위해 모래 위에 눕는다. 깊이 잠들고 싶다. 그리고 모든 걸 잊고 싶다. 아니, 아예 모래 속에 파묻히고 싶다. 저만치 모래 위에 누워있는 여자는 거대한 암소 같다. 옆으로 처진 젖무덤과 곱창처럼 늘어진 세 겹의 뱃살이 되새김질을 하는 것 같다. 누워서 껌을 짝짝 씹는 중년 여자들 몸은 미루나무처럼 호리호리하다. 그녀들은 거침없이 내뱉는다.

―어제, 그치들 있잖아. 무쟈게 쫌스럽지?

―쫌생이가 아니라 완전 쫄따구 무리더라.

갑자기 혀가 꼬부라진 여자의 목소리가 귀청이 찢어질 듯이 달라붙는다.

―너희들! 개 같은 것들! 내 말 안 들으면 국물도 없어. 내가 말야 이래봬도 압구정동에서는 말야…… 쓰벌.

혀 꼬부라진 여자는 낯이 익다. 은행나무 공원에서 통화하던 터번 여자다. 그 여자가 주정하듯 뭐라고 계속 주절대자 또 한 여자가 대꾸한다.

―아이, 시발. 왜 또 지랄이야. 압구정인지 뒷구정인지 그 타령은 이젠 그만 좀 해 이년아.

다른 여자들은 그러려니, 하는 표정으로 아예 쳐다보지도 않고 하던 이야기를 계속한다.

—아유, 돈도 벌만큼 벌어놨고 이젠 이 나이에 뭐하고 살면 좋겠니? 외로워서.

—뭐가 걱정이유? 술이 있고 남자도 있고…… 간단하잖우. ㅋ크크큭…….

그들은 자기네들끼리 웃느라 터번 여자의 욕지거리 따위는 아랑곳없다.

그녀는 겁먹은 눈빛으로 옆집 여자를 바라본다.

—왜들 저래요?

옆집 여자가 피식 웃는다. 늘 있는 일이라는 듯 대수롭지 않은 표정이다.

목욕탕에서 나온 그녀는 옆집 여자를 따라 옷가게에 들어간다. 옆집 여자는 티셔츠를 고른다. 가격표에 28만 원이라고 적혀있다. 꽃핀이 4만 원. 계산을 하는 옆집 여자 옆에서 그녀는 멍한 눈빛이다.

아직 해가 지지 않은 좁은 골목에서 아이들이 이리 저리 뛰면서 피구를 한다. 한 아이가 아스팔트 바닥에 연신 스프레이로 물을 뿌린다. 줄을 그은 자국이 사라지면 또 스프레이를 뿌린다. 물을 뿌리던 아이는 스프레이를 다른 아이에게 맡기고 얼른 원 안으로 들어가 피구에 참여한다. 다른 아이가 또 바닥에 물을 뿌린다. 골목에 빽빽하게 들이찬 아이들은 좁은 어항 속에 갇힌 물고기 같다. 물고기와 참새. 참새와 아이들. 아이들과 개구리. 마스티프와 또또. 관리인 남자와 옆집 여자. 노부인과 언니. 물결무늬 건물……. 웅얼거리던 그녀는 마침내 이렇게 조금씩 미쳐가는구나, 생각한다. 정신 차려야지.

옆집 여자가 그녀를 툭, 친다.

―뭘 그렇게 보니?

그녀는 아이들의 놀이가 일상이라는 듯이 무표정하게 앞서 걷는
다.

그녀는 밀린 빨래를 하고 지하방 먼지를 털어낸다. 먼지는 빠져나
갈 구멍을 찾지 못한 채 집안 곳곳 또는 그녀의 몸 구석구석으로 스
며든다. 그녀는 또또를 안고 멍하니 천장을 본다.

초인종 소리에 문을 연다. 옆집 여자다.

―오늘은 안 나가요?

―얘는! 일요일이잖아.

옆집 여자가 그녀에게 캔 맥주를 건넨다. 그녀는 바닥에 쪼그려 앉
으며 묻는다.

―언닌 여기가 답답하지 않아요?

―뭐가 답답해? 여름엔 시원하지. 겨울엔 따뜻하지. 교통의 중심
지지. 난 여길 떠나면 못살 것 같다, 얘.

옆집 여자의 목소리엔 '압구정엔 아무나 사니?' 하는 자부심이 스
며 있다.

―여기서 몇 년 살았는데?

―8년째.

그녀는 옆집 여자가 무슨 일을 하는지 궁금하지만 묻지 않는다. 그
냥 고개를 숙인다. 목울대가 아프다. 이곳에 온지 8개월쯤 지났는데
8년이 되려면 얼마나 더 있어야 할까. 그쯤 되면 옆집 여자처럼 적응
이 될까.

멀리서 목쉰 남자의 외침이 들려온다.

—찹압싸알떠억 사려어.

그녀는 마른침을 꿀꺽 삼킨다.

—저 외침을 들을 때마다 살아있는 느낌이야. 요즘도 대한민국 요지라는 압구정동 한복판에서 저런 소리를 들을 수 있다는 것이 믿어지지 않아.

그녀는 혼잣말로 웅얼거린다. 저런 운치도 없으면 어떻게 견디겠어. 이 죽음의 늪에서.

얼마 전에 친구가 어떻게 압구정까지 입성했느냐고 부러워해서 그녀는 야유하듯 되받아쳐 주었다.

—'압구정'은 상당부원군 한명회 호를 따서 정자를 지었다는 데서 유래했대. 그 정자가 죽여줘. 한번 와봐, 보여줄게. 거긴 찹쌀떡도 팔아.

친구는 그녀의 등짝을 후려치며 깔깔 웃어댔다.

—미친 년! 그걸 개그라고 하니? 어쨌든 압구정으로 입성한 너! 대단하다야! 좌우지간 축한한다. 축하해!

그녀의 눈에 그렁그렁 눈물이 고인다. 맥주를 마신 탓인지도 모른다.

옆집 여자가 묻는다.

—너 우는 거야? 왜? 왜 우는데?

—저 소리가 너무 운치 있잖아.

그녀는 문득 아침에 만난 노부인이 떠오른다. 너도 나처럼 외로움에 지친 늙은이 같은데, 뭐.

옆집 여자가 그녀에게 바짝 다가든다.

―너, 나랑 일해보지 않을래? 그러면 쉽게 적응이 될 거야.

그녀는 잘못 들었다고, 꿈속에서 들었다고 애써 모른 척한다.

―한번 생각해 봐.

옆집 여자가 돌아가고 막 TV를 켰을 때 뜻밖에도 다단계회사, 사기죄 어쩌구하는 아나운서의 멘트가 흘러나온다. 클로즈업 된 물결무늬 회사의 회장 뒤에 낯익은 여자가 서 있다. 그녀의 언니다.

17년 후, 그녀는 옆집 여자가 하는 일을 하고 있다. 그 일이 무엇인지 말 할 수는 없다. 압구정동을 벗어날 길은 요원하고 압구정에서 아직 살아있다는 것만도 기적이라고 그녀는 가끔 생각한다. 약간의 치매기가 있는 그녀의 언니는 압구정동 여기저기를 서성이며 5*4호 노부인처럼 중얼거린다. 그땐 참 살기 좋았는데 펄펄 살아서…… 그 좋은 시절 어디로 갔나 몰라.

허기진 대학생들은 압구정동 물결무늬로 몰려온다. 공허한 그들의 눈빛은 먹잇감을 찾는 사냥개처럼 번들거린다. 그러나 얼마 못 가 그들은 부모나 형, 혹은 누나에게 덜미를 잡혀 밖으로 끌려간다. 아이러니하게도 물결무늬에서 진 빚을 갚기 위해 대학생들과 그 가족은 길거리에서 떡볶이나 핫도그를 팔며 하루하루 연명하고 있다.

황보댁 _ 이홍복

경인일보 신춘문예 등단.
장편소설『고개 넘어 보리밭』이 있다.

따따따따따다! 헬리콥터 한대가 머리 위쪽에서 천둥질로 오두방정이다. 유모차를 밀며 성묘를 가던 황보댁은 깜짝 놀라 걸음을 멈추었다. 고랫등만한 헬리콥터는 육중한 몸에 팔랑개비를 연신 돌리며 뒷산 비행장으로 곧장 날아가 이내 잠잠해졌다. 유모차 손잡이에 의지해 허리를 한껏 제키고 헬리콥터의 항적에 눈길을 주던 황보댁은 그제야 한바탕 혼쭐이 나간 것을 알고는 심호흡을 뱉어냈다.

"세상에나!"

머리에 두른 수건을 풀어 다시 동여맨 황보댁은 허리가 내려앉는 느낌에 얼른 유모차의 손잡이를 다잡고 겨우 몸을 추슬렀다. 집채만한 쇳덩이도 하늘을 나는데……

황보댁은 허리를 다시 제키고 좌우로 두어 번 돌려 몸을 풀었다. 여든넷에 뼈다귀에 가죽만 남은 몸뚱이는 자꾸만 땅으로 무너지는 느낌이다. 황보댁은 주먹을 움켜쥐고 허리춤 여기저기에 주먹 침을 놓았다. 그러고는 유모차 손잡이에 대롱대롱 매달아 놓은 신발주머니에서 물병을 꺼내 몇 모금 마시고는 도로 집어넣었다.

"아이고 삭신이야!"

허리는 여전히 댓가지마냥 뻣뻣할 뿐 좀처럼 시원한 기미가 없다.

산소로 이어지는 고갯길이 저만큼 논밭 사이로 아득하게 산모퉁이를 돌아가고 있다. 길은 울퉁불퉁 패이고 무너지고 비루먹은 소 등짝이듯 볼썽사납기만 하다. 한때는 고개 넘어 신작로로 이어지던 길이건만 이놈도 세월 앞에는 어쩔 수가 없는 모양이다. 달구지가 겨우 헐떡거리며 지나던 길이 자동차가 다니게 되었고 그리고 한참 후에 시멘트로 포장되어 나름대로 비까번쩍했던 적도 있었다. 그런데 고개마루턱을 가로질러 비행장이 생기고부터는 엿가락 동강나듯 잘려서 막다른 길이 되고 만 것이었다.

웅덩이와 깨진 시멘트 조각들을 비켜가던 황보댁은 고갯길이 가팔라지자 기어이 멈추고 말았다. 순금 백 돈 값을 처바른 몸뚱이가 연신 무릎은 욱신거리고 어깨마저 뻐근하니, 딱 나 살려 줍쇼! 하는 꼴이다. 하루를 살더라도 가고 싶은 곳 마음대로 다니시고 해야죠. 하는 아들딸들의 성화에 못 이겨 십여 년 전부터 수술을 받았다. 양쪽 무릎과 허리, 그리고 한쪽 어깨를 자식들 피눈물 같은 뭉 엣돈 2천만 원으로 그렇게 새 단장을 했건만 반에 반 본전이라도 건지려나 싶다. 황보댁은 유모차의 안장위에 걸쳐놓은 판때기에 잠시 앉아 무릎과 어깨를 가볍게 토닥였다. 그러다 혹여나 잊었나 싶은 생각에 판때기를 들치고 아버지와 어머니 산소에 올릴 제수를 다시 확인했다. 비닐 돗자리 한켠에 황태포 두 마리와 사과 배 마른대추와 막걸리, 그리고 날아간 상투처럼 싹둑 잘린 산등성이와 요란한 비행기소리에 거처를 옮겨 갔을지도 모를 산신님께 올릴 오징어와 소주 한 병. 검은 비닐 속에 플라스틱 제기와 제수들이 다행히도 가지런하다.

한참을 더 쉰 황보댁은 조심스레 유모차를 살폈다. 가파른 길을 오르자면 아무래도 무게 중심을 잘 잡아야할 것 같은 생각이 들었다. 지난번 오르막을 오르며 유모차에 몸무게를 지탱했다가 하마터면 황천길로 갈 뻔했던 기억이 새로웠다. 그때 앞으로 고꾸라지며 유모차가 몸을 덮친 것이었다. 황보댁은 제수 한 켠에 은박 돗자리로 칸을 만들고는 아이 주먹만 한 돌멩이 두어 개를 채워 넣고는 손잡이를 아래로 눌러 가늠해 보았다. 외아들 며느리 신혼 방에 염치없는 시어머니 궁둥이마냥 밍기적스러운 것이 그런대로 제 요량을 할 것 같다.

비라도 오면 좋으련만 메마른 5월 봄볕에 길 주변과 산은 군데군데 황달 든 듯 누렇다. 머잖아 모라도 내야할 다랑이 논은 거북이등처럼 벌어진지 오래고 논두렁 풀섶 또한 누렇기는 마찬가지이다.

황보댁은 천천히 걸음을 놓았다. 발걸음은 무겁지만 그래도 잘했다는 생각이 들었다. 한식 때 찾아뵙지 못했던 것이 내내 마음에 찌뿌드드했는데 내친걸음이 다행인가 싶었다. 서울로 아주 옮겨 가고 나면 천리 길이고, 요즘 들어 점점 더 힘들어지는 몸을 보면 더더욱 그랬다. 한식 전에 일어났던 일을 생각하면 지금도 등골이 오싹해져 왔다. 몸살로 병원에 입원했다가 하마터면 큰일 날 뻔 했었다. 헛것이 보이고 기진맥진한 몸은 천 길 낭떠러지로 떨어지듯 아련한 것이 정말 이러다 죽는 게 아닌가했었다. 꿈속에서 난데없는 소가 뿔을 내밀지 않았다면 아마도 더는 이 세상 사람이 아니었을 것이다. 비몽사

222

몽간, 홍수에 떠내려가다 쇠뿔을 잡고서야 다행히 정신이 든 것이었다.

그려 술이라도 한 잔 올려야 돼. 꿈속에서 소는 조상이라는데 조상이 돌본 것이제.

황보댁은 퇴원하면서 머릿속에 가득했던 생각이 다시 떠올라 고개를 끄덕이며 유모차에 힘을 주었다. 디딜방아 딛듯 한 걸음 한 걸음 내딛었다. 길가에 나란히 붙은 성구네 논에서 소꼬리만한 한줄기 회오리바람이 흙가루와 지푸라기들을 날리며 흩어졌다. 금년에는 어쩌려나? 정초에 저 세상으로 가버린 성구네 할매가 작년까지만 해도 이웃마을 젊은 손을 빌려 그나마 억지춘향으로 벼농사를 지었는데 주인 없는 올해는 아닌 듯싶다.

황보댁은 시멘트포장이 깨져 돌부리가 나뒹구는 길을 가늠하고 옹낭골을 천천히 올려다보았다. 등짝에 붙은 파스마냥 산비탈에 넙죽한 고추밭에 작년까진 우격다짐이듯 고추모를 냈는데 올해는 아무래도 도리가 없을 것 같다. 기천 만원을 들여 두 무릎관절을 고쳐놨더니, 고추 값 몇 십만 원에 도루아미타불 하려냐며, 고추밭에 쭈그려 앉아 김을 매거나 비탈에 미끄러져 무릎이라도 다칠까봐 염려하는 아들놈의 역정이 아니더라도, 이제는 어찌해 볼 봇짱이 없다. 빨갛게 여문 고추들을 애지중지 뒤집고 말려서, 서울이고 부산이고 택배로 부칠 때의 그 뿌듯함도 그저 딸년 함보따리 챙기듯 섭섭하겠지만, 자신이 없다. 아니 네댓 달 후부터 서울살이를 하자면 더 이상 농사를 지을 수조차 없다.

황보댁은 눈길을 거두고 자벌레처럼 자박자박 걸음을 이었다.

산모퉁이를 돌아서자 야트막한 언덕위에 어머니와 아버지의 산소가 보였다. 뭔 정분으로 아니, 뭔 못다 푼 원망이기에 용케도 살아남았던가. 이웃마을까지 뒷산들을 뭉개어 비행장을 만들 때 아슬아슬했던 마음이 되살아나 황보댁은 긴 한숨을 내쉬었다. 하마터면 산소를 파묘할 뻔 했었다. 다행히 비행장 울타리를 몇 미터 두고 온전할 수 있었다.

　길가에 유모차를 세운 황보댁은 제수가 든 까만 비닐봉투를 주섬주섬 챙겨들고 얕은 비탈길을 올랐다.

　"잘 계셨니꺼? 수 십 년간 쌓았으면 정분으로는 태산일 터이고, 싸움은 만고 역적이겠니더. 제 말이 틀렸니꺼? 어무이 아부이요."

　무덤 뒤쪽 한 귀퉁이에 오징어와 한 잔 술로 산신께 먼저 예를 올린 황보댁은 무덤 가득 만발한 망초대궁과 잡풀을 부여잡고 용을 써댔다. 아버지를 따라 여섯 살 계집아이로 고갯길을 어기적어기적 걸어 넘던 것이 엊그제 같건만 부모님 돌아가신 지가 한오백년처럼 아득하다.

　"이놈의 풀들! 너들도 오 일 장날이더냐? 뭐라 다 기어 나와서……에구!"

　황보댁은 엉거주춤 무릎과 허리를 굽히고 풀들을 뽑아나갔다. 여전히 무릎과 허리가 옛적 금성 라디오처럼 서걱거리며 욱신거린다.

　"이것들이 아주 부잣집 잔칫상이구만! 무신 살 판 났다고 오만 잡풀들이 이래 널널할 꼬?"

　풀들을 대충 뽑은 황보댁은 돗자리위에 포와 과일들을 진설하고 술잔을 채웠다.

"오늘은 어무이 먼저 하이시고, 아부이는 다음 차례 드이소마. "

먼저 채운 술잔을 어머니 무덤 쪽에 밀어 놓고는 다시 술잔을 채워 이번에는 아버지 쪽에 놓았다.

"이거는 다 지 맘이시더. 요새는 여자가 먼저라카고요, 그라고 아부이는 살았실제 원 없이 드셨고, 술주정해서 식구들 얼마나 고생시켰니꺼!"

황보댁은 빙긋이 웃으며 옷깃을 여몄다. 무릎을 구부리고 허리를 숙여 절을 올리려니 또다시 스피커 갉아먹는 소리가 뼈마디에 스몄다. 이러다 석 잔 술과 세 번 절에 순금 백 돈 값이 아작 날 듯 싶어 다시 헛웃음이 났다.

"그래 드이소. 이제는 맘껏 드이소. 어무이 아부이요. 얼마 안 남았니더. 이래 술잔 올리는 것도. 내일 끝날지 모래 끝날지 모르겠고요."

황보댁은 마지막 잔에서 기어이 울음을 머금었다. 서울 자식들한테 가기 전에 몇 번이나 다시 찾아와 술잔을 올릴 수 있을런지, 더욱이 서울에 가고나면. 황보댁은 어쩌면 살아서 다시는 못 볼 것 같은 생각에 목이 메었다. 눈물이 볼 주름 사이로 타고 내렸다. 닭이 모이를 쪼듯 세 번 절을 올린 황보댁은 돗자리 한켠에 앉아서 술을 따라 목을 축였다.

"지도 이제 서울 사람 될라니더. 더는 외롭고 몸 사나워서 지 서울 자식들한테 갈라니더. 날도 받아났니더. 추석 지나고 나면 가기로요. 자슥 놈들이 성화고, 사회 복지산가 뭣인가 됐다는 손주 놈도 할

매 오라고 난리니 지도 어찌해 볼 도리 없을 것 같습디. 어무이 아부
이요."

고백하듯 말하고는 술잔을 마저 비웠다. 회한이 샛바람처럼 밀려
왔다. 고향 황보를 떠나서 여태까지 겪어왔던 일들이 바람에 날리
는 낙엽처럼 우수수하다. 대목수였던 아버지는 산등성이 같은 학교
를 지으면서도 계집이 글은 배워서 뭣하냐며 여태껏 까막눈으로 만
들어놓았다. 늘 술에 절어 살던 아버지. 그 술 때문에 아내와 자식들
은 날 무뎌진 대패처럼 늘 한쪽으로 밀려나 있었다. 어머니는 숱하게
대거리를 했지만 요동도 않는 아버지의 행실에 어느 날 부터는 그저
꿀 먹은 벙어리마냥 입맛만 다시고 살았다. 그래도 술병 때문에 아버
지가 먼저 세상을 뜨고 나중에 돌아가실 적에는 아버지 곁에 묻히길
원했다. 아마도 무슨 남은 정분이 있었는지, 싸울 여력이 있었는지는
모르겠으나 아버지 곁에 자리를 잡았다.

황보댁은 6·25 동란 후에 월남한 남자와 혼인을 했다. 어느 초상
집에 문상을 갔다가 보기 드물게 젊은 사람이 일필휘지로 만장을 써
내려가는 것에 반한 아버지는 당신이 죽으면 당신의 만장을 부탁하
려고 그를 사위로 삼았다. 그런데 그런 사위가 저 세상으로 먼저 갈
줄이야.

수협 어판장에서 일하던 남편은, 아들 둘에 딸 하나를 두고 죽었
다. 친구이던 상수 아버지가 아파, 그를 대신해서 바다에 배질을 나
갔다가 풍랑을 만나 영영 불귀의 객이 되고 만 것이었다.

오월 햇살이 따사롭다.

두어 잔을 더 마신 황보댁은 아버지와 어머니의 봉분을 차례대로

쓰다듬어 나갔다. 한 세월이 모질게도 저며 왔다. 마흔에 홀몸이 되어 남편의 시신이라도 찾고자하던 숫한 몸부림도 끝내 눈물로만 남았다. 바다로 나가는 뱃사람들을 부여잡고 바다를 잘 살펴달라고 부탁도 하고, 항구로 돌아오는 배들을 기웃거려 보기도 하였다. 그러나 금방이라도 저만큼에서 저벅저벅 걸어 올 것만 같은 남편은 끝내 모습을 보여주지 않았다.

황보댁은 엄마 품처럼 포근한 묘뚝에서 천천히 일어났다. 어포와 과일들을 조금씩 베어내 술과 함께 봉분 한켠에 묻고 돌로 눌러 여몄다.

"어무이 아부지 이제 정말 잘 계시소. 못다 푼 정이 있으면 도란도란 나누시고 싸울 일 있으면 참아 두었다가 지가 죽어서 오면 그때 말 하시소. 지가 그래도 어무이 아부이 보다는 나이 살이 더 많게 살았으니 더 늙은이 아니겠니꺼? 아이 그렇소?"

황보댁은 재수봉지를 주섬주섬 챙겨들고 가볍게 목례를 올리고 돌아섰다. 저 아래 고갯길이 산을 휘돌며 꼬부랑 할머니를 더 꼬불거리게 할 참이다.

"자 알 계시소."

황보댁은 유모차를 향해 조심스럽게 걸음을 놓았다. 비탈길이 여차하면 미끄럼을 태울 듯 아슬아슬하다.

얼마를 잤을까? 성묘를 다녀온 탓에 몸이 녹초가 되어 그 많던 꿈도 꾸지 않고 잠들었다.

"커피 한 잔 다고."

아랫마을에 사는 봉구 엄마의 목소리에 잠이 깼다. 황보댁은 침대에서 일어나 앉았다. 방문이 덜컹 열리면서 어슴푸레한 바깥이 보였다. 봉구 엄마와 함께 대구에 사는 큰딸 경자한테 다녀온 양양댁이 차례로 몸을 디밀었다.

"잤더나? 죽으면 원 없이 잘낀데 뭐라 자꾸 자고 지랄이고."

봉구 엄마는 타박하듯 말하고는 침대옆에 나란히 붙여놓은 소파에 다가가 천천히 앉았다. 오년 전, 황보댁이 수술 받은 병원에서 그니도 양쪽 두 무릎을 수술 받아 혹여나 퉁퉁한 몸피가 일이라도 그르칠까 그저 조심조심 이었다. 그때 황보댁이 소개했고, 지인의 소개로 내원하는 고객에게 이십만 원씩을 차감해 주는 병원의 미끼가 그 무슨 무용담이라도 되듯 수시로 떠들어대던 입은 오늘도 와자했다.

"그래. 잤다마는 식저녁에 무신 커피고! 잠 안온다 카는데."

황보댁은 새까맣게 물들인 파마머리 위로 수건을 동이고 전기주전자를 켰다.

"니미! 니나 내나 밤이 어딨나? 잠을 자야 밤이제."

말투는 거칠어도 무릎을 반듯이 세우고 다소곳한 모습이 똑 유치원생 같아 보였다.

"내는 두 개 타 다고."

미처 봉구 엄마의 말이 채 끝나기도 전에 양양댁이 말을 이었다.

"하나는 싱겁어 싸서. 이왕이면 밥주발에다 다고."

"그래 알았네. 근데 너무 마이 마시는 거 아이가?"

황보댁은 전기주전자의 뚜껑을 열고 물을 가늠했다. 나이로는 양양댁이 다섯 살 아래건만 그니도 곧 팔십줄에 접어들고 함께 백발인

처지에 말을 놓으라고 했다. 그래봐야 위 아랫마을 늙은이는 넷뿐이다. 부산 아들한테 갔지만 치매가 들어 요양원으로 간 상수 엄마까지가 다였다. 십여 년 전 일흔쯤이었던가. 그나마 남정네라고 스멀스멀 손길로 까불던 정주 할아버지가 저 세상으로 간 지도 벌써 삼년이 지났다.

"그러제만. 하루에 너댓 번은 먹어대니 이번에 가니 딸내미도 너무 마이 마신다고 뭐라더만. 우짜니꺼 자꾸 땡기는데……"

"요새는 아고 어른이고, 다들 인이 박혀 그란가 보제."

황보댁은 서울 사는 둘째가 택배로 보내온 봉지 커피를 저어냈다.

"낮에 어디 갔다나?"

황보댁이 건네는 커피 잔을 받아들며 봉구 엄마가 말했다.

"그래. 백토골재 어무이 아부이 산소에 갔다."

"그래? 좋았겠다. 부모님 산소가 가차이 있으니 들여다 보기도 하제. 내는 이북이다 보니 한 번도 가보지 몬하고 아주 영영 안녕이제. 살아서 사람 구실 한번 했어모 좋으련만. 에이구! 그 텔레비 좀 틀어봐라. 뉴스 시간 다 된 거 같다마."

커피를 몇 모금 홀짝거리던 봉구 엄마가 리모컨을 찾아 방안을 휘둘렀다.

"벌써 뉴스 시간이가?"

침대머리맡에서 리모컨을 찾아 황보댁이 전원을 누를 때 봉구 엄마의 휴대전화기에서 이미자의 동백 아가씨가 흘러나왔다. 봉구 엄마는 몸빼주머니에서 전화기를 꺼내 얼른 뚜껑을 열었다. '헤일 수 없이 수많은 밤을 내 가슴 도려내는……'은 "여보시오?"하는 봉구 엄마의 대답에 묻혔고 잠시 뒤, 봉구 엄마는 갑자기 굳어진 얼굴로 "그래 알았네"라고, 하고는 뚜껑을 닫았다.

"우짜나! 상수 엄마가 죽었단다."

휴대폰을 손에 든 채 봉구 엄마는 천장을 올려다보며 휴!하고, 길게 한숨을 뱉어냈다. 그리고 뒤이어 넋두리를 해댔다.

"살아보자고 고생 고생하더니…… 쯧쯧."

그런 봉구 엄마를 바라보던 황보댁은 순간 가슴속에 무언가 한 뭉텅이 내려앉는 느낌이 들고, 이내 눈물을 그렁거렸다. 마침내 울음소리가 목구멍에 꺼이꺼이 걸렸다. 황보댁은 머리에서 수건을 당겨내려 눈가를 훔쳤다. 그새 부여잡고 살아오던 끈 하나가 뚝 끊겨 나가듯 황망하기만 했다. 상수 아버지와 어머니의 잘못이 무에가 있겠냐마는 그래도 그들에 대한 원망이 마음 한켠에 늘 주춧돌 같았었다. 원망을 말아야지 미워하지 말아야지 늘 되뇌던 다짐도 어느 한 순간에는 송곳이 되곤 했었다. 동해바다 왕돌짬(잠, 초)에서 해산물을 채취하던 머구리(잠수사)였었던 상수 아버지가 그날 아프지만 않았어도, 그때 남편이 그 상수 아버지를 대신해 배질만 나가지 않았어도 남편은 살았을 것이었다. 소위 '스베리' 했다고 말하는 잠수병에 걸린 상수 아버지는 그때 머구리를 그만두고 그냥 선원으로 뱃일을 하고 있었었다. 그러다 병이 도져 붓고 욱신거리는 관절을 따뜻한 온천물에 풀러 간 것이었다. 그래서 남편은 그를 대신해 뱃일을 나갔고 풍랑을 만나 시신도 수습하지 못한 것이었다. 황보댁은 머리에서 수건을 당겨내려 눈가를 훔쳤다. 죽은 남편을 찾아 헤매던 때와 아이들을 데리고 고생했던 순간들이 겹치고, 아직도 멍에로 응어리져 풀리지 않은 한이 억장으로 무너져 내리며 눈물을 쏟아냈다. 황보댁은 두 손으로 얼굴을 가리고 목놓아 울었다.

"그래 울어라 울어. 그 한이 어이 풀릴꼬!"

삽시에 한숨과 눈물로 범벅이 된 방안은 황보댁의 울음이 잦아들 자 그제야 말문이 트였다.

"상수네가 부산으로 이사를 갔어도 니 한까지 가져 갔겠나마? 그 래도 용케 참아온 니가 참 고맙제."

황보댁 입에서 다시 길고 긴 한숨이 이어지자 봉구 엄마는 황보댁의 등을 토닥이며 말했다. 사십 여년 넘게 옆에서 지켜 본, 함께 아파 한 여한이 배어 있었다.

"참 이 풍진 세상이다. 동무들 하나둘 저 세상으로 가고 이제 우리 만 남은 거 같다. 우야노! 어야, 먹다만 쇠주라도 있으모 좀 다구. 술 이라도 한 잔 해야지 이거야 원!"

봉구 엄마는 고개를 절레절레 흔들며 말했다.

"장 봐 남은 막걸리가 좀."

그새 수건으로 얼굴을 닦아내고 손바닥으로 콧등까지 훔쳐냈던 황 보댁은 침대에 걸쳤던 몸을 엉거주춤 일으키다말고 다시 주저앉고 말았다. 허리춤이 굳은 듯 움직여지지 않았다.

"양양댁 니가 좀 가서 냉장고 뒤져봐라. 거 막걸리하고 김치 있 제."

황보댁은 허리춤을 두 손바닥으로 짚은 채 턱으로 냉장고를 가리 켰다.

"그나저나 부산이니 가보지도 몬하고 우야노."

양양댁은 건넌방으로 등을 돌리며 궁시렁 거렸다.

"그러게나. 내일이나 모래 인편으로 저 세상 갈 노자 돈이라도 보내야제."

봉구 엄마는 양양댁이 가져온 막걸리를 주발 셋에 가늠하여 따르며 말했다.

"세상이 우짜 이라노!"

술병을 놓고 주발 잔을 들던 봉구 엄마는 고개를 떨구고 말았다.

잠이 오지 않는다. 낮잠을 자 두었던 때문인지 모르나 오늘따라 뒤숭숭하기만 했다. 한바탕 광풍이 몰아치고 간 느낌이었다. 환갑 때 죽은 상수 아버지는 그렇다치고라도 상수 엄마가 죽었다고 풀릴 것 같았던 응어리는 그대로였다. 살아 있는 한은 지워질 것 같지 않았다. 비록 간접적인 원인이라고 하나 마찬가지였다. 황보댁은 침대위에서 몸을 돌려보았다. 봉구 엄마와 양양댁을 좀더 붙잡아 놓을 걸 하는 아쉬움이 들었지만, 밤이 너무 늦었다.

나두 서울 자식들한테로 가야하네라고, 말할 자신이 서지 않는다.

친구라야 겨우 셋이 남았는데 쉬이 말하기가 소태처럼 입맛이 쓰다. 그려 오래오래 무탈하게 잘 살게나. 우리 잊지는 말고, 하겠지만 이번에 헤어지면 또다시 볼 수 있을는지? 모를 일이다. 어쩌면 영영 헤어져 저 세상에서나 다시 만날 수 있을까? 두렵다. 황보댁은 다시 모로 몸을 뒤척였다. 눈물이 그렁그렁할 저들 마음에 차마 못할 일이다. 그러나 자식들과 대충 약속을 했으니 언제까지 그도 아닌 듯싶다.

"에이고! 온 삭신이 쑤시니 이 어디 살겠나? 안 아픈데 없다마."

한 달 전 딸한테 전화를 했었다. 자식들 걱정할까봐 말을 말아야지 했지만 몸이 먼저 하소연을 했다.

"그라니 이제 더는 고집 피우지 마시고 서울로 올라오소. 여기 오면 어댄들 몬 살겠니꺼?"

전화수화기에서 딸은 고집피우지 말라했다. 그러나 딸이나 큰 아들, 작은 아들도 내 집에서 함께 살자는 말은 없었다. 불상에 금물들 이듯 몸 여기 저기 돈을 발라 수술하기 전만해도 가끔 서울에 가면 다들 그랬다. 저들도 어머니랑 같이 살고 싶은데 여기 오셔야 식모살이 밖에 아닌 거 같네요. 손주들은 학교 간다할 것이고, 맞벌이 우리 내외 다 나가면 어머니 성질에 그냥 계시겠어요? 설거지랑 집안 청소 다 하시면 그게 가정부지 뭐겠어요. 그리고 그 넓은 바닷가 동네에서 사시다가 여기 아파트에 사시면, 말이라도 나눌 친구도 없고, 아마 아파트가 감옥 같을 걸요. 그러니 어머니 성격에 정신 건강을 위해서라도 저희들과 여기 사시자고 하는 것은…… 어머니가 선택하세요. 말은 그럴싸한 것이 고려청자같이 산뜻했다. 아닌 게 아니라 서울나들이 한번가면 보름을 넘기지 못했다. 일주일만 되면 몸에 좀이 쑤셨다. 노인정에 가 봐도 반겨주는 사람은 없고 웬 촌닭? 하는 눈흘김이 되려 닭이 땅을 헤집듯 마음을 후볐다. 어쩌다 동네라도 한바퀴 돌양 아파트 단지를 나서면 딱 고려장 칠 일이었다. 시골 부모들 찾아 오지 못하게 아파트 이름을 영어로 짓는다고, 우스개 같던 말이 점점 더 길눈을 어둡게 했고, 고놈이 고놈이듯 쌍둥이 같은 아파트는 당최 눈뜬장님을 만들었다. 갑갑증에 도망치듯 내려오곤 했다. 내 손발 움직여 밥 해먹을 동안은 너네들 신세는 안 지련다. 그러나 이제는 아닌 듯싶다. 다짐은 세월 앞에 허물어지는 성곽과 같다. 황보댁은 다시 몸을 뒤척여 모로 누웠다. 낮잠으로 성못길 피로가 풀렸냐? 했더니 아닌 듯하다. 몇 잔 술에 온몸은 물먹은 스펀지마냥 무겁고 수다에 잠시 잊었던 통증이 뼈마디 마다 스멀거린다. 아이고야! 황보댁은 신음을 뱉어내며 주먹으로 무릎과 허리를 두드려본다. 뿅 망치질에 두더지처럼 통증은 어깨와 뒷골에서도 고개를 내민다. 이제는 아닌가 싶다. 딱 부러지게 내 집에서 제가 모시겠다, 하는 말 대신에 둘째아들이 '원룸'이란 것을 내세웠다.

"어무이요. 몸만 오소. 다른 거는 다 버리고. 냉장고든 세탁기든 침대든 다 버리고, 아님 필요한 사람 있다면 거저 다 줘버리소. 여긴 다 필요 없으니까요. 방 한 칸에 다 준비가 돼 있으니까요."

아마도 저들 형제간에 대충 입을 맞춘 듯 했다. 비록 딸은 사위가 반대하면 이혼이라도 해서 모신다고 하지만, 그도 어찌 해보지 못하는 심정으로 한풀이 삼아 어미를 위로할 심산이었을 것이다. 정말이라도 아닌 것은 아니다. 아들 딸 잘 되는 게 부모의 마음이거늘 온전한 딸을 가정파탄까지 내면서는 더더욱 아니다. 이번에는 어깻죽지를 두들겨본다. 머릿속에 생각만 막 잡아 올린 생선마냥 싱싱하게 파닥거릴 뿐 사지와 몸통은 숨넘어갈 듯 갈기갈기 찢기는 느낌이다. 이러다 죽을 것만 같다. 어느 날 뉴스를 보고난 뒤 가끔씩 들곤 하던 공포가 다시 목을 옥쥔다. '홀로 살던 노인이 죽은 지 세 달 만에 부패된 시신으로 발견 되었습니다.'

정말 이러다 그 짝 날 일일지도 모른다. 생각만 해도 끔찍하다. 황보댁은 두들기던 손을 멈추고 길게 숨을 몰아쉰다. 이제는 정말 고집을 피울 일이 아닌 듯싶다. 그 짝이면 멀쩡한 자식들 세상사 우스개 만들고 호로 자식이라 손가락질 받게 할 것이다. 공자맹자는 만들지 못할지언정 차마 못할 일이다.

"어무이요. 며느리들한테 좀 섭섭한 일 있어도 그래 니들이 잘한다 잘한다 하시소. 그기 다 어무이 위하고 아들들 위하는 길이더. 며느리들 하는 거 보면 어무이도 성질 나지요? 지가 봐도 그렇니더. 하지만 어머니가 참았으면 하더. 섭섭은 해도 어머니 세대와 지금 며느리 세대의 경우라는 것이 또 다르니까요."

둘째 놈의 말이 어쩌면 맞을지도 모른다. 그 기세등등하던 시어머니가 며느리 눈치봐야하는 세상이 됐으니 아들, 그놈들 또한 저 마누라 앞에 별 수 있으려나. 따지고 보면 혹여 있을 고부간 갈등에 미리 예방하듯 하지만 그동안 떨어져 살다가 함께 산다면 서로 불편한 것은 당연지사이고, 아들 또한 성가실 속내를 마누라 핑계에 에둘러 붙였으리라.

"아이고 이놈의 삭신! 뼈다구와 가죽밖에 없는데, 어데서 이래 아프당가."

황보댁은 눈물이 핑돈다. 낮에는 그나마 견딜만한데 밤이 이슥할수록 올빼미처럼 나타나 스멀거리는 통증은 인정사정없이 들쑤신다.

이러고도 살아야 되냐?

아무래도 자식들한테 짐이 될 성 싶다. 혼자 죽으면 어쩌면 모든 것이 다 해결될 터인데, 사는 것만큼 죽는 것도 힘이 드는가 보다. 황보댁은 손등으로 눈시울을 닦는다. 팔십이 넘어서고부터 죽음은 늘 그림자처럼 다가선다. 그것이 오늘 끝날지 내일 끝날지는 모르지만.

첫닭이 울었다.

벌써? 황보댁은 서둘러 잠을 청해 보았다. 남들은 치매로 정신 줄을 놓는다는데, 오만가지 생각이 머릿속에서 거미줄처럼 깔렸다. 그러다 살포시 잠이 들었다. 황보댁은 꿈을 꾸었다. 꿈속에 죽은 상수 엄마가 나타났다.

"나랑 같이 가자."

한복을 곱게 차려 입은 상수 엄마는 나락이 심어진 논둑길 저만큼서 손을 내민다.

"어디 가는고?"

황보댁은 효도 신발을 벗어 자갈을 털어냈다. 그러나 상수 엄마는 어디로 가는지 말은 아니 하고 거저 손만 내밀 뿐이다.

"이 여편네야 말 해 보거라. 어디로 가는 지를 말해야 따라가든 말든 하지."

황보댁은 역정을 내면서 신발을 발에 꿰었다. 상수 엄마의 뒤쪽 나락들이 웬일인지 모두 누렇게 변하면서 쭉정이 뿐이다. 별일도 다 있네. 황보댁이 고개를 갸웃거리며 허리를 펴자 상수 엄마가 무작정 달려들며 손을 잡으려 한다. 불현 듯 무서움이 밀려들며 온몸에 소름이 돋았다. 순간 황보댁은 얼른 뒤로 물러서며 손을 허리 뒤로 빼돌렸다. 흑하고 상수 엄마한테서 냉기가 확 달려들었다.

"손 다고."

"됐다. 이 여자야!"

황보댁은 무서움에 뒤돌아 무작정 달리며 소리쳤다. 한참을 정신 없이 달리다 뒤돌아 봤을 때 상수 엄마의 모습은 보이지 않았다. 황보댁은 그제야 뜀박질을 멈추고 털썩 주저앉았다.

"미친 여자 같으니라고. 왜 나를 데려가려 해."

꿈에서 깨어난 황보댁은 생각만 해도 몸이 부들부들 떨렸다. 죽으면 혼자 죽지 왜 나까지 데려 가려고. 황보댁은 땀으로 흥건한 몸을 일으켜 얼른 부엌으로 향했다. 한시라도 빨리 양밥을 해야 할 것 같았다. 황보댁은 플라스틱 바가지에 물을 퍼서 굵은 소금을 한 주먹 넣었다. 그리고 부엌칼을 찾아들었다. 문을 열자 사방은 아직 어슴푸레하다.

"객기야! 물러가라. 객기야! 물러가라."

황보댁은 마당 한가운데서 칼끝으로 소금물을 둥글게 휘휘 저으며 소리쳤다. 하마터면 큰일 날 뻔했다. 손이라도 잡혔다면. 아직도 떨리는 마음에 황보댁은 다급하게 몇 번 돌리고는 공중을 향해 칼을 휙 돌려 던졌다. 칼은 공중에서 몇 번 제비를 돌다 마당 바닥에 떨어졌고 칼끝은 황보댁을 향했다.

"왜 이라노? 내가 뭐 볼 끼 있다고! 저 부잣집에나 가소. 객기야! 물러가라. 객기야! 물러가라."

황보댁은 화들짝 놀라 얼른 칼을 집어들어 다시 한 번 소금물에 휘휘 젓고는 칼을 아까처럼 내던졌다. 칼끝은 그제야 바깥으로 향해 돌아섰다. 황보댁은 길게 한숨을 내쉬며 소금물을 마당에 냅다 끼얹었다.

십년감수한 느낌이다. 황보댁은 바가지를 내려놓고 추녀 댓돌에 앉아 두 손을 탈탈 털었다.

맥이 탁 풀리고 눈에서 눈물이 금새 그렁거렸다.

추석이 달포나 남았다. 그러나 황보댁은 마음이 조급해졌다. 이번 추석 차례상에 올릴 해물을 장만하는 것도 마지막이라는 생각에 더더욱 조바심이 서렸다. 좀 더 정성을 들이고 물 좋은 생선을 준비해야 한다는 사명감으로 다그쳤다.

아들이 서울에 터를 잡고부터는 점괘로 어림한 남편의 기일과 명절 때마다 생선을 직접 고르고 말려서 서울로 보냈다. 그때부터 한 번도 거르지 않고 매년 정성을 들였다.

이른 아침, 밥을 먹은 황보댁은 서둘러 읍내 장에 갈 차비를 차렸다. 파마머리를 곱게 빗질하고 집을 나섰다. 저만큼서 다가온 일곱 시 시내버스가 황보댁 앞에서 멈춰섰다. 황보댁은 왼쪽 다리를 먼저 올려 무릎을 짚고 오른쪽 다리를 마저 올려 버스에 올랐다. 둘째 아들 친구인 버스기사가 얼른 내려와 유모차를 챙겨 황보댁 좌석 옆에 가져다 주었다.

"어무이 장에 가니꺼?"

기사는 유모차를 단단히 잡으라 하고는 운전석으로 향했다.

"그래. 추석 고기 사러 가네."

"벌써요?"

기사는 버스 안을 비추는 거울로 황보댁을 살피고 난 다음 차를 움직였다.

"그래. 미리 장만해야 싸고 물도 좋고 안 그렇겠나? 야. 맞니더. 근데 지 친구는 잘 있다니꺼? 요새 통 연락이 없네. 이 자슥이!"

"그래야? 요새 갸가 바쁜가 보더라. 지는 에미 걱정할까봐 맨날 잘된다고 하는 디 요새 같은 불경기에 지라고 용빼는 재주 있겠나!"

버스는 마을 백사장을 따라 쌓아 논 콘크리트 제방길을 감싸고 돌았다.

"마. 다들 장사 안돼 죽겠다고 난리니더."

"내도 이래 장보는 게도 이번이 마지막인가 갑다."

황보댁은 수건 속으로 손가락을 넣고는 가려운 데를 찾아 긁적거렸다.

"와요?"

"갸들이 하두 오라고 성화를 해 싸서 내두 이제 쪼매 있으모 서울 갈란다."

"그래요? 잘됐니더. 생각 잘했니더. 고생했으니 이제는 아들 손주들 효도 받으모 사셔야제요."

"글씨다! 그럴란도?"

황보댁은 무심결에 말을 뱉어내고는 아차 싶었다. 괜한 헛소리로 자식들 우세시키는 거나 아닐는지, 스스로 책망했다. 그러나 황보댁은 자신이 없다. 요양원에 보내지 않고 비록 원룸인가 뭔가에 반 합의를 봤다지만 살던 집 떠나 새로 시작하는 것이 어찌 그리 쉽겠는가? 어쩌면 자식들한테 짐을 지우고 자신은 가시방석일 수도 있으렷다.

"아이니더. 다들 서울이고 부산이고 가디더. 그 새마실 사시는 앞짱구 할배 있잖니꺼? 그 이마빼기가 뭐 맹크로 툭 튀어나온 할배도 얼마 전에 울산 아들한테 갔더니. 짐승들도 죽을 때는 지 태어난 고향으로 간다는 데 우째 사람들은 도회지 객지로 자꾸 가는지 원!"

"그러게나!"

기사는 웃으며 연신 기아를 뺐다가 넣으며 이웃 마을길을 벗어났다.

"어무이요. 이제는 맛있는 것도, 먹고 싶은 것도 마이 사드시고 그라소. 그동안 고생했잖니꺼."

"그래야. 그래도 되겠는가?"

"그래도 되고말고요. 사시는 동안이라도 잘 살아야제요."

"그래? 그래 보세. 고맙네."

아랫마을에 다다르자 예순 줄에 걸린 젊은 아낙들이 고개를 숙여 인사를 건네 왔다.

여전히 두려움이 앞선다. 정말 서울로 가서 살아야 하는지.

차창 밖으로 눈길을 보냈다. 동해의 푸른 바다가 넘실댄다. 자식들이 태어나고 자란 바닷가다. 그토록 애달프게 기다리던 남편이 잠든 바다다. 살아온 한 세상의 기억이 머릿속에 켜켜이 쌓여 혼자서도 숱하게 울고 또 울었던 곳. 눈물과 한숨으로 가슴을 한으로 저미었던 바다다. 미끌거리는 장화나 고무신 대신 짚신을 삼아신고 청태가 뒤덮은 미끄러운 갯바위 위를 건너뛰었다. 때론 대나무 장대를 장대높이뛰기 선수마냥 옆구리에 부여잡고 물살에 흐느적거리는 미역줄기를 향해 거친 파도에도 뛰어들었다. 한겨울 차가운 바닷물에 손발을 깨어질 듯 아렸고 콧물은 얼어붙었다. 그 숱한 날들을 그렇게 얼은 돌김과 미역으로 자식들을 키워낸 바다이다. 그러나 이제 이 바다를 떠나야 한다. 그립고 아련한 그 사람의 추억을 두고 떠나야 한다. 오래전 바다가 된 그 사람을 두고!

황보댁은 눈길을 거두어 아들의 친구 뒷모습을 바라보았다. 듣고 보니, 아들 친구의 말이 맞는 것 같다. 그래, 까짓것 지금까지 그 모진 세상풍파에도 살아왔는데, 이 좋은 시절에 더는 못살겠냐? 살아야지. 그래 가자. 가서 또 살아보자. 자식들 얼굴 자주 보며 손주들 재롱떨며 커가는 장한 모습들을 지켜보며 살아내자.

황보댁은 주술을 외듯 하고는 잠시 눈을 감았다.

매년 추석이 지나고 보름 안에 하루 날을 잡아 차려 올리던 무조상에 대한 제사상 또한 푸짐하게 올려야겠다는 생각이 든다. 혈혈단신으로 넘어온 남편이었다. 시부모님들께서는 살았는지 돌아가셨는지 모르거니와 돌아가셨으면 기일이 언제인지도 더더욱 알 수 없었다. 그래서 어느 날 점쟁이한테 물었다. 점괘를 잡은 점쟁이는 말했다. 남편이 막내로 태어났기 때문에 무자식인 젯밥도 없는 조상들, 무조상을 모셔야 집안이 잘될 거라고 했다. 그래서 지금까지 추석을 지내놓고 보름 안에 제수를 장만하여 정성을 다해 빌며 또 빌었다. 그 덕분인지는 몰라도 지금껏 자식들과 무탈하게 살아왔다. 황보댁은 미리 예행연습이라도 하듯 속으로 중얼거렸다.

무조상님네들요? 고맙고 고맙니더. 아들 딸 후손들 모두 무탈하게 살아오게 도와줘서 고맙니더. 후손들 하는 일마다 잘되게 해 주시고 동으로 가든 서로 가든 남으로 가든 북으로 가든 길 다듬고 보듬어 주시소. 후손 없어 젯밥 없다 원망들 놓아주시고 오늘 이렇게 조상님 전에 올리는 귀한 음식들 많이많이 드시고 드시소, 무조상님네들요.

고원 수필 _ 박경호

서울 출생. 중앙대학교 문예창작대학원 수
료. 『문학사계』 신인상 등단. 장편소설 『역
학에서 길을 묻다』가 있다.

이 인연이 기이한 인연은 아닐지라도 분명 보통 인연은 아닌 것 같다. 소설 작품 속에 배경이 되는 강원도 고원지대. 좀 더 정확히 말하자면 오대산을 중심으로 해서 동북쪽으로 뻗은 고산준령과 그 길을 따라 양양까지 가는 길이 이 소설의 주 무대인데 나는 이 길과 인연이 닿았다. 이 길과 처음 인연을 맺게 된 것은 소설을 쓴 원로 작가 견산 선생과 인연 때문이었다. 지금으로부터 꼭 십년 전인 2007년 5월 스승의 날. 제자들은 견산의 집필실이 있는 농장으로 모였다. 스승의 날은 언제나 제자들의 잔치 날이기 때문에 여러 제자들이 찾아왔다. 오찬 겸 술 한 잔을 드신 견산은 그날도 어김없이 고향 얘기를 끄집어내었다. 우리는 수백 번도 더 들은 고향 얘기를 들으면서 그 다음에 이어지는 이야기는 장편소설 『남녘사람 북녘사람』으로 이어진다는 것도 알고 있었다. "내 나이가 벌써 칠십대 중반이고 곧 팔십을 바라보는 나이가 됐어. 내가 살아서 통일이 되었으면 좋겠지만 고향에 가보기는 틀렸고 이제는 오대산 그 길이라도 온전히 찾았으면 좋겠는데 그것도 쉽지가 않네. 나도 이제 늙어서 그런지 고향이 점점 더 그리워지고 전에 보다 더 문득문득 우리 엄마하고 할아버지가 보고 싶을 때가 많아지더라고. 더 늙기 전에 올해는 꼭 좀 찾아야겠어." 제자들은 그런 얘기를 들을 때마다 소설 속에 나오는 그 길이 뭐가 그렇게 의미가 있는 걸까? 나 또한 그렇게 생각한 것이 사실이지만 그곳을 가보고 나서야 어렴풋이 그 마음을 이해할 수 있을 것 같았다.

스승의 날이 지나고 5월 27일 오전. 우리는 그 길을 찾기 위해 서울을 출발했다. 평창의 대화 장터 근처에 사는 또 한분의 원로시인이자 견산의 친구인 김시철 선생 댁에 도착해 우리 일행은 여장을 풀고 하룻밤을 묵었다.

다음 날 아침 9시. 김 선생이 우리를 오대산 국립공원관리공단사무소까지 태워다주고 돌아갔다. 그 길을 찾기 위한 우리의 첫 번째 관문은 출입통제구역을 들어가기 위한 허가증을 받는 것이다. 그 길은 오대산 등산로가 아닌 생태계보호구역이기 때문이다. 국립공원 중에서도 보호구역은 그야말로 생태계의 천국이기 때문에 각종 동식물과 산나물 등은 물론이고 천종산삼 등 약초의 보고이다. 인근에 사는 주민들과 심마니들도 보호구역은 들어갈 수 없기 때문에 호시탐탐 노리고 있는 곳이다.

우리가 관리공단 사무소로 들어서자 직원들은 처음에 우리를 산나물 채취를 하기 위해 온 사람쯤으로 여기고 위아래를 한번 휙 훑어보더니 무슨 일로 왔느냐고 물었다. 내가 나서서 답사의 목적을 구체적으로 밝히자 그때서야 책상에 앉아 서류를 뒤적이던 직원이 반신반의 하는 표정으로 규정을 들먹이며 배낭 속을 볼 수 있냐고 물었다. 우리는 약속이나 한 듯 그렇게 하라면서 모두 배낭을 내려놓고 배낭을 풀어 보여주자 직원들은 뒤적거리기 시작했다. 그때였다. "이건 왜 가져갑니까." 견산 선생의 제자이자 선생의 농장을 관리해주는 한종우 작가의 배낭에서 모종삽과 스위스제 만능 칼과 검정비닐봉지가 몇 개 나왔다. 직원은 답사하겠다는 사람들이 이런 게 왜 필요하냐고 의심이 가득 찬 눈초리로 물었다. 우리는 약간 당황했지만 한 작가는 태연하게 늘 가방 속에 들어있는 것이라고 했다. "그게 말이나 되는 소리입니까?" 직원은 다그치듯 물은 후 답사를 구실로 통제구역에 들어가서 불법 채취 및 산림을 훼손할 가능성이 있다며 허가를 해줄 수 없다고 잘라 말했다. 직원의 목소리는 크고 단호했다. 본래 조경원예를 전공한 한 작가의 취향을 우리가 모르는 건 아니지만 난감했다. 한 작가는 그렇게 의심스러우면 모종삽 등을 이곳에 맡겨놓고 가겠다고 했지만 그들은 허가를 해줄 수 없다는 말만 되풀이 했다. 상황을 지켜만 보고 있던 견산이 나섰다. "이봐, 나 소설가 이 호철이요. 당신들 입장도 충분히 알겠는데 저 사람 배낭엔 직업상 늘 저런 게 들어있어요. 여기서 뭘 체취하려고 어제 넣어둔 게 아니에요. 나를 믿고 허가 좀 내줘요. 우리도 빨리 다녀와서 서울로 올라가야 되니까." 하지만 직원들은 계속해서 규정을 내세우며 사무실에서 그만 나가달라고 했다. 견산은 심기가 뒤틀린 듯 "뭐, 나가라고. 뭐 이따위 놈들이 있어." 삿대질을 하며 목소리가 커지자 부인 조 여사가 그러지 말라며 데리고 나갔다.

우리는 모두 밖으로 나왔다. 기다렸다는 듯이 한 작가의 부인 선진 엄마가 다른 배낭을 가져오지 왜 하필 그 배낭을 가져와서 입장을 난처하게 하느냐고 한 작가에게 계속해서 면박을 주었다. 저만치 떨어져서 어디론가 전화를 걸고 있는 내 아내 영민이도 밝은 표정은 아니었다.

소설 속에 나오는 길 그대로 월정사 대웅전 뒷길로 해서 두로봉까지 오른 다음, 양양 수리마을까지 가려던 계획을 수정해야했다. 우리는 퇴짜를 맞은 국립공원 사무소를 뒤로하고 6번 국도인 진고개 길을 따라 두로봉 쪽을 향해 걷기 시작했다. 견산은 걸어가면서도 국립공원 오대산에 근무하는 자들이 오대산을 배경으로 하는 자신의 소설도 모른다며 중얼거렸다. 뒤를 따르던 조 여사가 그들도 격무에 시달리느라 책을 읽고 싶어도 못 읽을 수도 있다고 하자 견산은 격무는 무슨, 정서가 메말라서 그런 거라며 못마땅해 왔다.

하늘에는 우리들 마음만큼 구름이 끼어있었고 관리사무실에서 쫓겨난 후부터 국도를 걷는 내내 삐죽이 튀어나온 영민의 입은 들어갈 줄 몰랐다. 분위기로 봐서는 극적인 반전이 없는 한 영원히 들어가지 않을 것 같았다.

영민에게 전화가 걸려왔다. 허가증을 받지 못했다는 이야기를 하는 걸 봐서는 오대산 북쪽 너머 홍천군 내면에서 산장을 운영하는 막내처남인 것 같았다. 오늘 그 길을 찾는 산행이 끝나면 처남이 양양 수리 마을에서 기다리다가 우리를 태워가기로 약속이 되어있었다.

두세 시간쯤 지정 등산로를 따라 걷다가 한적한 곳에서 출입금지 지역인 동대산으로 접어들었다. 우회해서 걸은 만큼 시간을 단축해야 했다. 고원 지대로 올라오자 흐렸던 하늘은 안개비를 흩뿌리기 시작했다. 시야는 좋지 않았지만 이런 날은 단속반이 없을 거라는 배짱도 생기고 발걸음도 한결 가벼워지고 있었다. 진작 그런 생각을 못한 것이 아쉬웠다. 두 시간쯤 더 걸어 '차돌박이'에 도착해 준비해 온 김밥으로 점심을 때울 때 빗발은 점점 굵어지기 시작했다. 큰 나무 밑으로 자리를 옮겼지만 비는 피할 수 없었고 빗물에 김밥을 말아먹어야 했다.

"선생님 그 때도 이 차돌박이를 보셨나요."

견산에게 그 길은 무엇이기에 저렇게 빗물에 김밥을 말아 드시며 이곳에 있는 걸까? 또한 우리에게는 그 길이 무슨 의미가 있는 것이며 우리는 왜 함께 동행을 하는 것인가? 나는 한시라도 빨리 견산이 그렇게도 찾고 싶어 하고 그리워하던 그 길 '그런 깊은 산속에 그렇게 평평한 오솔길이 있는 줄은 몰랐어. 시월 초의 그 맑고 높은 파란 하늘과 따사로운 가을 햇살에 물들어 가는 단풍들. 여기저기 피어난 들꽃들. 산 아래로 동해 바다의 수평선이 보이는 수려한 백 여리 길. 나는 앞서가는 빨치산 노차순 동무를 따라가면서 힘들다는 생각보다도 그저 주변 광경에 취해서 전쟁 중이라는 것도 잊고 있었지. 여기가 내 고향 원산 어디쯤 되었으면 좋겠다는 생각과 지금이 가을 소풍을 온 거라면 좋겠다는 착각에 빠져서 걸었던 거야. 그 길을 평생 잊을 수가 있어야지. 전에 십이삼 년 전쯤이었을 거야. 6·25특집으로 방송국에 가서 인터뷰를 하다가 그런 얘기를 했더니 그럼 지금도 그 길을 기억하고 있느냐고 물어보더라고. 생생하게 기억하고 있다고 그랬지. 그 길 뿐만이 아니라 그 산길을 내려와서 노차순과 사흘 밤을 묵었던 양양 수리마을 바위도 생생하게 기억난다고 했지. 그런 사연이 방송에 소개되자 각 방송국과 언론사 잡지사 등에서 그 길을 찾아보자며 연락이 계속해서 오더라고. 그 길과 바위를 특집으로 다루겠다고 해서 취재차 벌써 여러 차례 갔지만 번번이 허탕치고 말았어' 견산이 늘 그렇게 말씀하시던 그 길과 바위를 오늘은 찾는 날이 되길 빌었다. 하지만 확실한 흔적이나 결정적인 단서와 물증이 될 만한 것은 아무 것도 없었다. 다만 55년 전의 빛바랜 기억에만 의존해서 찾아야 된다는 것은 어쩌면 이 산속에서 흘렸을 땀방울과 그때의 발자국을 찾는 것이나 다름없었다. 설령 남아있을 지라도 오늘은 안개 속에 비까지 내리고 있지 않은가.

"이 길로 갔는지는 모르겠지만 기억은 없어."

등산 재킷을 입기는 했지만 축축한 습기가 온몸으로 스며들고 바지와 배낭은 벌써 흠뻑 젖어버렸다. 준비를 너무 소홀히 했다는 생각이 들었다. 기상예보를 들을 수신기도 지형파악을 제대로 할 수 있는 지도조차도 없었다. 지도라고는 관리사무소에서 달랑 한 장 챙겨온 큰 윤곽만 그려진 관광지도뿐이었다. 작은 우산도 우비도 없이 큰 나무 아래로 떨어지는 비를 고스란히 맞고 서있었다. 오월의 하순이었지만 한동안 비를 맞다보니 조금씩 한기도 들었다. 견산의 말대로라면 오후 네 다섯 시쯤이면 그 길을 걸어 바위까지 충분히 도착할 수 있다고 했다. 정확하지는 않지만 대략 큰 고개 두로봉을 넘어 경관이 수려한 능선의 그 평지 오솔길로만 접어들면 수리마을 바위틈까지는 금방이라고 한 말에, 뒷동산에 오르듯 준비도 없이 나섰던 것이다. 우리는 그래서 처남에게 그 시간쯤 수리마을에서 기다리라고 했던 것이다. 하지만 이렇게 기상여건이 좋지 않고 시간이 지체된다면 이번 답사도 수포로 돌아갈 가능성이 높았다.

다행히 빗발은 가늘어지고 있었다. 견산도 한기가 들었나 보다. 배낭에서 양주 한 병을 꺼내더니 나 때문에 고생들 한다며 한기도 들고 하니 딱 한 잔씩만 마시자고 했다. 안개비가 뿌옇게 시야를 가리는 속에서 양주뚜껑에다 한 잔씩을 마셨다. 바람이 살짝 불어오자 안개비도 저만치 물러갔다. 양주 한 잔의 효과는 어떤 보약보다도 뛰어났다. 잠시 후 속이 쏴아해지고 몸이 훈훈해지면서 한기는 금방 사라졌다. 뭔가 초조하고 처져있던 분위기는 순식간에 바뀌었다. 걸음을 재촉해야 했다. 간간히 불어주는 바람에 안개비도 그치고 시야는 넓게 확보되어 두로봉을 향해 순조로운 산행이 다시 시작되었다. 우리는 평지길이 나올 때마다 이 길이 그 길이라며 나뭇가지를 꺾어 표시를 해놓았다. 견산은 그런 모습을 보면서 그냥 피식 웃기만 했다. 그 웃음은 긍정도 부정도 아닌 그냥 우리들의 그런 모습이 재미있어서 피식 웃는 그런 웃음이었다. 견산도 맞다, 틀리다 하고 딱 잘라 말할 수는 없었을 것이다. 오랜 기억 속에서 소소한 작은 길까지 기억은 안 나겠지만 다만 평지 능선 아래로 동해바다가 확 펼쳐지고 수평선이 보인다면 여기가 맞다 하고 확신 있게 말 할 수 있을 것이다.

등산로 양쪽으로 군데군데 구덩이가 파헤쳐져 있는 것이 자주 눈에 띄었다. 산야초가 뽑히고 잘린 채로 구덩이 주변에 흩어진 것과 흙 색깔로 봐서는 불과 몇 시간도 채 안 된 것 같았다. 관리 사무소에서 그렇게도 강경하게 출입을 불허한 이유를 알 것 같았다. 보호지역이기 때문에 직원들은 그만큼 방심을 할 수도 있고 방심한 만큼 불법

체취꾼들은 기회일 수도 있었을 것이다. 견산은 혀를 끌끌 차며 이런 놈들 때문에 괜히 우리까지도 의심을 받는 거라며 발끈했다.

"하기야, 저런 걸 보면 직원들만 나무라고 할 수도 없지. 참, 선진아빠. 그나저나 아까 공단 사무소에서 좀 난처하더라고. 정말 배낭 속에 모종삽이 들어있는지 몰랐던 거야?"

"아니요, 이곳에 귀한 약초와 산삼이 많다는 건 익히 알고 있던 터라 혹시라도 발견하면 캐볼까 해서 어제 저녁에 준비해놓은 겁니다."

하면서 멋쩍은 표정으로 웃었다. 옆에 서있던 부인이 지금 웃음이 나오느냐며 주먹을 쥐어 어깨를 치면서 면박을 주자

"당신이 요즘 피곤해 하는 것 같아서 내가 보약 해주려고 그런 거라고."

"내 걱정 말고 당신 몸이나 관리 잘해요. 힘도 제대로 못쓰면서……"

견산 부부가 나오는 웃음을 보이지 않으려고 자리를 먼저 뜨고 우리 부부도 손바닥으로 입을 가린 채로 뒤를 따라갔다.

"당신 때문에 지금 시간이 얼마나 지체되었는지 알아. 지금이라도 모종삽하고 그거 다 구덩이에다 묻어버리고 가요. 당장 빨리 꺼내서 버리라고요."

우리가 걸어가는 동안에도 부인은 한참을 퍼부어대고 있었다. 견산이 선진아빠, 선진엄마 하면서 한 작가 부부를 빨리 오라고 불렀지만 부인의 목청은 높아만 갔다.

안개비가 다시 몰려와 시야를 흐렸다. 우리는 또다시 말없이 걸었다. 우리는 경사진 길을 오를 때는 지쳐 아무 말도 없이 묵묵히 걸었

지만 평지 길만 나오면 안개비 속에서도 고개를 동쪽으로 돌렸다. 어서 하늘이 맑아지고 동해바다가 확 펼쳐지는 오솔길이 나타나기를 기대하면서 말없이 걸었다. 걷고 또 걷고, 가고 또 가고, 동쪽을 바라보고, 또 바라다 봐도 수평선이 보이는 동해바다는 나타나질 않았다. 그렇게 한참을 걷다가 안개비가 잠시 틈을 보일 때 동쪽을 향해 견산이 소리쳤다. "바다다." 우리는 약속이나 한 듯이 견산 쪽으로 모여 바다를 바라다보았다. 그새 안개비가 가렸는지 바다는 보이질 않았다. 다시 바람이 불었다. 안개비가 순간 걷혔다. 우리는 수평선이 확 펼쳐지는 바다를 찾아 한참을 바라다보았지만 멀리 푸른 숲만 펼쳐질 뿐 바다는 보이질 않았다. 다시 안개비가 가렸다.

"당신, 정말 바다 봤어요?"

"조금 전에 분명히 보였는데."

"당신 착각한 거 아니에요."

"아닌데…… 분명 보였는데."

"갑시다."

우리는 또다시 말없이 터벅터벅 걸었다. 시간이 지날수록 몸은 안개비에 축축하게 젖어 무거워져만 갔다. 모두 말은 안 했지만 이제는 그 길을 찾아 바다를 바라보는 것보다, 안개비라도 거쳐서 시야라도 확 트였으면 하는 심정이었다. 그래야 답답한 가슴이 뻥 뚫릴 것만 같았다. 몸이 점점 무거워지듯 언제부턴지 뭔가가 가슴을 무겁게 꾹 짓누르는 것만 같았다. 그러나 누군가의 입에서 그런 심정을 그대로 들어냈다가는 그 순간 모두다, 바로 그 자리에서 맥이 쭉 빠져 주저앉아 버릴 것이라는 것도 알고 있었다. 앞서가던 한 작가가 왠지 발걸음이 느려지고 주춤주춤 거렸다. 잠시 후 우리를 돌아다보며 아무래도 이 길이 아닌 것 같다며 걸음을 멈추었다. 한 작가는 바지주머니에서 지도를 꺼내 펼쳐 보며 이쯤에서는 이정표가 하나쯤 나와야 되는데 지금까지 이정표를 못 보았다는 것이다. 나는 문득 차돌박이 이정표가 생각났다. 거기서 경사진 길로 접어들었어야 했었는데 견산 부부가 앞서가자 우리 부부도 그냥 뒤를 따랐고 한 작가 부부도 다투다가 무심코 우리가 간 길로 따라왔다는 생각이 스쳤다. 견산도 어쩌면 나와 같은 생각을 했었지만 몸이 지치고 힘들어지자 본능적으로 조금이라도 편한 길. 발길이 닿는 평탄한 길로 접어들었는지도 모른다. 다시 차돌박이까지 돌아가야 한다는 말에 모두가 맥이 풀리는 것이 역력했지만 누구도 겉으로 내색은 하지 않았다. 정말 주저앉고 싶은 생각뿐이었고 앞서 이 길로 접어든 견산에게 뭐라고 할 수도 없었다. 다시 되돌아가는 발길은 천근만근이나 되었다. 안개비에 질척질척해진 산길은 끝없이, 끝없이 이어지고 산길은 멀고도 멀기만 한 영원히 끝이 없을 것 같았다. 우리는 누군가가 시켰거나 아니면 그렇게 하지 않으면 안 되는 것처럼 모두 고개를 숙이고 말없이 걸었다. 적막하기만한 산길에는 우리들의 지친 발걸음 소리만이 귓속 깊은 곳까지 울리고 있었다.

 “쉿” 앞서가던 한 작가가 돌아서며 갑자기 집게손가락을 세워 입에 대며 그 자리에 섰다. 우리는 영문도 모른 채 그 자리에 섰다. 한 작가는 긴장된 얼굴로 한 쪽을 계속 주시하며 나무 뒤로 몸을 숨겼다. 우리도 그 뒤로 따라 숨었다. 대여섯 마리의 멧돼지 떼였다. 우리 쪽을 향해 오고 있었다. 모두 긴장이 되어 숨도 제대로 쉴 수가 없었다. 전진 아빠는 조심스레 배낭 속에서 칼과 모종삽을 꺼내 양손에 하나씩 들고 자세를 낮추더니 모종삽을 든 손으로 우리에게도 자세를 낮추라는 신호를 보냈다. 우리 쪽으로 오던 멧돼지들은 갑자기 멈춰서 코를 땅에 대고 냄새를 맡아보더니 파헤치기 시작했다. 주변은 삽시간에 구덩이가 파이고 산야초들이 뽑혀서 난장판이 되어버렸다. 올라올 때 보았던 구덩이 모습과 흡사했다. 견산은 '저놈들이 그랬군'이라고 혼잣말로 중얼거렸다. 멧돼지들이 그 소리를 들었는지 순간 우리 쪽을 향해 코를 벌렁거렸다. 어미 한 마리가 우리 쪽으로 슬금슬금 다가오기 시작했다. 내가 등산용 스틱의 이음새를 단단히 조이며 진땀을 내고 있을 때 한 작가는 만능 칼집에서 소리가 나지 않게 칼을 뽑아 세웠다. 어미멧돼지가 우리들의 체취를 맡은 것이 확실했다. 우리를 향해 점점 빠른 속도로 가까이 다가오자 내 뒤에서 쿵 소리와 동시에 '엄마' 하는 소리가 비명처럼 들렸다. 그 순간 한 작가가 달려오는 멧돼지를 향해 모종삽을 힘껏 집어던졌다. 멧돼지들이 잠시 주춤하자 한 작가는 잽싸게 열시 방향으로 뛰쳐나갔다. 어미멧돼지가 한 작가를 좇아 방향을 틀자 나머지 멧돼지들도 방향을 틀어 달려갔다. 한 작가는 자신의 키 높이나 되는 바위 위로 휙 뛰어오르는가 싶더니 다시 한 번 몸을 날려 소나무가지를 붙잡고 매달렸다. 족히 삼 미터가 넘는 높이였다. 마치 철봉을 하듯 매달려 있던 한 작가는 다시 공중을 향해 몸을 빙글 한 바퀴 돌리더니 가지 위에 배를 척 걸친 후 멧돼지들을 내려다보았다. 한 작가를 공격하려 했던 멧돼지들은 그야말로 닭 좇던 개가 지붕 쳐다보는 격이 되어 소나무 아래에서 한동안 노려보며 꿀꿀거리고 서성이더니 어디론가 천천히 사라져갔다. 멧돼지들이 사라진 쪽을 한참 동안이나 지켜본 후에 한 작가가 나무에서 내려와 우리 쪽으로 급히 달려왔다. 내 아내와 조 여사가 걱정스런 표정으로 선진엄마의 팔다리를 마구 주무르고 있었다. 한 작가가 어떻게 된 거냐고 물었다. 멧돼지들이 우리를 향해 달려오는 것을 보고 너무 놀라 선진엄마가 실신해 쓰러지자 두 여자도 놀라며 엄마하며 비명을 질렀던 것이다. 선진엄마는 아무런 반응이 없었다. 내가 눈꺼풀을 뒤집어보자 다행히 눈동자는 살아있었다. 치명적이지는 않았지만 시간이 지체 될수록 체온이 급격하게 떨어질 수 있고 그렇게 되면 걷는 것이 문제가 될 수도 있는 상황이었다. 우선 빨리 깨어나는 것이 급선무였다. 나는 한 작가에게 만능 칼을 달라고 해서 송곳을 뽑아 양쪽 관자놀이를 한번 씩 찔러 자극을 주었으나 아무런 반응도 없었다. 다시 좀 더 깊이 몇 번을 찔러 피를 내자 선진엄마가 몸을 움찔했다. 의식이 돌아온 것이다. 하지만 체온이 떨어지지 않도록 계속해서 주물러야 했다. 내가 119를 불러야 되겠다고 하자 한 작가는 완전히 깨어난 후 조금 지켜보자고 했다. 하루 종일 구름이 끼고 안개비를 뿌리는 하늘은 도저히 개일 것 같지가 않았다. 시간은 벌써 여섯 시를 향해가고 깊은 산속의 하늘은 안개비에 젖어 어둑어둑해지기 시작했다. 내가 다시 송곳으로 선진엄마의 손가락과 발가락을 찌르기 시작하자 얼굴을 찡그리며 아프다고 했다. 의식은 완전히 돌아왔다. 잠시 후에 한 작가가 괜찮으냐고 물으며 부인의 상체를 일으켜 세웠다. 한 작가가 괜찮으냐고 다시 물었다. 괜찮다고 대답은 했지만 기운이 없어보였다. 선진엄마는 옷과 배낭에 묻은 흙을 털면서 일어났지만 예상대로 춥고 어지럽다고 했다. 한 작가는 자신의 재킷을 벗어 입혀주고는 부추키어 천천히 걸었다. 저렇게 걸어서는 오늘 밤이 다 새도록 올라갈 수도 없고 이 산을 내려갈 수 없을 것 같았다. 그리고 도대체 지금 여기가 어딘지 알 수가 없는 것이 답답하기만 했다. 차돌박이를 지나 두세 시간 쯤 걷다가 다시 내려가고 있는 중이라는 것과 안개비 속에서 길을 잃었다는 것 밖에는 알 수가 없었다. 이러다가는 모두 조난을 당할 수밖에 없었다.

119 신고를 하려고 핸드폰을 열었지만 핸드폰이 꺼져있었다. 분명 켜놓았었는데 먹통이 되어있었다. 다시 켜보려고 했지만 불은 더 이상 들어오지 않았다. 하루 종일 습기가 차서 급속히 방전이 되어버린 것이다. 내가 방전이 되었다고 하자 모두 핸드폰을 꺼내서 들여다보았지만 전부 마찬가지였다. 예상치 못한 상황에 모두 당황하기 시작했다. 올라가야 할지 내려가야 할지 모르는 상황이 되자 맥이 탁 풀리며 기운이 쭉 빠져나가는 것 같았다. 결국 선진엄마가 주저앉았다. 건산과 부인도 맥없이 주저앉아버렸다. "잠깐만요." 그때였다. 영민이가 핸드폰이 켜졌다고 소리치며 119를 누르기 시작했다. 하지만 연결은 되지 않았다. 몇 번을 다시 시도했지만 연결이 안 되었다. 핸드폰을 자세히 들여다보던 영민이는 통화불능 지역표시가 떴다는 것이다. 내가 이리저리 옮겨 다니며 재시도를 해보았지만 연결이 안 되었다. 장애물이 없는 높은 곳으로 올라가야만 했다.

"여기서는 안 터집니다. 두로봉 쪽으로 올라가야 할 것 같습니다. 힘들어도 일단 차돌박이까지는 가야 됩니다."

"얼마나 더 가야 돼."

"저도 잘 모르겠습니다. 대략 조금만 더 가면 될 것 같습니다. 배

터리도 얼마 안 남았어요. 서둘러야 됩니다."

나는 뒷일을 한 작가에게 맡기고 먼저 출발했다. 다행히 십여 분후 차돌박이에 도착했다. 두로봉 3.7킬로미터, 동대산 2.5킬로미터, 진고개 4.2킬로미터. 이정표 앞에서 다시 시도를 해보았지만 아직 불통이었다. 가장 확실히 통화가 가능한 곳은 우리가 올라왔던 진고개로 내려가는 것이지만 거리가 두로봉보다 훨씬 멀었다. 내리막길이라고는 하지만 시간은 오히려 많이 소요될 것 같았다. 우선은 조금이라도 높은 곳으로 올라가 통화가능 지역으로 들어가야만 했다. 나는 차돌박이 다 왔어요, 라고 소리치며 빨리 오라고 했다. 두로봉 쪽으로 올라가며 다시 연결을 해보았으나 아직 불통이었다. 숨을 몰아쉬며 가파른 경사를 지나자 평지 오솔길이 나왔다. 혹시 이 길이 그 길은 아닐까. 풋풋한 사춘기 십팔 세. 그 길은 무슨 의미인가? 부모의 사랑과 보호가 귀찮고 잔소리로 들리는 시절. 그래서 형제가 더 편하다는 것이 피부로 느껴지고 서로 부모의 잔소리를 고자질하며 돈독한 우애를 쌓아가던 애틋한 시절. 긴 여름방학이 되면 공부를 핑계로 친구네 집에 가서 캠핑 갈 계획을 짜며 함께 밤을 새우던 우정. 그 시절 결코 경험하지 않아도 될 전쟁. 전쟁이 무슨 의미인지도 모르고 총을 들고 나가라고 해서 강제로 나가 남쪽으로 내려왔던 그때. 그 전장에서 패잔병이 되어 홀로 걷다가 운명처럼 만난 오대산 빨치산 노차순. 그를 따라 걸었던 이 산속의 그 길. 그 바위.

**'그날 밤은 하늘의 별 밭이 기이할 정도로 찬란했다. 삭정이를 긁어모아 모닥불을 피워놓은 채 자며 말며, 등이 차가우면 돌아눕고 앞가슴이 추워오면 다시 뒤채었다. 그는 노부모와 아내가 있는 집 쪽으

로 우선 갈 뜻이었고, 나도 당장 집으로 돌아가자면 그쪽밖에는 길이
없어, 전쟁이 한창인 인제 쪽으로가 아니라 태백산맥 능선을 따라 그
가 가는 양양 쪽으로 가기로 하였던 것이다. 오대산부터 양양 수리水
里 뒷산까지 기막히게 수려한 백여 리 능선 길을 이틀에 걸쳐 내처 걸
었던 것이다. 아아. 그 길은 지금 생각해도 기가 막히게 수려한 길이
었다. 그렇게 수리 뒤편 어느 골짜기에 다다라, 대강 비를 가려줄만
한 큰 바위 아래에서 사흘을 내리 묵었다.'**

　나는 지금 왜, 안개비 속에 이 길을 걷고 있으며 견산의 작품 속에
묘사된 그 길이 글자 하나하나까지도 떠오르며 지금 여기서 스쳐가
는 것인가. 견산은 어느 날 그랬다. "자네들 사십대 나이면 아직 고향
을 몰라. 조금 더 세월이 흘러봐야 아슴아슴 미치도록 그리워서 차라
리 지워버리고 싶은 게 고향이야."

　세월은 흘렀다. 부모도 형제도 묻히고 친구들도 하나 둘 묻혀갔
다. 기억속의 고향도, 고향의 추억도 모두 지워지고 흘러갔다. 하지
만 그 길은 흘러가지 않았다. 견산에게 그 길은, 조금 더 걸어서 올라
가면, 부모도 형제도 친구들도 만났던 고향으로 가는 길이었다. 지울
수 없는, 잊을 수 없는 고향의 그 모든 것들을 지워버리고 싶은 열여
덟의 기억과 추억일지도 모를 것이다.

　여전히 불통이었다. 얼마나 더 올라가야 되는 것일까. 날은 점점
어두워지고 안개비가 또다시 몰려왔다. 나는 핸드폰이 안개비에 젖
을까봐 얼른 재킷 속주머니로 집어넣었다. 안개비 속으로 오솔길이
희미하게 나타났다 사라지고, 나타났다 사라지고를 반복할 때였다.
'야하~학, 야하~학, 야하~학'하는 소리가 잠시, 잠시 간격을 두고 연

이어 들려왔다. 낯선 소리가 아니라 어디선가 많이 들었던 낯익은 짐승의 울음소리였다. 나는 스틱을 들어 다시 한번 꽉 조이며 소리가 들려오는 쪽으로 몸을 돌려 귀를 바짝 세웠다. '야하~학' 울음소리는 지나온 차돌박이 쪽에서 또다시 들려왔다. 낯익은 저 짐승의 울음소리는 북한산 아래 불광동과 불광동 위 향로봉. 그곳을 지나 사모바위. 또 그곳을 지나 대남문. 그리고 북쪽을 향해 가면 대동문. 다시 내려오면서 승가사, 삼천사 계곡에서 자주 들을 수 있는 소리였다. 저 소리는 아직 살아있다는 소통의 신호음이었다. 나도 살아있다는 응답으로 똑같은 템포와 톤으로 소리쳤다. 야하~학. 나의 신호음을 들었는지 바로 응답이 왔다. 좀 더 가까운 곳에서 들려왔지만 조금 전에 들려왔던 신호음과 달랐다. 한 작가의 신호음이었다. 견산은 이제 자신의 고유한 신호음도 낼 수 없을 정도로 기력이 다해가고 있다는 뜻이다. 발걸음을 더 빨리 재촉해야 했지만 어둠이 내려앉은 안개비 속에서 시야는 보이질 않고 걸음은 더디고 무겁기만 했다.

견산은 제자들과 산행을 하면서 일행들과 헤어지거나 너무 앞서거나 처지거나 하면 주위를 환기시키려고 자신만의 신호음을 야하~학, 하고 냈었다. 그렇게 내는 신호음은 새소리나 산속의 어떤 메아리 소리처럼 아름다운 울림이 있는 것은 아니지만 무엇인가 메시지를 담고 있는 것은 분명했다. 어떤 때는 슬프게도 또 어떤 때는 애처롭고 안타깝게 들려왔다. 때로는 우리가 그 신호음을 흉내라도 내면 그렇게 하는 것이 아니라며 몇 번씩 교정과 시범을 보여주기도 했다. 견산은 될 수 있으면 개성 있게 멋있는 소리로 들려주려 하였지만 그 소리는 늘 슬프고 한 맺힌 수구지정首丘之情의 소리가 되어 울려 퍼져

나갈 뿐이었다.

앞을 제대로 분간할 수도 없고 감각에 의지해 더 이상 걸어갈 수도 없는 상황에서 외로움과 두려움이 엄습하고 실종이라는 또 다른 두려움이 밀려왔다. 여기서 더 올라간다면 무슨 의미가 있단 말인가. 내가 가던 길을 멈추고 뒤를 돌아보며 몇 번이나 신호음을 보냈지만 아무도 응답이 없었다. 갑자기 이 산 중에 나만 혼자 남았다는 고립감이 온몸으로 퍼져나갔다. 기운이 삽시간에 빠져 나가며 저절로 무릎이 접혀 고꾸라지듯 주저앉고 말았다. 일어나야지 생각은 하였지만 몸은 자꾸 들어 눕고 있었다. 그렇게 편할 수가 없었다. 오늘은 결혼기념일이다. 아내에게 강원도 여행가자고 데리고 와서 생고생시켰으니까 전화라도 한통 해줘야겠다. 핸드폰을 꺼냈지만 그대로 자고 싶었다. 그리고 꿈속에서 꿈을 꾸었다.

"여보세요, 여보세요, 거기 위치가 어디입니까?"

"여기요, 그냥 깜깜한 밤입니다."

"그러니까 어디 있는 밤이냐고요?"

"오대산요."

"오대산 어디요?"

"차돌박이에서 쭉 올라오면 거기 밤입니다."

"몇 사람입니까?"

"선생님하고 사모님하고 우리 넷이요."

"혹시 위치번호 알고 계세요?"

"이봐요, 여긴 밤이라니까요. 잠 좀 잡시다. 그 사람 참 말 많네."

"다른 곳으로 가지 말고 거기 그대로 있어야 합니다. 움직이지 마

260

세요.”

“여보슈. 자는 사람이 어떻게 움직인단 말이요.”

“몇 시에 입산하셨나요? 이름은요? 나이는요? 사는 곳은요? 주소
는요? 여섯 사람 맞습니까?”

“추워죽겠는데 거참, 잔소리가 되게 많네. 나 좀 자야겠어요.”

“여보세요, 여보세요……”

잠에서 깨어난 것은 굵은 빗방울 때문이었다. 아직도 한 밤중이었
다. 한기가 엄습해왔지만 잠이 막 쏟아져 왔다. 담요를 덮으려고 했
지만 바위 밑에 깔린 바위는 아주 조금씩밖에 당겨지지 않았다. 추위
서 몸을 바싹 움츠리고 잠이 들었는데 무엇인가가 두껍게 덮여서 점
점 답답해지고 숨이 차왔다. 두껍게 덮여있는 것을 두 팔과 두 발로
힘껏 걷어내는 순간 심한 잡음이 섞인 마이크 소리가 들려왔다. 무전
기에서 나는 소리였다. 119구조대 차안이었다. 히터를 틀어놓았는지
덥고 답답했다. 비포장 산길을 가는지 차가 심하게 흔들렸다.

“너무 더운데요. 히터 좀 꺼주실래요?”

“정신이 좀 드세요?”

“네, 일행들은요?”

“바로 뒤차로 내려오고 있습니다. 걱정 안하셔도 됩니다.”

뒤쪽을 보니 붉은 경광등을 킨 구조대차가 줄줄이 따라오고 있었
다.

“여기가 어디쯤입니까?”

“두로봉에서 내려가고 있는 중이에요. 오대산 관통도로입니다. 거
의 다 내려왔습니다.”

선생님에게는 이번 답사가 생애 마지막 답사가 되지는 않을까? 그런 생각을 하면서 나는 다시 잠이 들었다.

#작품 후기#

우리는 오대산에서 조난을 당한 그해부터 2015년 가을까지 매년 10월이면 그 길을 찾기 위해 오대산 주변 1천 미터 이상 고원지대를 답사하고 다녔다. 그러다 두 번을 더 고립이 되기도 했었다. 하지만 성과도 있었다. 2008년 10월 4일 오후에 양양 수리마을 뒷산에서 견산 선생님과 노자순이 함께 잠을 잤던 그 바위를 찾았다. 그 다음해에는 그 바위 앞에서 약식으로 간단히 제도 지냈다. 아무튼 우리들은 매년 가을이면 그곳에 가는 것이 연례행사처럼 되어버렸다. 견산 선생님께서 아침에 출발하면 오후에 도착한다는 바다가 보인다는 그 수려한 능선 길은 9년을 답사했지만 온전히 찾지 못했다. 그러나 그 길이라고 추정되는 길을 뛰엄뛰엄 짜깁기 식으로 찾기도 했다. 선생님은 작년, 단풍이 막 물들기 시작한 가을에 이곳을 떠나 그렇게도 그리던 어머니가 계시는 고향으로 돌아가셨다.

추신: *표 작은따옴표는 견산 선생님의 소설 『남녘사람 북녁사람』 259쪽에서 인용 패러디한 것임을 밝혀둔다.

베네치아 가면 _ 이성준

1961년 서울 출생
1993년『문학사상』으로 등단
2000년 창작집『이상한 행진』출간
한국소설가협회회원.

눈이 그치고 바람도 잦아들었지만, 파도소리는 여전히 우렁찼다. 먼 바다로 나가는 고깃배 불빛이 깜빡깜빡 느리게 멀어지고 있었다. 새벽 2시였다.

"깼어?" 하고 성민은 어깨 너머로 뒤돌아보고, 들고 섰던 빈 맥주 깡통에 담배꽁초를 더듬어 집어넣었다. 그리고는 두꺼운 유리문을 닫고 침대로 돌아섰다. 삽시간에 파도소리가 멀어져 거의 들리지 않게 되었다.

"담배 냄새 좋다."

"그래? 담배도 안 피면서. 좋아?"

"몰라. 난 그냥 그 냄새가 좋아."

"더 자." 하고 성민은 침대 매트가 꿀렁이지 않게 조심하며 살며시 누웠다. 준희가 몸을 뒤척여 옆으로 조금 자리를 내주어 성민이 눕기 좋게 했다. 준희의 체온이 밴 하얀 시트는 따스했다.

"준희, 내 준희."

성민은 모로 누운 여인의 어깨를 감싸며 다정하게 불러 보았다. 어깨와 엉덩이가 가볍게 떨리고 쿡쿡 웃는 등의 움직임이 그의 가슴을 통해 부드럽게 전해지고 있었다.

별안간 떠난 여행길이라 여유가 없어서일까, 상념들이 두서없이 떠올랐다.

성민은 잠이 오지 않았다. 불빛이 준희 얼굴에 비치지 않도록 갓을 조절했다. 불빛의 경계가 준희의 코끝에서 광대뼈를 지나 볼과 귓불을 비켜났다. 오뚝한 콧날 아래로 쌔근쌔근 숨 쉬는 소리가 가늘게 울렸다. 곱슬머리 단발이 통통하고 하얀 귓불 아래로 앙증맞게 말려 있었다. 큐피드 캐리커처 마냥, 잠든 여인의 얼굴은 천진하고 평화로워 보였다. 하지만 목덜미를 감싼 하늘빛 담요 밑으로 감춰진 풍만한 곡선은 어둠 속에서 요염하게 굴곡져 보였다.

성민은 엎드려 책을 읽었다.

'춘삼월에 웬 비가 무섭게 퍼부었다. 영춘이가 부서진 뒤주 덮개 몽둥이로 매를 맞고 쫓겨난 뒤, 그런 모진 매질을 퍼부었던 마님은 뒤숭숭한 마음을 달래려고 원광사에 시주키로 했다. 마침 길일이라며 받은 날이 이 모양이었다. 하지만 혜옥이 일이라면 지극정성으로 명리를 따지는 터라 길일을 물릴 수도 없어, 아랫사람들을 채근해 보낸 길이었다.

원광사까지는 대감댁 뒤로 재를 넘어야 하는 십리 길이었다. 불악산의 늠름한 봉우리가 떠억 버티어 섰고, 그 큰 산자락이 재까지 이어져서 언제 호랑이가 나타날지 몰랐다. 낙락장송들이 우뚝우뚝한 꼴이, 마치 범 무리가 자기들 모양새를 그렇게 나무로 그려 세운 듯도 싶었다.'

술기운 때문인지 갑자기 기운이 빠진 성민은 책갈피에 왼뺨을 대고 눈을 가늘게 떴다. 준희의 머리통이 흐릿해보였다.

호환이라해서 백호살 긴 사람들을 경계케 하던 일이 불과 백여 년 전이라······. 열하일기에도 강가에서 군졸들이 밤새 호랑이가 범접 못하도록 요란히 꽹과리를 치는 장면이 나오지 않던가? 그것이 겨우 몇 년 전?

이렇게 생각을 이어가며 꾸벅꾸벅 졸다가 언뜻 타이거마스크라는 만화 캐릭터를 꿈속에서 보게 되었다. 머리만 호랑이인 무척 평면적인 얼굴이 재미있어서 성민은 자면서도 빙그레 웃었다. 그러더니 어둑한 산길에 온통 타이거마스크 차림의 소나무들이 그를 에워싸고 위협하고 있었다.

왜 저런 걸 썼지? 왜, 왜?

"오빠, 불 끌까? 잠꼬대를 하네." 하고 준희가 눈을 뜬 성민의 가슴 너머로 팔을 뻗어 불을 끄려했다. 유방의 감촉이 너무나도 부드러워서 성민은 뒤숭숭한 꿈을 털고 입맛을 다셨다. 달콤했다.

불을 끄려던 준희는 책갈피를 뒤적였다.

"뭐야? 무슨 책이야?"

"역사소설."

불이 꺼졌다. 둘은 나란히 누워 천장을 향했다. 나른했고, 막막했고, 차츰 심장이 두근거리기 시작했다. 그러다가 준희가 먼저 침묵을 깼다.

"어떤 이야기야?"

"영정조 때 이야기지."

그러자 갑자기 준희가 웃기 시작했다. 웃음은 점점 거세지더니 깔깔거리며 그칠 줄을 몰랐다.

"왜 그래? 왜?"

"하하. 오빠 왜 그런 걸 읽어?"

"그냥."

"그냥." 하고 성민의 목소리를 흉내 낸 준희가 또 허리를 말아 쥐고 웃어대기 시작했다. 그 바람에 침대가 흔들렸다. 성민은 허리를 들썩거려 일부러 매트의 스프링을 튕겨보았다. 준희도 그 동작을 따라했다. 침대가 몹시 들썩였다.

"그마안. 힘들다."

"오빠 책 읽는 거 좋아하나봐."

성민은 조금 전에 읽었던 소나무 숲, 호랑이, 호랑이 가면까지 다시 떠올렸다. 그러자 멍한 상태가 되었다. 그야말로 머릿속이 하얘진다는 말 그대로였다. 한참을 웃고 난 준희는 아무 말도 움직임도 없었다. 왠지 기다리고 있는 것 같았다. 아주 절실하게.

성민은 자신이 요즘 좀 과민하다고 생각했다. 하긴 많은 변화가 있어서 자신이 낯설 만도 했다. 그동안 온갖 잡서나 뒤적이고, 시간 강사 노릇에, 번역 몇 토막 한 것이 다였고, 그렇게 사는 것이 좋았는데, 이제는 마흔이 너머 부친 사업을 물려받았으니, 꼼짝없이 창고지기로 여생을 보내게 되었다. 이제는 취미를 바꿔야 한다. 새로운 생활이 나쁠 것 같지도 않았다. 얼치기 서생 노릇으로 소일하느니 그래도 쉰 명 넘는 직원들과 함께 돈 버는 일이 더 재미있을지도 몰랐다.

과연 내 일일까, 장사가? 돈 벌이가? 이런 질문 방식이야말로 나태하다. 열심히 일하는 우리 직원들을 생각해서라도 이 따위 질문은 하지 말자. 그냥 열심히 일하며 살아가는 거다. 하지만 그것이 뭐 어떻다는 말인가? 그렇게 자문하자 어둠이 성민의 가슴을 답답하게 짓누르는 느낌이었다.

성민은 준희의 손을 더듬어 꼭 쥐어주었다. 그러자 준희도 덩달아 손을 꼭 맞잡았다. 번갈아서 힘을 주니까 참 정답게 느껴졌다. 어두운 기분이 사라지고, 유리문 너머로 파도소리가 들릴 듯 말 듯했다.

성민과 그의 아버지 박명국 사장은 너무나 판박이로 닮았다. 참 묘하게도 흡사한 운명의 길을 가고 있었다. 아마 팔자가 거의 같은 모양이었다. 부잣집 도련님으로서 낭만적인 성품에, 잡다한 교양, 적당한 건전, 그만큼만 반비례하는 적당한 퇴폐, 이런 자질들로부터 검증되는 딱 그 정도의 풍요. 두말할 필요도 없는 에고이스트로 둘 다 결혼 생활이 순탄치 않았다. 성민의 어머니는 아들 하나 달랑 남기고 20년 전에 병으로 세상을 일찍 떠버렸다. 자신의 칠순 생일 때, 박명국 사장은 성민과 단 둘이 부산서 배로 규슈 여행을 떠났었다. 온천 후 저녁 자리에서 술이 조금 오르자 아버지는 옛일을 꺼냈다.

"네 엄마는 내가 하두 속을 썩여서 병이 났던 거야."

"속을 썩여요? 아니 속 썩일 게 뭐가 있어. 남편이 애두 아니고."

"무시지. 무시라고. 아내를 무시하는 거야. 흠. 흠."

성민은 아버지가 너무나도 진지한 표정으로 자꾸만 헛기침을 해대는 꼴이 하도 우스워서 참을 수가 없었다.

"미안."

"야 인마. 너두 이제 나이 사십이면 그런 거 알 거다. 오만한 정직이랄까. 아주 싸늘한 태도 있잖아."

"음……. 그런 거 있지. 잘난 척하면서. 될 대로 돼 버리라는 투."

"뭐 그런 거. 비슷한 거."

성민은 아버지가 난생처음 측은해 보였다. 얼마나 속이 허하면 아들을 붙들고 자기 죽은 아내에게 참회를 다 할까?

이 여행 며칠 전에 바로 성민은 막 이혼했던 것이다. 잘난 며느리 비위도 못 맞추고 결혼 2년 만에 이혼한 아들을 데리고 자신의 생일 여행을 하는 아버지는 허전한 마음을 아들놈과 함께 나누며 술을 마셨다, 이국의 온천장에서.

"알다가도 모를 게 인간관계고 남녀관계라. 허어!"

"그렇지요. 아버지."

우리 아직 살날이 더 많으니 서로의 남은 시간을 위해 헤어지자던 말. 결혼은 그렇게 상투적으로 맥없이 끝났지만, 그 상투성 뒤에는 지극히 깊고 넓은 증오와 위선, 허영 따위가 악취를 풍긴다고 느낀 성민은 결단을 내려 확실하게 관계를 잘라버렸다.

그런 다음에는 마음의 평화를 바랬다. 비록 황폐하기 짝이 없더라도 그게 나을 것 같았다. 영리하게 마음의 게임을 즐기는 것은 성민 타입이 아니었다. 그러고 보니 교활하게 업신여기는 기술을 서로에게 번갈아 걸어보며 주고받은 그 더러운 기분만이 결혼을 끝낸 두 사람이 서로를 이해한 유일한 정서인지도 몰랐다. 참으로 씁쓸한 뉘우침이었다.

성민은 테라스 유리문을 열고 침대로 다시 돌아와 담배를 피워 물고 누웠다.

손으로 성민의 가슴을 쓰다듬던 준희는 둥그런 눈을 치켜뜨며 "괜찮아. 하지만 나는 피우진 않아." 하고 머리를 흔들었다. 성민은 준희의 천진한 아기 같은 눈빛이 사랑스러워 저절로 미소를 머금었다.

준희는 성민의 품으로 파고들면서 머리카락으로 간질이고 손톱으로 지그시 살갗을 할퀴고는 했다. 옥색 바탕에 다이아몬드처럼 반짝이는 물방울무늬 네일아트로 치장한 손톱. 성민이 이런 자극들을 마치 치통처럼 견디고 있는 꼴에 더욱 재미를 느낀 준희는 더욱 집요하고 섬세하게 열중했다. 파란 담요 속으로 파고든 준희 머리통에서 규칙적인 숨소리가 점점 더 커져갔고 그녀의 콧김이 손톱의 날카로운 감각 위를 뜨뜻하게 덮쳤다.

성민은 피가 더워져가는 듯 한 느낌을 음미하며 자신의 몸을 조절하려고 했지만 소용없었다. 그저 헛웃음만 간간이 터졌다. 준희의 이 음탕한 희롱을 도저히 막지 못했다. 쾌감 때문이었다.

이 장난은 어쩌면 준희와 성민의 관계를 상징하고 있는 지도 몰랐다.

성민이 강준희를 처음 만난 것은 사주인 아버지를 이어 회사 생활을 시작했을 때였다. 업무파악이 대체로 완비되었다고 판단하고, 회식으로 신고식을 치룬 날이었다. 창업부터 선친과 함께한 전무님과 부장 셋과 2차까지 파하고 헤어진 곳이 잠실이었다. 갑자기 성민은 확 바뀐 자기 처지를 돌이켜보자 쓸쓸했다.

그때 불쑥 1년 넘게 발길을 끊었던 단골 카페가 기억났다. 바로 근처, 걸어갈 만한 거리였다. 그 카페는 테마 카페로 회원제로 운영되고 있었다. 뜨내기들이 출입할 수 없었기 때문에, 무척 조용하고 아름답게 잘 꾸며진 매춘 장소였다. 문자를 보냈더니 바로 답이 왔다.

'회원님 오랜만이네요. 지금 바로 오셔도 됩니다. 실장 올림.'

그 실장과 마주 보며 홀 스툴에 앉아 스트레이트 더블을 한 잔 한 성민은 어두컴컴한 미로를 돌아 향기가 은은하게 감도는 문 앞으로 안내를 받았다. 윤기가 흐르는 나무문은 묵직해 보였다. 방 안은 어두웠지만 가늘고 날카로운 조명이 이리저리 비켜 지나가며 검고 붉은 색상의 벽을 비추고 있었다. 그 빛의 강렬함은 어떤 예감 혹은 욕구의 관성 같은 것을 부추기고 있었는지도 모른다.

그때 무척 아리따운 여인이 뒷문으로 들어왔다. 힐 소리는 강하게 울리다가 새하얀 러그 위에서 순식간에 사라졌다. 그리고 진한 체리향 사이로 짙은 청색의 비단 드레스 자락과 은빛 스타킹이 스치는 소리만이 성민이 앉은 안락의자를 향해 몰려왔다. 여인은 긴 은색 비단 장갑을 끼고 있었고 하얀 베네치아 가면을 받쳐 들어 얼굴을 가리고 있었다. 정성을 잔뜩 들여 컬한 짙은 갈색의 풍성한 머리카락이 가면 옆으로 굽이쳐 흘러 내려 어깨를 덮고 있었다. 새하얀 쇄골 너머로 윤택한 살결의 어깨가 화살촉 같은 빛살 사이로 드러나 있었다. 첫 추위가 몰려 온 날이었지만 방은 따스했다. 성민은 가면 너머로 빛나고 있는 두 눈을 응시했다. 무척 맑았다. 얼굴 전체를 볼 수 없었지만, 그는 분명히 어여쁜 표정으로 그 앞에 선 여인을 완상하고 있었다. 가면을 지우고 그 너머로 투시하고 있다고 믿는 자신이 더 신기할 정도였다.

성민은 여인에게 드레스 대신 가면을 벗어달라고 청했다. 여인이 3초간 꼼짝하지 않았다. 숨소리도 들리지 않았다.

"닉이 뭐예요?"

"구디즈예요."

"예약을 하지 않고 바로 찾아온 거예요. 미안해요."

"아니에요. 미안하긴요. 그런데, 손님은 처음 봐요."

"구디즈? 구디즈가 무슨 뜻인가?"

성민이 여인의 말끝을 무시하며 조급히 물었다.

"좋은 것. 뭐 그런 거죠. '올디즈 벝 구디즈'라고 할 때 그 구디즈지요. 옛 것이지만 썩 마음에 드는 좋은 것이라는 뜻."

이번에는 성민이 여인을 꼼짝 않고 3초 동안 응시했다.

"나를 처음 본다고 했지? 당연하지. 난 1년 넘게 여기 오지 않았으니까."

"왜죠? 외국이라도 나갔었나요?"

"음……. 구디즈는 다른 여자들하고는 다르게 퍽 진지하네. 정말 궁금한 듯이 물어. 관심이 많다는 듯이 진지하게. 다른 손님들한테도 그래?"

"아니요."

"정말?"

"네. 사장님에게 관심이 가요. 인상이 좋으셔서 그런가. 호호. 그래요. 난 아무에게나 이런 식으로 말하진 않았던 것 같네요. 나도 이상해요. 하하."

"그런가? 정말 그런 것 같군."

성민이 대표를 맡은 명진하우징은 화곡동의 냉장창고업체였다. 일단 부동산만으로도 몫이 컸다. 거래처는 건실했고 재무구조도 더할 나위 없이 튼튼했다. 직원들도 사기가 높고, 보험 관계는 최우수 등급이었다. 아버지의 친구인 전무님의 힘이 컸다. 그는 대물림 사주인 성민에게 특별한 반감이 있지도 않았다. 각자 노릇에 만족하는 모범적인 직장에 가까웠다.

이렇게 해놓고 아버지는 갑자기 자유를 찾아 미국으로 영국으로 호주로 돌아다니고 있었다. 이제는 친지 방문을 끝내고 인도의 요가 수련원에 있었다. 몇 달 전 그 소식을 들었을 때 성민은 잠시 어리병병한 상태였다가 그만 폭소를 터트렸다. 폭소는 하루 종일 뜬금없이 터지곤 했다.

아버지는 어쩌면 조금 지혜를 가졌는지도 모르겠다고 성민은 생각했다. 그런 식의 즐거움을 실천하려는 것을 두고 이기적이라거나 주책이라고만 볼 것도 아니었다. 고독한 성품인 아버지는 자신이 사라져주고, 고집 센 아들에게는 어느 정도의 속물근성을 전가하는 것이 두 사람 모두에게 즐거움을 안출할 수 있는 기회가 될 것이라고 확신한 것 같았다. 성민은 냉랭한 아버지에게 어려서부터 존경심 따위는 없었지만, 이제 자신도 중년이 되어 보니 지혜라는 개념이 서기도 하고, 스스로 평화로운 삶의 균형을 갈망하게 되었다.

"결국에는 나도 노회해져 버리겠지. 제기랄." 하고 성민은 못마땅한 표정으로 중얼거리곤 했다.

지쳐가는 성민에게는 삶의 유머가 필요했다. 그것은 지금까지 그를 들뜨게 했던 여러 관념들의 변용, 가치전도, 한마디로 자신을 방기하면서 얻는 자유가 있을 때만 가능한 것이었다. 유머의 능란함이 있어야 맹목적인 신념에 대항할 수 있다. 가볍고 유쾌한 변화. 성민은 중요한 체험을 했다. 인관관계의 본질이 유머라는 것 그리고 그것이 자본을 다루는 최대 기술이라는 것, 한마디로 진지한 냉소가 있어야 유머를 마스터하고 타인을 견뎌낼 만 하게 된다. 성민은 이런 심리를 예감했다.

명진하우징의 모기업은 명진물산으로, 해방 후 대구에서 조부가 창업했고, 현재는 미수를 맞은 백부가 회장이었다. 박명진 회장은 5남매를 두었는데, 성민의 사촌인 그들은 유머가 없었기 때문에 얼치기 투쟁으로 인생을 망가트렸다. 강박적으로 망가진 인간들이었다. 물론 돈으로 치장을 해서 그렇게 꼴불견은 아니었지만 내실은 분명히 그랬다. 명진을 모태로 이제는 물류 분야 강자로 부상한 MC유통도 형제간의 피비린내 나는 싸움이 가십거리로 오르내리곤 했다. 박명국 사장이 요가수련원으로 떠난 것은 나이 차도 별로 안 나는 조카들과 사이에 더 이상 돈을 두고 어떠한 개입도 일어나지 않도록 조치를 취한 후 도망친 것이었다.

성민이 한 달 전 백부 병문안을 갔을 때 마침 병원에 들렀던 박정민 MC유통 대표가 성민을 만났다.

"안녕하세요. 형님."

"그래. 이제 너 좀 들어앉았다며?"

성민은 그의 기름진 목소리와 불그스름한 눈빛이 싫었다. 두툼한

목과 짙은 향수 또한 성민에게 늘 조직관리라는 용어를 연상시켰기 때문에 끔찍했다.

준희는 땀을 흘렸다. 이마와 코끝이 촉촉이 젖어들고 있었다. 고통은 인간을 성스럽게 만든다던데, 준희는 고통을 피하려고 무진 애를 썼지만, 끝내 고통받고 있다는 사실을 자신에게도 타인에게도 속이지 못해 체념했다. 이런 섹스의 끝부분에서 그 체념을 땀 흘리며 확인할 수 있었다. 이상한 진실이었다.

성민은 침상 위의 준희가 참 아름답게 보였다. 순진무구한 눈빛에 부드러운 몸을 가지고 있었으며 명랑했고 목소리가 가늘고 웃음소리도 고왔다. 성민의 사연을 들어주면서 센스 있게 맞장구도 잘 쳤다. 무엇보다 재주가 있었다. 그런데 창녀였다. 이 부분에 이르면 성민은 머리를 흔들고 잊으려고 애썼다. 발작적으로 간혹 그랬다. 그럴 때면 옆에서 준희는 그를 힐끗 보곤 했다.

성민은 발작적으로 머릴 흔들면서도 날마다 베네치아 가면 카페를 찾았다. 그런데 한 달 뒤 갑자기 연락이 끊겼다. sns도 정지 상태였다. 카페 실장에게 부탁해서 다시 어렵게 만나보니, 구디즈 강준희는 카페를 그만두고 간호사인 친구 집에 기거하고 있었다. 아파트 단지 내 아이들에게 그림그리기를 가르치며 복학할 생각이라고 했다. 그사이 아버지도 퇴원해서 새 아내와 서울생활을 다 정리하고 대구로 완전히 이주했다는 것이다. 빚도 다 청산했고, 이제는 정말 홀가분하게 새 생활을 하게 되었다며 바보처럼 히죽히죽 웃어댔다.

놀이터가 보이는 벤치에 앉아 가슴을 크게 부풀리더니 기분 좋은 듯 혹은 허전한 듯 한숨을 푹 쉬면서 허리를 구부렸다.

"이젠 뭐 알거지가 되었어요. 호호"

"그럼 겨울에는 일을 그만 둘 생각이었어?"

"네 첫눈 오기 전에는."

성민은 '겨울이 오기 전에 카페를 찾은 것은 정말 다행이었구나. 운명 같은 것일까?' 하고 속으로 생각했다. 그리고는 머릴 한 차례 흔들었다.

"여기 주름 진 것 좀 봐." 하고 구디즈가 성민의 미간을 검지로 누르며 미소 지었다. 뾰족한 손톱이 빨갛게 찔러왔다.

준희도 성민처럼 외동이었고, 부유하게 컸다. 성민은 병으로 어머니를 잃었지만, 준희는 17세 때 엄마가 바람이 나서 갈팡질팡하더니 결국은 캐나다로 떠났다. 여전히 어린 소녀에 불과했던 준희는 불륜 세계의 갈등을 지켜보았는데, 나름 재미있었다고 한다.

"그 나이 많은 남자 한 번 사진으로 봤는데 근사하더라구요. 하하하."

불안한 가정사가 자신을 더욱 명랑하게 만든 것 같다고도 했다. 부모가 서로 부딪치며 이혼소송을 질기게도 이어갔고, 그러다가 준희가 대학 1년 때 아버지는 사업에서 낭패를 보기 시작했다. 빚더미에 올라앉더니 급기야 암 투병이 시작되었다. 이 모든 일이 불과 3년 안에 다 터졌다. 무엇보다 기막힌 것은 간병하던 여자가 새 엄마가 되어버린 것이다.

"하하하하 내 참 하하."

이렇게 웃고 있는 준희 옆에서 성민도 덩달아 웃었다. 기이한 슬픔도 함께 감춘 채.

도대체 어떻게 돌아가는 셈판인지 알 수 없게 되었지만 그래도 부자가 망하면 3대는 간다는 식으로 아버지는 암과 빚더미와 그럭저럭 잘 싸웠다. 준희도 어찌어찌 학교를 계속 다녔다. 어려서 화실을 다녔는데 감각이 좋다는 칭찬에 들떠 의상 디자인을 전공하게 되었다. 사실 만화를 그리고 싶었지만, 가고 싶은 학교를 점찍어 두었었기 때문에 '에라 뭐 그럼 이 걸 해볼까?' 하고 장난스럽게 선택한 전공이었다. 의외로 적성에 꼭 맞았다. 대학 2년 때 디자인계에 유명한 원로 교수님이 준희 실기 작품을 평하면서 '선이 아주 곱구나 고와.' 하고 격려해 준 것이 준희에게는 잊지 못할 자랑이었다. 준희는 작업에 열중했다. '독립하자 아예 떠나버리자'하고 결심했다. 하지만 경제적 상황은 점점 불리하게 돌아가고 있었다. 준희는 버티기 위해 본능적으로 더 밝고 강해져 갔다.

"내가 왜 이렇게 잘 웃고, 잘 먹고, 씩씩하지? 세상이 만만해 보인 달까?"

자꾸만 이런 병적 자부심이 커져가고 있을 때, 준희는 자신과 너무나도 꼭 닮은 엄마의 배반과 일탈을 비로소 이해할 수 있었다. 이제는 마치 거대한 벽처럼 버티고선 단절, 과거로부터의 단절, 습관과 인연으로부터의 단절, 행복과 풍요로부터의 단절이 모든 조건을 다 부수고 다시 제시하고 있었다. 그리고 동의했다. 젊고 아름답고 재주 많은 준희에게 이런 시련은 그녀의 자존감을 한층 높여 주었다. 정말 준희에게는 예술적 기질이 있는 모양이었다. 돈 때문에 작업을 못하게 되자 냉소마저 배우게 되었다. 준희는 어떠한 조건에서도 그 조건에 맞는 허영을 부릴 수 있는 여인이었다. 작품에 대한 열정이 이제는 꿈에 불과하다는 현실은 비참하기보다 오히려 한껏 게을러도 좋을 핑계가 되었다. 이런 여유가 즐겁기까지 했다.

준희는 상상한다. 그 노교수님이 조교에게 묻는다. 그 강준희라는 학생이 요즘은 왜 보이질 안아요? 휴학했습니다. 왜? 집안 형편이 안 좋다고 해요. 오, 그래? 그래도 그 학생 너무 아까운데, 작품 선이 아주 곱던데……. 그 유명한 노교수님이 준희의 재주가 썩는 꼴을 안타까워하신다.

준희는 친구들 집을 전전했다. 하루 종일 이어폰을 꽂고 꽝꽝 울려대는 음악 속에서 이런 저런 공상으로 일관하며 침대 위를 뒹굴었다. 아르바이트라는 것도 해봤지만 무의미했다. 조금 벌어 연명하나, 그냥 음악 들으며 시들어가나, 마찬가지였다. 결국은 죽어가고 있었다. 언젠가 끝에 다다를 것이었고, 그곳에서 평화를 얻을 것 같았다. 엄마도 아빠도 다 그렇게 그 방향으로 가고 있었다. 언젠가 모두 동의하겠지, 상냥한 죽음 쪽으로를. 삶은 참 단순하고 웃기고, 그리고 자연스러웠다. 그래서 아름답기까지야 할까마는 그런대로 우스꽝스럽고 재미있게 보였다. 며칠 굶고 물만 마시니까 참 편하고 느긋해졌다. 힘이 없어 잠도 잘 왔다. 두통 따위는 조금만 참으면 음악 속에서 또 금방 사라졌다.

준희는 점점 더 아름답게 변해 갔다. 초췌한 젊음이 누리는 그런 미모였다. 그러다가 문득, "아이 배고파." 하고 외쳤다. 그리고 어느 날 보니 자신은 가면을 쓰고 매춘을 하고 있었다.

성민은 눈발이 근사하게 흩날리는 한강변 레스토랑에서 준희의 이야기를 듣다가 무척 친근감을 느꼈다. 자신도 그렇게 살아온 것 같았기 때문이었다. 내용은 달라도 본질은 같다고 보았다. 그런 느낌이 통했는지 모든 걸 다 털어놓은 후 안정을 찾은 두 사람은 그날부터 성민의 집에서 동거를 시작했다. 성민은 준희에게 작업실을 선물했다. 보름을 함께 살면서 준희는 성민의 재력에 크게 놀랐고 신이 났다. 다시 예전의 생활로 돌아갈 수 있을 것 같았다. 순수해진 준희를 보며 성민은 더욱 믿음이 굳어졌다.

마침 성민의 마흔 한 번째 생일이었다. 잊고 지냈는데 준희가 챙겨 주었다. 준희가 솜씨를 잘 발휘해서 한지로 정성껏 그림편지를 만들어 주었다. 정말 근사했다. 참으로 즐거운 저녁 시간을 보낸 후 함께 나란히 앉아 영화를 보았다. 야한 애로 영화였다. 성민은 갑자기 세차게 머리를 흔들었다.

준희의 과거에서 잊을 건 잊어야만 했지만 잘 되지 않고 있었다. 사실 성민은 평소에도 매춘을 그렇게 나쁘다고 생각하지는 않았었다. 어느 정도 직업으로 인정해야하지 않을까 싶었다. 하지만 자신의 연인이 매춘을 했었다는 사실을 잊어야겠다는 강박은 다른 문제였다. 자기 마음보다도 먼저 준희의 마음이 자꾸만 걸렸다.

우울한 느낌이 통해서인지 준희도 말없이 어두운 표정을 하고 있었다. 행복하면 더욱 불안해지는 여성 특유의 직관 때문이었는지도 몰랐다.

"오빠는 왜 우리가 처음 만난 클럽 이야기는 안 해?"

"그걸 왜 해야 하지?"

"또 갈 수도 있잖아."

"터무니없는 소리!"

성민은 목소리를 높였다. 그러면서 준희의 비굴한 표정을 마주보다가 화가 치솟았다. 손바닥으로 힘껏 허벅지를 내려치자 준희가 자지러지게 놀라며 아프다고 난리를 쳤다.

"그런 말 하면 절대 앞으로도 용서치 않을 테야."

준희는 맞은 곳을 손바닥으로 문지르며 성민을 힐끔거리더니 포도주 잔을 들어 턱을 치켜든 채 천천히 마셨다. 반잔이나 남은 포도주를 음미해가며 다 삼킨 준희는 잠시 눈을 지그시 감고 있었다.

"처음부터 그러려고 했던 것은……. 몰라 정말 나두 몰라. 오빠 말대로 그 이야기는 하지 말자."

준희는 머리를 살살 흔들며 말했다.

그 꼴을 내려다보며 성민은 비참한 기분에 빠져들었지만, 준희가 자존심이 상할까봐 내색하지 않았다. 너그러운 눈빛으로 바라보려고 노력했다. 잘 되지 않았다. 성민은 TV를 껐다. 양초가 쓸쓸하게 일렁일 뿐이었다.

"처음에는 실장언니가 매니저들 의상 좀 만들어 달랬어. 인테리어 조언도 좀 해주고."

"실장이라면 그 매니저 아무개 씨?"

"응. 근데 오빠 항상 백 실장언니를 매니저라고 부르더라……. 아무튼 그 언니가 우리 연합동아리 선배거든."

"동아리? 어떤 동아린데?"

"가톨릭 학생회. 엠마오 봉사단이라고……."

"가톨릭?"

성민은 속으로 웃었다. 하긴 예전에는 수도원에서 매춘도 했다더군. 그렇게 웃음을 참고 있자니 기분이 조금 풀렸다. 다시 유머를 되찾아 갔다. 준희를 그저 있는 그대로 보자고 다짐하고 나니 갑자기 폭발적으로 준희가 고맙고 사랑스러웠다. 마음이란 순식간에 이리 갔다 저리 갔다 마음대로다. 성민은 이런 대화를 하게 된 아내 준희와 앞으로 이러한 혐오와 애정의 경계선을 함께 걸어야만 하리라 예감했고 아득했다. '정말 우리는 어떻게 될까?'

"아무튼 그래서 갔지. 일단. 거기에. 그런데 자꾸 나가다가보니 사람들하고도 친해지는 거야. 거기 매니저들 다 착해. 예쁘고 재미있더라구. 어떤 애는 돈 평평 쓰고 싶어서, 어떤 애는 정말 놀고 싶어서, 어떤 애는 신경질 나서. 호호. 이유도 가지가지임. 내 경우는 아무튼 돈이 필요한데 그 언니가 자꾸 푸쉬하는 거 있지."

"그래서 돈은 많이 모았니? 돈이 중요하긴 하지. 뭐. 허허허." 하고 성민은 일부러 통 큰 척을 해보았다.

망한 집 미모의 딸이 매춘으로 아버지 봉양한다는 이야기는 고전 중에 고전으로 시들했지만, 막상 성민이 그런 꼴의 여인과 연인이 되었다고 깨달으니 그 나름으로 제법 신선했다.

"아무튼 난 니가 좋아."하고 성민은 입을 맞추었다. 그러자 아랫배가 뭉클했다.

"우리 뭔가 하자."

"뭐 할까?"

"바다로 데려가 줘 오빠."

다음날은 이른 아침부터 진눈깨비가 내렸다.

두 사람은 언 길을 느릿느릿 헤치며 동쪽으로 향했다. 마침내 동해였다. 주문진을 거쳐 속초까지 북진할 생각이었는데, 점심 때 준희가 "아, 여기 좋아." 하고 반색을 했다. 작은 포구가 아담했다. 멀리 호텔도 보였다. 저녁이 되자 겨울비가 제법 거세게 오고는 그쳤다. 그리고는 지금 이 새벽이었다.

준희는 초점 없는 눈빛으로 허공을 보며 달콤한 표정을 짓고 있었다. 그러더니 "아 목마르다." 하고는 옷을 입고 냉장고 앞으로 가 부산을 떨었다.

잠시 뒤에 두 사람은 침대 위에 책상다리를 한 채 마주 보고 앉아 찬 맥주와 데친 오징어를 초장에 찍어 먹었다. 갈증이 사라지고 다시 취기가 올라왔다.

"이러다가 술이 깨질 않겠는 걸."

준희는 살짝 눈을 흘기더니 성민이 읽다가 침대 맡에 두었던 책을 집어 자신의 여행 가방 속에 쑤셔 넣었다.

"그 책 말이야."

"이 책?" 하고는 준희가 연두 빛 가죽 백을 툭툭 치며 물었다.

"음. 마치 준희 이야기 같지."

"내 얘기?"

성민은 막상 운을 띄웠지만, 자신이 왜 그 따위 말을 경솔히 내뱉게 되었는지 후회했다. 준희가 급히 흥미를 보이자, 자꾸 변명을 늘어놓아야하는 어색함도 괴로웠다.

"대감. 대감부인. 먼 친척 처녀. 그런데 그 식솔 처녀가 대감 딸의 친구고……. 뭐 음. 그런데 이게 정조 때 배경인데 그 처녀가 쫓겨났다가 궁으로 들어가서 성공하는 뭐 그저 그런 이야기인데……."

"그런데 왜 나야?" 하고 묻는 준희의 표정이 어두워졌다.

"몰라. 음. 그저 예쁘고 똑똑해서 일까? 허허."

여전히 준희는 표정이 어두웠고 성민을 외면한 채 말이 없었다. 학대받던 처녀가 기회를 잡고 일어선다는 줄거리가 준희에게 얼마나 비루하게 들릴까를 짐작해 본 성민은 만회하려고 여러 생각을 해보았지만 이미 뱉은 말을 물릴 묘안이 없었다.

"미안해. 내가 아직도 준희 너를 온전히……. "

"온전히 뭐?"

준희 눈매는 매서워져 있었다.

"글쎄 두려워하고 있는 것일까? 너의……. 일들이 말이야."

"내 일? 내가 한 일?"

"음."

준희는 물끄러미 자기가 든 맥주잔을 바라보고 있었다. 마치 꾸중 듣고 있는 아이 같아 보였다.

"아무튼 그 이야기는 그런 이야기야. 아직 반도 못 읽었지만 말이야. 그런데 도입부에서 그 사도세자 이야기가 나와. 이제는 너무 흔한 소재지만. 나중에 어떻게 연결시킬지 모르겠어."

"뒤주에서 죽는 일?"

"응. 그 뒤주라는 것이 꼭 가마처럼 생기지 않았어? 난 그렇던데."

"뒤주가 가마 같다고? 그렇지. 뒤주도 옆으로 뉘면 사람 들어가는 문이 뒤주 뚜껑 쪽이 될 수도 있잖아. 아마 쌀하고 사람 생명하고 아주 가까우니까. 쌀들이 타는 뒤주하고 그걸 먹는 사람이 타는 가마하고 연결되나 보지?"

성민은 조잘조잘 꿈틀대는 준희의 입술을 바라보았다.

"그래. 가마는 장식이 멋진 것도 참 많아. 고조선 때에는 일산이 달린 마차도 있었지. 바퀴엔 방울이 달려서 그 마차가 다가오면 달랑달랑 방울소리가 울렸대."

"일산?"

"응. 우산 말고 일산."

"파라솔이구나. 멋졌겠다."

꿈꾸는 듯 허공을 바라보는 준희를 본 성민은 뒤주에서 가마를 거쳐 마차에 이른 대화가 방금 갠 하늘처럼 참 다행스럽게 느껴졌다.

"일어나서 저리 가 서봐." 하고 성민이 준희의 겨드랑이에 손을 넣어 떠받치며 재촉했다. 준희는 영문을 몰라 눈을 동그랗게 떴지만 그대로 따랐다.

"한번 돌아봐 천천히."

"이렇게"

"음. 네가 만든 그 옷 참 너하고 어울리는 것 같아."

옷은 갈색 체크무늬 면직으로 단순하게 재단한 투피스였다. 거기에 모자까지 만들어 쓴 모습은 참말 귀여워보였다.

"그래? 진짜?" 하고 준희는 조금 전의 우울을 털어버리기 위해 이 기회를 잽싸게 잡아야겠다는 듯 몸을 살짝살짝 흔들며 춤을 추려고 했다.

"음. 아주 좋아. 특히 그 뒷모습. 너에게 잘 어울려. 다리 위로 맵시 있게 찰랑거리는 치마가……. 좋고."

"호호 어쩜 좋아."

"준희는 혹시 와이프가 어디서 유래한 말인 줄 알아?"

"와이프. 아내. 어디서 온 말인가?" 준희가 다가와 검지로 성민을 가리키며 물었다.

"위버. 즉 직녀에서 왔지. 그러니까 아내는 옷 잘 짓는 여자란 뜻이야."

"그렇구나."

"그렇지. 의상디자이너 강준희. 내 와이프!"

두 사람은 잠시 서로를 응시했다. 침묵이 이어지고 있었다. 자기도 모르게 또 엉뚱한 말을 했다고 성민이 초조해하고 있을 때 갑자기 준희 눈동자는 번들거리기 시작했다. 눈물 한 방울이 톡 떨어졌다. 성민은 준희를 살며시 안으면서 천천히 머리를 젖혔다. 준희가 자신의 얼굴을 가렸던 그 하얀 베네치아 가면이 떠올랐다. 광택이 흐르는 가면의 왼쪽 눈가로 파란 눈물이 두 방울 점점이 돋을 새겨져 있었다. 그 이미지는 좀처럼 사라지지 않고 천장에서 고집스레 그를 마주보려는 듯했다. 가면의 우는 표정은 차츰 비웃음으로 바뀌고 있었다.

구보전仇甫傳 _ 정태언

서울 출생. 2008년『문학사상』신인상에
단편「두꺼비는 달빛 속으로」가 당선으로
작품 활동을 시작. 소설집『무엇을 할 것인
가』와 공동소설집『선택』,『1995』등이 있
다. 2012년 대산창작기금 수혜.

구보는 저 서역 '새만제사塞万提斯'[1]의 인생 역정을 듣고 참으로 괴이하다 여겼다. 그 인생이 괴이한 게 아니라 그 인생을 만들어내는 조화옹이 괴이한 것이다. 어찌 그리 가혹할 수 있단 말인가. 구보는 거적을 들추고 들어간 피맛골 술집에서 한 사내에게 그 얘기를 들었다. 사내는 어디서 주워들었는지 먼 서역 땅의 '새만제사'라는 한 인물을 꺼내놓았다.

어려서 '새만제사'의 고생은 뻔했다. 부모가 사당패처럼 유랑했으니 역마살을 온 몸에 홀딱 뒤집어쓰고 태어난 인물 아닌가. 어찌어찌 자라 막 약관이 되어 글을 쓰려고 했을 때 서학西學이 신봉하는 귀신을 위한 전쟁에 강제로 징집당해 군대에 끌려간다. 전란이란 늘 있기 마련이고 요행히 성한 몸으로 돌아올 수도 있겠지만, 많은 사람들이 죽거나 다쳐 돌아오는 경우가 비일비재한 터. '새만제사'라는 인사

---

1 『돈키호테』의 저자 세르반테스

는 결국 팔 한 짝을 잃고 귀향길에 오른다. 그런데 도중에 그만 해적 패에게 포로로 잡혀 몇 년을 감금당하고 천신만고 끝에 몸값을 겨우 마련해 집으로 돌아온다. '새만제사'에게 벌어진 일을 하도 맛깔나게 얘기를 하는 통에 구보는 그 슬픈 사연에도 불구하고 홀딱 빨려 들었다. "이게 다가 아닙니다, 나리." 잠시 뜸을 들이는 사내의 술잔을 채워주자 다시 얘기를 이어나갔다. 조선 땅과 '서반아西班牙'라는 서역은 너무 동떨어져 있었다. 그럼에도 구보는 그 '새만제사'의 일이 바로 곁의 잘 아는 사람에게 벌어진 일만 같았다. "들어보세요, 나리. 그 인사는 해적 소굴에서 풀려나 어찌어찌 미관말직 벼슬자리를 얻게 됩니다. 그런데 그만 친구를 도와주다가 횡령죄로 감옥에 갇히고 맙니다." 대체, 전생에 어떤 죄를 지었기에 삶이 이리도 가혹하단 말인가. 구보는 혀를 차며 단 숨에 술잔을 비웠다. 전생이란 말이 자꾸 구보를 휘감고 들었다. 그때 어떤 문집에서 읽은 비감한 글이 오롯하게 살아났다. 그 글을 쓴 작자가 너무 자기와 처지가 비슷해서 그처럼 될까봐 그 글을 떨쳐내려 애를 써보았다. 그럴수록 그 글은 마치 자신이 쓴 글처럼 구보에게 찰싹 달라붙는 것이었다.

'대개 전생의 바탕을 지금 세상에서 받아쓰는 것이니 조화옹은 목이 뻣뻣하여 이러한 사람의 정리는 돌아보지 않고, 한 차례 기록함이 결정되고 나면 다시는 두 번 째로 표시를 고쳐주는 법이 없다. 설사 멋대로 이리저리 헤아려 이렇듯이 교활하고 어지러이 정신을 벗어나게 하여 십만팔천리에 통하게 하더라도, 근두운筋斗雲을 탄 손오공의 재주로도 뛰어 봤자 울타리 안을 벗어나지 못하고, 나가봤자 경계의

밖을 지나가지 못할 터이니 어찌한단 말인가?'[2]

구보는 분명 전생의 바탕이 새만제사를 그렇게 만들었다고 믿었다. "그런데 새만제사는 감옥에 갇혀 『당길가덕堂吉诃德』이라는 기사에 대한 방대한 양의 책을 씁니다. 오십세가 넘었을 때 일입니다." "그럼 그 기사라는 인물은 세상을 바꾸려는 장사였겠구먼. 얼마나 가슴에 쌓인 게 많았겠는가." 구보는 은근 비분강개하며 '장사壯士'라는 단어를 입에 올렸다. 입 밖으로 꺼내지는 않았어도 '장사'라는 그 형상 속으로 '아기장수'가 스며들었다. 요사이 구보가 쓰다 만 글 속을 채웠던 아기장수. 구보는 저 서역의 이야기에서 번뜩이는 무언가를 얻을 수 있을까 은근 기대했다. "천만의 말씀입니다요, 나리. 그 기사는 장사는 아닌 게 분명해요. 기사라는 게 '기이한 인사奇士'인지 '말을 탄 인사騎士'인지 몰라도 하여간 그 당길가덕은 비루먹은 말을 타고 몸종과 함께 전국을 편력합니다. 그 자는 책을 너무 많이 읽은 탓에 머리가 돈 거지요. 그 책들 속에서처럼 영예로운 용감한 기사가 되고 싶었던 겁니다. 그래도 명색이 양반이랍시고 그런 황당한 책들만 사 모으고 거기에 푹 빠져 닥치는 대로 읽었던 게 탈이었죠. 그 기괴한 기사는 무찔러야 할 상대로 언덕 위에 우뚝 솟은 바람으로 움직이는 방앗간을 거인으로 착각하고 돌진하기도 합니다. 완전 미친놈이지요. 그러다가 언덕에 널브러지기도 하고. 한번 생각해보십시오. 그 미치광이는 방앗간에서 바람으로 돌고 있는 나무로 만든 거대한 바람개비에 뛰어 들었다가 튕겨져 나와 뻗어버렸죠. 너른 벌판에 뒹구는 모습을 그려보면 그냥 웃음이 쿡쿡 터지다가도 은근 연민의 정

---

2 『미쳐야 미친다』(정민 저) 중 「그가 죽자 조선은 한 사람을 잃었다(노긍의 슬픈 상상)」

이 생겨난다 이 말입죠. 호된 충격에서 벗어나 정신을 차린 그의 눈 앞으로 푸르게 다가온 새파란 하늘이며 그 위를 나비 떼들이 팔랑이 며 날고 있는 평화로운 풍경이 과연 그에게 어떻게 다가왔을까요, 나 리.""그 글 속의 인사도 벼슬아치인가?""그냥 놀고먹는 양반이죠. 그냥 향촌에서 얘기책만 읽었다니까요. 참 하릴없는 인사지요.""그 따위 얘길 왜 썼단 말인가, 그것도 감옥에서?""글쎄요, 나리. 책을 왜 써야하는지 목적이 있어야 쓰나요? 전 전기수지만 재미있는 얘기면 뭐든 합니다. 입에 풀칠하려고 얘길 늘어놓지만 그걸 왜 썼는지 안 따져요." 구보는 시큼하게 올라오는 탁주의 뒤끝에 눈살을 찌푸렸다. "그걸 감옥에서 썼다면 재미가 아니라 온 인생을 다 바친 것 일 텐데. 새만제사가 겪은 세상에 대한 골계인가." 저 서역의 새만제사도 당길 가덕도 그냥 '괴이'하다는 말 속으로 스러졌다. 대체 세상을 뒤바꾸 지는 못해도 그래도 그 이치에 맞지 않는, 도저히 고개를 끄덕일 수 없는 세상에 통쾌하게 뭔가 해야 할 글을 썼어야 옳지 않은가. 헌데 미치광이를 앞세우다니.

　구보가 거리로 나왔을 때 아직 때 이른 점심이었다. 강한 햇살 아 래 멍하게 서있는 구보는 갈 길을 모른 채 멍하게 서 있었다. 지금 쯤 과장科場에 있어야 했다. 아내가 자기를 보면 뭐랄까. 집에서는 아내 가 개다리소반에다 정한수 올려놓고 비손을 하고 있을 게 뻔했다. 그 게 길이 아님을 구보는 너무도 잘 알았다. '다 부질없는 짓이요. 이제 그만 두구려.' 하지만 그걸 아내의 면전에다 대놓고 말할 수 없었다.
　새벽부터 부엌에서 그릇 달그랑거리는 소리가 들려왔다. 과장에 나가는 구보에게 아내는 이른 아침을 준비하는 모양이었다. 아침이라 봐야 서속黍粟일 게 분명했다. 낌새를 알아 챈 입안을 좁쌀 알갱이들이 깔끔깔끔 휘젓고 다니는 것만 같았다. 가슴 속에도 몽글몽글한 뭔가가 휘돌았다. 애써 그 생각을 지우려 눈길을 딴 데로 돌렸다. 방구석에 밀쳐두었던 종이뭉치가 눈에 들어왔다. 눈이 쏨벅거렸다. 다쓰지 못한 글들. 구보는 그 아기장수 설화에 미쳐 있었다. 그때 아내는 소반을 받쳐 들고 들어왔다. 간장종지와 질척하고 누르끼리한 알갱이들로 채워진 사발. 분명 저걸 다 먹으면 아내와 아이들은 온 종일 굶어야 할 터였다. 그래도 과거를 보러간다고 아내가 엽전 몇 잎을 챙겨주었다. 구보는 한 술 뜨는 시늉만 했다. 미소를 띄고 있는 아내의 얼굴은 사발 속 서속 빛처럼 누르끼리했다. 아내의 얼굴 위로 초례를 올리던 날이 스쳐갔다. 너무 상투적인 말이지만 그땐 고왔다. 초례를 올리던 그날, 방에 놓여 있던 함函 뚜껑 사이로 나비가 날고 있었다. 그 때 구보는 꿈을 꾸는 것만 같아 함으로 다가갔다. 일어나보니 끝이 나비로 장식된 보자기였다. 도로 앉아서 다시 보니 다시 나비가 또 나는 것이었다. 열린 문틈으로 들어 온 바람에 보자기 끝이 살랑거렸던 것이다. 구보는 다시 다가가 보자기를 꺼내들었다. 혼서보婚書褓였다. 구보는 그것을 조심스레 함 속에 넣었다. 그 때 수줍은 표정을 지은 아내 위로 날아오르던 그 나비는 어디로 갔을까. 언젠가 구보가 씁쓰레 웃어넘기며 들었던 말이 있었다. 정말 가난한 선비의 아내는 좋지 않은 전생의 바탕을 톡톡히 쓰는 게 분명했다. 어떤 사람으로부터 이런 얘기를 들었다. '옛날에 한 사람이 세상에 있을 때 악업을 많이 짓고 죽어 저승에 들어가 윤회의 벌을 받게 되었다. 염라대왕의 판결은 다음과 같았다. "이 자는 극악무도하니 저열한 벌레나 짐승이 되게 한다면 외려 그 죄의 만 분의 일조차 갚을 수 없다. 그러니 가난한 선비의 아내로 보내는 게 마땅하다. 그것이 가장 적합하다."[3] 멀리서 파루가 울렸다. 구보는 명치끝을 파고드는 통증을 느끼며 사립문을 빠져 나왔었다.

구보는 조금 전 들은 저 서역의 미치광이를 떠올리며 하늘을 다시 올려 보았다. 구름 한 점 없는 푸른 하늘이었다. 호되게 받은 충격에 나가떨어진 미치광이의 눈에 비친 빙빙 돌고 있는 하늘. 약간 오른 취기에 빙빙 돌고 있는 자기 눈에 비친 하늘. 평화롭기만 한 저 하늘. 정말 꿈을 꾸고 있는걸까. 정말 전생의 바탕으로 조화옹이 결정한 이 꿈 속에서 어쩔 줄을 모르고 있는 걸까. 구보는 먼지가 풀풀 이는 흙길에 눈을 주며 발을 떼기 시작했다. 구보는 다시 아기장수를 찾아 숭례문을 벗어났다. 과장 대신에 택한 아기장수. 오늘은 뭔가를 꼭 손에 쥐어야만 한다. 당길가덕같은 미치광이가 아닌 총기 있고 늠름한 그런 아기장수.

구보가 아기장수에 미친 것에는 그만한 까닭이 있었다. 물론 구보 자신에게만 그만한 까닭이지, 남들이 들으면 도무지 수긍할 수 없는 사연이었지만 구보는 자기를 둘러싼 모든 게 어떤 소명 비슷한 것을 깨달으라고 담금질을 하는 것이라 철석같이 믿었다. 그러다가 만난 박수의 말이 구보를 부추긴 것이었다.

그 박수를 만난 게 몇 달 전이었다. 그날 구보는 하릴없이 운종가

---

3 유만주의 『일기를 쓰다 – 흠영선집』(김하라 역) 중에서

를 지나 홍인문 밖까지 어슬렁대고 있었다. 동묘를 지나 잠시 그늘을 찾아 초가집 처마에 잠시 서 있을 때였다. 마당을 쓸던 중년 사내가 구보를 부른 건 그때였다. "잠시 들어와 냉수라도 한 사발 하시죠." 구보는 갈증을 심히 느꼈던 지라 별 생각 없이 그 사내를 따라 들어 갔다. 정갈하게 빗질된 마당 뿐 아니라 처마 밑에 빗자루와 장작 등 모든 게 가지런히 정돈되어 있었다. 구보는 집주인의 성격을 짐작했 다. "이거 고마우이." 구보는 사발을 받아들며 인사치레를 했다. "나 리, 처마 밑에 우두커니 서서 계신 모습을 보며 좀 드릴 말이 있어 들 어오시라 했습니다만…… 어찌 들으실지 모르겠군요." 사내는 거기 서 말을 멈추었다. 보잘 것 없는 집 안이지만 말끔하게 정돈하고 있 는 사내가 왠지 미더움이 갔다. 분명 허튼 소리 안할 것이라 짐작한 구보는 귀를 쫑긋했다. 또 글을 써야 하는데 책 속의 것만으로는 안 되는 것이었다. 살아있는 글감을 찾아야했다. 틀에 박힌 것을 문구만 슬쩍 바꾸어 다시 찍어내는 그런 글을 쓰지 말라고 다짐한 게 한 두 번이 아니었다. 거자擧子 노릇을 그만두자고 마음먹은 지도 꽤 지난 때였다. 사내의 접근은 구보의 구미를 바짝 끌어당겼다.

"나리, 과거 보셔도 신통치가 않죠?" 구보의 얼굴이 일그러졌다. 과거 때문이 아니었다. 자기 차림새만 보아도 당장 빤히 알아맞힐 수 있는 것 아닌가. "제가 나으리, 심기를 건드리고자 드리는 말씀은 아 니고…… 저는 외람되게도 박수입니다. 나으리 얼굴을 보며 꼭 말씀을 드리고 싶어 들어오시라고 한 겁니다."

그 날 구보는 박수로부터 말도 안 되는 소리를 들었다. 박수의 말 을 빌면 구보에게는 예사 사람이 갖고 있지 않은 비범한 무언가가 숨어 있는데 구보 자신이 그것을 알아채지 못하고 그냥 자기를 무시하고 있다는 게 골자였다. 그러면서 '선대로부터 집안에 하늘이 낸 기운 센 장사가 계셨다'는 말을 덧붙였다. 그 기운이 후대에 계속 전해지고 있다는 것이었다. 기분이 나쁘지는 않았다. 그러면서도 구보는 왜소한 골격을 보며 어림없다고 고개를 저었다. 집에서도 어쩌다 들어오는 식량 가마니도 쩔쩔매며 질질 끌어 옮겨 놓는 자신 아닌가. 구보는 박수가 말하는 그 '기운'이 어떤 것인지 도통 감을 못 잡았다. 그 때 박수는 구보 행색을 보니 굿을 할 형편은 아니고 치성이라도 드려보자는 것이었다. 이 자가 실없이 자기를 꼬드기는 게 아닌지 잠시 의심이 일었다. 그런데 박수의 맑게 빛나는 두 눈을 보고 그 생각을 접었다. 장사의 기운. 불쑥 언젠가 자기가 과장에서 써낸 과거 답안지가 떠올랐다. 자기도 그런 검을 쥘 수 있다면. 어림없는 일이었다.

그날 과제는 '釗'자를 압운으로 '혹 재상검도 있고 혹 장군검도 있다하니 그 칼만 얻으면 사람이 정승과 장수를 감당할 그릇이 못되어도 또한 장수도 정승도 될 수 있다는 얘기인가'(惑有宰相釗 惑有將軍釗 苟得其釗 人非將相之器而亦可將相歟)였다. 구보는 아예 떨어질 생각을 하고 답안을 적어나갔다. '칼의 이름이 재상검이니 장군검이니 하는데 장수와 정승이 이 칼을 얻어야 장수니 정승이 할 수가 있다고 하나 이것을 얻지 못한 자도 장수와 정승이 되기도 하니 저로서는 믿지 못하겠습니다.' 그 다음에 뭐라 썼는지 흐릿하지만 칼이 하나의 무기로 이로운 도구가 되기도 하고 흉기가 되기도 하고 아무 데도 쓸 수 없는 무용지물이 될 수도 있다는 것, 쓰되 그 쓰는 도리를 알지 못하는 이들이 너무 많다는 것, 등등을 적었던 것 같았다. 자기에게는 영원히 오지 않을 장군검이니 재상검이었다. 그런 과제를 내는 것도 그냥 요식행위 아닌가. 과장에서 웃지 못 할 얘기도 들었다.

어느 교생의 처는 꿈에 하늘에서 나비들이 떼 지어 내려와 남편을 감싼 채 물러나질 않았다. 겨우 천자문이나 떼고 향교에서 사역을 하던 교생은 과거에는 아예 뜻을 두지 않던 인물이었다. 뒤를 봐 줄 사람은 아예 없었다. 그날도 논에 물을 대기 위해 나갔다가 별시別試가 열린다고 유생들이 도성으로 올라가는 것을 남의 일처럼 바라보는데 아내는 극구 과거를 보라고 보챘다. 이 핑계 저 핑계 다 소용없는데 노자까지 꺼내 놓는 아내의 성화에 마지못해 과거길에 올랐다. 교생이 생전 처음 한양 땅을 밟고 거리를 헤매다가 막 다른 골목 어느 집 문가에서 쉴 때 그 집 주인이 부르는 게 아닌가. 이집 주인 이진사는 노숙한 선비로 과장에서 젊음을 보냈었다. 교생의 사정을 들은 이진사는 딱하다고 여겼다. 자기가 모아 온 과거 볼 행구 중에 사초私草를 모은 권축卷軸을 과장에 들어갈 때 교생에게 지니게 해 과제科題와 같은 제목의 글을 찾아보도록 했다. 이진사는 자기 답안을 다 지어 바치고 나서 글자나 겨우 깨친 교생이 골라놓은 사초들을 보았다. 보니 제목이 같은 것이 여러 편이었고 서로 비슷한 게 많았다. 이진사는 그 글귀들을 적당히 자르고 붙여 교생의 몫으로 제출케 했다. 교생은 그 덕에 이 진사와 함께 예비시험인 해액解額에 붙었다. 그리고 회시 會試에 함께 참여했는데 이진사는 낙방하고 교생은 붙어 나중에는 정 삼품에 해당하는 '봉상시정'이라는 벼슬까지 올랐다는 이야기[4]가 공

4 『청구야담』 중 「문과성몽접가징(聞科聲夢蝶可徵)」을 바탕으로 구보가 약간 변형시

공연히 떠돌았다. 그건 그 나비 덕이었겠지. 아니 교생의 아내가 그 지긋지긋한 생활에서 벗어나려 꾼 꿈속의 세상인 것이었다. 그게 아니더라도 과거 급제를 위해 천금을 던지면 대신 답지를 써주는 거벽巨擘들도 수두룩하지 않은가. 세도가 자제들을 위해 불시에 별시를 보여 비록 우매하고 무식하다 하더라도 과장에 나가지 않고 진사나 더 나가 급제를 하기도 했다. 또 그런 세도가 자제이거나 연이 있는 그런 자들은 비록 학문이 없어도 으레 교리 수찬에 올라 약관이 지나면 당상관에 올랐다. 이런 세상에 검을 어찌 쥘 수 있단 말인가. 그러니 과제를 보던 구보는 부글부글 끓어오르는 것들을 거침없이 써 갈기고 과장을 나왔던 것이다. 그런데 '장사'의 피가 자기에게도 흐를지 모른다는 박수의 말을 듣는 구보는 다시 속이 뜨끈거렸다.

박수가 아무아무 일이라 일러주며 구보에게 꼭 오라는 다짐을 두었다. 구보 형편으로는 어림없었지만 못 이기는 척 자리를 떴다. 며칠 동안 구보는 방에 틀어 박혀 자기 족보를 뒤졌다. 이렇다 할 벼슬한 조상도 없었고, 더구나 무武와 관련해서는 눈을 씻고 찾아보아도 가늠이 가질 않았다. 자기 신세처럼 빈한한 집안을 근근 이어 자기까지 내려온 것이리라. 정말 조상들을 모시고 대를 잇는 것, 이게 전부였다. 겨우 그런 정도라면 저 금수禽獸도 다 하는 짓 아닌가. 겨우 마련한 포 조각과 나물 몇 가지만 달랑 올린 그런 제사상을 바치는 후손을 어느 조상이 달갑 여기겠는가만은 정말 물려받은 것 없이 다시 혼례를 올리고 애를 낳아 대를 잇고. 족보를 들추다보면 마전麻田이란 지명도 빈번하다. 그 마전이라는 지명은 누렇게 바래 삭아 떨어

킨 일화

지는 삼베옷을 떠올리게 만드는 것이다. 지금 구보가 입고 있는 옷도 그랬다. 가난의 자국에 절대로 절어버린 것만 같은 마전. 지금도 구보의 아내는 틈틈이 길쌈을 한다. 시댁 조상들과 뗄 수 없는 지명인 '마전'을 기리듯이. 구보는 박수의 시덥잖은 말에 며칠을 온갖 공상 속에서 보낸 게 어이가 없었다. 그 어떤 장사가 있었던가. 정말 그런 분이 있었다면 자신이 생각하는 '영웅'의 범주에 들 수 있는 분일까. 구보는 가끔 '영웅'에 대해 생각했다. 정말 자기를 위해 모든 것을 초개와 같이 던져놓고 저 구중궁궐과 솟을 대문에 사는 이들이 만들어 놓은 저 규범들을 넘어설 수 있는 인물. 그렇다고 백성을 위해 그런 행위를 한다는 것 까지는 아니어도 적어도 일단 자기를 넘어설 수 있는 그런 사람이라면 '영웅'의 범주에 넣을 수 있다는 생각을 했다. 즉 구보의 '영웅'은 관습이나 전통 따위를, 그리고 종족보존이나 하고, 때마다 신호를 보내는 저 식욕에 대한 유혹에 삶을 바친다거나 하는 되풀이되는 일상을 거부하는 사람이어야 했다. 세태를 따라가는 저 몽매한 무리 속에서 정말로 자기 자신을 찾을 수 있는 자, 이게 구보가 그리는 '영웅'이었다.

명색이 유자儒者였지만, 그래도 박수가 이른 날이 가까워오자 구보의 가슴은 조금씩 떨려왔다. 그런 꼴을 보면 자신은 그 '영웅'과는 거리가 멀다고 새삼 선을 그었다. 구보의 가슴 속에 그어진 비뚤비뚤한 선. 영웅과 몽매한 속인과의 경계가 그랬다. 평소에도 구보는 유자임에도 불구하고 산천초목의 영험함을 믿었다. 간혹 지인들과 오래된 절에 들어갈 때 구보는 어떤 경이로운 무언가를 느꼈다. 지인들이 부처를 힐난할 때 불상을 만든 지 천년 가까이 되었다면 거기에는 어떤 영혼이 달라붙어 영험함을 드러낼 것이라는 게 구보의 믿음이었다. 그런 게 깔려있는 구보였는지라 박수의 간곡한 말도 쉽게 떨치지 못했던 터였다.

그날 밤 어둠이 내리고 천도제 비슷한 게 열렸다. 박수는 어디서 중년의 단골네까지 한 명 데려와 법당에다 간단한 상차림을 했다. 둘은 천지신명과 칠성님, 선녀님, 장군님을 찾으며 한참 공을 들였다. 구보는 멀뚱멀뚱 법당에 걸린 칠성, 말을 타고 장검을 쥐고 있는 신장神將, 산신을 올려보며 머쓱해 하고 있었다. 한참 뒤 붉은 옷에 남색 띠를 두른 단골네에게 접신이 되었다. 그녀의 입에서 줄줄 말이 터져 나왔다. "나는 정鄭 씨가 아니라 한韓 씨다. 어려서 부모가 창칼에 죽임을 당할 때 누가 나를 빼돌려 아주 멀리 떨어진 곳에 양자로 보냈다. 한성봉이 본래 내 이름이다." 박수는 구보의 귀에 대고 속삭였다. "나리의 사대조 할아버집니다. 얼른 절을 올리세요." 기가 찰 노릇이었다. 누군지도 모르는, 더구나 단골네의 입을 통해 행세하는 귀신에게 절을 올리라니. 그리고 성씨가 다르다니. "내 부친은 장사였다. 그게 빌미가 되었구나. 그만 역적으로 몰려 억울한 죽음을 당하셨다. 나도 대단했느니라. 다만 그것을 감추었을 뿐. 내 후손들에게 전해지는 그 힘을 나는 자랑스럽게 여긴다. 네게도 그런 게 있을 게다." 구보는 혼란스러웠다. 인경人定이 울릴 때까지 천도제 비슷한 게 계속되었다. 믿을 수도, 안 믿을 수도 없는 접신 상태에서의 말들.

구보는 자신을 다독였다. 과장에 들지 않은 것은 아무래도 잘한 일이다. 새벽녘 아내의 얼굴이 밟혀 구보는 어쨌든 과장에 들리라 거자들 틈에 끼었다. 과거를 보기 위해 궁의 문이 열리기를 기다리는 거자들의 줄은 정말 끝이 없었다. 문이 열린 모양이었다. 중간 쯤 서 있던 구보는 막 떼밀려 넘어질 뻔 했다. 들어가 봐야 별 소용없는 짓이라고 구보는 다시 떠올렸다. 거자 행세를 그만둔 지가 언젠데 다시 이 행세를 하고 있는가. 구보는 틈을 헤치고 겨우 줄에서 빠져나왔다. 숭례문으로 오다 들으니 거자 하나가 밟혀 죽었다는 소리가 들려왔다. 붐비는 사람들을 뚫고 숭례문을 빠져 나왔다. 숨통이 트이는 것 같았다. 자기가 어림해 둔 곳을 찾아나서는 것이다. 밤까지 돌아오려면 바삐 걸어야 했다.

걷는 동안 그 당길가덕이라는 미치광이가 자꾸 머릿속에서 얼쩡댔다. 자신이 쓰고 있는 아기장수 이야기는 늘 탐탁치가 않았다. 늘상 들어오던 아기장수에 대한 내용들과 색 다른 게 없는 것이다. 구보는 주막에서 과거를 포기한 대신 뭔가는 쥐고 들어가리라 굳게 마음먹었다. 또 다른 아기장수를 찾아 나서려는 것이다. 모래내라는 곳을 지나 한강 어구까지 다녀와야 했다. 과거시험을 앞 둔 간밤에도 구보는 손때 묻은 서책은 물론, 온 힘을 쏟아 만들어 놓은 권축조차 거들떠보지도 않았다. 대신 아기장수가 어쩌니 저쩌니 끄적이다 말았다. 과거 준비를 하며 굳어버린 문장들, 그것은 살아 있는 게 아니었다. 틀에 놓고 똑같이 찍어내는 과거를 위한 문장들이 구보를 꽁꽁 감싼 까닭이었다. 살아있음을 알리며 심장이 펄떡펄떡 뛰는 생생함도 없는, 다만 성현의 글귀라고 칭송되는 글들만 그대로 답습하라 강요받는 그런 문장들. 그것이 아무리 훌륭할 지라도 옛날의 것이지 오늘의 것이 아니었다. 사나운 꿈자리에서 가위에 눌려 죽자사자 손을 허우적대며 무언가를 잡으려는 그런 필사의 문장. 아니면 은성殷盛한 문장들. 그런데 구보는 자신에게 그것이 없음을 잘 알았다. 그것을 어찌 잡을까. 문득 연암선생의 말이 떠올랐다. 사마천의 『사기』를 읽을 때 글만 읽지 말고 그 마음을 읽으라던 경종이었다. 「항우본기」를 읽을 땐 제후의 군대가 성벽위에서 초나라 군대의 싸움을 구경하던 장면이나 떠올려 읊는다면 이는 늙은 서생의 진부함이라 일침을 놓던 그 글. '어린 아이가 나비를 잡을 때의 심정'[5]으로 읽으라던 연암선생의 말이 새삼스러웠다. 구보도 그 나비를 잡아야만 한다고 먹을 갈 때 사이사이 다짐했다. 붓 끝에 앉아 있는 나비를 숨 죽여 가며 잡으려다 번번이 놓치고 마는 날들. 날개를 펄럭이며 날아야 할 아기장수는 가물가물했다. 구보는 풀이 죽어버렸다. 아무튼 나비를 잡는 어린 아이의 심정으로 아기장수를 찾아 나서기로 했다. 도중에 들려야 할 곳이 있었다. 구보는 어린 아이가 나비를 잡는 심정으로 그 처참한 모습을 볼 수 있을까, 슬그머니 자신이 없어졌다. 그래도 내친 걸음이었다.

배다리가 조그맣게 눈에 들어왔다. 다리 곁에 높게 세운 장대와 그 끝에 매달린 둥근 물체가 아지랑이 피어오르듯 파르르 떨었다. 구보

---

[5] 어린 아이가 나비 잡는 것을 보면 사마천의 마음을 읽을 수가 있습니다. 앞무릎은 반쯤 구부리고, 뒤꿈치를 비스듬히 발돋움하고는 두 손가락을 집게 모양으로 해서 살살 다가가는 아이. 잡을까 말까 망설이는 순간 나비는 그만 날아가고 맙니다. 주위를 둘러보니 아무도 없자 아이는 겸연쩍어 씩 웃습니다. 부끄럽기도 하고 속상한 마음, 이것이 사마천이 『사기』를 저술할 때 마음인 것입니다. (연암 박지원이 「박희병에게 보낸 편지」 중에서)

는 선뜻 그 장대 앞으로 발을 더 내딛을 수가 없었다. 장대 끝 효수된 머리를 꼭 한번은 봐야만 한다고 몇 번이나 마음을 다그쳤는가. 흰옷을 입은 행인들은 희끗희끗 빠르게 그 곁을 지나친다. 땅 끝에서 올라오는 열기보다 그 앞으로 가야한다는 생각에 숨이 턱 막혔다. 구보는 다리 위 둔덕에 쪼그려 앉았다. 퀭한 눈으로 그 장대를 바라보다가 얼른 눈길을 돌렸다. 멀리 미나리꽝에서 파랗게 웃자란 미나리가 눈앞을 메웠다. 바로 곁으로는 둔덕 여기저기 피어있는 자줏빛 엉겅퀴 꽃 위를 따라 흰나비가 한가로이 하늘거렸다. 저 나비를 어떻게 잡는단 말인가. 작렬하는 태양 아래 장대 끝에 효수된 머리를 매단 풍경. 눈을 파고드는 화려한 자줏빛의 엉겅퀴 꽃 위를 노니는 흰나비가 있는 풍경. 구보는 정말 꿈을 꾸는 것만 같았다. 맞는 말이었다. '不知周之夢爲胡蝶 與胡蝶之夢爲周與' 정말로 장자가 꿈속에 나비가 된 것일까 아니면 나비가 꿈속에 장자가 되었는지 모를 일이었다. 구보는 그 나비가 자기인지 잠깐 허튼 생각을 했다. 노니는 나비가 어디 있겠는가. 그래, 저 나비는 한가롭게 노니는 게 아니다. 열심히 꿀을 빨려고 쉼 없이 꽃 위에서 가녀린 발을 놀려대는 게 아닌가. 구보는 몸을 일으켰다. 어쨌든 다리 앞으로 가야했다.

금서를 지니고 있다고 목숨을 끊어놓은 것도 모자라 효수까지 해서 그걸 사람들이 보라고 저 한적한 배다리 곁에다 매달아 놓은 저들의 심사. 구보는 부르르 몸을 떨었다. 책은 명분이었을 터. 그가 쓴 글이 문제가 되었겠지. 그렇다고 모반을 꾀하는 글도 아니고. 구보는 저 장대 끝에 매달린 머리에서 나온 글들을 몇 차례 읽었다. 살아 있는 글. 그렇다고 저 구중궁궐에서 두려워하는 '역逆'과는 너무도 먼

내용들. 무엇이 그들의 심기를 건드려 모진 문초 끝에 목까지 잘라 내걸었단 말인가. 구보는 고개를 쳐들었다. 굳은 피로 뒤덮은 얼굴 위에는 파리 떼가 새카맣게 붙어 있었다. 축 늘어진 수북한 머리카락 이 장대 끝에서 바람에 휘날렸다. 잘린 머리에서 풍겨나는 역한 냄새 가 코끝을 파고들었다. 구보는 쳐든 목을 바로하며 두 손으로 쓰다듬 었다. 문득 금서 생각이 났다. 『서유기西遊記』였다. 그거야 이미 시중 에 많이 나돌고 있는 책 아닌가. 거기다가 그것을 자기 식으로 베껴 쓴 게 어디 한둘이란 말인가. 표현이 천박하고 불씨佛氏의 세계를 담 고 있다는 이유만으로 봉인시켜 버리는 건 도통 수긍할 수가 없었다. 광 깊숙한 데 숨겨놓았지만 막상 잘려 장대에 효수된 머리를 보니 은 근 염천임에도 등골이 서늘해졌다. 필시 권세가들의 서고에는 나라 에서 금하는 책들이 꽤 있을 터였다. 청나라 연행길이면 으레 책을 부탁하러 역관에게 달려가는 그들 아닌가. 입 안이 썼다

배다리를 뒤로 하고 온 길을 되짚었다. 그때 구보의 눈에 아까 그 흰나비가 또렷이 들어왔다. 풀섶에 쳐놓은 거미줄에 걸려 든 것이었 다. 아까 엉겅퀴 꽃 위를 날던 그 나비인지도 몰랐다. 저 나비라면 쉽 게 잡을 수 있을 듯 했다. 구보는 살그머니 거미줄로 집게 모양의 두 손가락을 내밀다가 흠칫 멈췄다. 대체 옴짝달싹 못하는 저것을 잡아 무슨 소용이 닿겠는가. 흰나비가 날개를 퍼덕이면 퍼덕일수록 거미 줄은 점점 그 몸뚱이를 옥죄었다. 구보는 그 날개를 뚫어져라 내려 보았다. 날 수 없는 날개. 창공을 자유로이 날아다니기 위해 알에서 번데기로, 긴 우화과정을 거쳐 찬란한 세상으로 나왔지만 별 수 없는 것이다. 거미줄에 엉켜버린 날개는 아기장수의 날개와 닮아 있었다.

어느 새 넓게 펼쳐졌던 흰나비의 날개는 거미줄에 돌돌 말려들었다. 정말 저 나비가 장자라면, 아니 나비가 장자라면. 눈앞에 펼쳐진 광경들. 장대에 매달린 머리, 거미줄에 걸려 든 나비. 그때 구보의 머리를 스치는 글귀가 떠올랐다. 장자가 꾼 '나비의 꿈胡蝶之夢'에 대한 다른 해석이었다.

장자가 꿈에 나비가 된 것은 장자의 행운이었지만,
나비가 꿈에 장자가 된 것은 나비의 불행이었구나.[6]

莊周夢爲胡蝶, 莊周之幸也

胡蝶夢爲莊周, 胡蝶之不幸也

아마도 거미줄 속의 저 나비는 꿈을 꾸고 있는지도 몰랐다. 철렁철렁 줄을 흔들며 다가오는 포식자를 꼼짝 못하고 기다리는 장자가 되어 버린 나비. 구보는 마치 자기가 거미줄에 친친 묶인 것만 같았다. 부르르 몸을 턴 구보는 허청허청 자리를 떴다. 꿈같았다. 장자도 나비도 자기도 모두 꿈속에 있는 것이다. 원래는 지금 과장에 앉아 과거를 보고 있어야 했다. 봐야 뻔했다. 구보가 알고 있는 선비 몇은 그 학식과 문장대로라면 이미 출사를 하고 남았겠지만 아직 만년 거자로 과장을 들락거릴 뿐이었다. 그 중 하나는 멀리 유배를 갔다. 과장에서 글을 팔았다는 죄목이었다. 그랬을까. 구보가 들은 바로는 오십 줄에 들어선 어떤 시골 선비가 딱해 자기 답안을 준 게 죄였다. 어차피 과거에 붙을 리도 없다는 자포자기한 심정이었겠지. 구보는 그런 생각을 지우려 발걸음을 재게 놀렸다.

---

6 명나라 장조(張潮)의 「유몽영」(幽夢影)

어쨌든 구보가 '아기장수'에 빠져버린 것은 순전 그 박수를 만나고 부터였다. 구보는 가끔 잠자리에서 자기 겨드랑이를 더듬었다. 밋밋했다. 믿을 수는 없었지만 그의 조상이라는 목소리는 후손들에게 그 힘이 전해지고 있다고 했다. 자기에게도 있을지도 모르는 장사의 흔적. 비쩍 마른 어쩌면 자기에게도 그런 흔적이 있을지도 모른다는 망상 끝에는 두둘두둘 튀어 나온 날갯죽지 대신 손끝에 와 닿는 매끈한 맨살의 감촉만 느껴졌다. 혀를 차며 헛웃음을 짓는 구보를 그의 아내는 이상한 눈초리로 바라보곤 하는 것이었다. 그 단골네를 믿을 수는 없지만 토해낸 말은 남자의 음색이었다. 더욱이 자기 조상이 '정'씨가 아니고 '한'씨라는 것도, 양자로 갔다는 말도 낱낱이 꾸며낼 하등의 이유가 없지 않은가. 구보는 그 날 치성에 보탠 돈도 그야말로 변변치 않았다. 그런 변변찮은 이야기를 몇 번 쓴 구보는 그때 문득 아기장수를 떠올린 것이었다. 너무도 흔한 아기장수 이야기였다. 구보는 그렇게 아기장수를 찾아다니기 시작한 것이다.

배추밭에서 김을 매던 노인은 손가락으로 산 끄트머리를 가리켰다. 이 마을에서도 아기장수가 있는 것은 확실했다. 노인은 그 증거를 들이밀 듯 매봉산 모퉁이를 짚었다. 한강물이 난지도를 끼고 샛강이 되어 잠시 뒤 삼각산 쪽에서 내려오는 연신내의 물과 합수되는 지점, 거기를 '용미출'이라 부른다는 것이었다. 아기장수의 용마가 나타났다는 곳. 구보는 노인을 잡아끌고 나무 그늘로 갔다. 노인은 몇 대째 쭉 그곳에 살고 있다며 그 '용미출'의 아기장수에 대해 이야기를 늘어놓았다. 구보는 노인의 빠진 앞니 사이로 새어 나오는 아기장수를 놓치지 않으려 바짝 다가가 앉았다. 잠시 뒤 구보는 맥이 풀려

버렸다. 새로운 게 없었던 것이다. '용미출'이란 지명만 달랐다.

　아기장수 이야기는 그게 그거였다. 어느 가난한 집에서 아기가 태어나는데 겨드랑이에 날개 아니면 비늘 같은 게 달려있다. 아기는 태어난 지 사흘 만에 방 안에서 날아다니고 천정에 붙기도 한다. 부모나 문중, 아니면 마을 사람들이 아이의 신이한 능력에 화를 당할까 아기를 죽여버린다. 아기장수가 죽자 날개달린 용마가 나타나서 울다가 죽거나 사라졌다. 이게 아기장수 이야기의 전말이었다. 또 갓 태어난 아이의 믿기지 않은 능력에 놀란 부모가 큰 돌이나 속이 꽉 찬 가마니로 아이를 눌러놓아도 쉽게 죽지 않자 수심이 그득한 얼굴로 한숨만 푹푹 내 쉰다. 그것을 본 아기는 스스로 자기 겨드랑이에 붙은 날개를 떼라고 말한다. 그 말대로 날개를 떼자 아기는 곧 죽는다. 조금 다른 아기장수 이야기는 부모가 자기 때문에 화를 당할까 걱정하는 것을 보고 아기장수 스스로 집을 떠난다. 이 때 아기는 어머니에게 팥, 콩, 좁쌀 등을 청해 뒷산 바위 밑이나 못 속으로 사라진다. 아기장수에 대한 소문을 듣고 관군들이 들이닥쳐 아이의 엄마를 다그친다. 아이 엄마는 겁에 질려 사실을 털어 놓는다. 관군은 아이가 숨어 든 바위 밑이나 못을 뒤진다. 그 속에서 채 거병할 채비를 다 하지 못한 아기장수와 곡식군사를 발견한 관군들은 이들을 모두 죽인다. 그러면 용마는 울다가 바위나 물속으로 사라져버린다. 구보가 들은 바로는 거의 그게 그거였다. 어떤 이야기에는 아이가 숨어 든 바위를 움직이려 관군들이 안간힘을 써보지만 꼼짝도 안하자 그 어머니에게 탯줄을 자를 때 쓴 게 무어냐고 묻고, 억새라 하자 그것을 가져다가 바위를 친다. 그러면 그 억새풀에 커다란 바위는 잘 익은 수박이 쫙 쪼개지듯 양쪽으로 벌어진다. 그 속에 있는 병장기를 든 아기장수와 덜 영글은 곡식군사들. 최후는 같았다. 어떤 이야기에는 아기장수가 어머니에게 부탁해 정확한 양의 곡식으로 옷을 만들어 달라고 한다. 그 어머니는 정성껏 곡식을 실에 꿰어 옷을 만들다가 실수로 떨어뜨린 곡식 한 알갱이를 먹어버린다. 관군이 오자 아기장수는 그들과 전투를 벌인다. 화살은 그 곡식 옷을 뚫지 못하고 옆으로 튕겨나간다. 그런데 그 어머니가 먹어버려 한 톨이 비어버린 아주 조그만 틈으로 화살이 날아들고 아기장수는 결국 쓰러지고 만다.

그런 것들이 구보가 주워들은 아기장수에 대한 것이었다. 숭례문 밖, 홍인문 밖, 또 삼개나루 등 각지에서 몰려드는 인파로 붐비는 주막에서 구보가 붙잡고 물어 본 사람들은 모두 자기 마을의 아기장수를 품고 있었다. 달포 전에는 홍인문 밖 아차산 용마봉에 오르기도 했다. 거기서도 용마는 아기장수가 죽자 밤새 울다가 한강물로 뛰어들어 죽었다. 그렇게 아기장수는 수없이 태어나고 또 수없이 저 명부로 들어갔다. 드물기는 했지만 더러 관군으로부터 탈출해 나중에 벼슬을 하는 경우도 있고, 임금과 대적하려는 경우도 있기는 했다. 실제 '강상죄綱常罪'를 저지른 자들이 많기는 했다. 홍길동 말고도 임꺽정이니 장길산의 이름은 구보도 잘 알고 있었다. 구보는 그들이 자기가 생각하는 '영웅'에 들 것이라 여겼다. 자기를 넘어 관습이나 전통 따위를 거부했던 인물들. 물론 그들 전부는 아니었다. 어쩌다보니 그런 결과에 이르렀을 뿐이다. 그럼에도 그것들을 다시 쓸 수는 없는 노릇이었다. 그들을 아기장수 이야기와 결부시키기는 너무도 진부했다. 구보는 뭔가 다른 것이 있을 것만 같았다. 틀에 박히거나 이미 잘 알려진 '율도국'을 다시 세우면 안 되었다. 구보는 자신의 아기장수를 찾아 헤매고 있었다. 자기가 정한 영웅, 적어도 되풀이 되는 일상을 거부하는 사람이 그의 '영웅' 아닌가. 구보는 백성들이 말하는 아기장수 이야기들이 마뜩치가 않았다. 그 아기장수들은 그야말로 정해놓은 '아기장수의 틀' 안에서 일상을 되풀이하고 있지 않은가. 저 아기장수들은 구보의 영웅이 될 수 없었다. 꼭 가난한 집에서 태어나는 아기장수, 그리고 자기를 세상에 내보낸 어머니가 죽음으로 몰고 가는 빌미를 주는 것, 빠지면 아기장수 이야기가 성립할 수 없다는 듯 꼭 끼어있는 용마, 그리고 끝내 아기장수의 꿈이 스러진다는 것. 결국 아기장수는 성아聖兒로 태어나면 나라를 세운 영웅이 되고, 범아凡兒로 태어나면 신이한 능력에도 불구하고 역적으로 몰려 죽임을 당하고 마는 것이다. 그렇기에 각지에서 떠도는 아기장수는 평범할 수밖에 없어야 했다. 조화옹의 심사가 대체 뭐란 말인가. 하늘이 낸 용마까지 있어도 결국 죽고 마는 아기장수들. 구보는 박수가 말 한 집안 내력의 하나인 '장사'를 은근 자기가 '영웅'이라 생각하는 궤에다 집어넣고는 했다. 자기가 쓸 새로운 이야기에 우뚝 설, 아기장수를 빌어 그 자리로 들어갈 수 있는 장사.

'용미출'에 다가간 구보는 분명 어떤 서기瑞氣를 느끼기는 했다. 어른 서넛이 누울만한 너럭바위가 있고, 그 뒤 산허리에 등을 숙이면 들어갈 동굴까지 있었다. 너럭바위 아래로는 물비린내를 풍기며 서늘한 바람을 감돌게 하는 강물. 용마가 고개를 처들고 울 만한 장소였다. 물론 거기서도 여지없이 아기장수는 죽어버렸다. 너럭바위 밑에서 힘을 기르다가 그만 관군에 의해 채 뜻을 펴지 못하고 죽고 만,

혼한 아기장수 이야기 속의 하나가 되고 말았다. 구보는 너럭바위에 걸터앉아 멍하게 강물을 내려다보았다. 정말 나비를 잡는 아이의 마음으로 '용미출'의 이 너럭바위를 품을 수 있을까. 헛헛했다. 과장 대신에 택해 온 먼 길이었는데 별 게 없었다. '용미출'도 더 나갈 수 없는 막다른 곳이었다. 너럭바위에 누워 하늘을 올려보았다. 탱글탱글한 뭉게구름들이 하늘에 피어있었다. 눈 깜짝할 새 십만팔천리를 난다는 '근두운'이라는 이름이 잠깐 스쳤다. 산에 자줏빛으로 핀 칡꽃을 향해 호랑나비가 하늘대며 날았다. 정말 꿈을 꾸는 것일까. 문득 구보는 아까 배다리 근처에서 거미줄에 걸려든 나비를 떠올렸다. 지금 쯤 거미의 입속으로 빨려 들었을까. 아까 손으로 떼어줄 걸 그랬나. 그런 생각으로 호랑나비를 눈으로 좇았다. 구보는 자기가 한심스러웠다. 그 따위 것을 떠올리다니, 기가 찼다. 글을 쓰려는 자가 한 문장 제대로 갖추지도 못하고, 과장만 수십 차례 드나드는 만년 거자일 뿐 지아비로 구실을 못하는 못난 사내. 시정의 물정에도 횡한 자기가 어찌 '영웅'이 될 수 있단 말인가. 자기가 쓰려는 아기장수, 아니 정확히 말하면 그가 무릎을 탁 칠 아이장수이야기에 자신의 '영웅'을 덧씌울 그런 이야기는 까마득히 사라지고 없었다. 구보는 자기가 기껏해야 「길 잃은 영웅의 이야기英雄失路之言」 따위 정도 밖에 더 쓸까, 자괴감이 들었다.

　서쪽 하늘이 붉은 기운을 엷게 품기 시작했다. 서둘러야 인경이 울리기 전에 집에 들어갈 것이었다. 파루가 울리기 전부터 지금까지 하루가 빠르게 스쳐갔다. 구보는 바위에서 벌떡 일어섰다. 산을 내려오는 구보의 눈에 멀리 물레방아간의 수차가 희미하게 들어왔다. '허허, 아기장수 찾아 헤매는 내가 저런 방앗간을 거인이라고 창을 들고 달려든 당길가덕이란 미친 작자와 뭐가 다르단 말인가……' 바짝 마른 입에 쓰디쓴 침이 괴었다. 새만지사라는 인물의 괴이한 일생은 그 바보 같은 당길가덕을 만들어내라고 조화옹이 준 것 아닐까. 선물로. 그러니까 그게 바다 건너 이역까지 알려질 만한 그런 글을 쓰라고. 하지만 구보는 자신이 없는 것이다. 아기장수도 자기의 집안 내력이라는 장사도 전부 흐릿하기만 했다. 수많은 아기장수들은 각자의 꿈에서 나비가 되어 날고 있고, 그게 지금일까. 그것도 펄펄 날다가 그만 거미줄에 꽁꽁 감기고 만 나비가 되고 만 세상.

주막에 들러 국밥으로 늦은 저녁을 때우는 구보의 귀에 봇짐을 내려놓은 장돌뱅이들의 목소리가 들려왔다. 오늘은 공쳤다며 탁주가 든 사발을 벌컥이는 사내의 목소리에서 땀 냄새가 짙게 풍겨왔다. 불쑥 아까 '용미출'의 아기장수 사연을 말해주던 노인의 굵게 골이 패인 주름살이 그 냄새 위로 덮였다. 구보는 무릎을 탁 쳤다. 아기장수는 저들 속에 있는 게 아닐까. 순간 구보의 눈에 소반 옆 툇마루 틈새에 낀 쌀 한 톨이 눈에 들어왔다. 아기장수의 갑옷에서 모자랐다던 한 톨. 구보는 나비를 잡는 심정으로 두 손가락을 집게모양으로 만들었다. 그리고 어둠 속으로 튕겨져 나갈까 봐 손톱 끝으로 조심조심 주워들었다. 구보는 그 한 톨 쌀을 입으로 가져가 우물거렸다. 마치 불생의 약이라도 먹 듯 혀 끝에서 어석이는 그 한 알을 앞니로 잘근잘근 씹었다. 아기장수는 그렇게 죽는 게 아니었다. '아기'라는 젖비린내를 떼어낸다면, 그리고 병장기 대신 붓을 쥔다면…… 붓을 쥔 장

310

사…… 이제 그 한 톨을 찾아 나설 때였다. 구보는 어둠 속에서 웃음을 지으며 자기 겨드랑이를 더듬고 있었다.

전 _ 황혜련

강릉 출생. 2011 천만 원 고료 진주가을문
예 소설 당선.
2013 대한민국 디지털작가상 수상.
2014 경상일보 신춘문예 소설 당선.
2016 경기문화재단 창작지원금 수혜.

엄마가 온다. 시장 모퉁이를 돌아, 사람들 틈을 비집고 어기적어기적, 엄마가 오고 있다. 그 모습이 흡사 마실 나온 집돼지 같다. 엄마는 채소전을 지나고 잡화전을 거쳐 어물전 앞에서 잠시 발을 멈추었다. 엄마의 발치에는 금방 잡아온 대왕문어가 위용을 뽐내며 임자를 기다리고 있다. 엄마의 시선이 잠시 그 대왕문어에 머물렀다가 생태와 갈치로 옮겨 다닌다. 엄마는 이것저것 값을 물어보는 눈치다. 그러나 그뿐 돈 주고 사는 법이 없다. 엄마의 지갑을 열게 하기에 해산물은 너무 비싸다. 엄마가 어물전을 뜨는 걸 보면서 나는 철판에 메밀 반죽을 부었다. 잘 달구어진 철판은 반죽이 닿자 지글거리는 요란한 소리를 냈다. 나는 국자로 꾹꾹 눌러 반죽을 펴주었다. 가장자리가 꾸덕꾸덕해질 때쯤 엄마가 왔다. 엄마는 지팡이를 내던지듯 탁 하고 바닥에 내려놓고는 나무 의자에 털썩 걸터앉았다. 앉으면서도 전을 빨리 뒤집지 않는다고 벌써부터 잔소리다. 나는 전의 한쪽 면이 완전히 익기를 기다렸다가 뒤집는데 엄마는 여러 번 뒤집어가며 익히던 습관이 남아 있어 볼 때마다 재촉이다. 나는 싸우기 싫어 전을 뒤집었다. 엄마가 누릇해진 전을 보며 주머니에서 판피린을 꺼내 마셨다. 오자마자 판피린부터 먹는 걸 보니 두통과 관절염이 또 도졌나 보았다. 이젠 제발 그 약 좀 그만 먹고 병원엘 가보라는 말이 목구멍까지 올라왔으나 그만뒀다. 내 말을 들을 엄마가 아니다.

길 건너 건어물가게 김씨가 이쪽을 흘끔거렸다. 전에 같으면 언제 왔는지도 모르게 슬쩍 나타나서는 엄마 옆에 바싹 붙어 앉아 메밀전을 안주 삼아 한 잔 걸치고 가곤 하더니 요즘은 웬일인지 엄마를 보고도 데면데면하다. 엄마도 김씨 가게를 등지고 앉아서는 뒤돌아보지 않는다. 엄마의 애정전선에 뭔가 문제가 생긴 게 틀림없다. 엄마 나이에도 아직 싸울 일이 남았나? 그때 사내아이가 와서 메밀전 석장을 샀다. 엄마의 얼굴이 조금 펴진다. 엄마는 채반에 우두룩하게 쌓인 메밀전을 맥없이 바라보다가 옆 난전을 노골적으로 쳐다보았다. 순대와 도넛을 튀겨 파는 옆 좌판엔 아이를 데리고 나온 여자가 접시 가득 순대를 시켜놓고 아이의 입에 연신 떠넣어주고 있다. 아이의 손엔 꽈배기모양의 도넛도 들려져 있다. 그러는 사이사이에도 옆 난전엔 계속 손님이 드나들며 순대와 도넛을 사가지고 갔다. 엄마는 이제 찾는 사람 없는 이 메밀전 장사를 그만 접어야겠다고 생각하고 있는지도 몰랐다. 아니 벌써 수없이 했다. 그러나 십수년간 해오던 일을 하루아침에 걷어치우는 건 쉽지 않았다. 메밀전을 부치지 않으면 당장 먹고사는 일이 걱정이었다. 내가 결혼에 실패하고 다시 엄마 그늘로 기어들면서 입 하나가 더 늘어나 그만 두는 일은 꿈도 꾸지 못했다. 엄마는 오늘 새벽에도 일거리를 알아보러 어판장에 나갔다가 허탕을 치고 왔다. 지팡이를 짚고 나타난 쉰내 나는 노인네에게 일을 주겠다는 사람이 없었다.

엄마가 허기가 도는지 메밀전 한 장을 덥석 집더니 간장도 찍지 않고는 입안에 넣고 우걱우걱 씹는다. 엄마는 기름내 나는 메밀전이 지겹지도 않은지 볼 때마다 손이 갔다. 엄마가 메밀전을 먹는 이유가 좋아서가 아니라 있는 음식으로 끼니를 때우려는 거라는 걸 모르지 않으나 나는 볼 때마다 타박을 놓았다. 아마 내일 아침도 엄마와 나는 오늘 팔다 남은 메밀전으로 아침을 때워야 할 것이다. 지난 장날 다음날에도 엄마는 팔다 남은 전을 아침이라고 내밀었다.

"그느무 김치전, 제발 밥 좀 먹자."

나는 넌더리를 내며 돌아앉았다.

"이년아, 그럼 팔다 남은 걸 어쩌?"

엄마는 내 먹성 따위는 아랑곳없이 개다리소반에 있는 김치전을 한 점 죽 찢어 입에 넣고는 물김치 대접을 들어 한 모금 꿀꺽 삼켰다. 물김치에 있는 무쪼가리가 딸려 들어갔는지 아작아작 씹는 소리가 났다. 그 꼴을 보자 은근히 부아가 올라 나는 또 염장이 지르고 싶어졌다.

"요샌 김씨 안 만나나? 전엔 쥐 풀빵구리 드나들 듯 하더니."

나는 엄마의 아킬레스건을 알고 있다.

"머이 어째 이년아, 드나들긴 언제 드나들었다고."

엄마가 얼굴이 벌개지며 젓가락을 소리나게 탁 내려놓았다. 그냥 넘어갈 듯도 하련만 김씨 얘기만 나오면 저런다. 아니 엄마는 남자

애기만 나오면 낯빛이 변했다. 혹여 그런 얘기가 내 아버지의 얘기로 번질까 우려해서였다. 엄마는 아직 아버지에 관해 한 번도 제대로 얘기 해 준 적이 없었다. 내가 아주 어릴 때 배타고 나갔다가 죽었다는 것뿐. 그것도 장터 횟집 수정궁 아줌마가 슬쩍 흘려줘서 알았지 엄마는 도통 정보를 주지 않았다. 엄마는 한때 엄마와 잠깐잠깐씩 인연을 맺었던 남자들을 아버지라 부르라고 했었다. 그중엔 정말 친아버지 처럼 잘 대해준 사람도 있었고 생긴 것도 사는 것도 괜찮아서 저분이 정말 내 아버지였으면 했던 사람도 있었다. 그러나 그들은 짧게는 한 달, 길게는 몇 년 엄마와 내 주위를 맴돌다가 어디론가 가버렸다. 김 씨는 엄마가 아버지라고 부르라고 한 마지막 남자다. 그러나 엄마 말을 듣기에 나는 너무 나이를 먹었다.

내가 김치전을 거들떠도 안 보자 엄마는 먹다가 만 밥상을 한쪽으로 미뤄놓고는 담배를 붙여 물었다. 아침밥이라고 해야 기름내 나는 김치전인데 그거라도 두둑하게 먹게 놔둘 걸 괜한 소리로 또 엄마 속을 뒤집었다. 나는 엄마만 보면 부글부글 끓어오르는 속을 참지 못했다. 헝클어진 머리, 늘어진 뱃살, 물 빠진 티셔츠……. 그동안 김씨가 붙어있어 준 것도 용하다. 하기야 김씨도 홀아비 처지에 뾰족한 수가 없으니 그랬을 테지만 말이다.

그런데 요즘은 김씨가 엄마를 보러 오지 않는다. 김씨가 발길을 끊은 건 아마도 엄마의 폐경 시기를 전후해서인 듯하다. 몇 달 전 엄마는 그동안 들락날락 하더니 이젠 아예 비추지도 않네, 하며 폐경이 된 걸 시원섭섭해 한 적이 있었는데, 그동안 이 구실 저 구실 삼아 가끔이라도 들락거리곤 하던 김씨가 엄마의 아랫도리마저 별 볼일이 없어지자 이참에 아예 내왕을 끊고 만 것이다. 전에도 김씨가 내가 집에 있을 때 온 적은 거의 없었기 때문에 지금도 가끔 들린다고 하면 거짓말하지 말라고 우길 수는 없었다. 그러나 사람이 들고난 자리는 어디가 달라도 달랐다. 엄마는 대낮에 나 몰래 딴짓하는 게 볼썽사나울까봐 김씨가 다녀가고 난 뒤처리는 깔끔하게 하는 편이었지만 하느라고 해도 허술한 구석은 있게 마련이었다. 미처 엄마의 눈길이 가 닿지 못한 곳에서 담배 꽁초가 발견된다든가 엄마의 머리에 못 보던 새 머리핀이 얹혀져 있다든가 등등. 그보다도 김씨가 다녀가고 난 날은 엄마의 표정부터가 달랐다. 뭔지 모르게 달뜨고 흥분되어 엄마의 볼은 발갛게 달아올라 있었고 신경은 온통 다른 데 가 있어 내가 뭐라 말을 해도 내내 건성이었다. 그런데 요즘은 집에서 전혀 그런 기운을 찾아볼 수 없다. 한 달 전 담배 꽁초가 있던 그 자리에 그 꽁초가 그대로 있고, 두 달 전 신발장 옆에 죽어있던 바퀴벌레가 여직 그대로 놓여 있었다. 엄마의 볼은 늘 칙칙한 빛깔을 띠고 있었으며 나만 보면 시시때때로 잔소리만 늘어놓았다. 전에는 그래도 가끔이었지만 두어 달에 한 번씩은 미장원에 들러 머리 손질도 하고 장날 싸게 팔더라며 촌스럽지만 옷가지라도 하나씩 사들이곤 하더니 김씨의 발길이 끊기고부터는 그마저도 하지 않는다. 이제 엄마에게서는 어디서도 여자의 흔적은 찾을 수 없다. 김씨가 찾아올 때는 그래도 엄마를 여자로 여기니 찾아오지 싶어 나도 어느 한 구석은 여자로 남겨놓는 부분이 있었는데 엄마의 볼이 더 이상 상기되지 않으면서 나도 여자로 보지 않게 되었다.

철판에 묵은지와 쪽파를 올리고 반죽을 붓자 기름 튀는 소리가 요란하게 났다. 김치 양념이 배어들어간 반죽은 금새 붉으죽죽한 빛깔을 띠었다. 전이 반쯤 익었을 때 얼른 뒤집었다. 처음엔 뒤집다가 번번이 김치와 파가 반죽에서 떨어져나와 애를 먹었으나 지금은 엄마처럼 모양도 고르게 잘 부쳐냈다. 나는 오후에 손님이 몰릴 걸 대비해 미리미리 부쳐두었다. 그리고 양념장도 다시 한번 잘 챙겼다. 전은 뭐니뭐니 해도 양념장이 중요했다. 전으로 이리저리 맛을 내느라 애쓰느니 양념장으로 입맛을 사로잡는 게 더 빨랐다. 다른 건 다 내가 해도 양념장만은 아직 엄마의 손맛을 빌리고 있는 것도 그래서다.

엄마가 판피린 한 병으로 통증이 쉬 가라앉지 않는지 또 한 병을 꺼내어 꿀꺽 삼켰다. 제발! 보다 못한 내가 참견했다. 엄마는 들은 채만 채 죽으면 썩어질 몸, 하면서 약병을 쓰레기통에 휙 던졌다. 엄마의 판피린 중독은 위험지수를 넘어서고 있었다. 처음 두통 때문에 한병 두 병 마시기 시작한 것이 요즘은 하루에 다섯 병을 넘기고 있었다. 금방 여섯 병 일곱 병이 될 것이다. 그러나 나는 판피린 통을 치우지 못한다. 당장 판피린을 먹지 않으면 하루를 버티는 것이 얼마나 힘든지 모르지 않기 때문이다.

엄마가 십오년 동안이나 해오던 이 장사를 내가 물려받은 지는 아직 채 한 달이 안 된다. 엄마는 관절염이 악화되어 시장 일을 그만둬야 했다. 쿡쿡 쑤시는 무릎 통증을 판피린으로 지그시 눌러가며 버텨왔는데 급기야는 왼쪽 무릎이 굽혀지지 않아 더 이상 시장에 쪼그리고 앉아 메밀전을 부칠 수가 없게 되었다. 차라리 잘된 일이었다. 다른 데 눈을 돌리다 보면 엄마도 시장 바닥이 세상의 전부가 아니라는

걸 알게 될 것이다. 그런데 장사를 그만둔 것 까지는 좋은데 시장을
나갈 수 없게 되자 그나마 가끔 가던 병원도 가질 않겠다고 버텨 골
치가 아팠다.

"망할 놈의 병원, 남의 돈만 처먹고 맨날 그 식이 장식인 걸 뭐할러
가?"

장사를 할 때도 돈 아깝다고 병원을 멀리하던 엄마였으니 더 말
할 게 없었다. 사실 엄마는 퇴행성관절염이라 평소 조심하는 것이 그
저 최고다. 무리하지 말고 가벼운 운동으로 더 나빠지지나 않게 해야
하는데 그게 엄마에게 씨나 먹힐 얘긴가. 엄마가 운동이나 살살하며
살 팔자가 안 된다는 건 하늘이 알고 땅이 안다. 엄마는 질질 끌더라
도 움직일 수만 있으면 시장에 나가 좌판을 깔았다. 그러다 견딜 수
없이 아파오면 병원에 가서 굵은 주사바늘로 무릎에 고인 물을 한아
름씩 뽑아내고 판피린 한 병으로 통증을 눌렀다. 그런데 무릎에 고인
물은 한 대롱씩 뽑아내는 데도 보름이면 또 어김없이 무릎 주위에 꽉
차올라 보는 사람을 아주 심산스럽게 했다. 관절염엔 쪼그리고 앉는
게 가장 나쁜데 죽으면 썩어질 몸, 하며 고집을 부렸으니 자업자득인
셈이었다.

시장을 나갈 수 없게 되자 엄마의 잔소리는 부쩍 더 늘었다. 엄마
가 우겨서 한 내 결혼이 잘못되면서 엄마는 더 그악스러워졌다. 엄마
는 내게 언제까지 빈둥거리기만 할 거냐고 볼 때마다 탓을 했다. 그
리고 한나절이 되도록 처자빠져 잔다고 잔소리, 립스틱 색깔이 너무
진하다고 잔소리, 기집년이 너무 늦게 다닌다고 잔소리를 퍼부어댔
다. 담배를 붙여 무는 횟수도 많아졌다. 전에는 담뱃값이 아깝다고

안 피웠었는데 돈 무서운 줄 모르고 피워대는 걸 보니 엄마의 속이 속이 아니구나 싶었다.

보다 못한 내가 엄마가 하던 메밀전 장사라도 하겠다고 나섰다. 엄마도 했는데 엄마의 딸인 내가 못할 이유가 없었다. 처음에 엄마는 내 말이 농담처럼 들렸는지 시큰둥했다. 하기야 언제 한번 엄마가 내 말을 귀여겨들은 적이 있었나. 허구헌날 빈둥거리는 내 꼴을 보며 속에서 열불이 날 때는 홧김에 화덕 지고 나가 메밀전이라도 부치라고 퍼부어 댔지만 그럴 때마다 들은 척도 안했으니 엄마의 반응이 그럴 만도 했다.

그런데 내가 진짜로 장사 설기들을 둘러메고 시장에 나앉자 처음엔 펄쩍 뛰었다. 죽어라 공부시켜 놨더니 어디 할 짓이 없어 무지렁뱅이나 하는 난전 장사냐는 거였다. 여상 졸업장 가지고는 어디 가서 주방일도 하기 힘든 세상이 되었다고 해도 엄마는 듣지 않았다. 학교 문전에도 못 가본 엄마에겐 누가 뭐래도 고등학교 졸업이면 최고였던 것이다. 아마도 엄마는 나를 고등학교까지 졸업시키기 위해, 아니 엄마처럼 안 살게 하기 위해 메밀전을 수천장도 더 부쳤을 것이다. 그런데 고작 한다는 짓이 또 그 짓거리니 엄마로서는 기가 찰 노릇이었던 것이다. 나는 밤 장사는 하지 않고 5일마다 열리는 장날에만 장사를 하겠다는 것으로 엄마의 허락을 얻어냈다. 내가 장사라도 하겠다고 나선 건 5일에 한 번이라도 엄마와 떨어져있기 위해서다. 엄마와 나는 같이 있으면 서로가 못 잡아먹어 안달이었다. 엄마와 나는 빼다박은 듯 닮았지만 서로를 지긋지긋하게도 싫어했다. 그건 내가 싫어하는 내 모습을, 엄마가 싫어하는 엄마 모습을 서로가 지니고 있기 때문이었다. 보이고 싶지 않은 내 모습을 상대를 통해 고스란히 봐야하는 건 정말 고역이었다.

내가 장사를 나갈 때면 엄마는 방에서 잠을 잤다. 식재료며 준비물이며 좀 거들어주면 좋으련만 내 꼴이 보기 싫은지 아니면 밤잠을 잘 이루지 못한 탓인지 엄마는 훤한 대낮에 틈만 나면 싸고 누웠다. 엄마는 장사를 그만두고 나서 이상한 잠버릇이 생겼다. 초저녁에 잠깐 눈을 붙였다 깨고 나면 밤 내내 자지 못하고 뒤척거렸다. 자다가 깨서 담배를 붙여 물고 긴 한숨을 내쏟는가 하면 난데없이 노래를 부르기도 했다. 담배까지는 그런대로 봐주겠는데 한밤중에 부르는 곡성 같은 노래는 정말 참기가 힘들었다.

"바다가 육—지라면 바다가 육—지라면 배 떠난 부두에서 울고 있지 않을 것을 아아아—아 바다가 육—지라아아면 이별은 없었을 거었을."

전에도 엄마는 부엌에서 장사 준비를 하며 이 노래를 곧잘 불렀었다. 그런데 움직이면서 흥얼거리는 것과 부엌에 송장처럼 우두커니 앉아 한숨처럼 토해내는 소리는 그 분위기가 사뭇 달랐다.

"엄마!"

나는 참다못하면 한 번씩 소리를 질러댔다.

"아니 저년이 자다가 일어나서 웬 지랄이야."

"제발 그 노래 좀 하지마. 지금이 몇신 줄이나 아나?"

"저년은 잠귀도 밝아. 내가 니 나이땐 누가 업어가도 몰랐어 이년아. 그냥 콱 엎어져 잘 노릇이지."

그래놓고도 엄마는 내가 신경 쓰이는지 나무토막 같은 다리를 일으켜 세워 질질 끌고는 부엌문을 밀고 나갔다. 바다가 육지라면, 바다가 육지라면, 하면서.

엄마는 언제나 앞 소절은 뚝 잘라먹고 바다가 육지라면, 하는 중간 대목부터 불렀다. 앞 소절은 가사를 외울 수도 없으려니와 아예 부르고 싶어 하지도 않는 것 같았다. 엄마에게 중요한 건 '바다가 육지라면'하는 이 구절이니까.

엄마에게 그 노래는 단순한 유행가가 아니었다. 바다를 육지로 만들고 싶은 일종의 주술 같은 것이었다. 모든 불가능한 것에 대한 분노나 갈망 같은.

엄마가 지나칠 정도로 자신을 학대하고 함부로 하는 건 다 꿈에 대한 열망 때문이다. 가슴은 뜨거운데 현실은 늘 제자리 걸음이니 자신을 들볶을 수밖에. 마지막 꿈이었던 나마저 메밀전 장사로 내몰리게 되었을 때 엄마는 삶에 대한 끈마저 놓고 싶었을까. 아니 이제는 엄마도 알았을 것이다. 송충이는 솔잎을 먹어야 산다는 것을. 꿈은 늘 상처를 동반한다는 것을.

엄마의 꿈 한 언저리엔 늘 아버지가 자리하고 있었다. 어쩌다 내가 아버지에 대한 얘기를 꺼냈을 때 불같이 화를 내거나, 바다를 향해 긴 담배 연기를 뿜어낼 때 엄마의 눈빛이 촉촉이 젖는 걸 보면 알 수 있다. 세월이 흘렀어도 엄마에게 아버지는 아직 현재형처럼 보였다. 엄마가 이 척박한 바닷가 마을을 떠나지 못하고 사는 것도 어쩌면 아버지에 대한 미련 때문일지도 몰랐다. 엄마는 아버지가 배타고 나갔다가 죽었다고 일축했지만 엄마의 말끝엔 늘 설명할 수 없는 여운이 감돌았다. 그것은 존재감이 주는 기운이었다. 그 여운 때문에 나는 아버지가 살아있다고 믿었다. 중학교 때던가, 나는 엄마의 낡은 수첩에서 한 남자의 사진을 보았다. 엄마와 착 달라붙어 찍은 게 얼핏 보아도 보통 사이로는 보이지 않았다. 그런데 남자는 한쪽 팔이 없었다. 남자의 한 쪽 손은 윗도리 주머니 속에 들어가 있었는데 소매가 헐렁했다. 나중에 수정궁 아줌마로부터 내 아버지가 외팔이었다는 얘기를 들으면서 나는 그 사진 속의 남자가 내 아버지라는 확신을 가졌다. 그러면서 언젠가는 아버지를 볼 지도 모르겠다는 실낱같은 희망도 안게 되었다. 그런데 어느 날 엄마의 수첩에서 사진이 사라졌다. 사진이 사라진 건 아버지를 다시 보지 않겠다는 의지일 것이다. 아마도 사진이 사라지던 날 아버지는 엄마가 아버지를 버려야만 했을 무슨 중요한 단서를 제공한 것이 틀림없었다. 그러니까 엄마는 내가 중학생이 될 때까지 아버지와 연락이 닿아 있었던 거였다. 그 이후 엄마의 입은 더 굳게 닫혔다. 내가 다 자라 나도 내 친아버지에 대해 알 권리가 있다고 수정궁 아줌마에게 사실을 얘기해달라고 했을 때 아줌마 역시도 아버지가 소싯적 바다에 나갔다가 상어에게 물려 한 쪽 팔을 잃었다는 얘기만 전할 뿐 더 이상은 모른다고 했다. 하기야 엄마의 입이 입 싼 장터 아낙네 앞에서 쉽게 열렸을 리 없다. 어찌 보면 수정궁 아줌마가 알고 있는 게 전부이며 엄마는 아버지에 대해 더 해줄 말이 없는 건지도 모르겠다. 엄마가 아버지에 대해 알고 있는 사실 역시 아버지 입장에서 보면 진실이 아닐 수도 있었다. 내가 아버지에 대해 알고자 한 것도 어쩌면 진실 그 자체보다 지긋지긋한 현실 때문에 도피처를 마련하고 싶은 허황된 욕심 때문일지도 모르겠다. 나는 묻어두기로 한다. 엄마도 한 가지쯤 비밀을 간직하고 살 권리는 있다. 언젠가는 엄마의 입도 열리겠지.

채반에 전이 두둑이 쌓여가는 걸 물끄러미 보고 있던 엄마가 그만 가겠다고 일어났다. 서는 게 힘든지 지팡이를 잡은 엄마의 손이 부르르 떨렸다. 엄마는 올 때와는 반대 방향으로 걸음을 옮겨놓았다. 두부 난전을 지나 모자 행상 앞에서 잠시 걸음을 멈추었던 엄마는 이내 사람들 틈으로 사라져갔다. 엄마는 지금 가는 게 아주 가는 게 아니었다. 집에서 한 숨 눈 붙이고 저녁나절 또 느적느적 장터로 나왔다. 그나마 오징어 찢는 일이라도 꾸준히 했으면 좋았으련만 그것도 아무 때나 있는 일이 아니다보니 며칠에서 끊겼다. 얼마 전 엄마는 어떻게 알아냈는지 마른 오징어 찢는 일을 찾아내어 날이면 날마다 오징어 푸대를 짊어지고 집으로 들어왔다. 그리곤 밤이고 낮이고 포대 앞에 들러붙어앉아 아직은 온전한 손으로 오징어를 찢었다. 그러나 나까지 덤벼들어 온종일 찢어봤댔자 하루 몇 천원 벌이가 고작이었다. 그러나 엄마는 불평하지 않았다. 어렵게 얻은 일거리를 놓치지 않기 위해 손톱이 부르트도록 오징어를 찢고 또 찢었다. 오가는 시간이 아까울 때는 아예 오징어를 대는 곳에 눌러앉아 찢었다. 엄마에게 일은 사는 이유였다. 죽으면 썩어질 몸을 가만히 놀리는 건 엄마에게는 죄악이었다.

오후가 되면서 시장은 장보러 나온 사람들로 발 디딜 틈 없이 북적댔다. 채소전과 어물전은 먹을거리를 사려는 주부들로 복작거렸고 칼 가는 할아버지와 모퉁이에 자리한 뻥튀기 앞에는 구경 나온 어린이들과 남정네들로 들끓었다. 각종 회와 묵국수를 파는 곳은 오후 출출한 속을 달래려는 사람들로 빼곡히 들어차 있었다. 메밀전을 찾는 사람도 오전에 비해서는 늘어 돈 들어오는 재미가 쏠쏠했다. 장사는 엄마가 잘 닦아놓은 터라 주로 단골이 많았다. 엄마 대신 화덕을 지고 나온 나를 대견해하며 일부러 팔아주는 이웃도 있었다. 어쩌다 아는 사람과 마주쳐 내 처지를 설명해야 할 때 한 번씩 곤혹스러웠지만 몰래 숨어서 아이를 낳던 그 두려움에 비하면 난전에서 메밀전을 구워 파는 일은 지극히 온당한 양지의 일이었다.

엄마에게 등 떠밀려 한 결혼이 실패로 끝나기 전까지 나는 순진한 겁쟁이였다. 세상이 무서워 뭐든 엄마가 하라는 대로 했다. 그러면서도 나는 엄마의 그늘을 지독히도 싫어했다. 결혼도 그래서 했다. 2년 전, 한 남자를 따라 마을을 뜰 때만 해도 엄마 곁엔 다시 돌아오지 않을 줄 알았다. 그건 내 희망이었지만 엄마의 바램이기도 했다. 엄마는 어디선가 딸은 엄마 팔자 따라간다는 말을 주워듣고는 나도 엄마처럼 살까 그게 두려워 나를 얼른 시집보내고 싶어 했다. 그때 마침 적당한 혼처가 생겼다. 애가 하나 딸렸다는 게 엄마의 마음을 조금 주춤거리게 했지만 오히려 그것 때문에 내게 더 잘 할 것이라며 나를 부추겨 그 남자에게 딸려 보냈다.

엄마가 애 딸린 남자에게 나를 시집보낸 건 그때 그 사건이 늘 옭아매고 있어서였다. 엄마는 내가 엄마처럼 행여라도 아비 없는 자식을 낳아 기르게 되지 않을까, 그래서 엄마 팔자를 따라가지 않을까, 그게 염려되어 애가 딸렸을지언정 온전하게 가정이란 울타리가 있는 곳으로 보내려 했다. 알고 보면 나도 흠 없는 사람이 아니니 애 딸린 걸 탓할 처지도 아니고 말이다. 세상에 비밀은 없다고 행여라도 그때의 일이 들춰져 소박이라도 맞지 않으려면 나보다 더 약점이 많은 사람이 사는 데는 수월할 터였다. 졸업을 몇 달 앞둔 여상 3학년 때, 나는 밤늦게 집으로 돌아오다가 어떤 거친 손에 잡혀가 몸을 망가뜨렸다. 그땐 무지해서 내 뱃속에서 씨가 자라고 있는 줄도 몰랐다. 몇 달째 생리가 없고 병든 닭처럼 꾸벅꾸벅 졸기가 일쑤이자 엄마가 캐물어 알게 되었다. 학기가 끝날 때까지 다행이 배는 불러오지 않아 학교는 마칠 수 있었지만 결국 졸업식장에는 가지 못한 채 엄마 손에 이끌려 병원을 다녀와야 했다. 학교라는 억압에서 벗어나 자유를 만끽하려던 열아홉 살 시절, 나는 친구들과의 화려한 외출을 포기하고 엄마가 가두어놓은 공간에서 스무 살을 맞아야 했다. 엄마는 내 배가 차츰 불러오자 나를 집 안에 가두고 현관문에 자물통을 매달았다. 그렇게 겨울을 보내고 친구들은 아름다운 학창시절을 마감하는 졸업식장으로 향할 때 나는 야반도주 하듯 엄마의 손에 이끌려 마을에서 멀리 떨어진 병원으로 갔다. 그곳에서 사흘을 머물고 엄마와 나는 집으로 돌아왔다. 돌아올 때 내 배는 푹 꺼져 있었지만 아기는 없었다. 나를 엄마처럼 살게 하지 않으려는 엄마의 노력은 징할 만큼 눈물겨웠다. 쥐도 새도 모르게 해치운 일이긴 했지만 엄마와 나의 마음까지 속일 수는 없었다. 엄마는 행여 그때 일로 내 혼삿길이 막히기라도 할까봐 서둘러 시집보내려 했다. 그때 마침 이웃의 주선으로 결혼 말이 오갔고 재취이긴 해도 사람 착하고 돈 좀 있다는 이유로 엄마는 나를 그 남자에게 떠넘겼다. 그런데 막상 가서 보니 애는 하나가 아니라 셋이었고 먹고사는 걸 걱정할 처지까지는 아니었으나 돈도 그리 넉넉한 편은 아니었다. 거기에 시어머니까지 딸려 있었다. 속았다는 생각에 분노했으나 돌아가 살아야 할 엄마 그늘도 뭐 그리 녹녹한 건 아니어서 일단은 살아보기로 했다. 사람 착하다는 그거 하나는 틀리지 않아 그럭저럭 살만했다. 그렇게 팔자려니 적응하고 살 무렵, 남자가 죽어버렸다. 남자는 늦은 밤 만취한 상태로 자전거를 타고 오다가 논둑길에 거꾸로 처박혀 그길로 세상을 떴다. 남자가 죽자 엄마는 아이들이 모두 잠든 깊은 밤 몰래 찾아와 나를 데리고 다시 엄마의 집으로 돌아왔다.

뉘엿뉘엿 해가 기울자 술 냄새를 맡은 남정네들의 발길이 하나둘 머물기 시작했다. 시장 안에 버젓이 가게를 갖고 장사를 하는 곳도 많았으나 사람들의 발길은 난전으로 몰렸다. 둘 셋씩 짝지어 몰려들면서 내 손놀림도 빨라졌다. 나는 안주가 떨어지지 않게 부지런히 부쳐 그들이 찾을 때마다 대주었다. 손님이 많으면 신이 났다. 장사도 장사지만 이곳에서 세상 돌아가는 얘기를 듣는 재미가 더 좋았다. 누군가 어황이 좋지 않아 한숨짓고 있으면 요즘 고기가 잘 안 잡히는구나, 했고 집나간 마누라 욕을 하고 있으면 하는 짓이 저러니 여편네가 못살고 나갔지, 했다. 가운데 앉은 두 남정네는 같은 어판장에서 일을 하는 사람인가 본데 뭔가 돈 계산이 맞질 않았는지 아까부터 니 잘못 내 잘못 하며 티격태격했다. 저러다 말면 좋은데 어떨 때는 술병이 작살나며 주먹이 오가기도 해서 나는 내심 조마조마했다. 그런데 술이 몇 잔씩 들어가면서 화제는 업주의 잘못으로 바뀌고 공동의 적이 생기면서 그들은 금세 의기투합했다. 그러더니 돌연 노래를 부르기 시작했다. 한 남정네가 '못난 내 청춘'을 부르자 다른 사람이 '목포는 항구다'를 불렀다. 사람들의 시선이 흘끔흘끔 내 가게로 향했다. 그러나 일단 취기가 오른 그들은 멈출 줄 몰랐다. 그들은 제목도 알 수 없는 노래를 몇 곡 더 불러제끼더니 아는 노래가 다 떨어졌는지 갑자기 화살을 내게로 돌렸다. 나보고도 노래를 하란다. 나는 절레절레 하며 아는 노래가 없다고, 내가 노래를 부르면 술맛이 확 떨어진다고 버텼다. 그러나 막무가내였다. 급기야는 술까지 권했다. 피해갈 수 있을 것 같지 않았다. 술을 마시지 않으려면 노래라도 불러야 했다. 그때 내 머릿속으로 번개처럼 한 노래가 스쳐지나갔다. '바다가 육지라면.'

그런데 앞 소절이 떠오르지 않았다. 엄마는 한번도 앞 소절을 부른 적이 없었다. 나는 에라 모르겠다 막가는 심정으로 중간부터 부르기 시작했다. 바다가 육지라면 바다가 육지라면 배 떠난 부두에서 울고 있지 않을 것을 아아아 바다가 육지라면 이별은 없었을 것을.

"야, 그 노래 정말 오랜만이다. 그 노래 조미미가 불렀지?"

"아냐, 주현미가 불렀어."

"아냐, 조미미라니까."

"주현미라니까."

그들은 내가 앞 소절을 뚝 잘라먹고 부른 데 대해서는 아무 얘기도 없고 엉뚱한 싸움을 벌이고 있었다.

"좋아, 그럼 노래 부른 미스 김한테 물어보자. 미스 김 이 노래 누가 불렀나? 조미미나? 주현미나?"

그들은 난데없는 질문을 던져놓고 내 입술만 쳐다봤다. 내가 가수를 알 턱이 없었다. 그러나 모른다고 했다가는 조미미와 주현미의 싸움이 다시 시작될 것 같았다.

"이 노래 울 엄마가 불렀는데요."

그들은 엄마라는 말이 재밌는지 엄마? 엄마? 하더니 서로 얼굴을 마주보며 낄낄댔다.

그때였다. 내 모처럼의 사업장이 난장판이 된 것은. 언제 왔는지 엄마가 덤벼들어 장사 설기들을 부수기 시작했다. 탁주 사발이 엎어지고 메밀반죽이 쏟아져 바닥에 흥건히 고였다.

"이년아, 장살 하랬지 누가 그따위 노래를 부르랬나? 술팔고 노래 팔고 그담엔 몸뗑이까지 팔끼나?"

엄마는 한쪽 다리를 지탱해주던 지팡이를 쳐들고 아무데나 막 휘둘렀다. 술을 마시던 남정네들은 놀림결에 물러나고 언제 왔는지 사람들이 몰려들면서 시장판은 삽시간에 아수라장이 되었다.

"뭔 구경이 났소?"

엄마가 사람들을 향해 냅다 소리를 질렀다. 사람들이 주춤주춤 하나둘 물러갔다. 어두워지면서 난전들은 거의 들어가고 먹을거리 장터만 띄엄띄엄 남아있던 터라 시장은 어수선했다. 나는 썰렁한 기운이 감도는 난전에 엎드려 설기들을 주섬주섬 그러모았다. 주전자는 찌그러지고 화덕은 깨져 다시 장사를 하기는 어려워보였다.

"다 버리거라."

엄마는 그 한마디를 내뱉고는 지팡이에 의지해 한쪽 다리를 질질 끌며 자리를 떠났다.

멀찌막이 서서 엄마의 행패를 보고만 있던 김씨가 나를 도와주러 왔다. 무거운 화덕이며 부서진 의자며 하는 것들이 그의 손에 닿아 제자리를 찾았다. 나는 문득 김씨가 진짜로 내 아버지였으면 좋겠다는 생각이 들었다. 내게도 아버지가 있었다면, 인생의 갈피갈피 뭉그러지고 찌그러졌을 때 아버지를 버팀목 삼아 조금은 덜 힘겹게 고비를 지나왔을 것이다. 아버지……. 나는 김씨의 낡은 구두 두 짝에다 대고 가만히 불러보았다. 바깥으로 소리내어 불러본 건 생전 처음이었다.

김씨가 다 되었다면서 손을 탈탈 털며 일어났다. 김씨 덕분에 일이 빨리 끝났다.

"고맙습니다, 아저씨."

나는 진심으로 고마웠다. 김씨가 엄마 옆에 있어준 것도 고마웠고 내게 아버지라는 그리움을 안겨준 것도 고마웠다. 김씨가 말없이 내 어깨만 두 번 툭툭 치고는 건어물 가게를 향해 걸어갔다. 김씨가 이런 온정이 있는 사람인 줄 진즉에 알았더라면. 뒤늦은 후회였다.

나는 전대에 있는 돈을 몽땅 꺼냈다. 하루 벌이가 꽤 쏠쏠했다. 주변을 둘러보니 어느새 난전은 다 철거되고 점포마다 불이 들어와 있었다. 나는 미란부티크라는 옷가게로 들어가서 가장 화려하고 빛나는 것으로 엄마의 옷을 샀다. 엄마 생애 최대의 호사였다. 옷가게를 나오다가 어물전에 들러 갈치도 한 마리 샀다. 내일 아침엔 갈치구이로 아침 밥상을 차릴 것이다. 나는 엄마의 옷이 든 쇼핑백과 갈치 봉지를 들고 어두워진 시장 골목을 터덜터덜 걸어갔다.

부산 _ 김성달

영덕 출생. 『한국문학』,『삶과 창』에 단편
을 발표하며 작품 활동 시작. 한국소설가
협회 편집국장. 한국문인협회 편집위원.
소설집 『환풍기와 달』,『낙타의 시간』이
있다. 아시아문학상 우수상, 한국문인협회
작가상 수상.

내일 오후에 부산에 같이 갈 수 있느냐는 선생의 연락을 받은 것은
창밖으로 보이는 광장에 어둠이 깔리는 퇴근 무렵이었다. 선생과 통
화를 하면서 꽤 오랫동안 뵙지 못했다는 생각이 들어 동행의사를 밝
히고 휴대폰을 내려놓은 순간 정대우 씨의 얼굴이 눈앞을 스쳐지나
갔다. 취재 현장을 후배들에게 물려주고 전문위원으로 한 달에 두어
번 칼럼이나 쓰면서 소일을 하고 사는지 일 년이 넘었다. 신문사 외
진 구석에 엎으려 그동안의 취재 밥으로 쌓은 경험을 전문 지식으로
포장해 써먹으며 적당히 시간이나 보내다가 곧 퇴직해야 하는 시기
였다. 나는 앞으로 무엇을 해야 할지 막막했고 막연했다. 물론 현실
적인 이런저런 제안이 없는 것은 아니지만 썩 내키는 것도, 그렇다고
그런 제안을 싹둑 무시할 현실적인 능력이 있는 것도 아니었다. 그렇
게 눈치나 보면서 그냥저냥 시간만 죽이며 살아도 무엇이 그리 바쁜
지 한동안 선생을 잊고 있었다. 이따금 강연이나 언론에 기고하는 칼
럼을 통해 선생의 동정을 살필 수는 있었지만 내 쪽에서 먼저 연락

을 하지는 않았다. 그래서 선생의 전화는 뜻밖이었다. 문단의 중진으로 왕성한 활동을 할 때 선생은 내가 몸담은 신문사가 표방하는 논조와는 다른 쪽에 계시는 분이라 자주 어울리지 못했다. 어쩌다 간담회 같은 모임이 있을 때에 동료 기자들 틈에 끼어 선생과 소주잔이나 기울이는 정도였다. 명색이 문학담당기자라는 직함 때문인지 선생은 각별히 챙겼지만 나는 선뜻 선생의 그림자 속으로 들어가지는 않았다. 문단 진보진영의 대표적인 인사로 알려진 선생과의 친분이 내 개인에게는 별로 이롭지 않겠다는 알량한 계산이 작용한 것도 사실이었다. 그래서 신간이 출간되면 과하지도 그렇다고 섭섭하지 않을 정도의 예우로 선생의 문학세계를 조명하는 기사를 내보냈고, 선생이 방북해서 여동생을 재회했을 때는 냉정하도록 팩트에 치우쳐 기사를 쓰기도 했다. 그런데도 선생은 이른 새벽 시간에 전화를 걸어 기사를 잘 봤다는 말을 잊지 않았다.

그렇게 일정한 거리를 두었던 선생과의 관계가 부쩍 가까워진 것은 내가 선생이 50여 년 동안 살고 있는 동네의 언저리로 이사를 간 후부터였다. 딸아이의 아토피가 우리 가족을 북한산 자락으로 들어가게 했고, 그것이 불광동에 살고 계시는 선생님과의 관계를 한층 돈독하게 만든 계기가 되었다. 기자 간담회나 문학상 시상식을 비롯한 여러 행사 뒤끝에 이어지는 술자리를 끝내고 귀가하는 방향이 같은 우리는 인사동이나 선생의 집 근처까지 두어 차례 자리를 옮기면서 밤늦도록 술을 마시다 헤어지고는 했다. 그러면서 나는 차츰 선생의 그림자 속으로 빨려 들어가는 자신을 억제하지 않았다. 내 머릿속에 평면적으로 서술되어있던 선생의 모습이 양, 음각의 입체감으로 묵직하게 각인된 것은 선생이 평양에서 누이와 재회하고 돌아온 며칠 후였다.

방북 후 인터뷰나 방송 출연 등으로 꽤나 분주하던 선생을 북한산 산행길에서 우연히 만난 날이었다. 기획기사 때문에 토요일 오후 서너 시가 넘어서 퇴근한 나는 집에서 등산화만 갈아 신고 근처 약수터로 향했다. 주말 오후의 약수터는 사람들로 붐볐다. 준비해간 물병에 물을 채우고 조금 더 걸어 올라가다가 자그마한 암자가 있는 쪽으로 방향을 바꾸어 꺾는 순간 혼자서 산을 내려오고 있는 선생과 불쑥 마주쳤다. 반색을 하며 시원한 생맥주나 한잔 하자면서 내 손을 잡아끄는 선생의 입에서 약한 술 냄새가 풍겼다. 산을 좋아하는 선생은 주말이면 어김없이 산에 다녔다. 오늘은 어쩐지 일행들과 헤어져 이곳으로 내려오고 싶은 게 강 기자를 만나려고 그런 게, 아니었냐며 선생은 소년처럼 해맑게 웃었다. 등산로 입구의 생맥주 집에 마주 앉은 선생은 안주가 나오기도 전에 차가운 생맥주 한 잔을 단숨에 들이켰다. 그제야 나는 선생께 누이동생을 만나고 온 소회를 조심스럽게 물었다. 선생은 기다렸다는 듯이 단숨에, 그야말로 단숨에 북에서 보고 들은 것을 마치 현장에 있는 것처럼 생생하게 들려주었다. 나는 선생의 기억력과 그 기억력 속에 들어있는 사물이나 인물에 관한 생생한 입담에 시간가는 줄 모르고 이야기를 들으며 거푸 생맥주잔을 비웠다. 그렇게 얼마나 시간이 흘렀을까? 취기가 오른 상기된 얼굴로 선생이 갑자기 나지막하게 나를 불렀다.

"이보우, 강 기자."

나 역시 취기가 올라 벌건 얼굴로 대답했다.

"예, 선생님."

"그게 참 묘합디다. 참 묘해요……"

선생은 잠시 입을 다물었다. 선생이 입술을 꾹 다물자 얼굴에 묻어 있던 취기가 씻은 듯이 사라지고 단단한 바윗덩어리를 마주하는 느낌이었다. 잠시 후 선생은 말을 이어갔다.

"누이동생을 만나서 절대 울지 않겠다고 다짐하고, 실재로 울지 않았어요. 오빠로서 대범해야 한다는 생각뿐이었어요. 그래서 울먹이는 누이에게 우리는 울지 말자고 다독였지만 결국 늙은 누이의 주름진 얼굴 위로 눈물이 번지더군요. 그런데 말입니다. 누이가 돌아가고 한참 동안 호텔 객실에 우두커니 앉아 있다가 세수를 하고 수건을 들었는데 말입니다. 그 순간, 수건이 얼마나 낡았는지…… 우리는 발 닦는 수건으로도 사용하지 않을 낡은 수건을 보는 순간, 가운데 부분이 종잇장처럼 얇게 헤진 수건을 보는 순간, 와락 울음이 터져 나오는 거예요. 그래서 수건을 움켜잡고 한참을 울었어요. 강 기자, 그런 순간은 참 묘해요. 인생은 그렇게 묘한 것입디다."

다시 취한 얼굴로 돌아온 선생은 오랜 버릇인 씹다만 노가리를 당신 잠바 주머니에 집어넣고는 다시 한 마리를 집어 들었다. 선생의 그 말에 나는 이상하게 오랜 시간 나를 둘러싸고 있던 어떤 무거운 장막을 걷어버린 듯 홀가분해져 자꾸자꾸 생맥주잔을 비웠고 차츰 기억의 끝이 멀어져갔다. 이튿날 잠이 깬 나는 잠바 주머니에서 씹다만 노가리 두 마리를 발견했지만, 그날의 그 홀가분함 정체가 무엇인지 지금도 알 수 없었다. 그 날 이후로 적잖은 시간 선생과 어울렸지만 선생이 팔순을 넘기면서 예전처럼 술을 마시지 못하고, 내가 집을 남양주 쪽으로 옮긴 후부터 만나기가 힘들었다. 세종문화회관에서 열린 선생의 팔순 기념잔치에 다녀온 것이 마지막인 것 같았다.

옅은 어둠이 깔리는 광장에는 어제에 이어 오늘도 이런저런 단체들의 모임이 이어지는 중이었다. 꽤 오래 전부터 수면 아래에서 간간히 들리던 대통령 비선 이야기가 이제는 광장으로 모이는 느낌을 지울 수 없었다. 광장에 모인 수백 명의 사람들은 아직 까지는 특정인의 이름을 노골적으로 거론하지 않지만 퇴근길에 마주치는 그들의 분위기는 하루가 다르게 구체적으로 무엇인가를 향하는 것 같았다. 나는 시계를 보며 퇴근을 서둘렀다. 곧 정대우 씨와 만나기로 한 약속 시간이었다. 내가 자세한 일정이나 목적 같은 것도 묻지 않고 덥석 선생의 부산행에 동행한 것은 정대우 씨의 얼굴이 자꾸 겹쳤기 때문이었다.

평일인데도 서울역은 사람들로 붐볐다. 가을이면 늘 입고 다니는 베이지색 코트 차림의 선생은 대합실 가운데에 서 있다가 입구로 들어서는 나를 발견하고 팔을 들어 반가움을 표했다. 그동안 좀 여윈 듯한 외관과는 달리 여전히 활기찬 모습이었다. 초청하는 쪽에서 보내 온 ktx기차표 한 장을 내게 건넨 선생은 서둘러 앞서 걸었고 나는 얼른 따라 걸었다. 부산행 ktx 기차에 자리를 잡고 앉아 내 쪽에서 선생의 근황을 묻기도 전에 선생이 먼저 입을 열었다.

"강 기자. 봤어?"

"네?"

나는 영문을 몰라 선생의 얼굴을 멀뚱하게 바라보았다. 선생은 어쩐지 무엇인가에 떠밀리듯이 조급해했다. 그런 내 느낌이 전달되었는지 앞으로 구부정하게 숙인 상반신을 의자의 등에 갖다 붙인 선생이 무심한 듯이 물었다.

"노숙인들 말이요."

그제야 나는 선생의 말뜻을 알아들었다.

"그 사람들도 어느 날 갑자기, 느닷없이 저렇게 된 것이겠지요?"

"저마다 사연이 있겠지요."

"허, 강 기자가 나 보다 더 오래 산 것 같으이."

선생의 말에 나는 귀 끝이 홧홧할 정도로 웃었다. 누가 봐도 과장되어 보이는 내 웃음에 선생은 천연덕스럽게 따라 웃으면서 피곤한 듯이 하품을 길게 했다. 팔순이 넘은 노구로 부산까지의 여정은 만만치 않을 게 분명한데도 선생은 어딘가가 한구석 들떠보였다. 그제야 나는 선생이 부산에 가는 이유가 궁금했다.

"부산에 무슨 일이십니까?"

선생은 이런 저런 행사나 강연으로 부산을 자주 오갔고, 이따금 부산의 해운대나 광안리, 남포동, 동래온천장에서 부산의 지인들과 만나 회포를 풀기도 했다. 나도 몇 번인가 동행한 적이 있었다.

"강 기자, 오늘 음력으로 며칠이요?"

내가 휴대폰을 꺼내들자 선생이 만류하듯이 말했다.

"오늘이 음력 구월 열나흘이에요."

나는 묵묵히 선생의 말을 기다렸다.

"부산에서 열나흘 달을 보고 싶어서……"

"……"

부산의 한 구청에서 문화공원 개장일에 맞추어 달맞이 야간 축제 일정가운데 문학특강 강사로 선생을 초청했는데, 주최 측에서 한 장 더 보내준 여분의 기차표를 보는 순간 내 생각이 나더라는 것이었다. 열나흘 달을 보러 부산을 간다는 말에 나는 역시 선생다운 행보라는 생각이 들었다. 선생은 달을 무척 좋아했다. 특히 열나흘부터 열닷새, 꽉 차게 부풀어 오른 달을 쳐다보며 걷는 시간을 즐겼다. 그것도 부산의 열나흘 달이었다. 나는 선생의 들뜬 기분이 이해가 되었다.

　선생에게 부산은 특별한 곳이었다. 혈혈단신으로 고향을 떠나 추운 겨울 첫발을 디딘 남쪽 땅이었다. 고향 원산과는 달리 겨울에도 눈이 잘 안 오는 부산에서, 남쪽에서의 삶이 이토록 평생 이어질 것을, 그것이 선생의 운명이라는 것을 몰랐을 것이다. 부산은 열아홉, 청년이라기 보다 소년에 가까웠던 선생이 혼자서 모든 길을 스스로 만들어야 하는 외롭고도 무서운 공간이기도 했다. 부두 노동과 제면소 직공, 미군 부대의 경비원을 전전하는 생존의 현장에서 선생은 교지와 둔감으로 그 시대를 견디었다고 했다. 그동안 수차례 동행하면서 나는 선생이 오늘 처럼 열나흘 달을 보러 부산에 간다고 속내를 드러낸 것을 보지 못했다. 나는 선생이 이렇게 가감 없이 속을 내보이는 순간이, 선생이 말한 교지와 둔감의 시간을 보는 것 같아서 좋았다.

　창밖을 바라보던 선생이 생각난다는 듯이 물었다.

　"강 기자는 여전히 취재에 바쁘시고."

　선생은 아직도 내가 일선에서 뛰는 줄로 알고 있었다.

　"현장에서 밀려난 지 한참 되었습니다."

선생은 약간 어이없는 얼굴로 나를 뚫어지게 바라보다가 혼잣말처럼 중얼거렸다.

"강 기자가 벌써 그렇게 됐어요. 허어……"

선생은 사뭇 심각한 표정으로 빠르게 흘러가는 창밖의 풍경을 바라보다가 피곤한 듯 눈을 감더니 금방 가늘게 코를 골았다. 나도 상반신을 뒤로 기대고 앉아 깊은 숨을 내쉬었다. 어제 저녁에 마신 술이 아직도 위 한쪽 구석에 남아있는 듯이 속이 쓰라렸다. 정대구 씨와의 술자리는 예상외로 길어져 자정을 넘겼다.

탈북자인 정대구 씨를 만난 것은 6개월 전이었다. 북한 핵원자력 공장의 부직장을 지낸 그가 10여 년 전에 탈북 할 때 남한 정부에서는 군함을 동원할 정도로 공을 들였다. 탈북 초기 한국과 일본에서 북한 핵 개발에 관한 실상을 증언하는 기자회견을 하는 등 나름으로 활발한 활동을 벌였지만 탈북 10년이 넘어서면서 차츰 당국이나 사람들의 기억 속에 잊혀졌다. 그 후 다단계 사업에 뛰어들어 남쪽에서 이룬 부를 비롯한 모든 것을 한꺼번에 잃어버리고 좌절에 잠겨있던 그는 절치부심 북한 핵 개발 실상에 관한 장편수기와 수백편의 시를 썼다. 그러면서 북한에 두고 온 가족을 남쪽으로 데려오기 위해 무단히도 노력했지만 성사되지 않았다. 정대우 씨는 개인사가 고스란히 들어있는 수기 원고를 들고 탈북 기자회견 때부터 친분이 있던 우리 신문사 기자를 찾아왔지만 그는 이미 퇴사한 후였다. 하지만 정대우 씨의 정보를 가지고 보수정권의 안보팔이 선봉에 섰던 우리 신문사로서는 그를 무작정 외면할 수 없었다. 그 부서의 선배 기자는 내게 그의 수기를 슬쩍 넘기면서 연이 닿은 출판사와의 연결을 부탁했다. 아무래도 저 양반 저러다가 오래 살지 못할 것 같다는 말과 함께.
그렇게 얼결에 정대구 씨를 만나 그의 이야기를 듣고 수기를 읽으면
서 두어 번 만나 술잔을 기울이다보니 정대우 씨는 내가 당연히 출판
사를 소개해줄 것이라고 철썩 같이 믿었다. 수기 원고는 북한 핵 개
발의 현장을 구체적으로 증언하면서 정대우 씨 본인이 겪은 실상들
이 고통스럽게 서술되었지만 이미 10여년이 지난 증언이라 달려드는
출판사가 없었다. 난감했다. 계속되는 좌절과 실패에 낙심이 큰 정대
우 씨는 원고가 그대로 묻히면 어떤 극단적인 선택을 할지도 모를 정
도로 감정 상태가 위태위태했다. 어제 저녁에도 다섯 번째 고쳐서 출
력했다는 원고를 내 앞에 던져놓고는 꼭 책으로 출간하고, 어떤 방법
으로든 가족들을 남쪽으로 데려오겠다는 의지를 알코올로 불태웠다.
신문사를 그만두면 1인 출판사를 만들어 책과 같이 살아보는 삶을 고
민 중이던 나는 정대우 씨의 원고가 시효성의 문제가 있지만 잘 가공
하면 어떨까 싶은 생각도 들었다. 그래서 오랜만에 연락을 받은 선생
에게 의견을 구해볼 작정으로 원고를 가방에 넣어왔지만 어쩐지 선
뜻 내어놓기가 망설여졌다.

　기차가 대전역을 지나면서부터 창밖이 점점 어두워졌다. 쾌청할
정도로 맑았던 하늘은 남쪽으로 내려갈수록 구름이 산발적으로 보이
는가 싶더니 이제는 제법 크고 짙은 먹구름이 커다란 띠를 이루어 햇
살을 가로막았다. 나도 잠을 청해보려고 의자 등받이에 목을 올리고
눈을 감았지만 좀처럼 잠이 오지 않고 오히려 정신이 맑아지면서 정
대우 씨의 목소리가 자꾸 귓전을 맴돌았다.

　"딸아이들에게 출장 갔다 오면서 신발을 사다 주기로 했는데 약속

을 지키지 못했습니다. 남쪽에서 살면서 딸아이들의 생일날만 되면 신발을 구입하지만 전해줄 길이 없어 통일공원의 철조망에 걸어 놓은 게 십여 켤레입니다."

정대수 씨는 나를 만나면 눈물을 흘리며 장황하게 말을 되풀이하다가, 갑자기 무엇인가부터 도망치려고 하면서도, 내가 도와줄 힘을 가지고 있다고 굳게 믿고 있었다. 나는 그게 터무니없는 오해라는 것을 말해주려고 그를 만나면서도 그 얘기는 못하고 같이 술을 마시고 부채처럼 그의 원고를 가방에 넣고 다녔다.

나는 가방에 들어있던 정대우 씨의 수기 원고를 꺼내들었다. 다섯 번이나 고쳤다는 원고는 곳곳에 아직도 감정의 앙금이 그대로 묻어나는 단어가 수두룩했고 때로는 격앙되고 때로는 처참하고 때로는 가슴을 먹먹하게 두드렸다. 원고를 뒤적이던 나는 다섯 번이나 고치도록 토씨 하나 틀리지 않고 고스란히 남아있는 부분을 들여다보았다.

북한핵개발의 수장 중앙당 전병호 군수담당 비서의 해결사 역할을 하던 나는 당의 명령으로 중국에서 외화벌이를 하던 중 운명의 장난에 휘말리면서, 북경주재 한국 대사관에 찾아가 망명신청을 하게 되었다. 그리고 밤샘 조사가 있었고, 한국정부는 극비리에 군함을 파견하여 나를 남한으로 안내하였다. 참으로 고마운 일이었다. 하지만 그 대가는 너무나 가혹하였다.

당시 보수정부의 정보기관은 군함까지 동원해서 나를 구원해 주었으니 신세를 갚으라며, 북한의 핵개발이 이미 2년 전에 대부분 동결

되었다는 사실을 절대 발설하지 말라고 강요했다. 만약 그렇게 못하겠다면, "인천항에서 배에 태워 당장 중국으로 돌려보낼 수도 있고, 가는 길에 바다 한 가운데에 수장시켜 버릴 수도 있다. 김대중이도 그렇게 수장시키려다 살려준 적이 있다. 더구나 당신은 아직 한국 국적이 없으니 그렇게 없어져도 찾을 사람조차 없잖은가"하고 협박했다. 남산 지하실 소문을 들어보았느냐며 엄포를 놓고, 자신들이 간첩이라고 판단하면 내가 간첩이 될 수도 있다고 으름장을 놓기도 했다. 그리고 북한 핵공장에서의 나의 신분을 격하시키고, 조작된 기자회견을 시키기 위한 리허설을 강요했다.

내가 기자회견을 완강히 거부하며 며칠 동안 버티자, 국정원 S과장은 밤에 나를 데리고 인천항으로 갔다. 그리고 거기에 대기하고 있던 배에 강제로 태우며 요원들에게 짤막하게 지시했다.

"보내버려."

이어 머리에 자루가 뒤집어 씌워지는가 싶더니 눈앞이 캄캄했다. 뒤로 뒤틀린 손에 수갑이 채워지고 온몸에 포승줄이 감겼다. 순식간에 벌어진 일에 감당할 수 없는 공포가 엄습하며 숨이 꽉 막혔다. 남한에 와서 정보만 다 털어주고 버려진다는 생각에 억울하기도 했다.

보내버리라는 말이 뭘 의미하는지 혼란스러웠다. 중국으로 보내버리라는 건지, 아니면 북한으로 보내버리라는 건지, 수장시켜버리라는 건지 몹시 혼란스러웠다. 배가 멈추어 선 것은 공해상이었는데, 거기서 머리에 씌워진 자루가 벗겨지고, 대신 눈앞에 나타난 것은 이마를 겨누는 총구였다. 그러자 옆에 있던 다른 요원이 말했다.

"그냥 던져버려!"

그들은 내 발에 무거운 쇳덩이가 달린 쇠사슬을 칭칭 감았다. 그 순간 북한의 정치수용소를 피하려다가 그만 발을 헛디뎌 지옥에 떨어졌다는 생각에 온몸이 부르르 떨렸다. 북한 선전영화에 보면 남한 정보기관이 탈북자들에게 정보를 뽑아낸 후 잔인하게 죽이는 장면들이 나온다. 내가 그 꼴이 되었다고 생각하니 너무도 원통하고 두려웠다. 나는 무릎을 꿇고 살려달라고 애원했다. 살려만 주면 시키는 일은 무엇이든 다 하겠다고 다짐도 했다. 그들은 그런 내 모습을 보며 낄낄거렸다. 내 뜻은 그렇게 꺾이고 말았다.

내 평생에 처음 겪는 치욕이었다. 그날의 굴복은 너무도 창피하고 수치스러워 누구한테 말할 수도 없고, 내 기억에서 영원히 지워버리고 싶지만 영원히 씻을 수 없는 상처가 되었다. 내 인생에 그렇게 비굴했던 사실 자체가 도저히 용납되지 않아 무덤까지 고스란히 안고 가고 싶은 상처로 남은 것이다. 언론에 알려지는 것조차도 두려웠다. 그 사실이 북한에서 오랫동안 선전용으로 쓰이며 조롱거리가 되는 것이 싫었기 때문이었다. 체면과 자존심을 중시하면서 살아왔던 삶이 한순간에 무너져 내렸다.

나는 그렇게 뜻을 꺾고 목숨을 구걸한 비굴한 자가 되어 다시 한국 땅을 밟을 수가 있었다. 그리고 다음날부터 조작된 기자회견을 위한 리허설이 있었고 그들이 써준 각본을 외우기 시작했다. 하루 종일 반복되는 리허설이었지만 그들이 시키는 대로 복종했다.

나는 갑자기 심한 피로감이 몰려와 읽기를 멈추었다. 정대우 씨는 이 대목을 몇 번이나 내 앞에서 읽으면서 그때마다 울먹였다.

"처자식까지 모두 버리고 조국 통일 운운하면서 남한으로 왔지만 결국 내 한 몸 살자고 알고 있던 정보도 엉뚱하게 왜곡하고 비굴하게 무릎을 꿇었습니다. 내 한 몸뚱이 살리기 위해서……"

그때마다 나는 그 순간에는 누구도 그럴 수밖에 없었을 것이라고 말을 하면서도 속이 개운치 않았다. 내 말이 과연 얼마나 객관적인지 의문이었기 때문이다. 편편찮은 기분에 눈앞이 희미해지면서 갑자기 머리에 강한 통증을 느꼈다. 그때 잠에서 깬 선생이 어두워진 실내에 놀란 듯 급하게 창에 얼굴을 붙이고 바깥 하늘을 살폈다. 조바심을 내며 창밖을 노려보던 선생은 어쩌다 희미한 빛이 창문을 찔러오면 안정을 되찾기는 하지만, 옥죄는 조바심을 좀처럼 떨치지 못하며 표정이 자주 바뀌었다. 한쪽은 느긋한 표정이고 다른 한쪽은 긴장된 표정의 선생이 조심스럽게 중얼거렸다.

"오늘 달을 볼 수 있겠지요?"

그 말에 나는 어쩐지 숙지막해져 들고 있던 원고를 슬그머니 덮었다. 우두커니 창밖만 바라보던 선생이 한참 지나자 범상한 목소리로 물었다.

"강 기자, 요즘 들리는 소문이 사실입니까?"

선생도 청와대 비선실세 이야기를 들은 모양이었다.

"이 맘 때가 많이들 위험하다고 합니다. 다른 정부 때도 마찬가지고요."

대답을 하면서 나는 슬그머니 말머리를 돌렸다. 자칫 연기 속의 비상계단처럼 아찔할 수도 있는 그런 대화가 어쩐지 어색했다.

"선생님께서는 여전히 왕성하십니다."

"그런가요? 여기저기서 부르면 염치없이 달려가서 그런가봅니다. 그나저나 강 기자는 신문사 관두면 뭘 할 작정이우."

약간 짓궂게 들리는 선생의 말투에는 일종의 친밀감이 묻어 있었다.

"글쎄요? 1인 출판사를 차려 볼까 생각중입니다."

"출판사? 그걸로 먹고 살겠어요? 또 모르지, 강 기자는 능력이 뛰어나니까."

여전히 짓궂게 놀리는 것처럼 들리는 선생의 말에 나는 웬일인지 슬펐다. 창밖으로 빠르게 스쳐가는 산야에 한동안 눈길을 두고 있다가 선생의 얼굴을 바라보던 나는 "어" 짧은 탄식을 내뱉었다. 선생은 어느새 검은 선글라스를 쓰고 있었다.

"얼마 전에 백내장 수술을 했는데 눈을 보호하려면 자주 착용하라고 하네요."

선생이 변명처럼 뱉었다. 나는 어떤 말이 목에 차올랐지만 꿀꺽 삼켰다. 장소에 맞지 않는 말 같았기 때문이다.

"그래, 무슨 출판을 하려고요?"

선생이 선글라스를 벗으며 물었다. 그사이 눈이 약간 충혈 되어 있었다.

"몸에 관련된 출판을 생각중입니다."

"몸? 우리 몸을 말하는 겁니까? 그러니까 육체?"

"그렇습니다."

"그렇다고 뭐, 건강을 위한 그런 책은 아니겠지요?"

"예."

"정신이 아니고 몸이라니 특별한 이유라도 있으시오?"

"우리가 매일매일 이별하는 몸의 일기 같은 이야기가 필요한 것 같아서요. 저는 선생님의 문학을 몸의 문학으로 생각하는데, 그런 몸에 관한 사유 같은 것을 책으로 내볼까 싶습니다."

"내 문학이 몸의 문학이라? 재미있네요."

선생은 내가 왜 당신의 문학을 몸의 문학이라고 생각하는지 이유를 묻지 않았다. 다시 검은 선글라스로 눈을 가린 선생이 창밖으로 고개를 돌리며 나지막하게 중얼거렸다.

"오늘 부산에서 열나흘 달을 볼 수 있겠죠?"

선생의 말에 나는 손에서 몇 번이나 만지작거리던 정대우 씨의 원고를 주섬주섬 가방에 집어넣었다. 그걸 보면서도 선생은 무엇인지 묻지 않았다. 80년대, 대부분의 작가들이 내켜하지 않은 빨치산 수기에 서문을 쓰고 당당하게 자신의 이름을 밝힌 선생의 모습을 기억하고 있던 나는, 은연중에 정대우 씨의 수기에 선생의 이름이 들어가기를 바라는 것인지도 몰랐다. 그렇게 선생 앞에 원고 내미는 것을 주저하는 사이 기차는 부산역에 도착했다.

하늘에 짙은 구름막이 걸려 있는 오후 다섯 시 부산역 광장은 낮은 점점 멀어지고 밤이 빠르게 다가오는 듯 벌써 어둑어둑했다. 선생은 서둘러 걸음을 옮겼다. 옆에서 나란히 걷는 나는 언제부터 선생의 걸음이 이리 조급해졌을까 생각했다. 선생의 빠른 걸음은 익히 알려진 사실이었다. 특히 산에서는 그 걸음이 워낙 잽싸고 빨랐다. 그렇지만 빠른 것과 조급한 것은 달랐다. 부산에 도착한 후 선생의 몸은 무엇이 조급한지 잠시도 가만히 있지 못하고 자꾸 재촉하고 서둘렀다.

중구청에서 선생을 모시러 나오는 일행을 기다릴 때도 마찬가지였다. 30분이나 먼저 약속 장소에 도착했건만 그들이 보이지 않는다고 선생은 조바심에 슬쩍슬쩍 짜증을 얹었다. 그러면서 구름이 덮인 부산의 하늘에 자꾸 눈길을 주었다. 다행히 중구청 관계자들은 약속시간보다 10분 일찍 나타나 선생을 승용차에 모셨다.

중구청 문화정책 과장이 선생을 데려간 곳은 중구 영주동의 40계단 앞이었다. 계단 앞에서 선생은 어리둥절한 표정이었지만 묵묵히 문화정책 과장의 설명에 귀를 기울였다. 계단 수가 40개여서 40계단이라고 불리는 이 계단은 6·25 전쟁 당시 전국 각지에서 몰려와 부산항이 내려다보이는 영주동과 동광동 산비탈에 임시로 판자촌을 이루고 살던 피난민들이 항구로 일을 나가고, 사람을 기다리고 만나기 위해 하루에도 수십 번씩 오가던 길목이었다. 실향민의 슬픔과 외로움, 굶주림과 허기를 달래던 곳이자 약속과 만남의 장소였다. 문화정책 과장은 그 때를 추억하기 위해 중구청과 중구의 지역 주민들이 합심하여 40계단을 정비하고 기념비를 세워 제막식을 가졌다는 말로 설명을 마치면서 현 구청장님의 치적 가운데 하나라는 것도 빼놓지 않았다. 문화정책 과장의 말이 끝나자마자 선생의 날선 목소리가 40계단 중간쯤에 대뜸 날아가 박혔다.

"그때를 추억하고 기념한다고, 이런 정신 빠진 사람들을 봤나?"

나는 얼른 선생 앞을 막아서며 문화정책 과장에게 신호를 보냈다. 카메라 기사까지 동행한 그들의 모습으로 보아 아마도 선생이 40계단을 오르는 모습을 찍고자 할 게 분명했다. 선생의 고함소리에 어리뜩하게 서있던 문화정책 과장이 금방 분위기를 깨닫고 얼른 뒤로 한 걸음 물러섰다. 선생도 당신의 고함소리가 과하게 생각되었는지 40 계단 앞에서 사진 기자들에게 포즈를 취하기는 했지만 계단을 오르지 않는 모습으로 불편한 심기를 고스란히 드러냈다. 경직된 분위기를 누그러뜨리려는 듯이 문화정책 과장은 특강 시간이 되려면 좀 여유가 있으니 따뜻한 차를 대접하겠다며 승용차로 산동네 옆길을 돌고 돌아 40계단 꼭대기에 있는 카페로 선생을 안내했다.

40계단 꼭대기 카페에 앉아서 유리벽 바깥 어둠에 잠기는 부산항구의 모습을 바라보던 선생이 불쑥 말했다.

"사실은 나도 저 40계단 위 영주동에서 몇 달 살았어요. 그때가 내 인생에 가장 힘든 시기였어요. 참 철딱서니가 없어도 그렇지. 쌓아둔 계단 수만큼 시간은 돌려보내지기 마련인데 뭘 새삼스럽게 추억하고 기념하다니……"

나는 대답대신 점멸하는 불빛이 점점이 이어지다가 폭죽을 터뜨리듯이 곳곳에 불야성을 이루며 환하게 타오르는 부산의 야경을 바라보았다.

"선생님. 그때 부산의 야경을 기억하십니까?"

대답도 없이 한참 동안 야경을 바라보던 선생은 무엇인가를 억지로 벗겨내듯이 말을 뱉었다.

"기억하지요. 지금도 선연하게 기억하지요. 그렇지만 그걸 묘사할 수는 없어요. 오직 내 머리와 눈 속에만 또렷이 기억되는 풍경입니다. 그것이 내 입을 통해 묘사되는 순간, 그 순간 부산의 그 풍경은 거짓말처럼 사라질 것입니다. 그래서 말할 수 없어요. 그때 온 몸으로 보아 낸 부산을 말입니다."

어둠속에서 너무 요란하게 화장을 한 여인처럼 휘엽스레 빛나는 부산의 야경을 두려운 눈으로 바라보는 선생의 이마에 희미하게 땀방울이 맺혔다.

강연 시간이 얼마 남지 않았다는 문화정책 과장의 말에 떠밀려 선생과 나는 다시 승용차에 몸을 우겨넣었다. 그사이 허공에는 조밀한 어둠이 빼곡하게 들어찼다. 조금 전 카페에서 먹은 몇 조각의 과자와 커피 한잔으로 우선 허기를 달래고 한 시간 예정인 선생의 문학 강연이 끝나면 공원근처 한정식으로 가서 저녁을 먹는다고 문화정책 과장이 미리 양해를 구했다. 선생은 별 다른 의사표현 없이 창밖으로 흘러가는 밤하늘에서 눈길을 거두지 않았다. 동남쪽으로 희미한 별이 몇 개 돋아난 밤하늘에는 열나흘 달은 흔적도 보이지 않았다.

산을 깎아서 만든 문화공원은 비탈길을 따라 도로를 만들었고, 때로는 비포장 도로에 가로등이 없어 캄캄한 구간도 많았다. 어둠 속에서 두서너 명 씩 무리를 지어 올라가는 사람들이 드문드문 보였다. 공사 흔적으로 남은 자재들이 쌓여있는 공원은 을씨년스러웠다. 다행히 승용차가 도착한 곳에는 제법 불빛이 밝았고, 꽤 많은 사람들이 조명등이 쏟아지는 간이 무대를 중심으로 모여 있었다. 방금 공연이 끝났는지 귀에 익은 가수의 이름을 연호하며 박수를 유도하는 사회자의 마이크 목소리가 크게 들려왔다. 승용차에서 내린 선생은 밤하늘에 시선을 던지고 걷다가 하마터면 나무를 심은 후 지탱해둔 줄에 걸려 넘어질 뻔했다. 간신히 몸의 중심을 잡은 선생이 울컥 뱉었다.

"무슨 가설극장처럼 어수선하구만."

문화정책 과장이 선생을 무대 쪽으로 모시고 가는 동안 나는 자리에 앉으려고 주위를 두리번거렸지만 간이 무대 쪽에만 조명등이 밝을 뿐 객석은 눈앞만 간신히 보일 정도로 어두웠다. 무대 앞쪽에 놓인 100여개 정도의 의자는 이미 사람들이 모두 차지했고 뒤늦게 온 사람들은 주최 측에서 나눠주는 방석을 들고 적당한 곳을 찾아 두리번거렸다. 안내를 맡은 사내가 나눠주는 방석을 하나 들고 어정거리던 나는 주차장과 무대가 있는 공터 사이 조금 높은 돌담위에 걸터앉았다. 나는 자리를 잡고 앉으면서 밤하늘을 쳐다보았다. 여전히 희미한 별이 몇 개 돋아있을 뿐 열나흘 달은 흔적도 보이지 않았다. 분위기를 북돋우려는 사회자의 농담에 와르르 쏟아지는 웃음 사이로 가끔 자동차의 경적이 들리고 누군가를 찾아 이름을 부르는 거친 목소리도 들려왔다. 잠시 후 예정된 문학 강연을 위해서 멀리 서울에서 오신 소설가를 소개한다는 사회자의 말에 간헐적인 박수소리가 뒤따랐다. 사회자가 약력을 소개하는 동안 무대 중앙에 우두커니 서 있는 선생은 밤하늘에서 시선을 거두지 않았다. 이윽고 마이크를 넘겨받은 선생이 천천히 입을 열었다.

"여러분. 나는 오늘 서울에서 부산의 열나흘 달을 보기 위해 달려왔습니다."

선생의 말에 관객들은 시키지도 않았는데 약속이나 한 듯이 고개를 들어 밤하늘으로 시선을 모았다. 그때 한껏 높아진 선생의 목소리가 이어졌다.

"그러나 애석하게도 지금은 달이 보이지 않습니다."

그 말에 사람들의 시선이 아래로 내려오는 순간 선생이 쇄기를 박듯이 내리쳤다.

"그러나 여러분 안심하십시오. 오늘 밤 여러분들은 반드시 저와 함께 달을 볼 수 있습니다. 왜냐하면 제가 억수로 재수가 좋은 사람이기 때문입니다."

그 말에 여기저기서 웃음이 와르르 터지자 선생의 목소리는 바람을 탄 풍선처럼 점점 높아지기 시작했다. 인민군으로 징집된 6·25전쟁에서 용케 살아남아 집으로 돌아간 체험을 실감나게 표현하며 자신이 억수로 재수가 좋은 사람이라는 것을 증명한 선생은, 실향민으로 부산에 홀로 떨어져 살면서도 소설을 쓰던 시간을 특유의 놀라운 기억력과 입담으로 물 흐르듯이 쏟아냈다. 그동안 선생의 강연을 몇 번이나 들었지만 부산이라는 영향 때문인지 나는 꽤나 골똘하게 귀를 기울이면서도 걱정스러운 얼굴로 슬쩍슬쩍 하늘을 쳐다보았다. 강연이 종반으로 치달으면서 선생은 어느덧 고향 원산의 별과 달과 산을 이야기하고 있었다. 비감한 선생의 목소리가 높아질수록 밤하늘에서는 빠른 속도로 별무더기가 여기저기 돌아 오르고 서북쪽에서 달무리 같은 뿌연 형체가 서서히 윤곽을 드러냈다. 뿌옇던 달 표면이 빛을 내기 시작하더니 아직은 약하지만 불그스름한 광채를 발하면서 그 주위의 별들이 하나둘씩 마치 불을 켜듯이 반짝이며 밤하늘 덮어가고 있었다. 넋이 나간 사람처럼 그 광경을 지켜보고 있던 나는 그때 얼핏 선생의 얼굴이 변하는 것을 보았다. 밤하늘에서 쏟아져 내리는 검푸른 별빛에 잠긴 선생의 몸에서 정체모를 빛이 흘러넘치면서 사물이 스스로 선생에게 멀어지더니 선생의 얼굴이 점점 열아홉 앳된 소년의 모습으로 바뀌었다. 타향에서 처음으로 열나흘 달을 만나는 열아홉 살 소년의 얼굴이었다. 고향집 마당이나 우물 옆에서 보던 낯익은 달을 타향에서 본 열아홉 소년은 지금 자신에게 일어난 일이 무슨 영문인지 몰라 어리둥절했지만, 친숙한 달의 모습에 어쩐지 안심이 되었다. 그래서 열아홉 소년은 달님에게 하루빨리 아버지와 어머니가 있는 고향으로 돌아가는 귀향을 빌고 또 빌었다.

그때 선생이 서 있는 뒤편의 밤하늘에서 무섭게 돋아나 반짝이던 별무더기가 갑자기 빛을 잃는가 싶더니 황금빛을 뚝, 뚝, 뚝, 흘리며 열나흘 둥그런 달이 불쑥 솟구쳤다. 순식간에 생겨난 달을 발견한 사람들은 환호성을 지르며 저마다 손가락으로 달을 가리키며 흥분했지만, 선생은 더 이상 말을 잊지 못했고 강연은 그쯤에서 자연스럽게 끝났다. 사회자가 오늘의 행사가 모두 끝났다는 말을 하는데도 선생은 열나흘 달에 취해 아무것도 듣지 못하고 오직 달만 쳐다보았다.

나는 객석의 사람들이 모두 빠져나간 뒤에도 좀처럼 자리에서 떠나지 못하는 선생에게 다가가 조용히 속삭였다.

"선생님. 이제 끝났습니다."

고개를 거두는 선생의 얼굴은 온통 달빛에 젖어 번들거렸다. 그때 나는 선생의 얼굴 깊숙하게 배어있는 탈향자의 쓸쓸한 외로움을 보았다. 그런데 그 순간, 거짓말처럼 열나흘 달이 사라지고 별빛마저 급속하게 희미해지면서 금방 비구름이 몰려오는 것처럼 어두워지고 바람이 불었다.

예약한 한정식 식당에서 선생은 별 말씀도 없이 저녁을 먹으면서 소주 두어 잔을 반주로 마시고는 피곤하다며 숙소로 가는 택시를 불러달라고 했다. 택시를 타고 선생이 미리 예약해둔 동래 온천장으로 가는데 차창에 빗방울이 긋는가 싶더니 금방 사라졌다. 숙소 앞에 내린 선생은 생맥주나 가볍게 한잔씩 하자면서 앞장섰다. 오후 10시가 채 안 된 시간이어서 그런지 온천장 앞은 간판에서 내뿜는 불빛으로 사납게 번들거렸다. 단골집처럼 익숙하게 문을 밀고 들어간 호프집의 반색하는 주인여자에게 선생은 특유의 푸근한 웃음으로 화답했다.

"선생님께서 오늘 기적을 불러왔습니다."

가벼운 내 말에 선생이 약간은 무겁게 대꾸했다.

"염원이지요. 이 땅이나 저 땅 어디서 내 염원을 들어줄 사람이 있습니까? 내가 이 땅에 태어나 본 것 중에 지금까지도 바뀌지 않은 것은 오직 달님 모습 뿐입니다. 그러니 내 염원을 알고 들어준 것이죠."

나는 선생의 말을 들으며 목이 말라 생맥주 잔을 거푸 비웠다. 북한산에서 선생과 우연히 만나 생맥주를 마시던 그 시간을 떠올리면서 잔을 비웠지만 선생은 어쩐지 차분한 모습이었다. 북한산의 그날처럼 점점 취해서 나는 선생에게 정대우 씨의 이야기를 한 것도 같았다.

눈을 뜨니 숙소의 침대 위였다. 선생은 벌써 일어나 새벽 산책을 나가고 없었다. 나는 그 빈자리가 이상하게 낯설었다. 이른 새벽 숙소에서 나온 선생과 나는 해장국집에 마주 앉아 복 해장국을 한 그릇씩을 비우는 동안 도통 말이 없었다. 해장국집에서 나온 선생이 도로가에 서서 나를 물끄러미 바라보았다. 마치 이쯤에서 헤어지자는 모습 같았다.

"선생님. 전 부산에서 일을 좀 보고 올라가겠습니다."

선생이 기다렸다는 듯이 대답했다.

"그래요. 강 기자도 새로운 일 시작하면 더 바쁘겠지요? 동행해줘서 고마워요."

"선생님. 조심해서 올라가십시오."

택시를 탄 선생은 나를 향해 천천히 손을 흔들면서 떠나갔다. 눈앞에서 선생이 탄 택시가 사라지는 것을 바라보며 네거리 방향으로 걸음을 옮기던 나는 가방에 든 원고의 무게 때문에 잠시 휘청거렸다.

팔월, 대보름달의 한 귀퉁이가 떨어져나갈 즈음 나는 선생의 부음 소식을 들었다.